문학 '읽기'의 방법들

문학이론 도구상자

지은이

미하라 요시아키
三原芳秋

히토쓰바시대학 대학원 언어사회연구과 교수.
코넬대학교 박사. 영문학·문학이론. 비평지 『엑스-
포지션(Ex-position)』 40호 특집 『다시 생각하는
1980년대 문학비평의 풍경(Literary Criticism
Scene of the 1980s, Revisited)』(국립타이완대학,
2018) 객원 편집자. 편역서에 가우리 비스와나탄
『이의제기로서의 종교』(미스즈서방, 2018).

고하라 가이
鄕原佳以

도쿄대학 대학원 총합문화연구과 교수.
파리 제7대학교 박사. 텍스트와 이미지의 역사와
기호학. 저서에 『문학의 미니멀 이미지 – 모리스
블랑쇼론』(사유샤, 2011), 역서에 엘렌 식수·자크
데리다 『베일(Veils)』(미스즈서방, 2014) 등.

와타나베 에리
渡邊英理

오사카대학 대학원 인문학연구과 교수.
도쿄대학 박사. 근현대 일본어문학.
저서에 『나카가미 겐지론』, 공저에 『전후 일본을
다시 읽다 4 – 고도성장의 시대』(린센서점, 2019).
『번역과 어댑테이션의 윤리』(슌푸샤, 2019).

닛타 게이코
新田啓子

릿쿄대학 문학부 교수. 위스콘신대학교 매디슨
캠퍼스 박사. 미국문학·문화이론. 저서에
『미국문학의 지도작성(cartography)』(겐큐샤,
2012), 편서에 『젠더 연구의 현재』(릿쿄대학
출판회, 2013), 역서에 트리샤 로즈 『블랙
노이즈(Black Noise)』(미스즈서방, 2010) 등.

우도 사토시
鵜戶聰

메이지대학 국제일본학부 부교수. 도쿄대학 박사.
프랑스어권 아랍·베르베르문학. 공저에 『세계의
문학, 문학의 세계』(소라이샤, 2020), 『국민국가와
문학』(사쿠힌샤, 2019) 등. 역서에 카멜 다우드 『또
한 사람의 '이방인'』(수이세이샤, 2019).

하시모토 도모히로
橋本智弘

아오야마가쿠인대학 문학부 영미문학과 부교수.
히토쓰바시대학 박사. 포스트콜로니얼 이론/문학.
공저에 『바이링구얼한 일본어문학』(산겐샤, 2013),
『노벨문학상에 가장 가까운 작가들』(세이게쓰샤,
2014).

이누마 가오리
井沼香保里

다마미술대학 대학원 미술연구과 조교수.
히토쓰바시대학 박사. 근대 심령주의 유행기
영국의 문화 현상 및 문학 작품 연구. 논문에 「요정
연구 — 아서 코난 도일의 유사과학과 코팅리
요정 사진(Study in Fairies: Arthur Conan
Doyle's Alternative Science and the Cottingley
Fairy Photographs)」(『엑스·포지션』 48호,
국립타이완대학, 2022) 등.

모리타 가즈마
森田和磨

히토쓰바시대학 대학원 언어사회연구과 박사과정
수료. 아시아태평양전쟁 이후 일본문학과
미국문학. 논문에 「이시하라 요시로의 『망향과
바다』에 나타난 '증언'에 대한 일고찰」(『언어사회』
12호, 2018) 등.

이소베 사토미
磯部理美

오차노미즈여자대학 강사. 히토쓰바시대학
박사. 영국아동문학. 논문에 「어린이들은 어디서
과거와 조우하는가 — 장소의 문학으로서
'시간여행(타임슬립)' 읽기(Where Children
Encounter the Past: Reading Time-Slip Fantasy
as Literature of Place)」(『코레스펀던스 —
히토쓰바시 예술·문학 저널』 4호, 2019),
「'눈에 보이지 않는 것'의 이야기 – 루시 M.
보스턴의 둘레세계를 읽다」(『팅커 벨 —
영어권아동문학연구』 40, 2019).

모로오카 유마
諸岡友真

인디애나대학교 블루밍턴 캠퍼스 영미문학
박사과정. 릿쿄대학 석사. 미국문학.
논문에 「『또 하나의 나라』에 나타난 사랑의
정치학」(『릿쿄젠더포럼연보』 2호, 2020)

옮긴이

장문석 경희대학교 국어국문학과 조교수

조은애 동국대학교 서사문화연구소 연구교수

송민호 홍익대학교 국어국문학과 부교수

목차

[용어해설]

픽션론

텍스트적 현실

에크리튀르

탈구축

담론/이야기

언어행위이론

언어의 비인칭성

〈텍스트〉에 대해 더 알기 위한 책 10권

10

*

이 책은 三原芳秋·渡邊英理·鵜戸聡 編, 『クリティカル・ワード 文学理論
読み方を学び文学と出会いなおす』(フィルムアート社, 2020)를 완역한 것이다.

*

본문 중에 책을 나타날 때는 겹낫표(『 』), 논문 및 짧은 글을 나타낼 때는 홑낫표(「 」), 원문에서
홑화살괄호(< >)로 강조된 부분을 나타낼 때는 동일한 부호를 사용했다.

*

원문에서 고딕체로 강조한 부분은 볼드체로, 윗점으로 강조한 부분은 밑줄로 구분했다.

*

이 책의 주석은 모두 역주이다.

*

원문에서 인용한 외국 문헌은 원문의 일역을 존중하여 한국어로 옮겼다. 다만 한국어 번역본이 있는
외국 문헌의 경우 서지 및 면수를 함께 제시했다.

*

국립국어원의 외래어 표기법을 따르되, 관습적 사용을 고려하여 일부 예외를 두었다.

서문

지금으로부터 거의 반세기 전인 1972년, '프랑스 현대사상'의
최전선을 질주하는 두 사상가 미셸 푸코(Michel Foucault)와
질 들뢰즈(Gilles Deleuze)의 기념비적 대화 「지식인과 권력」이
세상에 나왔습니다. 이 동지애 넘치는 대화에서 들뢰즈는
이론(une théorie)을 도구상자(une boîte à outils)로 비유하고
있습니다.

> 말씀대로입니다. 이론이란 바로 하나의 도구상자인
> 것입니다. 〔…〕 그것은 도움이 되고, 기능해야 합니다. 하지만
> 이론 그 자체로서 도움이 되는 것은 아닙니다. 이론가 자신을
> 비롯하여, (그렇게 되면 그는 더 이상 이론가가 아니게 됩니다만,)
> 그것을 활용하는 사람이 누구 하나 없다면, 그 이론은 가치가
> 없거나 혹은 아직 때가 되지 않았다는 것입니다.
>
> –
>
> «Les intellectuels et le pouvoir», Michel Foucault,
>
> *Dits et Écrits 1954-1988*, II (1970-1975), p. 309.
>
> 미셸 푸코, 하스미 시게히코(蓮實重彦) 외 감수, 고바야시 야스오(小林康夫) 외 편,
>
> 『미셸 푸코 사고 집성 IV – 규범/사회』, 지쿠마서방, 1999, 260쪽. **1**

얼핏 보면 이 발언은 '이론'의 '도구적 사용'을 권하는 것으로
읽을 수 있습니다. 그것은 제가 「시작하며」에서 '불안을
느낀다'라고 서술한 '각목'의 비유 그 자체처럼 보이기도 합니다.
즉 〈비평〉이라는 이름의 언설적 폭력(그것은, 항상, 폭력을 내포하는

것입니다)에 있어서 '도움이 되는' 각목으로서의 이론. 쓸모가
사라지면 휙 던져 버리고, 그 다음의 '최신' '유행'으로 대체되는
〈이론〉. 여기에서 말하는 〈이론〉의 가치란 도대체 어떻게
이해하면 좋은 것일까요?

'도구'라고 번역할 수 있는 « outils ». 보통 영어로는 'tools'라고
하지만 어원에 충실하게 옮긴다면 'utensils' (예컨대 필통 안에 있는
휴대용 자라든가, 부엌 싱크대 옆에 걸려 있는 껍질 벗기는 칼(peeler)이라든가)
쪽이 더 나을지도 모르겠습니다. 이 « outils »의 어원인
'사용하다'라는 라틴어 동사 uti, 더 거슬러 올라가자면 그리스어
동사 chresthai에 대하여 언제나처럼 중요한 '생각의 힌트'를
주는 것은 이탈리아 사상가 조르조 아감벤(Giorgio Agamben)의
대작 『신체의 사용』(2014)입니다. 에밀 뱅베니스트(Émile
Benveniste)의 뛰어난 문헌학=어원학 논문 「동사의 능동태와
중동태」(1950)를 참조하면서, 아감벤은 '사용하다'라는 동사가
고전 그리스라틴어의 용법에서 '중동(mesotes)'이라는 태(態)를
취했음을 환기합니다. 즉 동사 '사용하다'는 오늘날 우리가 흔히
떠올리듯 '내(주체=주어)가 무엇(객체=목적어)을 사용한다'처럼
능동태로는 '읽을' 수 없는 발화자의 '태세'를, (조금 과장하여
말하자면) '인간존재의 양태'를 표현하고 있다는 것입니다.
그리고 아감벤은 뱅베니스트가 중동태의 의미를 표현하기
위하여 사용하고 있는 « il effectue en s'affectant »("스스로도
그 영향을 받으면서 행동을 하다."[2])라는 정식에 대하여 다음과 같이
성찰하였습니다.

16

한편으로는 동작을 수행하는 주체=주어는 그것을 수행하는 사실 그
자체로, 타동사적으로 어떤 객체에 작용하는 것이 아니라, 무엇보다도
스스로를 과정 속으로 끌어들여 과정에 영향을 미친다. 그러나 한편으로
바로 이 때문에 과정은 독특한 토폴로지(topology)를 상정하게 된다.
그곳에서 주체는 동작을 지배하는 것이 아니라, 스스로가 동작이
일어나는 장소인 것이다.

–

조르조 아감벤, 우에무라 다다오(上村忠男) 역,

『신체의 사용 – 탈구성적 가능성의 이론을 위하여』, 미즈서방, 2016, 58~59쪽.

여러 선진들의 사색에서 촉발하여 우리의 사색을 이끌어간다면,
우리도 ('비유'라고 칭하기에는 너무 자의적일 수 있지만,) '도구상자'의
의미를 새롭게 바라볼 수 있습니다. 〈이론〉='도구상자'를
손에 쥔 〈나〉는 자율–자동적 주체이자 순수한 〈나〉로서
스스로의 동작('문학이론'의 경우는 텍스트를 〈읽는〉 동작이라고 할
수 있겠습니다)을 지배하게 되는 것이 아닙니다. 오히려 그
'도구상자'를 열어버렸기 때문에 〈나〉는 〈읽다〉라는 (중동태(la
voix moyenne)적인) 과정에 끌려 들어갑니다. 〈나〉는 알지 못하는
〈틈새〉로부터 울려오는 소리(voix)에 어쩔 수 없이 동요되어서(en
m'affectant), 자기 변용을 피하지 못하고 그 변용 과정에서 〈나〉의
참을 수 없는 불순함을 깨닫게 됩니다.

이는 발터 벤야민(Walter Benjamin)이 이론화한 〈번역〉의
과정과도 비슷합니다. 아니, 오히려, "〈이론〉이란 항상·이미
〈번역〉이다."라고 단언하고 싶을 지경입니다. 10년쯤 전 저는
「참을 수 없는 〈번역〉의 불순함」이라는 짧은 글을 쓴 적이
있습니다(미하라 요시아키, 「참을 수 없는 〈번역〉의 불순함」, 『니치분켄』 53호,
국제일본문화연구센터, 2014, 3~10쪽). 그 글에서도 강조했던 것처럼,
〈번역〉의 장면에서 발생하는 역동성(dynamics)이란 순수한 언어
A로부터 순수한 언어 B로의 순전한 '의미'의 이양을 말하는
것이 아닙니다. 〈번역〉의 역동성은 오히려 그러한 '순수성'의
허구에 끊임없이 저항하고 존재의 〈불순함〉을 철저히 견디며
함께 불순한 모두(원작자 및 번역자)가 "사랑을 가지고 세부에
이르기까지"(발터 벤야민, 「번역가의 과제」[3]) 협동함으로써, 결코
완전히 현실화(actualize)할 수 없지만 확실히 실재(real)하는
'잠재적인 〈전체성〉'에 접하는/접해지는 순간=계기(moment)를
만들어내는 데 있는 것입니다. 이런 의미에서, 즉 원작자와
번역자가 협동하여 텍스트에 잠재하는(virtual) 힘을
끌어내려 시도하는 장(場)이라는 의미에서, 〈번역〉이란
덕(德)을 가진(virtuous) 행위라고 말할 수 있습니다. 그것은
'도구상자'로서 〈이론〉이 작가와 독자의 〈사이〉에서
'사랑'이라는 이름의 협동 작업을 강권하는 것과 정확하게 서로
겹치는 것이 아닐까요.

이 서문 첫머리에 인용한 「지식인과 권력」 역시 여러 〈번역〉을
낳아 왔습니다. 이 짧은 대화가 영어권에서 특히 유명한 이유 중

하나는, 가야트리 스피박(Gayatri Spivak)이 그의 획기적인 논고
「서발턴은 말할 수 있는가?」(1988⁴)의 서두에서 이 대화의
참여자들을 엄정하게 비판('비판(critique)'은 〈번역〉의 중요한 한
형태입니다)했기 때문입니다. 지금 이 비판과 그 영향에 대해
자세히 쓸 수는 없지만, 스피박이 이 대화에서 민감하게
살펴본 것은 〈이론〉이 너무나도 자주 (서구 백인 남성적) 대문자
'주체'를 전제하고 그것을 구성·보강하기 위한 언설로
기능하며, 거기에는 은연중에 '타자' 배제의 폭력이 행사된다는
것이었습니다. 이 비판은 68혁명의 여운이 식지 않은 1970년대
초반 파리에서 앙양된 대화에 찬물을 끼얹고 근본적인 변용을
요청하였던 무척 중요한 〈번역〉이었다고 말할 수 있습니다.
동시에 이 비판은 '프랑스 이론(french theory)'의 전성기를
맞으면서 어떤 전체(주의)화의 조짐이 보이던 1980년대 북미
아카데미아에서 지극히 큰 효과=리얼리티(reality)를 가지는
개입이었다고 할 수 있습니다. 즉 어떤 하나의 〈이론〉이
'스스로도 그 영향을 받으면서(affect되면서)' 예상외의
효과(effect)를 낳은 것입니다. 이 효과는 바로 '프랑스 이론'을
'포스트콜로니얼(postcolonial)'로 〈번역〉한 것입니다. 하지만
보다 일반적으로 말하자면, 스피박의 개입은 어떤 〈이론〉이
불가피하게 품은 '배제'의 논리를 드러내고 그 '배제'된
〈목소리〉를 하나하나 주의 깊게 청취함으로써 그때그때
〈이론〉에 변용을 요청하는 〈번역〉의 실천적 사례를 제시했다는
의미가 있습니다. 그렇기 때문에 '이론 A가 이론 B를 뛰어
넘었다'라든가 '이론 C가 종언했다'처럼 위세 좋게 '선을 긋는'

사고의 유혹에 굴하지 않고, 〈이론〉이 (〈세계〉와의 관계에서) 항상·이미 변용의 모습(相)이라는 것을 인식하고, 그 인식에서 〈나〉와 〈당신〉도 결코 머무르지 않는 '유동' 가운데 있다는 리얼리티를 실천적으로 이해하는 것이 무엇보다 중요합니다.

앞서 인용한 발언에 이어서 들뢰즈는 "이론 하나에 언제까지나 끙끙 앓고 있을 필요는 없습니다. 다른 이론을 만들면 됩니다. 만들어야 할 이론은 산더미처럼 많습니다."라는 다소 난폭하게 들리기도 하는 말을 합니다. 나아가 마르셀 프루스트(Marcel Proust)가 말한 '외계로 향한 쌍안경'의 비유를 가져와서 "그것이 당신의 눈에 잘 맞지 않는다면, 다른 것을 써보면 됩니다."라고 독자에게 권하기도 합니다. 이것을 〈이론〉을 쓰고 버리는 것을 장려하는 무책임한 발언으로 이해해버린다면 본전도 찾지 못한 셈입니다. 〈이론〉='쌍안경'을 〈나〉의 눈에 맞추어보는 행위는 동시에 '내'가 '이론'에 맞추어 변용하는 과정이며, 그 변용에 의해서 〈외계〉로 향하는 (그때마다의) 통로가 열리는 것입니다. 여기에서 '외계'로 번역되어있는 «le dehors»가 "'바깥'의 사고(la pensée du dehors)"로 통하는 것이라고 한다면, 그 '쌍안경'의 시야(scope)에는 현실적(actual) 세계만이 아니라 잠세력(潛勢力, virtual)의 차원도 포착하고 있다고 말할 수 있습니다. '외부'를 식민지화하기 위한 도구가 아니라 '바깥'의 힘에 접하는/접해지는 것에 의해, "스스로도 그 영향을 받으면서 행동하기" 위한 〈지금·이곳〉에서 발판이 되는 〈이론〉. 따라서 들뢰즈가 말한 것처럼 "이론이란, 전체로 파급하는 것이 아닙니다. 스스로

증식하며 다른 것을 증식시키는 것입니다."

3년 전 우리가 협동하여 일본어로 낳았던 책 한 권이 이렇게 한국어로 번역되어 더욱더 '증식'되어 가는 것을 매우 기쁘게 생각합니다. "사랑으로 세부에 이르기까지" 이 협동 작업을 참을성 있게 수행해주신 번역팀 장문석 님, 조은애 님, 송민호 님에게 진심 어린 감사를 드립니다. 그리고 시종일관 이 기획의 원동력이 되어주신 김동식 님. 저에게는 오랜 친구이자 학문의 선배인 '동식 형(ヒョン)'에게 특별한 '감사합니다(カムサハムニダ)'를. 또한 이름 그대로 이 훌륭한 '연결(이음)'을 가능하도록 해주신 이음 출판사의 여러분께도 일본 측 저자를 대표하여 깊은 감사의 인사를 드립니다.

그리고, 무엇보다, 이 작은 책을 손에 들어주신 〈당신〉에게. 이 작은 '도구상자' 안에서 무언가 소중한 것을 발견하시기를 바랍니다.

2023년 겨울,

관동대진재/대학살의 기억이 희미해져 가는 '제국의 수도' 도쿄에서

미하라 요시아키

시작하며

우리들 정신의 숲은 황폐해져, 나무들은 야심이라는 이름의 무익한 불을 지피기 위하여 팔려 버리거나 여러 공장이나 제재소에 보내져 버려서, 〈사색〉의 비둘기가 내려앉기 위한 작은 가지조차도 이제 남아있지 않다.

–

헨리 데이비드 소로(Henry David Thoreau), 「산책(Walking)」 [4]

이 책을 손에 쥔 당신은 분명 '문학'이라는 막연한 말 어딘가에 끌림을 느끼거나, 그 정도까지는 아니라도 무언가 걸리는 것이 있어서 지금 이 페이지를 열었을 것입니다. '문학 작품'으로 불리는 시나 소설, 희곡이나 에세이 등을 읽고 정체 모를 〈커다란 무언가〉에 흔들린/휩쓸린 〈경험〉을 한 것이 계기라고 말하는 사람도 적지 않을 것입니다. 그 〈경험〉에 어떤 〈표현〉을 부여하기 위해, 스스로 작품을 지어보거나 회화나 음악 등 다른 예술 양식으로 무언가를 시도해보거나, 부모님께 받은 신체를 다양하게 움직여 보거나 (반대로 움직임을 멈추고 살펴보거나) 하는 등 다양한 방법으로 발버둥 쳐 본 사람이 있을지도 모르겠습니다. 그처럼 〈표현〉을 돕는 수단의 하나로서 '이론', 즉 〈사색〉에 대한 〈사색〉이라 불리는 또 하나의 형언할 수 없는 영역(field)이 있다고 생각해보는 것은 어떨까요.

1990년대 중반 저 자신 역시 그러한 〈표현〉을 모색하는 문학부 학생 가운데 한 사람이었습니다. 바로 그 무렵 제가 다녔던

대학에 새로 부임하신 선생님께서 '현대비평/문학이론' 강의를 개설하셨습니다. 당시 '문학이론'이라는 이름을 붙인 강의는 일본에서는 아직 드물었다고 생각합니다. 저는 큰 기대 없이 강당 뒤편에서 강의를 들었던 건방진 학생이었습니다만, 강의 앞부분 그 선생님께서 하신 어떤 말씀에 강한 지적 흥분을 느꼈던 기억은 지금도 뚜렷합니다. "문학이론을 공부하면, 다양한 경계를 넘어설 수 있다." 거대한 나무 한 그루 앞에 서서 얼마나 높은지도 모르는 꼭대기 방향을 올려다보는 느낌이었습니다. 어떻게든 발판을 찾아서 그 나무를 기어오를 수 있다면. 반드시 꼭대기까지 오르지 않더라도 어딘가 높은 가지 끝에 도달한다면, 거기에는 나무 아래에서는 볼 수 없던 붉고 예쁜 꽃 한 송이가 피어있을지도 몰라. 거기에서 무언가 또 다른 경치를 볼 수 있을지도 몰라. 그리고 그 옆 나무로 다시 그 옆 나무로 자유롭게 넘어갈 수 있을지도 몰라……

그로부터 사반세기, 많은 대학에서 문학이론이 정규 교과목으로 개설되었고, 서점에 입문서·개설서 부류의 책이 많이 진열되었습니다. 이제는 제가 그런 수업을 하는 입장이 되었습니다만, 학창 시절의 저라면 두려워서 좀처럼 입에 담을 수 없었던 '탈구축'이라든가 '주체'라든가 '타자'라든가 하는 전문용어를 젊은 사람들이 외우고 다니는 모습을 보면, 정말 멋진 일이라고 감탄합니다. (특히 요즘에는 어떤 점에서 반동(backlash)이 뚜렷하기 때문에 이러한 현상 자체는 매우 바람직한 경향이라고 생각합니다.) 다만 가끔은 불안을 느끼는 것도 사실입니다. 가끔이긴 하지만 책장에 늘어놓은 입문서 및 개설서 부류가 숲에서 무리하게 베어내어 제재소에서 말쑥한 모양으로 다듬은 각목 더미처럼 보일 때가 있습니다. 잽싸게 쓸만한 각목을 들고 멋대로 휘두르면서 다른 사람을 위협하거나 칼싸움을 해보다가 그것이 물리면 휙 던져버리고, 곧 다른 크기의 각목을 손에 집어 드는…… '이론'이란 그런 식으로 '쓰이는' 것이 되어 버린 것은 아닐까 불안감을 느끼기도 합니다. '제도화란 그런 것이다'라는 상투구(cliché)가 들리는 듯도 합니다만 '제도화'가 반드시 '경직화'로 직결하는 것은 아닐 것입니다. 오히려 시각을 바꾸어 '제도화'를 '제도'를 부단히 갱신하는 역동적인 운동이라고 생각해보겠습니다. 그렇다면 지금의 '제도'는 결코 고정된 것이 아니라 '제도화'의 운동이 부지불식간에 가져오는 〈편차〉에 의해 (잠재적으로) 항상 〈열린〉 것이 됩니다. 오히려 '제도화'를 싫증 내지 않고 적극적으로 밀고 나가는 것.

이미 비슷한 종류의 뛰어난 책이 많이 존재하는 상황에서(권말의 「Book Guide」 참조), 이 책은 옥상옥(屋上屋)을 더하는 것이 아니며 그렇다고 온전히 참신한 시도라고 주장하는 것도 아닙니다. 오늘날 스마트폰으로 검색을 하면 대부분의 인명이나 용어의 상세한 (게다가 최신의) 설명을 볼 수 있습니다. 이런 상황에서 이 책은 문학이론의 입문서, 즉 나무 타기 권유란 어떠해야 하는가 라는 질문에 대해 집필자 일동이 의논하고 함께 생각을 모은 끝에 완성한 것입니다. 이 책은 2부로 구성되어

있습니다. 전반부에서는 '문학이론'의 뿌리까지 내려가서
사색하는 것(Fundamentals)을, 후반부에서는 큰 가지 몇 개의
끝까지 올라가서 거기에 지금 피어있는 꽃을 감상하면서 그
꽃잎 안쪽으로부터 새로운 사색의 실마리를 발견=발명하는
것(Topics)을 목적으로 하였습니다.

'기초강의 편 – 문학이론의 에센스'라는 제목의 전반부는
문학이론이 일본에 정착된 1980~90년대의 분위기 속에서
문학 연구의 길에 들어섰던 필자 5명이 '텍스트', '읽다', '언어',
'욕망', '세계'라는 주제(theme)를 둘러싸고 각자 독자적인 발상과
어조로 논한 것입니다. 접근의 방식은 각기 다르지만 '문학'을
'이론'적으로 사색한다는 것이란 무엇인가 라는 공통의 〈물음〉을
마주하고 있다는 점은 일치합니다. '토픽 편 – 문학이론의
현재를 생각하기 위하여'라는 제목의 후반부는 대학원생 5명이
모여서, '이런 것을 가지고 싶었다'를 표어로 현재 진행형의
여러 주제=사색의 장(topos)이 이루는 다도해를 항해하기 위한
인식의 지도를 제작한 것입니다. 서양 고전수사학에서는 이처럼
논거의 소재(topos)를 발견=발명하는 기술을 '토피카(topica)'라고
부르면서 판단=비판의 기술인 '크리티카(critica)'에 앞서는
것으로 (과거에는) 중시하였습니다.

에도(江戸) 시대 교토(京都)의 호리카와(堀川) 부근에 사숙(私塾)을
열었던 이토 진사이(伊藤仁齋)라는 재야 유학자가 있었습니다.
지금 식으로 말하자면 초일류의 '문학이론가'라고 불러도

좋을 듯합니다. 진사이 선생의 저서『동자문(童子問)』에는 '다학(多學)'을 경계하고 '박학(博學)'을 권하는 유명한 구절이 있습니다. 곧 '박학'은 "한 가지에서 만 가지로 나아가는" 것이며, 뿌리에서 줄기로 줄기에서 가지가 뻗어가고, 거기에 잎이 무성하고 열매가 조밀한 "뿌리 있는 나무"인 데 비해, "만 가지에다 만 가지"를 더하는 '다학'은 비단으로 만든 조화(造花)에 지나지 않아, 한 번 활짝 피어 눈길을 끌지만 결국 죽은 것으로 성장은 없다는 것입니다.[5] 달리 보면 오늘날 정치인과 지식인 모두가 가상공간에서 트윗과 리트윗을 반복하고 있는 모습은 그야말로 화려한 조화뿐인 백화요란(百花繚亂). 게다가 떠벌이들은 그렇게 뿌리 없는 조화들이 서로 머리를 조아리며 절하는 모습을 깔보고 비웃는 형편. 그러한 현재이기 때문에 문학이란, 적어도 문학은 '뿌리 있는 나무'로서 그 가지 끝에 남몰래 작고 아름다운 꽃을 피웠으면 합니다. 그런 꽃을 찾아보고자 직접 나무 타기를 계획하는 당신을 위해. 이 책이 작은 발판이 되기를 바라며.

미하라 요시아키

1

미셸 푸코·질 들뢰즈, 이승철 역,
「지식인과 권력 – 푸코와 들뢰즈의 대화」,
미셸 푸코 외, 『푸코의 맑스』, 갈무리, 2004,
192~193쪽.

2

에밀 뱅베니스트, 김현권 역,
「동사의 능동태와 중동태」, 『일반언어학의
여러 문제』 1, 지식을만드는지식,
2012, 311쪽.

3

발터 벤야민, 최성만 역, 「번역가의 과제」,
『발터 벤야민 선집』 6, 길, 2008, 137쪽.

4

가야트리 스피박, 태혜숙 역, 「서발턴은
말할 수 있는가?」, 로절린드 C. 모리스 편,
『서발턴은 말할 수 있는가?』, 그린비, 2013.

5

헨리 데이비드 소로, 김완구 역, 「산책」,
『산책 외』, 책세상, 2009, 64쪽.

6

이토 진사이, 최경열 역, 『동자문』,
그린비, 2013, 397쪽.

문학이론의 에센스

Fundamentals

제1장

텍스트

고하라 가이
郷原佳以

이론과 음미

문학 연구에서 이론적인 것에 대한 관심이 고조되고 세계적으로 비평이론이 더 없이 융성했던 것은 1960년대부터 1980년대까지였다. 그 배경으로는 20세기 중반 구조주의(structuralism)의 광범위한 수용에 따른 소쉬르(Saussure) 언어학의 재발견, 그리고 언어적 전회(linguistic turn)와 기호론의 발전 등 새로운 이론의 발흥을 들 수 있다. 그러나 이후 문학 연구에서 이론 자체가 뿜어내는 매력은 서서히 줄어가고 있다. 최근 간행되는 비평이론 개설서는 모두 궤를 같이한 듯 현대가 '포스트 이론(post theory)'의 시대라는 것을 확인하면서 시작하고 있으며, 그것을 바탕으로 어떻게 문학을 사고해야 하는가 라는 문제를 제기하고 있다(앙투안 콩파뇽(Antoine Compagnon), 나카지 요시카즈(中地義和)·요시카와 가즈요시(吉川一義) 역,『문학에 대한 이론과 상식(Le démon de la théorie: littérature et sens commun)』, 이와나미서점, 2008; 오하시 요이치(大橋洋一), 「포스트 이론 시대의 비평과 이론」,『현대비평이론의 모든 것』, 신쇼칸, 2006; 테리 이글턴(Terry Eagleton), 오하시 요이치 역,『문학이라는 사건(The Event of Literature)』, 헤이본샤, 2012 [1] 등). 이 책 또한 이미 유행이 지나버린 지금, 비평이론을 안다는 것의 의의를 생각해보고자 한다. 원래 어느 정도 확산한 다음 이론이 매력을 잃는 것 자체는 결코 이상한 것이 아니고, 일괄적으로 나쁜 것도 아니고, 예로부터 반복되어 온 일이다. 이를테면 수사학(rhetoric)이라는 학문은 고대 그리스에서 설득을 위한 다양한 기법으로 널리 활용되었고 그 유용성 덕분에 서양 교육의 중추로 자리 잡았지만, 그로 인해 이후에는 오히려 서서히 이른바 '수사학' 문채(文彩) 목록으로 환원되면서 형해화되어 활기를 잃었다. 1970년 비평가 롤랑 바르트(Roland Barthes)가 총괄하여 종언을 선언한 (바르트는 그로부터 2년 전에도 무언가의 종언을 고했고 그것이 더 유명하지만, 그에 대해서는 뒤에서 살펴보도록 하자.) '옛 수사학'이 그것이다. 처음에 만능으로 보였던 이론도 대상과의 결속이 희박해지는 순간 인위적인 탁상공론으로 보이기 시작하면서 흥미의 대상에서 벗어나고 당초에 억눌려 있던 '상식'적 관점으로부터 반발을 받게 된다. 바르트의 문하에서 공부하였고 새로운 이론의 전파에 기여해 온 앙투안 콩파뇽이 1998년 문학이론 개설서를 내면서, 이론 때문에 부정적으로 인식되었던 '문학', '작가', '역사', '가치' 등의 개념 부류(사실 '문학' 자체가 그 부류인 것이다.)를 굳이 본문의 여러 장(章) 제목으로 삼아서, 비판을 의문에 부치는 동시에 '이론'과 '상식'의 싸움 그 자체를 주제로 제시했던 것은 상징적이다. 이론의 융성으로부터 수십 년이 지나 거리를 두고 이론을 살펴볼 수 있게 되었을 때 일탈이나 부정합이 보이기 시작하는 것은 당연히 있을 수 있는 일이다. 그렇다고 해서 콩파뇽이 '상식으로 돌아가라' 같은 단순한 주장을 하는 것은 물론 아니며, 냉정한 거리를 유지하면서 이론을 검토하는 시점(視點)에서 이루어지는 그의 해설은 대체로 설득력이 있다. 문제는 '이론'과 '상식'이라는 대립 도식을 '상식' 편에서 받아들여 이론을 한 편의 소설이나 시나 희곡을 음미하고 즐기는 태도로부터 멀리 떨어진 난해한 것으로 파악하거나, 그 반대로 상식을 한 편의 소설이나 시나 희곡을 감각적으로 즐기는 방법으로 파악하는, 이론에 대한 소박한 이해이다. 만약 지금도 그러한 이론관 때문에 비평이론을 멀리하는 경향이 있다면, 그것은 완전한 오해이며 무척 안타까운 일이라고 목소리를 높이고 싶다.

비평이론은 수많은 새로운 개념을 만들어냈다. 그 가운데 이론이란 우리 독자 한 사람 한 사람이 한 편의 소설이나 시나 희곡 등을 음미하고 즐기는 것을 전적으로 긍정하는 것임을 가장 잘 보여주고 있는 개념이, 이 책에서 가장 먼저 다루는 '텍스트(text)'이다. 그렇다고는 해도 미리 말해두어야 하겠지만 지금에 와서는 이 개념의 상황 또한 분명 나빠지고 있다. '지금에 와서는'이라는 말은 '어떠한 장르든 읽기 쉬운(readable) 것이 요구되는 시대에서는'이라는 의미이다. 마찬가지로 '텍스트'는 음미와 즐거움을 야기하지만, 그 맛은 누구나 공통적으로 받아들일 수 있는 읽기 쉬운 스토리로부터 얻을 수 있는 재미와는 다른 것이기 때문이다. '텍스트'의 반대 개념으로 그러한 의미에서의 '스토리(story)' 혹은 일부 **픽션**(fiction)**론**자들이 전제로 하는 '허구세계'를 들어도 좋을 것이다. 줄거리로 요약될 만한 '스토리'나 통일적인 '세계'로서 몰입의 대상이 되는 '허구세계'로부터 넘쳐서 흐르는 디테일(detail)에 바로 '텍스트'의 '텍스트성'이 있다. 예컨대 근대 프랑스 소설을 대표하는 귀스타브 플로베르(Gustave Flaubert)의 장편 『보바리 부인(Madame Bovary)』(1857)[2]을 "책읽기에 탐닉하여 허구와 현실을 구별하지 못하게 된 여성 엠마 보바리(Emma Bovary)가 평범한 남편 샤를(Charles)과의 생활에 실망하여 간통을 거듭한 끝에 자살한다." 라는 식으로 요약했다면, '텍스트'를 거의 읽지 않은 셈이다. (이에 대해서는 하스미 시게히코(蓮實重彦), 「엠마 보바리와 리처드 닉슨」, 『표상의 나라』, 세이도샤, 2006을 참조하기 바란다.) '텍스트'는 '스토리'만이 아니라 때로는 '스토리'와 어긋나는 여러 디테일로 구성되어 있다. 그 디테일을 눈여겨보고 읽어가는 것이 '텍스트'를 '읽는다'라는 것이다. 그때 비로소 현실의 표상으로 닫힌 허구세계가 아니라, 텍스트 상에서만 가능하게 된 디테일의 연관이 보이기 시작한다. 그것을 하스미 시게히코는 **'텍스트적 현실'**이라고 명명하고 있다. 하지만 조금 앞질러버린 듯하다. 다시 한번 '텍스트'라는 말로 돌아가자.

이 글에서는 지금까지, 굳이 "한 편의 소설이나 시나 희곡 등" 같은 답답한 표현을 쓰면서 '작품(work, œuvre)'이라는 말을 피해 왔다. '작품'이라는 말이 놓쳐버리는 바로 그것을 문제로 제시하고 싶기 때문이다. 하지만 모두가 양해한다면 답답한 표현 대신에 사용하고 싶은 말은 '텍스트'이다. '텍스트'는 영어로 쓰면 text이기 때문에 단순히 '쓰인 글'이라는 의미로 교과서나 과제문을 가리키는 텍스트라는 말과 단어로는 동일하다. 그것이 1960년대 중반 무렵부터 그때까지 의식되지 않았던 의미로 쓰이기 시작하면서, 텍스트와 구별되는 의미에서 '텍스트'가 되었다.[3] 그렇지만 모든 텍스트는 '텍스트'이다 라고 할 수도 있고, 오히려 텍스트를 '텍스트'로 읽으려는 태도야말로 문제라고 할 수 있다. 그리고 일단 '텍스트'가 어떠한 것인지 (느낌으로) 알게 된다면, '텍스트'는 지극히 편리하고 다양하게 사용할 수 있는 말이 될 것이다. 그렇다면 텍스트를 '텍스트'로 읽는다는 것은 어떤 것일까. 그것은 쉬워보이기도 하지만, 줄거리를 이해하는 정도를 넘어서는 것이다.

앞서 이론에 대한 오해로 이론이 책읽기의 감각적인 즐거움을 멀리한다는 우려를 들었다. 이것이 오해라고 할 수 있는 것은 어떤 의미에서 '텍스트'는 감각적인 것이기 때문이다. 좀 더 말하자면 '텍스트'는 감각에 관계된 것이다. '텍스처(texture)'라는 단어는 사물의 감촉과 질감을 의미한다. 하지만 원래 이 단어는 직물이나 그 직조, 짜는 방법, 조성을 나타내는 말이다. '텍스트'란 어원적으로 직물에서 유래한 것으로 직물은 피부에 걸치고 감촉을 즐기는 것이다. 감촉에는 매끄러움이나 부드러움 등 여러 가지가 있고 각자가 좋아하는 감촉과 좋아하지 않는 감촉이 있을 것이다. 좋아하는 감촉의 물건은 다시 만져보고 싶을 것이다. 이것이 '텍스트'에 애착을 가진다는 것이다. '텍스트'란 애착을 가질 수 있는 것이다. 반대로 애착을 가질 수 있는 것이란 어떤 것일까. 어떤 작가의 사상에 찬성 혹은 반대한다면, 그 사상은 애착의 대상이 될 수 있을까. 아닐 것이다. 어느 한 묶음의 글로부터 그것을 쓴 사람이 하고 싶은 말을 요약적으로 끌어내는 연습은 국어나 글쓰기 수업에서 많이 해보았겠지만, 그러한 '명제'에 애착을 갖는다고 생각하기는 어렵다. 우리가 애착을 가지고 피부에 걸치고 음미하는 것은 명제로부터 벗어나거나 때로는 명제와 어긋날 수도 있는 지엽말단에서도 발견할 수 있다. 그것은 어쩌면 다른 사람은 눈치채지 못할 수도 있는 텍스처일 수도 있다. 이렇게 말한다면 '문체'라고 생각할지도 모르지만 그것에 한정되는 것은 아니다. 그 직조조직(texture)은 어쩌면 텍스트가 만들어진 때로부터 몇 세기가 지나서야 비로소 풀리는 것인지도 모른다.

텍스트에서 '텍스트'로

구조주의로부터 포스트구조주의(poststructuralism)로의 이행기(이러한 명칭은 사후적으로 영미권에서 붙인 것에 불과하지만)이자 5월 혁명으로 역사의 획을 그었던 1968년에 발표된 논문 혹은 '텍스트'의 서두에서 철학자 자크 데리다(Jacques Derrida)는 다음과 같이 썼다.

> 하나의 '텍스트'가 '텍스트'인 것은, 처음 볼 때 그것이 처음 도달한 누군가에게도 그 구성 방법과 게임의 규칙을 숨기고 있는 한에서이다. 원래 '텍스트'란 항상 지각불가능에 머무는 것이다. 〔…〕 '텍스트'의 직조조직(texture)이 은폐되어 있기 때문에 그 직물을 푸는 데에 여러 세기까지 걸릴 수도 있을 것이다. 직물을 감싼 직물. 직물을 푸는 데에 걸리는 여러 세기. 직물을 푸는 작업은 동시에 직물을 조직체로 재구성한다.
>
> –
>
> 자크 데리다, 후지모토 가즈이사(藤本一勇) 역, 「플라톤의 파르마케이아」,
>
> 『산종(散種)』, 호세이대학출판국, 2013, 93~94쪽.

이 문장에 몇 가지 주석을 붙이고 싶은데, 우선 "하나의 '텍스트'가 '텍스트'인 것은"이란 "하나의 '텍스트'(명제를 도출하거나 주지를 요약하기 위한 재료 등의 문장)가 '텍스트'(주름과 텍스처를 가지고 애착의 대상이 되는 직물)인 것은"이라는 의미이다. '텍스트'인 한 그것은 그 "구성 방법과 게임의 규칙"을 숨기고 있으며 특히 "지각불가능"한 것이라는 말이다. "지각불가능"하기는 하지만 촉감까지는 부정하지 않은 것이라고 말해도 좋을 것이다. 그런데 이어지는 문장에서 "여러 세기까지"라고 하는 것은 지금부터 풀고자 하는 '텍스트'가 기원전 4세기의 철학자 플라톤(Plato)이 쓴 『파이드로스(Phaedrus)』라는 책이기 때문이다. 조금 전 명제는 애착의 대상이 될 수 있는가 라는 질문에 부정적으로 대답하였지만, 서양철학의 시조라고 일컬어지는 플라톤이 쓴 철학책은 그동안 오로지 플라톤(혹은 그의 스승 소크라테스)의 철학적 명제를 추출해야 하는 재료=텍스트로 간주되어 왔다. 그것을 처음으로 '텍스트'로 파악하고 그 주름을 풀어 보인 사람이 데리다인 것이다. 앞의 인용에서 말한 바와 같이 그렇게 텍스트를 풀 때 그 말 자체도 '텍스트', 즉 "직물을 감싼 직물"이 된다. 데리다의 논문이 동시에 '텍스트'이기도 한 것은 이런 이유에서이다. 플라톤론의 첫머리에서 플라톤의 대화편을 '텍스트'로 간주하겠다고 선언하는 것은 적어도 철학 연구의 영역에서 상당히 충격적인 일이었음에 틀림없다. 그렇지만 그 후 이 논문이 프랑스어 번역본 『파이드로스』 문고판의 서문으로 수록되었다는 점에서 『파이드로스』가 '텍스트'라는 것이 철학연구에서 인정을 받았다고 간주할 수 있다. 철학책을 텍스트로서가 아니라 '텍스트'로 보는 시선이 철학연구의 상식을 바꾼 것이다. 그것은 물론 앞선 선언에 이어서『파이드로스』가 실제로 '텍스트'로 풀리면서 기존의 독해에서는 볼 수 없던 모습을 드러냈기 때문이다. 그것은 어떤 모습이었을까.

상세한 내용에 대해서는 실제로 '텍스트'를 직접 마주하는 것이 가장 좋겠지만, 사람들을 놀라게 한 텍스트 독해를 아주 조금 소개하고자 한다. 데리다는 우선 소크라테스와 제자 파이드로스의 대화에서 기존에『파이드로스』의 주제로 간주되었던 사랑(에로스)과 변론(로고스)에 대한 논의가 끝난 후에 '쓰기'의 공과를 둘러싼 논의가 나타난다는 점에 주목한다. 그러나 그것은 이미 어느 정도 지적되어온 바였다. 데리다의 시선은 소크라테스가 그 논의 가운데에서 '말하기'의 생기 넘치는 성질을 상찬하고 '쓰기'의 부차적이고 비활성적이며 내적 기억을 위협하는 성질을 단죄하기 위해 어떤 신화를 들고 온다는 것, 동시에 그 신화에 근거하여 '말하기'의 제1차성을 드러내고자 하면서도 '말하기'에 대해서 말할 때 무의식적으로 '쓰기'와 관련된 비유("혼 가운데에 지식과 함께 쓰인 말"(『파이드로스』 276a)[4], "먹물을 묻혀 쓰다"(276c)[5] 등)를 활용하고 있다는 것으로 향한다. 또한 데리다는 그 신화가 실은 소크라테스와 파이드로스가 아테나이 교외에서 만나 함께 시가 반대 방향으로 걸어가기 시작하는 대화의 서두 장면과 겹겹으로 얽혀 있다는 것을 밝힌다. 예를 들자면 문제의 신화에서 '쓰기'는 "상기(想起)의 비결(파르마콘, pharmakon)"(275a)[6]이라고 말해지는데, 이 '파르마콘(pharmakon)'이라는 말은 독과 약을 동시에 의미하는 단어이다. 이 말은『파이드로스』의 서두에서 두 사람 가까이 흐르는 강에 얽힌 전설을 소크라테스가 이야기하여 들려줄 때, 파생어 "파르마케이아(Pharmakeia, 생명을 잃게 하는 샘)[7]"라는 형태로 이미 나타나 있었다. 소크라테스는 전설을 말하면서도 자신은 그러한 신화적인 설명은 진리로부터 떨어져 있기 때문에 피하는 것이라고 말해두었고(230a)[8], 책이나 쓰기, 그리고 공허한 변론에 대한 그의 비판도 이 주장의 연장선에서 제시되는 것이다. 하지만 대화의 시작을 잘 읽어보면 소크라테스의 입장이 일관되지 않은 것을 볼 수 있다. 왜냐하면 소크라테스는 파이드로스가 외투 아래에 숨겨둔 책(228d)[9]에 이끌려서 파이드로스가 그 책을 쓴 변론가 뤼시아스로부터 들은 이야기를 듣기 위해 함께 시가 바깥으로 걷기 시작하였고, 마침내 "아무래도 너는 나를 바깥으로 이끌고 나가는 비결을 발견한 것으로 보인다"(230d)[10]라고 털어놓는다. 그렇게 말하면서 소크라테스는 풀밭에 누워서 파이드로스에게 에로스에 대한 뤼시아스의 책을 읽도록 재촉하고, 이렇게 해서 본론인 에로스에 대한 대화가 시작되는 것이다. 자기 성찰을 중시하는 소크라테스는 아테나이 시가에서 벗어나지 않는 것으로 유명했는데 그런 그가 바깥으로 이끌려 갔다는 것은 상당한 유혹이 있었음을 의미한다. 그 소크라테스를 "바깥으로 이끌고 나가는 비결(pharmakon)"이란 "책 속의 이야기"(230d)[11]에 다름 아니다. "비결"로 번역된 단어가 "파르마콘(pharmakon)"인 이상『파이드로스』라는 '텍스트'는 서두에서 소크라테스가 이후에 자신이 위험한 기술로 단죄하게 되는 **'쓰기=쓰인 것**(에크리튀르, écriture)'에 유혹당하고 있음을 '텍스트'의 층위에서 드러내고 있는 셈이다. 데리다는 말한다. "그러는 동안에 에크리튀르가, 파르마콘이, 길을 벗어난 것이다."(100쪽) 다카하시 데쓰야(高橋哲哉)가 훌륭한 해설에서 말한 것처럼 서두 장면은 본론 뒤에 나타나는 '쓰기'론의 "불길한 복선"이 되고 있다(『데리다』, 고단샤학술문고, 2015. 62~65쪽). 게다가 뒤의 '쓰기'론에서 '쓰기'가 인간을 타락시키는 유해한 기술이라는 주장은 소크라테스 자신의 이름으로가 아니라 신화의 인용을 통하여, 즉 서두 장면에서 자신이 비판하고 있는 언설의 형태로 행해지고 있다(99~106쪽).

이러한 독해를 통해 우리는 소크라테스=플라톤의 철학적 명제를 보게 되는 것일까? 그렇지 않다. 그것보다는 소크라테스=플라톤이 그 안에서 명시하고 있는 명제를 '텍스트'가 배신하는 형태로 작용하고 있다. 즉 텍스트는 확실히 소크라테스의 이야기를 전한 플라톤의 저작이지만 소크라테스=플라톤의 의식 및 그들의 대화나 집필 의도와는 다른 형태로 작용하고 있다. 왜 그럴까. 왜냐하면 '텍스트'는 그것이 '쓰여 남겨진 것(écriture)'인 한, 그 기원으로서의 의식으로부터 이미 분리되어 '표류'하고 있기 때문이다. 따라서 플라톤의 저작을 '텍스트'로 바라보는 시선이 발견하는 것은 플라톤 철학의 창시자로서의 플라톤과는 다른 것이다. '텍스트'를 읽는다는 것은 하나의 텍스트 내부에서 그 작자와 구별되는 타자를 발견하는 것이다. 데리다의 용어로 말하자면, 그것은 플라톤의 '텍스트'를 **탈구축적**으로 읽는다는 것, 혹은 '텍스트' 독해를 통해 플라톤주의를 탈구축한다는 것이다. '텍스트'란 무엇보다 '읽기'와 분리될 수 없다는 것이 이제 분명해졌을 것이다. 동시에 텍스트를 '텍스트'로 읽는다는 것이 쉬워보이기도 하지만 줄거리를 이해하는 정도를 넘어서는 것이라고 한 뜻을 이해할 수 있을 것이다. '텍스트'를 읽는다는 것은 음미하는 것이지만 허심탄회하게 글씨를 좇는 것만은 아니다.

데리다의 사례로 허들을 높이는 것이 결코 우리의 목적이 아니다. 오히려 이와 같은 의미에서 대상을 '텍스트'로서 독해하는 것은 문학 연구를 넘어서, 이론적 문장을 포함하여 쓰인 것을 대상으로 하는 연구 일반의 기초라고 생각한다. 쓰인 것을 '텍스트'로 읽는다는 것은 항간에 유통되는 언설이나 이미지를 그대로 받아들이지 않고 문장에 무엇이 쓰여 있는지를 스스로 디테일에 이르기까지 확인하는 것, 문장으로부터 단일 명제를 끌어내는 데 그치지 않고 저자를 비롯한 그 어떤 권위적 존재도 배려하지 않으면서, 내부의 어긋남이나 모순을 비판적으로 검증하는 것이기 때문이다.

그러나 데리다 혼자서 '텍스트' 개념에 도달한 것은 아니다. 1968년 그가 '텍스트'에 대한 대담한 서문을 쓸 수 있었던 배경에는 문학 연구 영역에서의 끈질긴 이의제기의 움직임이 있었다. 사실 이는 비평이론 전반을 두고 말해야 하겠지만 우선 "텍스트'론"에만 주목하더라도 여러 비평가 사이에는 간과할 수 없는 개별적인 차이가 있었다. 앞의 인용에 이어지는 부분에서 데리다는 "오늘날 안일하게 그와 같이 생각하는 것처럼 읽기와 쓰기에 어떤 일체성이 있다고 하더라도 즉, 읽기란 쓰기라고 하더라도 그 일체성은 차이가 사라진 혼동도 아니고 완전히 정지한 동일성도 아니다."(3쪽)라고 쓰고 있다. 여기에서 드러나는 것은 당대 단순화된 '텍스트론'에 대한 위화감이다. 다만, 이것을 잠시 미뤄두고 말하자면, 데리다가 '텍스트'라는 개념을 이처럼 사용할 수 있는 여지를 준 사람은 앞서 이름을 거론한 비평가 롤랑 바르트이다. 바르트는 1960년대 이전 권위적인 문학비평에 대하여 과감한 투쟁을 벌였다. 그 경위를 더듬어 보자.

작품으로부터 '텍스트'로

데리다가 플라톤의 저작을 '텍스트'로 읽음으로써 철학 연구의 상식을 바꾸었다고 한다면, 문학 작품을 '텍스트'로 읽음으로써 문학 연구의 상식을 바꾼 이는 바르트이다. 만년의 섬세하고 정취 깊은 바르트의 문장에서는 상상하기 어려울 정도의 격렬한 문장이 그 이행기에는 쓰여 있다. 1966년에 간행한 팜플렛『비평과 진실(Critique et Vérité)』[12]을 다시 보면 서두부터 그다지 온화하다고 할 수 없는 언사가 이어진다. 이는 그가 3년 전에 낸『라신론』[13]으로 대표되는, 당시 등장하고 있던 새로운 유형(type)의 비평을 공격하는 출판물이 바로 전년도에 간행되었기 때문이다. 소르본대학교(파리 제4대학교) 교수이자 라신(Racine) 연구의 권위자 레이몽 피카르(Raymond Picard)의 「새로운 비평(nouvelle critique)인가, 새로운 사기인가」[14]이다. 비록 피카르에 대한 반론으로 쓰였지만『비평과 진실』은 단순히 자신의 저서를 옹호하는 글이 아니다. 오히려 이 팜플렛은 권위를 가진 사람이 좌지우지하는 문학 연구나 맹목적인 실증주의에 대한 통렬한 비판이었으며, 도래할 비평 본연의 자세에 대해 제언하고 있다. 결국 문학 작품은 저자의 뚜렷한 의도에 따라 창조된다는 낡은 문학관에 기초한 문학 연구와, 작품은 저자의 의도로부터 분리되어 의미 작용을 형성한다는 새로운 문학관에 기초한 문학 연구의 대립이 신구논쟁의 양상을 띠게 되었다. 이 논쟁의 연장선상에서 이듬해 쓰인 것이 바로 작자의 의도를 넘어서 세계적으로 영향을 미치게 된 논문 「저자의 죽음(La mort de l'auteur, The Death of the Author)」 (프랑스어 발표 1968년, 영어 발표 1967년)이다. 이 논문이 일거에 신구논쟁의 판세를 역전하게 된 것은 아무래도 그 자극적인 표제에 기인한 바가 큰데, 이 같은 표제를 붙인 배경에는 피카르 무리와의 논쟁이 있었다. 여기서 덧붙여 두어야할 것은 '저자(auteur, author)'라는 말이 프랑스어든 영어든 어원적으로 '권위(aurorité, authority)'라고 하는 말과 연결되어 있다는 것이다. '저자의 죽음'이라는 표현은 그 자체로 반권위적인 의미작용을 발신하고 있던 것이다.

그러나 텍스트를 '텍스트'로 읽는 자세를 눈여겨본 우리로서는 「저자의 죽음」이라는 논문에 대해서도 그 웅변적인 표제에 현혹되지 않고, 그것이 어떠한 실로 짜이고 거기에서 무엇이 행해지고 있는지를 확인하고 싶은 바이다. 상세한 독해를 전개할 여유는 없지만 논문에서 '저자의 죽음'이라는 표현은 단 한 번, 매듭을 짓는 한 문장에서만 나타날 뿐이다. 그러면 이 논문은 무엇을 말하고 있는가. 전체적으로 볼 때, 이 글은 문학적 '텍스트'에 저자의 언어가 아니고 누가 말하고 있는지 명확하지 않은 언어, 즉 비인칭적인 언어가 존재한다는 것을 지적하고, 그 언어를 '쓰기=쓰인 것(écriture)'이라고 부르면서 프랑스에서 그러한 언어를 탐구해온 이들의 계보를 더듬는다. 프랑스라는 한정이 없다면 구조주의 문학이론의 지주가 되는 러시아 형식주의(Russian formalism), 작품의 자율성이나 정독을 중시하는 신비평(New Criticism)도 포함할 수 있겠지만 실제로 서술된 계보는 〈말라르메(Mallarmé) – 발레리(Valéry) – 프루스트(Proust) – 쉬르레알리슴(Surrealisme) – 현대의 언어학〉이다. 마지막 항목에서 염두에 둔 것은 당시 바르트가 경도되어 있던 언어학자 **에밀 뱅베니스트**(Émile Benveniste)**의 발화이론** 및 그 배후에서 확인되는 옥스퍼드학파의 **언어행위이론**(Speech Act Theory)이다.

여기에서도 앞에서처럼 비판적으로 이 계보를 살펴보겠다. 〈**비인칭적인 언어**로서의 에크리튀르〉 탐구의 계보이지만, 예컨대 시인 아르튀르 랭보(Arthur Rimbaud)나 비평가 모리스 블랑쇼(Maurice Blanchot)의 이름이 빠져 있는 한편, 어디까지나 '발화'의 탐구인 발화이론이 불쑥 들어와있다고 하지 않을 수 없다. 그러한 부자연스러움에도 불구하고 바르트가 이 계보를 제시하는 것은 후반부의 주장, 즉 작품이 아닌 '텍스트'를 창조하는 것은 저자가 아니라 독자임을 최첨단 발화이론이 충분히 정당화하는 것처럼 보였기 때문일 것이다. 뱅베니스트의 발화이론은 '나'라는 주체는 '나'라는 언어가 발화되는 그 순간에 일어난다고 말하는 것인데, 바르트는 이와 마찬가지로 '텍스트'가 독자에 의해 읽히면 그때마다 새로 의미가 만들어진다고 생각한 것이다. 그리고 이러한 바르트의 확신이 논문 말미에 단 한 번 보이는 '저자의 죽음'이라는 문구를 이끌어 낸다.

전체를 매듭짓는 것은 다음과 같은 한 문장이다. "독자의 탄생은 '저자의 죽음'에 의해 대속되지 않으면 안 되는 것이다."(롤랑 바르트, 하나와 히카루(花輪光) 역, 「저자의 죽음」, 『이야기의 구조분석(物語の構造分析)』, 미스즈서방, 1979, 89쪽)[15] '대속하다'라는 신학적이면서 경제적인 표현도 거들기 때문에 저자인가 독자인가라는 양자택일이 필연적으로 보이게 만드는 이 단언은 조금만 생각해본다면 근거가 부족하며(저자와 독자가 함께 있는 것이 왜 문제인가?), "분명히 경솔"하다(하스미 시게히코, 『이야기 비판 서설』(1985), 고단샤학술문고, 2018, 26쪽). 그러나 반권위주의적 투쟁을 배경으로 한 이 양자택일의 '경솔함'이 이 논문에 전세계 문학 연구의 상식을 뒤바꿀 힘을 실어준 것 또한 분명하다. 그 결과 초래된 새로운 조류에는 특히 영미권에서 포스트구조주의라든가 '텍스트'론('텍스트'주의)이라든가 하는 호칭이 부여되었고, 서사론(narratology)이나 탈구축 비평 등도 포함된다고 할 수 있다. 바르트 자신이 「저자의 죽음」을 집필하면서 진행했던 이야기 분석, 즉, 발자크(Balzac)의 중편 『사라진느(Sarrasine)』[16](1831)를 다룬 『S/Z』[17](1968)도 여기에 포함된다. 이러한 분석은 가능한 한 저자나 저자의 다른 작품을 고려하지 않으면서 그 자신이 대상 '텍스트'를 어떻게 읽는가를 살펴보는 '읽기'에 대한 대단히 미세한 기록이다.

이처럼 '텍스트'란 무엇보다 '읽기'의 문제라는 것을 바르트에게서 새삼 확인할 수 있다. 바르트가 「저자의 죽음」에서 그려낸 것은, '저자'로부터 '독자'로의 주도권 이양을 통한 '작품'으로부터 '텍스트'로의 이행, 또한 '문학'으로부터 '쓰기=쓰인 것(écriture)'으로의 이행이었다. 이후 문학 작품을 권위 있는 저자에게 귀속시키면서 저자의 의도를 살피는 대신, 기원을 갖지 않는 '텍스트'로서 읽고자 하는 독해 방법이 긍정된다. '텍스트'는 '저자의 죽음'에서 다음과 같이 다루어진다.

> '텍스트'는 일렬로 늘어선 단어로 이루어져 있으며, 유일한 이른바 신학적 의미(즉 〈저자=신〉의 '메시지'일 것이다)를 드러내는 것이 아니다. '텍스트'란 다차원의 공간으로 그곳에는 다양한 에크리튀르가 서로 연결되어 이의를 제기하며 그 어느 것도 기원이 되지 않는다. 텍스트란 무수하게 있는 문화의 중심으로부터 도달한 인용의 직물이다.
>
> —
>
> 롤랑 바르트, 하나와 히카루(花輪光) 역, 「저자의 죽음」,
> 『이야기의 구조분석(物語の構造分析)』, 미스즈서방, 1979, 85~86쪽.[18]

이곳에서 간결하게 제시된 '텍스트'의 정의는 3년 후 「작품에서 텍스트로(De l'œuvre au Texte)」라는 논문에서 다시 명제 7개로 세분화되어 '작품'과의 차이를 상술하게 된다. 이에 따르면 '텍스트'란 (1) '횡단'의 운동으로 구성되며, (2) 오래된 분류를 뒤집는 힘을 가지고, (3) 언어 이외의 기의(시니피에, signifie)로 되돌려지는 것이 아니라 기표(시니피앙, signifiant)의 장에서 환유(metonymy)적으로 무한히 어긋나며, (4) 인용과 참조와 반향으로 직조되어 상호텍스트성(intertextuality)에 포획되며, (5) 기원을 두지 않으며, (6) 쓰기(écriture)와 읽기의 차이를 없애고, (7) 즐거움으로 접근할 수 있는 것이다(롤랑 바르트, 「작품에서 텍스트로」, 『이야기의 구조분석』, 9~10쪽)[19]. 다만 이러한 정의는 이것만으로는 너무 추상적이어서 '텍스트의 즐거움'을 충분히 전해준다고 하기 어렵다.

'읽기'와 텍스트의 즐거움

하지만 2년 뒤 『텍스트의 즐거움(Le plaisir du texte)』(1973)에 이르면, 논문에서 단장(斷章)으로 변화한 '텍스트'는 다음과 같이 '텍스트의 즐거움'을 전해주게 된다.

사랑하는 사람과 함께 있으면서 다른 것을 생각한다.
그렇게 한다면 가장 좋은 생각이 떠오른다. 일에 필요한
착상을 가장 잘 얻을 수 있다. '텍스트'에 대해서도
마찬가지이다. 내가 간접적으로 듣게 되면 '텍스트'는 내 안에
최고의 즐거움을 낳을 수 있다. 내가 읽다가 여러 번 고개를
들어 다른 것에 귀를 기울이고 싶은 기분이 된다면 좋다.
나는 반드시 즐거움의 '텍스트'에 포착되어 있는 것은 아니다.
그것은 들뜨고, 복잡하고, 미묘한, 침착함이 거의 없다고도 할
수 있는 행위일지도 모르는, 얼굴의 뜻밖의 움직임. 우리가
듣고 있는 것은 아무것도 듣지 않고, 우리가 듣지 않는 것은
듣고 있는, 새의 움직임과 같은.

–

롤랑 바르트, 사와사키 고헤이(沢崎浩平) 역, 『텍스트의 즐거움』,

미스즈서방, 1977, 46쪽.[20]

이렇게 보면 '텍스트'는 확실히 사랑의 대상이 되고, '읽기'는 정말로 자유로운 것이 된다. 문면 좇기를 멈추고 물리적 텍스트로부터 고개를 들고 지극히 개인적인 연상에 잠기기 시작할 때에도 '읽기' 행위는 계속되고 있다고 할 수 있기에. 누군가로부터 책의 한 구절을 듣고 거기에서 책의 세계와는 거의 관계없는 공상을 시작했다 하더라도 '읽기' 행위라고 할 수 있기에. 오히려 그러한 때 '읽히는' 것이야말로 '텍스트'이며 결국은 그와 같은 '읽는' 자

는 '쓰는' 자이기도 한 것이 되기에. 그때의 '읽기'는 한 글자 한 구절을 같은 농도와 속도로 기계적으로 흡수하는 것의 대척점에 있고, "들뜨고, 복잡하고, 미묘한, 침착함이 거의 없다고도 할 수 있"는 지극히 개인적이며 매번 다른 행위가 된다. 이와 같은 '읽기'의 확대를 끝까지 밀고 나간 곳에는 현대 비평가 피에르 바야르(Pierre Bayard)의 유머러스한 독서론(오우라 야스스케(大浦康介) 역, 『누가 로저 애크로이드를 죽였는가?』, 지쿠마서방, 2001 [21] ; 히라오카 아쓰시(平岡敦) 역, 『셜록 홈즈가 틀렸다』, 도쿄소겐샤, 2011 [22] ; 오우라 야스스케 역, 『읽지 않은 책에 대해 말하는 법』, 지쿠마학예문고, 2016 [23])이 있다.

바르트에 있어서 '읽기'의 확대는 '텍스트'의 즐거움을 추구한 나머지, 하스미 시게히코의 '텍스트적 현실'과도 데리다의 탈구축적 '텍스트' 독해로 풀리는 '텍스트'와도 다른 '텍스트'를 가져온 것처럼 보인다. 그러나 정말로 그것은 괴리일까. 비평적인 것과 즐거움을 얻는 것은 모순되지 않는다. 오히려 반대이다. 중요한 것은 '텍스트'가 표상하는 전체상을 얻는 것과 무관하게, '읽기'를 통해 개인의 촉각적인 경험으로 가져오는 것이다. 그리고 '읽기'를 통해 텍스트의 무수한 주름이 제어되고 완성된 것처럼 보이는 '세계'를 차례차례 착종시키고 어긋남으로 가득 차도록 만들어 가는 것이다.

1

테리 이글턴, 김성균 역,
『문학 이벤트 – 문학 개념의 불확정성과
허구의 본성』, 우물이있는집, 2017.

2

귀스타브 플로베르, 이봉지 역,
『보바리 부인』, 펭귄클래식코리아, 2020.

3

저자는 교과서 등 문헌을 뜻하는 텍스트와
읽기라는 실천의 대상인 '테스트'를 구분하여
각각 'テキスト'와 'テクスト'로 쓰고
있다. 전자는 텍스트로 후자는 '테스트'로
번역하였다. 다만, 뒤에 이어지는 장들에서는
모두 후자인 'テクスト'의 의미로 쓰고
있으므로, 가독성을 위해 인용 부호를
생략하고 텍스트로 번역하였다.

4

플라톤, 천병희 역, 「파이드로스」,
『파이드로스·메논』, 숲, 2013, 125쪽.

5

플라톤, 천병희 역, 「파이드로스」,
『파이드로스·메논』, 숲, 2013, 126쪽.

6

플라톤, 천병희 역, 「파이드로스」,
『파이드로스·메논』, 숲, 2013, 122쪽.

7

플라톤, 천병희 역, 「파이드로스」,
『파이드로스·메논』, 숲, 2013, 23쪽.

8

플라톤, 천병희 역, 「파이드로스」,
『파이드로스·메논』, 숲, 2013, 24쪽.

9

플라톤, 천병희 역, 「파이드로스」,
『파이드로스·메논』, 숲, 2013, 21쪽.

10

플라톤, 천병희 역, 「파이드로스」,
『파이드로스·메논』, 숲, 2013, 26쪽.

11

플라톤, 천병희 역, 「파이드로스」,
『파이드로스·메논』, 숲, 2013, 26쪽.

12

롤랑 바르트, 김현 역, 「비평과 진실」,
롤랑 바르트 외, 『현대비평의 혁명』,
홍성사, 1979.

13

롤랑 바르트, 남수인 역, 『라신에 관하여』,
동문선, 1998.

14

레이몽 피카르, 김현 역,
「새로운 비평이냐 새로운 사기냐」,
롤랑 바르트 외, 『현대비평의 혁명』,
홍성사, 1979.

15

롤랑 바르트, 김희영 역, 「저자의 죽음」,
『텍스트의 즐거움』, 동문선 1997, 35쪽.

16

오노레 드 발자크, 이철 역, 『사라진느』,
문학과지성사, 1997.

17

롤랑 바르트, 김웅권 역, 『S/Z』,
연암서사, 2015.

18

롤랑 바르트, 김희영 역, 「저자의 죽음」,
『텍스트의 즐거움』, 동문선 1997, 32쪽.

19

롤랑 바르트, 김희영 역,
「작품에서 텍스트로」, 『텍스트의 즐거움』,
동문선 1997, 38~47쪽.

20

롤랑 바르트, 김희영 역,
「텍스트의 즐거움」, 『텍스트의 즐거움』,
동문선 1997, 72쪽.

21

피에르 바야르, 김병욱 역,
『누가 로저 애크로이드를 죽였는가?』,
여름언덕, 2009.

22

피에르 바야르, 백선희 역,
『셜록 홈즈가 틀렸다』, 여름언덕, 2010.

23

피에르 바야르, 김병욱 역,
『읽지 않은 책에 대해 말하는 법』,
여름언덕, 2008.

픽션론

3부 문학이론

고대 그리스 철학자 아리스토텔레스는 허구적 이야기(픽션,
fiction)의 기능을 "행위의 재현(미메시스, mimesis)"에서
찾았다. 그러나 문학이론이 '픽션이란 무엇인가'라는
물음을 정면으로 마주하기 시작한 것은 비교적 최근의
일에 불과하다. 20세기의 몇 가지 중요한 공헌을 거치면서
1990년대 이후 픽션론이라는 영역이 갑자기 융성하게
되었다. 그렇지만 픽션론의 융성은 문학이론의 내부로부터
도출된 것이기보다는 분석철학에서 화용론적인 허구론이나
가능세계론을 참조하는 것으로부터 시작된 것이다.
문학이론이 가장 영향을 받은 화용론적인 허구론은
1975년에 발표된 존 설(John Rogers Searle)의 논문 「픽션의
논리적 분석(The Logical Status of Fictional Discourse)」이다.

설 이전의 문학이론에서 픽션론은 주로 픽션의 언어를
일상언어에서 분별하는 형식적 특징을 탐구하는 것이었고,
캐테 함부르거(Käte Hamburger)의 「문학의 이론(Die Logik der
Dichtung)」(1957)이 대표적이다. 함부르거는 대상으로 하는
픽션을 삼인칭소설에 한정하고 삼인칭소설이 현실에서는
어떠한 관찰자도 도달할 수 없는 등장인물의 내적 주관적
경험을 전달하는 것에 주목했다.

그러나 설은 언어행위이론의 관점에서 픽션을 자리매김하기 위해, 소설의 한 구절과 신문의 한 구절을 비교할 때 형식적인 차이를 찾는 것이 어렵다는 것을 지적하면서, 픽션의 작자는 '진지한' 행위수행적 발화를 수행하는 '척 가장한다'라고 주장했다.

서사론의 창시자 제라르 쥬네트(Gérard Genette)는 「픽션과 딕션(Fiction et diction) 」(1991)에서 설의 견해에 대하여 픽션의 언어를 언어행위이론적으로 포착하는 시각을 받아들이고 부분적으로 수정을 가한다. 즉 "옛날 옛적 숲의 변두리에 어머니와 살아가는 작은 여자아이가 있었다."라는 픽션의 언어 역시 "~ 있다고 상상해주세요.", "~ 있다고 하자."라는 언명이 생략되었다고 이해한다면 행위수행적 발화의 일종이라고 생각할 수 있다. 쥬네트는 또한 설의 논의가 '진지'과 '진지하지 않음'을 구별하는 데에 취약하다고 비판하였다. 이후 장 마리 쉐퍼(Jean-Marie Schaeffer)의 「왜 픽션인가?(Pourquoi la fiction?) 」(1999)를 비롯하여 설과 쥬네트의 연장선에서 많은 픽션론이 제출되고 있다.

텍스트적 현실

좋아하는 철학

문학작품을 표상의 틀 안에서 파악하고 통일적인
'허구세계'의 존재를 상정하는 작품해석에 저항하면서,
문학 텍스트에는 언어가 표상기능을 통해서가 아니라, 그
자체로서 드러나 있다는 관점으로부터, 텍스트의 언어적
'현실'을 찾으려고 하는 비평가 하스미 시게히코의 개념.

하스미는 오랜 시간에 걸쳐 '텍스트를 읽지' 못하는
문학이론가들이 끊이지 않는 것을 한탄해 왔지만, 픽션론
이론가들에 대해서는 특히나 엄격하였다. 픽션론 이론가들은
작품을 둘러싸고 유통되는 언설을 맹신하고 거기에서부터
작품 요약을 할 뿐 텍스트에 대해서는 전혀 '무감각'하며
텍스트를 '차별'하기까지 하는 까닭이다. 본문에서 살펴본
것처럼, 하스미가 보기에 『보바리 부인』을 '요약'하는 사람은
텍스트를 읽지 않았다고 할 수 있는데, 그것은 무엇보다도 이
작품에 '엠마 보바리'라는 고유명사는 한 번도 쓰여 있지 않기
때문이다. 그럼에도 불구하고 '엠마 보바리'를 주어로 요약을
만든다면 그것은 '텍스트적 현실'에 배치되는 것이 된다.

텍스트에 대한 '무감각'에 저항하면서 하스미는
『「보바리 부인」론』에서『보바리 부인』이라는 '텍스트'를
그 '텍스트'성으로부터 읽는다. 45년의 구상을 거친
그 읽기 행위(lecture)는 850쪽에 이른다. 모든 몰입적,
심리적 독해와 결별한 하스미에게 '텍스트적 현실'은 사실적
또는 공상적 문학작품에 의해 표상되면서 미리 어딘가에
존재하는 '현실'이 아니라, 쓰인 언어의 표층에서 언어의
배치, 디테일의 어긋남이나 유사, 반복, 스토리에 기여하지
않는 과잉묘사에 의해 구성되는 '현실'인 것이다. 그 '현실'을
찾아내기 위해서 이용되는 것은 '주제론'이라는 기법이다.
'먼지'나 '머리카락', '기화' 등의 '테마'에 주목함으로써, 거친
읽기로부터 거리를 둔 텍스트의 새로운 '현실'이 도출된다.

에크리튀르

에크리튀르(écriture)'는 프랑스어로 '쓰기' 및 '쓰인 것'을
의미하는 명사이며, 20세기 프랑스 비평이론에서는 모리스
블랑쇼, 롤랑 바르트, 자크 데리다 등 비평가, 철학자에
의해 개념화되고 추구되었다. 바르트의 에크리튀르 개념은
시기에 따라 그 의미가 변화하는데, 이 말을 붙인 초기 논집
『글쓰기의 영도(Le degré zéro de l'écriture)』(1953)*에서는
사회화의 관계성에 따라 변용하는 작가의 문학언어의 모습을
의미했다.

블랑쇼는 '에크리튀르'를 평생 추구한 비평가이다.
블랑쇼에게 '에크리튀르'란 완성된 작품이나 서적과는 달리
누구에게도 귀속되지 않는 무위의 언어라는 영역이다. 주저
『문학의 공간(L'espace littéraire)』(1955)**등에서 블랑쇼는
말라르메와 카프카를 중심으로 여러 작가의 작품이나
문학 언어론을 검토하여, 쓰기란 '본질적인 고독'의 공간을
열어가는 무한히 끝나지 않는 행위로 그곳에서 쓰는
주체로서의 '나'는 소멸하며 그 누구도 아닌 누군가가
생겨나는 것이라고 논하였다. 화자의 부재와 반복을
원칙으로 하는 에크리튀르를 언어의 가능성의 조건으로
포착하는 자세는 데리다에게 계승되어 전개되었다.

데리다가 '에크리튀르'라는 개념을 문제삼을 때 전제하는
것은, 서양 형이상학의 오랜 역사에서 발화자가
현전(現前)하지 않기 때문에 오해 및 오배송 가능성이 가득한
기호이자 흔적인 문어=문자(에크리튀르)가 발화자의 목소리로
발화되는 구어(파롤, parole)의 이차적인 보조수단으로
폄하되어 왔다는 것이다. 데리다는 탈구축이라는 독해전략을
통해, 플라톤 이래 형이상학이 이러한 위계질서 위에
구축되어 있음을 보여주었고, 나아가 목소리에 의해
자신에게 현전한다고 간주된 여러 개념이 사실은 반복되는
것을 조건으로 하고 있다는 점에서 에크리튀르적인 것에
의해 뒷받침된다는 것을 밝혔다.

*
롤랑 바르트, 김웅권 역,
『글쓰기의 영도』,
동문선, 2007.

**
모리스 블랑쇼,
이달승 역,
『문학의 공간』,
그린비, 2010.

탈구축

서양 형이상학에 대한 비판이 아니며 부정이나 파괴도 아닌
대치 방식을 나타내는 프랑스 철학자 자크 데리다의 개념.
'탈구축(déconstruction)'은 초기 대표작『그라마톨로지에
대하여(De la grammatologie)』(1967)*에서 도입되었으며, 원래
마틴 하이데거(Martin Heidegger)의 개념인 '해체(Destruktion)'의
번역어였다. 데리다 자신이 탈구축을 개념으로 전경화한
것은 아니었다. 하지만 데리다의 사상이 폴 드 만(Paul de
Man) 등 예일학파를 통해 영어권, 특히 문예비평의 맥락에서
확산될 때, 탈구축은 데리다와 그에게서 파생된 사상
조류의 텍스트 독해 기법을 가리키는 개념으로 수용되었다.
1980년대부터는 데리다 자신도 이를 받아들여 사용하게
되었다.

탈구축적인 텍스트 독해는 대상이 기본적으로 명시하고
전제로 하고 있는 형이상학적, 즉 위계적 이항대립 도식(진/위,
진리/가상, 생/사, 이념/물질, 동일성/차이 등)이 그 텍스트의 내적
모순에 의해서 실제로는 순수하게 성립할 수 없음을
드러내는 것이다.

데리다의 초기 에크리튀르론은 플라톤, 장 자크 루소(Jean-Jacques Rousseau), 에드문트 후설(Edmund Husserl), 페르디낭 드 소쉬르(Ferdinand de Saussure), 클로드 레비–스트로스(Claude Lévi-Strauss) 등 고대로부터 동시대에 이르는 여러 사상가에게, 자기현전적인 주체의 의식이나 로고스를 직접적으로 표출하는 구어(파롤)를 우대하고 문어(에크리튀르)를 그 외적인 보조수단에 불과한 것으로서 폄하하는 음성 로고스중심주의가 숨어 있다는 것을 폭로한다. 동시에 로고스중심주의를 말하는 그들의 텍스트 그 자체가 에크리튀르에 대한 파롤의 의존 구조를 품고 있다는 것을 밝힌다. 따라서 자기현전적인 것으로 간주된 로고스가 실은 에크리튀르와 같이 반복 가능한 기호이자 흔적을 조건으로 성립했으며, 형이상학은 그러한 기호나 흔적을 배제함으로 성립했다는 것이 드러난다. 탈구축 텍스트 분석은 언제나 대상 텍스트의 자기탈구축을 재촉한다.

*
자크 데리다, 김웅권 역,
『그라마톨로지에 대하여』,
동문선, 2004.

담론/이야기

용어해설

프랑스 언어학자 에밀 뱅베니스트는 논문 「프랑스어
동사에 있어서 시제의 관계(Les relations de temps dans le verbe
français)」(1959)에서, 발화는 시제와 인칭에 의해 '담론(디스쿠르,
discours)'과 '이야기 · 역사서술(이스투아르, histoire)'로
양분된다는 명제를 제시하였다. '이야기(histoire)'란 역사나
이야기를 서술하는 발화 행위이며 문어로만 사용된다. 그
기본적인 시제는 "발화자의 인칭 외부에 있는 사건의 시제,
즉 무한정과거(aorist)"(프랑스어에서는 단순과거)이며 3인칭을
이용한다. 하지만 뱅베니스트는 "3인칭이란 인칭이 없는
것이다"라고 말한다. 왜냐하면 '이야기'에 화자는 존재하지
않으며 "이야기하는 사람이 없는 것이며, 사건 자신이 스스로
이야기하는 것 같"기 때문이다. 이 글은 언어학을 참조하면서
문학 언어를 비인칭적인 것으로서 사고하고자 하는 앤
밴필드(Ann Banfield) 등의 관심을 끌었다.

'담론(discours)'은 시제와 인칭이라는 측면에서 '이야기'의
대척점에 있다. 즉 '담론'이란 "발화자와 청자를
상정하고, 더욱이 전자로부터 어떠한 방법으로 후자에
영향을 주는 의도가 있는 모든 언표행위"이다. 시제는
무한정과거(단순과거)를 제외한 모든 시제를 사용하며, 인칭
역시 폭넓게 이용하지만 '나'와 '당신'이 기본이다.

『일반언어학의 여러 문제(Problèmes de linguistique
générale)』(1966)[*]는 이와 같은 구분 위에서 '담론'에 대한
이론을 전개한다. 밴필드 등은 뱅베니스트의 '이야기' 개념을
문학이론에 원용하려고 했지만, 롤랑 바르트나 서사론의
확립자 제라르 쥬네트 등은 오히려 '담론' 이론을 문학이론에
원용하려고 했기 때문에 뱅베니스트의 논의가 비틀어져
버렸다.

에밀 뱅베니스트, 김현권 역,
『일반언어학의 여러 문제』 1~2,
지식을만드는지식, 2012.

언어행위이론

옥스퍼드학파의 언어철학자 J. L. 오스틴(John Langshaw
Austin)이 창시한 언어이론. 1955년의 강의를 정리한『언어로
어떻게 행위할 것인가(How to do things with words)』(1960)*에서
제시되어, 20세기 후반의 사상 및 비평이론에 큰 영향을
미쳤다.

오스틴에 따르면 종래의 철학은 진리를 추구하는
것이었으며, 언어철학의 대상은 검증가능한, 즉 진위를
확인할 수 있는 글이었다. 그러나 무언가를 말하는 것을
항상 무언가를 진술하는 것으로 상정하는 것은 잘못이며,
얼핏 기술문으로 보이는 글도 실제로는 그렇지 않을 수가
있다. 따라서 오스틴은 진위를 검증할 수 있는 사실확인적
발화(contrastive utterance)와는 달리, 진위의 검증과 어울리지
않는 언설, 즉, 발화하는 것이 무언가의 사실을 기술하는
것이 아니라 동시에 무언가 행위의 수행이 되는 발화를
행위수행적 발화(performative utterance)라고 부르면서
그 작용을 구체적인 사례로 세밀하게 검증하였다.

행위수행적 발화는 약속("내일 그 책을 가져오겠다고 약속합니다."),
명명("이 배를 퀸 엘리자베스 2호라고 명명합니다."), 맹세("당신을
행복하게 해주겠다고 맹세합니다."), 내기("내일 갠다는 쪽에 백 원을
걸겠습니다."), 선언("운동회를 개최합니다.")처럼 일상적인 발화
행위인 경우가 많다.

철학자 자크 데리다는 언어행위이론을 부분적으로
비판하면서(「서명 사건 맥락(Signature Événement Contexte)」,
『철학의 여백(Marges de la philosophie)』(1972), 오스틴의 후계자로
평가되는 존 설과 논쟁을 벌였다(『유한책임회사(Limited
Inc)』(1990).

*
J.L.오스틴, 김영진 역,
『말과 행위』,
서광사, 1992.

언어의 비인칭성

문학의 언어가 특정한 누군가에 의해 이야기 되는 것이
아니라, 비개인적이고 비인칭적인 것이라는 생각에는 몇
가지 변주(variation)가 있다. 그 중 하나는 『보바리 부인』
등을 저술한 작가 귀스타브 플로베르의 경우이다. 이 경우는
소설에서 객관적인 묘사가 중요하고 작가의 목소리는 들리지
않아야 한다고 여긴다. 작가는 무대로부터 떨어진 곳에 신과
같이 존재하며, 이로 인해 작품에 미적 거리가 생긴다고
여겨졌다.

19세기 말 상징파 시인 스테판 말라르메(Stéphane
Mallarmé)의 경우는 앞에서 본 작가의 초탈(超脫)과
조금 다르다. 1860년대에 그는 정신적 위기에 빠진 후
친구에게 "다행히도 나는 완전히 죽었다", "이제 나는
비개인적=비인칭적(impersonnel)이다", "더 이상 네가
알던 스테판이 아니다"라고 적어 보냈다. 그리고 만년의
저작 『디바가시옹(Divagations)』(1897)에서는 "순수 저작은
시인의 화자로서의 소멸을 필연적 결과로 가져온다. 시인은
주도권을 낱말들에게, 서로 같지 않음의 충돌에 의해
동원되는 낱말들에게 넘긴다", 또한 "책(volume)이라는 것은
비인칭화되어(impersonnifié), 사람이 작가로서 그것을 떠나는
것과 같이, 독자의 접근도 요구하지 않는 것이다"라고 쓰면서
작가 및 독자에 대한 작품의 절대적 자율을 말하였다.

20세기 비평가 모리스 블랑쇼는『문학의 공간』등에서
이러한 문학자의 계보를 더듬으면서 비인칭성을 문학언어의
특성으로 추구하였다. 특히 카프카의 이야기에서 누구의
것도 아닌 언어를 찾아내어, 그것을 화자의 목소리와
구별하여 '이야기의 소리'라고 불렀다.

〈텍스트〉에 대해 더 알기 위한 책 10권

롤랑 바르트(Roland Barthes)

사와사키 코헤이(沢崎浩平) 역, 『텍스트의 즐거움』, 미스즈서방, 1977.
　　김희영 역, 『텍스트의 즐거움』, 동문선, 1997.
하나와 히카루(花輪光) 역, 『이야기의 구조분석』, 미스즈서방, 1979.
　　김치수 역, 「이야기의 구조분석 입문」, 츠베탕 토도로프 외,
　　『구조주의와 문학비평』, 홍성사, 1980.
하나와 히카루(花輪光) 역, 『언어의 웅성거림』, 미스즈서방, 1987.

자크 데리다(Jacques Derrida)

후지모토 가즈이사(藤本一勇) 외 역, 『산종』, 호세이대학출판국, 2013.

모리스 블랑쇼(Maurice Blanchot)

야마무라 구니코(山邑久仁子) 역, 『카프카에서 카프카로』, 쇼신신수이, 2013.
　　이달승 역, 『카프카에서 카프카로』, 그린비, 2013.

J. L. 오스틴(John Langshaw Austin)

이노 가쓰미(飯野勝巳) 역, 『말과 행위』, 고단샤학술문고, 2019.
　　김영진 역, 『말과 행위』, 서광사, 1992.

에밀 뱅베니스트(Émile Benveniste)

기시모토 미치오(岸本通夫) 역, 『일반언어학의 여러 문제』, 미스즈서방, 1983.
　　김현권 역, 『일반언어학의 여러 문제』 1~2, 한불문화출판,
　　1988; 지식을만드는지식, 2012.

하스미 시게히코(蓮實重彥)

『이야기 비판 서설』, 고단샤학술문고, 2018.
『표상의 나라』, 세이도샤, 2006.
『「보바리 부인」론』, 지쿠마서방, 2014.

피에르 바야르(Pierre Bayard)

오우라 야스스케(大浦康介) 역,『읽지 않은 책에 대해 말하는 법』, 지쿠마서방, 2008.
　　　　김병욱 역,『읽지 않은 책에 대해 말하는 법』, 여름언덕, 2008.

제2장

읽다

미하라 요시아키
三原芳秋

먼저 분명히 해두고 싶은 것은 작품을 읽는 것은
작품과 만난다(encounter)는 것이며, 만남으로서 읽는 것은
깊은 의미에서 하나의 역사적 경험에 다름 아니라는
사실이다. 경험은 끊임없이 기대를 배반하며 미리 준비한
방법이나 이론을 넘어서거나 그로부터 흘러넘치곤 한다.

"먼저 분명히 해두고 싶은 것"이라고 기세 좋게 시작해서 당황스러울지도 모르겠지만, 사실 이 말은 필자의 말이 아니라 고전학자 사이고 노부쓰나(西郷信綱)가 방대한 저서『고사기 주석(古事記注釈)』(전 4권, 헤이본샤, 1975~1989)의 선언적인 서문「고사기를 읽다 −〈읽다〉라는 것에 대하여」에서 쓴 문장이다(이 글은 이후『고전의 그림자』에 다시 실린다). 〈읽다〉라는 것은 〈만남〉의 경험에 다름 아니라고 말한다면 무척 순진하게 들릴지도 모르겠다. 하지만 여기에 프랑스의 사상가 질 들뢰즈(Gilles Deleuze)의 다음 단언을 덧붙인다면, 이 글이 하고 싶은 말은 거의 다 한 것이라고 할 수 있다. "세계 속에는 사고하라고 강제하는 무엇인가가 존재한다. 이 무엇인가는 기본적인 만남의 대상이며, 재인(再認)의 대상은 아니다."(『차이와 반복(Différence et répétition)』)[1]

〈읽다〉=〈만남〉의 경이

〈읽다〉라는 것은 〈만나는〉 것. 이렇게 말하더라도 현대는 국어 시험이 정답을 강제하고, 인터넷에서 클릭 한 번으로 포털 사이트나 '지식인'에 접속할 수 있는 시대이다. 현실적으로 〈읽다〉를 진정 〈만남〉으로 경험하는 것이 지극히 곤란하게 된 것이다. 그러나 이러한 시대라고 하더라도 훌륭한 〈읽기〉가 널리 알려진 (비평) 작품을 새롭게 읽어서 〈만남〉을 추체험하는 행운을 누리게 되는 경우는 종종 있다. 예컨대 널리 알려진 마쓰오 바쇼(松尾芭蕉)의 하이쿠를 보자.

<blockquote>
오래된 연못이여 개구리 뛰어드는 물소리
古池や蛙飛こむ水のおと
</blockquote>

이 하이쿠는 너무나 유명해서 자신이 이 작품을 처음 보거나 들었던(문자 그대로 이 작품을 처음 '만났던') 순간과 장소를 기억하는 사람은 거의 없을 것이다. 그 점에서 하이쿠「오래된 연못이여」는 '〈만남〉이 불가능한 작품'으로 생각해도 될 것이다. 하지만「오래

된 연못이여」에 대해서 하세가와 가이(長谷川櫂)라는 현대의 하이쿠 시인(하이쿠를 읊는=읽는 사람)[2]은 눈이 번쩍 뜨일 정도의 멋진 〈읽기〉를 수행하였다(자세한 것은 『하이쿠의 우주』, 『오래된 연못에 개구리는 뛰어들었는가』, 『『깊은 곳으로 가는 좁은 길』을 읽다』 3부작을 참조할 수 있다). "오래된 연못에 개구리가 뛰어들어 물소리가 났다"라는 통상의 해석에는 그 의미에 다소간 농담(濃淡)의 차이가 있지만 이론의 여지가 없다고 여겨졌다. 하지만 현대의 하이쿠 시인 하세가와는 300년 이래의 해석을 정면에서 부정하고 "오래된 연못에 개구리는 뛰어들지 않았다."라고 추론한다. 더욱이 하세가와의 추론은 기괴하고 즉흥적인 착상이 아니라 근거를 갖춘 〈비평〉의 형태였다. 하세가와는 제자들의 수기를 두루 살펴서 바쇼가 "개구리 뛰어드는 물소리(蛙飛こむ水のおと)"라는 '후반 7+5글자'를 먼저 쓴 뒤에 몇 가지 후보를 두고 고심한 끝에 "오래된 연못이여(古池や)라는 '첫 5글자'를 골라냈다는 실증적 근거를 제시한다. 여기에 바쇼가 "오래된 연못에(古池に)"가 아니라 "오래된 연못이여(古池や)"라는 글자를 넣어서 운율을 맞추었다는 수사적 의의에 대한 통찰을 더한다. 하세가와는 이 하이쿠가 5·7·5 형식의 구절에 현실묘사의 지속을 담고 있는 것이 아니라, "개구리 뛰어드는 물소리"라는 현실의 소리가 (현실에 없는) "오래된 연못이여"라는 〈마음의 세계〉의 문을 연다는, 즉 두 개의 다른 차원이 5/7·5 형식에서 맞부딪친다(=만난다)는 참신한 〈읽기〉를 보여준다. 나아가 하세가와는 하이쿠 「오래된 연못이여」에서 도출한 〈읽기〉를 하이쿠 한 편에 대한 개별적인 분석에 머물도록 하지 않고, 일종의 장르론으로 발전시켜 '바쇼 개안(開眼)'(하이쿠 세계에 있어서 '바

쇼풍'이라고 부를 만한 장르의 확립)의 의미를 확정하고, 그 이후에 보이는 '오래된 연못 형(古池型)' 하이쿠 분석에 이러한 〈읽기〉를 응용한다.

한적함이여 바위에 스며드는 매미 소리
閑さや岩にしみ入蟬の声

「오래된 연못이여」 못지않게 유명한 위 하이쿠는 바쇼가 야마가타(山形) 릿샤쿠지(立石寺)에서 지은 것으로『깊은 곳으로 가는 좁은 길(奥の細道)』(1702)의 뒷부분에 실려 있다. 하세가와는 이 하이쿠에 대해서도 "한적한 가운데 바위에 스며드는 매미 소리를 들었다"라는 통속적인 해석을 부정하고 다음과 같이 〈읽는다〉.

바쇼는 이때 '바위에 스며든 매미 소리'를 계기로 갑자기
열린 '한적함'에 놀란 것이다. 그는 하나의 소리를 통해 다른
소리의 부재를 깨닫는다. 바위산 위에서 바쇼는 "바위에
스며든 매미의 소리"를 듣고 천지로 번져가는 '한적함'을
깨닫는다. 이 경이야말로 이 하이쿠의 '한적함'이다.
-

하세가와 가이,『오래된 연못에 개구리는 뛰어들었는가』, 주코문고, 2013, 97쪽.

말하자면 하이쿠의 성인 바쇼는 5/7·5를 통해 바위산 위에서 다른 차원과 〈만난〉 것의 경이를 〈읊었다〉. 바쇼가 〈읊었던〉 경이라는 불꽃장치에 300년 후의 〈읽기〉=〈만남〉이 불을 붙였고, 그로부터 흩날린 불꽃이 피부에 닿았을 때 발생한 경이가 〈읽는〉 나에게 그 〈읽기〉를 "사고하라"라고 강제한 것이다. 이같은 〈읽기〉=〈만남〉의 연쇄를 두고, 앞서 등장했던 프랑스의 사상가라면 "전원(電源)에 접속하는 듯한 읽는 법"(『기호와 사건』)[3]이라고 표현했을 것이다.

회피하는 〈읽기〉와 발견하는 〈읽기〉

'경이(thaumazein)가 철학의 시작'이라는 언급은 플라톤(Plato)의 『테아이테토스(Theaetetus)』 및 아리스토텔레스(Aristotle)의 『형이상학(Metaphysics)』에서도 찾아볼 수 있는 널리 알려진 문구이다. 여기에서는 서양근대철학('사고하는' 〈나〉로부터 시작하는 철학)의 시조라고 할 수 있는 르네 데카르트(René Descartes)의 『정념론(Les passions de l'âme)』(1649)에 등장하는 '경이'에 관한 한 구절을 소개하고 싶다.

어떠한 대상과 처음 만나는 것으로부터 우리들이 불의의 일격을 받아 그것을 새롭게 판단할 때, 즉 그 이전에 알고 있던 것이나 있을 것이라고 상정하고 있던 것과 크게 다르다고 판단할 때 우리는 그 대상에 경이를 느끼며 격하게 요동하게 된다. 그 대상이 우리에게 적합한 것인지 아닌지를 전혀 모르는 사이에 일어나는 경이는 모든 정념 가운데서 최초의 것으로 생각된다. 더구나 경이에는 반대의 정념이 없다. 드러나는 대상 가운데에서 우리의 의표를 찌르는 것이 아무것도 없다면, 우리는 전혀 움직이지 않고 정념 없이 그것을 바라보기 때문이다.

–

르네 데카르트, 다니가와 다카코(谷川多佳子) 역,『정념론』, 이와나미문고, 2008, 53쪽.[4]

이 구절을 〈읽는〉 것부터 시작하여 서양철학 전체를 여성형으로 다시 쓰려고 시도한 뤼스 이리가레(Luce Irigaray)는 경이 안에서 '성적(性的) 차이의 윤리(Ethica)'가 창조되는 계기를 발견한 셈이지만, 성적 차이와 무관하게 모든 차이와의 "만남"은 경이이며, 이 경험에서 〈나〉는 "격하게 요동하게 되는" 것을 통해 '다른 사고'로 강제된다. 이것이 "만남"으로서 〈읽기〉의 진면목이라 말할 수 있다. 바바라 존슨(Barbara Johnson)은 이를 "타자성의 경이=불의의 일격"이라고 이름 붙이고("타자성의 경이가 생겨나고 타자성에 불의의 일격을 당하는 것은, 무지가 새로운 형식을 두르고 갑자기 활성화하고 어떤 명령이 되어 가로막는 순간이다"), 여기에서 한 걸음 더 들어가 "독자에게 부과된 불가능하지만 불가결한 의무란, 경이=불의의 일격에 자신을 여는 것이다"라고 강조하였다(『차이의 세계(A World of Difference)』).

그렇지만 "격하게 요동하게 되는" 것은 〈나〉의 정체성(identity)에 있어서는 위기의(critical) 사태이기도 하다. 데카르트 자신도 "지식의 획득"에 향하게 하는 것을 "경이"의 장점으로 인정했지만 "나중에는 가능한 한 이 경향에서 벗어나도록 노력하지 않으면 안 된다"라고 경고하였다.[5] 위기를 마주하는 것을 즐거워하지도 않고 오히려 그것을 회피하기 위해서 마치 〈읽는〉=〈만나는〉 경험에 "경이"란 애초부터 존재하지 않는 것처럼 행동하는, 또 다른 스타일의 〈읽기〉가 발동하는 경우도 자주 있다(예컨대 "그런 것, 처음부터 나는 알고 있었다"라는 스타일이다). 이것은 〈만남〉의 경이에 대한 자기방어의 메커니즘이지만, 동시에 에드워드 사이드(Edward W. Said)가 비판적(critical)으로 검토한 '오리엔탈리즘'의 메커니즘을 설명하는 것이기도 하다. 그의 획기적인 저서 『오리엔탈리즘(Orientalism)』(1978)의 「위기」라는 장 서두에서 사이드는 "텍스트 의존적(textual)인 자세"라는 생소한 표현을 가져와서

"인간적인 것과 직접적으로 조우(direct encounters)하여 방향을 잃기보다 오히려 서적(text)의 도식적인 권위에 기대려는 것은 인간에게 공통의 결점인 것으로 보인다"라는 시각을 제시한다.[6] 〈만남〉에 따른 동요·방향 상실을 회피하기 위해서 여행이나 관광 안내서 따위의 서적(text)이 미리 준비한 〈읽기〉에 의지하는 경향은 분명 누구에게나 있을 것이다. "인간에게 공통의 결점"이 서양 제국주의(imperialism)라는 문맥에서 집합적인 담론(discourse)으로서 어떠한 힘을 떨쳐 왔는지를 상세하고 광범위하게 분석한 저작이 『오리엔탈리즘(Orientalism)』(1978)이다. 서양은 동양과의 〈만남〉을 경험하고 그 차이=타자성을 새로운 눈으로 〈읽기〉위해 힘써 왔고 그 노력을 집적한 것이 '오리엔탈리즘'으로 총칭되는 일련의 (문학·회화 등의) 작품군이다. 이러한 통념을 사이드는 정면에서 비판한다. 그는 "오리엔탈리즘이란 서양이 동양(orient)위에 던진 일종의 투영도이며, 동양을 지배하려는 서양의 의지 표명"일 따름이며 "오리엔탈리즘은 동양을 짓밟은 것이었다"라고 고발한다.[7] 주의해야 할 점은 제국/식민지 체제라는 압도적으로 불균형한 권력관계를 고려한다면 〈만남〉을 회피하고자 하는 목적이 분명한 〈읽기〉를 단순한 자기방어라고 불러서는 안 된다는 사실이다. 회피하는 읽기는 (피터 흄(Peter Hulme)의 책 제목을 빌리자면) '정복의 수사학(원제는 '식민적 만남(Colonial Encounters)'이다)'이라고 부르는 것이 보다 합당할 것이다.[8] 원주민과의 〈만남〉은 때로 제국의 일방적인 정복과 지배의 정당성을 흐트러뜨릴 수도 있다. 따라서 〈만남〉을 회피하려고 하면서 상대를 멋대로 〈읽는〉 것은 정복과 지배를 위하여 〈읽는〉 제국주의적 실천에 다름 아니다. 이러한 폭력적인 〈읽기〉의 실천은 결코 제국주의의 시대에 한정되는 과거의 악습만은 아니다. 그것은 '올바른 읽는 방법'을 강제하는 입시 문제나 'ㅇㅇ이즘 비판'의 목소리를 높이는 '비난의 레토릭(rhetoric)' 등의 형태로 우리 주변에서 여전히 '지배적'인 존재감을 가지고 있다.

'비난의 레토릭'에 빠지지 않고 '정복·지배를 위한 〈읽기〉'를 〈비판(critique)〉하는 방법으로 사이드가 『문화와 제국주의(Culture and Imperialism)』(1993)에서 고안하고 실천한 또 다른 〈읽기〉 방법이 바로 **'대위법적 독해'**이다. 이것은 음악의 대위법으로부터 착상을 얻은 것이지만, 그 독해 방법의 전제에는 텍스트는 (그것이 텍스트인 이상) 반드시 다성적(polyphony)이라는 인식이 있다(미하일 바흐친(Mikhail Bakhtin)). 다성적이라는 것은 '작가의 의도'나 'ㅇㅇ이즘의 반영'이라는 〈단일한 의미〉로 수렴하는 단성적인 독해에는 거리를 두면서, 각각의 목소리가 완전히 제각각 〈아무거나〉는 되지 않고 느슨한 관계성을 가지는 것을 의미한다. 여기서 아름다운 무늬로 짜인 직물을 떠올려보자. 아마 우리는 아름다운 무늬를 바라보면서 '의미'나 '가치'를 〈읽기〉에 열중할 것임에 틀림없다. 하지만 누군가 눈을 더 가까이 대어본다면, 이제까지 도안의 윤곽을 이루는 선(line) 하나로 보이던 것이 실은 다양한 색이나 굵기를 가진 세로실과 가로실이 얽히고 겹쳐서 짜여 있다는 사실을 알아차릴지도 모른다. 여기서 서적(text)과 직물(textile)이란 모두 라틴어 texere(짜다)라는 동사를 뿌리로 한다는 점을 떠올리는 것도 좋을 것이다(『라인스 ─ 선의 인류학』(팀 잉골드, 김지혜 역, 포도밭, 2024)[9]이라고 하는 매우 재미있는 책이 있으므로 일독을 권한다). '대위법적 독해'란 (정복·지배를 위한 의미부여·가치부여에 의해서) 보이지 않던 저쪽 실과 이쪽 실 사이의 의외의 관계성을 발견=발명(invent)하고 나아가 지배적 언설 〈비판〉을 이어가는 실천이다. 사이드의 경우 영국 소설 〈읽기〉를 통해 "얽히고 겹친 역사"를 풀어내는 것을 목표로 한다. 구체적으로 그는 많은 사람들에게 오랫동안 사랑받는 소설인 제인 오스틴(Jane Austen)의 『맨스필드 파크(Mansfield Park)』(1814)[10]를 '대위법적'으로 〈읽은〉 실천의 사례를 보여준다(「제인 오스틴과 제국(Jane Austen and Empire)」).

『맨스필드 파크』는 그야말로 '영국적인' 시골의 장원(莊園)을 무대로 한 소설로, 불우한 가정 출신의 여성이 견실함과 도덕심으로 다양한 곤란을 뛰어넘어 최종적으로 행복을 손에 잡는 이야기이다. 사이드는 일견 작품 전체의 '의미'에 큰 영향을 주지 않는 듯한 주변적이고 세부적인 부분에서 서인도 제도 안티구아(Antigua)의 식민지 플랜테이션에 대한 언급을 찾아낸다. 그는 몇 안 되는 실마리를 끌어당겨 그것이 실은 작품의 안감을 이루는 굵은 실이라는 점을 밝힌다. 사이드는 이 '영국적인 너무나 영국적인' 소설/세계가 실은 식민지의 노예 노동에 의해 유지되는 수탈 시스템 위에 성립되어 있다는 것, 그것이 이 작품에 필수 불가결한 요소로서 포함되어 있다는 것을 밝힌다. 이러한 〈읽기〉는 그때까지 보이지 않던 〈물음〉을 설정하는 법을 보여주었다는 점에서 참신하다. 즉 사이드의 〈읽기〉는 "부르주아 사회의 문화적 산물로서의 소설과 제국주의"가 사실 "서로 상대방 없이는" 존재할 수 없고 "어느 한쪽을 독해하려면, 어떤 형태로든 다른 한쪽 역시 다루지 않고서는 앞으로 나아갈 수 없다"라는 인식에 도달한 '교육받은 시선'을 만들어 내는 〈물음〉을 설정하도록 한다. 말하자면 이것은 지금까지 보이지 않았던 작품의 줄거리를 만나고, 그 〈만남〉에서 **경이**를 느끼는 〈읽기〉라고 할 수 있다.

강한 〈읽기〉와 약한 〈읽기〉

"교육받은 시선(un regard instruit)"이란 프랑스 마르크스주의 철학자 루이 알튀세르(Louis Althusser)가 공동연구의 성과인 『자본론을 읽다(Lire 'le Capital')』(1965)에서 사용한 표현이다. 『자본론을 읽다』는 마르크스 철학 연구의 기념비적 업적인 동시에 읽는다는 것은 어떤 것인가라는 물음을 철저하게 고민한 〈읽기〉의 이론서이기도 하다. 애덤 스미스(Adam Smith)를 비롯한 고전경제학을 〈읽는〉 카를 마르크스(Karl Marx)를 〈읽는〉 중첩 구조를 통해 이 책이 제기하는 것은, 텍스트에는 그것이 의거하고 있는 〈문제틀

(problematic)〉로 인해 구조적으로 금지·억압된 "미처 보지 못한 것"이 존재하지만, "교육받은 시선"을 가진 독자는 그 텍스트를 〈읽음〉으로써 현존하는 〈문제틀〉의 장에서 "공백, 부재, 결여 혹은 이론적 징후의 형태로 몸을 숨기고" 있던 잠재적인 〈문제틀〉을 보이도록 한다고 진단한다.[12] 앞서 살핀『맨스필드 파크』론에서 사이드는 중요한 선배인 레이먼드 윌리엄스(Raymond Williams)의 〈읽기〉를 "일반론에 있어서 완전히 올바르다."라고 받아들이면서도,[13] 새로운 〈읽기〉를 통해 "이론적 징후"의 차원에 머물고 있던 〈문제틀〉(='제국'의 문제계)이 보이도록 한 셈이다.

알튀세르와 공동연구자들은 이 〈읽기〉를 두고 **'징후적 독해'**라는 이름을 붙였다. 공동연구 그룹 중에서도 특히 문학이론 분야에서 활약한 피에르 마슈레(Pierre Macherey)는 문학작품을 읽을 때 마음에 두어야할 것으로 "그것이 무엇을 말하는가"가 아니라 "무엇을 말하지 않는가", 심지어는 "무엇을 말할 수 없는가"가 중요하며, 작품을 〈읽는다〉는 것은 "침묵을 측정"하는 것에 다름 아니라고 주장했다(『문학생산의 이론을 위하여』)[14]. 이러한 생각이 북미와 그 영향 아래에 있는 여러 지역에서 전문직업화(professionalization)한 문학 연구의 장으로 확산하는 데 결정적인 역할을 한 저작이 미국의 마르크스주의 비평가 프레드릭 제임슨(Fredric Jameson)의『정치적 무의식(The Political Unconscious)』(1981)이다. '사회적으로 상징적인 행위로서의 서사(Narrative as a Socially Symbolic Act)'라는 부제를 가진 이 책은 이론적 입장의 천명과 개별 독해의 실천을 조합하는 〈비평〉의 틀을 거대한 규모로 제시한 문자 그대로의 대작이다.「해석에 관하여(On Interpretation)」라는 고색창연한 표제가 붙은 제1장에 등장하는 "해석"="강력한 고쳐 쓰기"의 등호 도식은 매우 중요하다고 생각한다.

> 강력한 고쳐쓰기, 즉 해석이 언제나 전제로 하는 것은
> 무의식이라는 개념이며, 만약 그렇지 않다면 적어도 신비화
> 혹은 억압의 메커니즘이다. 그러한 개념이나 그러한
> 메커니즘을 전제로서 한다면, 현재적(顯在的)인 의미의 배후에
> 잠재적(潛在的)인 의미를 찾아내려는 시도는 결코 헛되지 않을
> 것이며, 텍스트의 표층적 카테고리를 조금 더 근원적인 해석
> 코드에 따른 강력한 언어로 고쳐 써도 무방하게 된다.
>
> –
>
> 프레드릭 제임슨, 오하시 요이치 역,『정치적 무의식』,
>
> 헤이본샤라이브러리, 2010, 100쪽.[15]

정의부터가 잠재성의 차원에 머무는 "정치적 무의식"은 항상 왜곡된 재현=표상의 형태인 이데올로기로서 우리를 완전히 싸고 있다('이데올로기에 외부는 없다'). 이 인식은 "현재적(顯在的) 의미"를 〈읽는〉 행위를, 그 "배후"에 있는 "잠재적 의미"로 〈고쳐 쓰는〉 행위로 전환하는 실천을 요청한다(이데올로기 비평). 이 강력한 〈읽기〉 스타일이 이후 문학·문화 연구에서 ("지배적"일 정도는 아니어도)

규범적인 지위를 차지하게 되었음은 아마 이론의 여지가 없을 것이다. 하지만 여기에서 "배후", "의미"라는 표현을 사용한 것이 오해·곡해의 원인이 되었다는 것도 부인하기는 어렵다.『정치적 무의식』을 섬세히 읽으면 알튀세르가 스피노자(Spinoza)=마르크스로부터 이끌어낸 '부재의 원인'('구조론적 인과율(causalité structurale)')이라는 개념은, "배후"에 숨겨진 '의미'(='비밀')가 있고 그것이 (비평가의 영웅적인 〈읽기〉를 통해) 표현된다('표현형 인과율')는 구도와 전혀 어울리지 않는 것이며, 사실 '구조론적' 시각은 오히려 그러한 '표현형' 사고를 비판하는 것이라는 사실을 알 수 있다. 하지만 현실에서는 이를테면 '이 소설은 신자유주의의 징후에 틀림없다'라는 '공연한 비밀(open secret)'을 '폭로(outing)'하기 위해서 문학작품을 〈읽는〉 작업(=논문 양산)이 횡행하게 되었다. 이러한 표층(=환상)/심층(=진상)이라는 이항대립 구도에 바탕을 둔 강력한 〈읽기〉는 어딘가 음모론스러운 점이 있고 그만큼 감염력도 강하지만, 과학적 실증주의를 강하게 비판한 브뤼노 라투르(Bruno Latour) 같은 사상가조차 점차 이 점을 우려하게 되었고 "사실(fact)로부터 괴리되는 것이 아니라 오히려 사실에 더욱 접근해야 한다."라고 주장할 정도였다. 이 같은 조류를 배경으로 2010년 전후부터 '징후적 독해'(의 남용)에 대한 반동으로서 **'표층적 독해'**로 대표되는 갖가지 포스트크리틱한(post-critical) 〈읽기〉의 스타일이 제창된 것으로 이해할 수 있다. '심층'에 있다고 간주되는 해석 코드에 따라 〈다시 쓰기〉라는 강력한='이론적'인 〈읽기〉에 식상한 독자들 사이에서 '표층'의 기술(記述)에 의도적으로 머무는 평평한(flat) 〈읽기〉를 재평가하는 분위기가 높아진 것은 일견 당연하며, 디지털 기술의 발달과 정보유통의 가속화에 따른 '기술' 기법의 다각화 또한 그 동향을 일부 뒷받침하였다. 물론 이러한 동향을 지구적 자본이 추동하는 신자유주의의 '징후'로 해석하는 것 역시 가능하다. (실제로 〈비판〉적 시각은 누락한 채 유통과 소비만을 축복하는 '세계문학'이 상업적 성공을 거두는 상황을 보고 있노라면 더더욱 그렇게 〈읽고〉 싶어진다.) 다른 한편, 프랑코 모레티(Franco Moretti) 등이 문학 작품 말뭉치(corpus)를 '빅데이터'로 구축 및 처리하여 도출하는 '멀리서 읽기(distant reading)'의 성공이 (때때로) 경이의 경험을 맛보게 해주는 것도 사실이다. '표층적 독해'가 '징후적 독해'를 비판적으로 넘어서 〈읽기〉의 새로운 단계(stage)를 개척했다고는 도저히 생각하기 어렵지만, 폴 리쾨르(Paul Ricœur)가 윤곽을 그린 **회의의 해석학**이 경직화되어 단성적인 '읽기'가 횡행하는 상황이라면, 〈읽는〉=〈만나는〉 것의 경이라는 초심으로 되돌아오게 한다는 점에서 '표층적 독해'의 의미는 적지 않으리라 생각한다.

'징후적 독해'를 비롯한 강한 〈읽기〉와 '표층적 독해'를 비롯한 약한 〈읽기〉의 관계를 한 쪽이 다른 쪽을 넘어서는 단계(stage)로서가 아니라, 양측을 오가면서 긴장을 내포한 관계성을 그때그때 변용하는 입장(position)으로 파악할 필요성을 강조한 사람이 이브 세지윅(Eve K. Sedgwick)이다. 제임슨의 듀크대학 동료였던 퀴어(queer) 이론가 세지윅은 영국 정신분석가 멜라니 클라인(Melanie Klein)의 아동분석으로부터 많은 것을 수용하였으며, '징후적 독해'의 명수로『남성 간의 유대(Between Men)』(1985)에서 영문학 정전(canon)을 대상으로 한 훌륭한 〈읽기〉를 통해서 '호모소셜(homosocial)한 욕망'이라는 그때까지 보이지 않던 〈문제틀〉을 부각하는 데 성공하였다. 다음 저서『벽장의 인식론(Epistemology of the Closet)』(1990)의 백미라 할 수 있는 헨리 제임스(Henry James)론(「벽장의 야수(The Beast in the Closet)」)에서 그는 텍스트의 미세한 "징후"에 대한 탁월한 〈읽기〉를 통해 주인공이 안고 있는 '비밀'이 동성애와 관계가 있다는 점을 설득력 있게 해명하였다. 나아가 그는 '비밀'의 폭로에 만족하지 않고 한 걸음 더 들어가 잠재적인 '의미'를 하나로 특정하는 〈읽기〉가 서 있는 기반, 즉 비밀/발각, 지(知)/무지 등 이항대립을 뒷받침하는 〈문제틀〉 그 자체를 '징후적 독해'의 대상으로 삼는 아슬아슬한 곡예를 수행하였다. 세지윅이 1997년에 발표한「망상적 독해와 회복적 독해 – 당신의 망상벽(paranoia)은 너무 심해서, 아마도 이 에세이가 당신에 관한 것이라고 믿어버릴테죠(Paranoid Reading and Reparative Reading, or, You're So Paranoid, You Probably Think This Essay Is About You)」라는 경쾌하면서 묘한 스타일의 자극적인 에세이(원래는 편저의 서문이다)에서 멜라니 클라인의 '망상분열 포지션', '우울 포지션', '보상(회복)' 개념을 원용하면서, '징후적 독해'를 **'망상적 독해'**라고 부르며 비판적으로 검증하였다. (만년의) 세지윅은 애초에 여러 〈읽기〉의 가능성 중 하나였던 '회의의 해석학'이 어느새 '강제명령'이 되어버린 상황에 위기감을 느꼈던 것이다. '망상적'인 성격의 분석에 대해서는 세지윅의 에세이 본문을 확인하시길 바란다. 다만 세지윅이 에세이의 첫머리에서 제시하고 있는 것이 '경이에의 혐오'라는 사실은 매우 시사적이라고 생각된다. 그는 '회복적(보상의)' 포지션을 취할 수 있다면, 경이의 경험은 현실적일 뿐 아니라 필연적이고 필요하기까지 하다고 말한다. 세지윅은 그 자신이 이미 명인(master)의 경지에 이른 강한 〈읽기〉가 그 강함 때문에 지나칠 수 있는 경이의 경험(이것은 "격하게 요동"하는 경험으로 다른 차원으로 〈열리는〉 계기가 될 수 있다)을 회복하기 위해서, 약한 〈읽기〉로부터 다시 배워야 할 필요성을 촉구한다. 그러한 태도를 두고 '신의 뜻'이라는 이름 아래 성지 탈환을 목표로 일직선으로 말을 달리는 십자군 기사가 아니라, 성지(Saint Terre)로 향한다고 말하면서도 이곳저곳 머뭇거리고 빈둥거리는 순례자(Saunterer)가 발에 차이는 길가의 돌을 문득 주워들고서는 돌에서 표정을 읽어내려고 하는(어쩌면 신이 그에게 윙크를 전해줄지도 모른다) 모습을 떠올린다면 조금 순진한 것일까. 중요한 것은 서로 다른 두 가지 〈읽기〉 포지션의 관계가 배타적인 것이 아니며, 세지윅의 표현에 따르면 "깍지 낀 두 양 손가락처럼 서로 얽혀 있는(interdigitate)" 관계로 생각해야 한다는 점이다. '〈이론〉의 종언'이나 '〈문학〉의 복권' 등 위세 좋은 슬로건은 아무래도 배타적이거나 적대적인 역사관으로 이어지기 쉽다. 오히려 단계적인 발상이 무산되어 버리는 관계성이나 여러 포지션이 얽히고 중첩되고 긴장과 이완이 교직하는 다이나믹한 관계성을 기술할 수 있는 '대안적인(alternative) 모델'에서 떨어진 이삭을 줍고 그 목록을 작성하는 것이야말로 '문학비평사'의 이름에 값하는 것은 아닐까. 세지윅은 희망을 담아서 그렇게 쓰고 있다.

문학을 연구하는, 즉 '전문가'로서 문학 작품을 〈읽는다〉라는 것은 결국 망상적인 〈지(知)〉의 추구로서 〈읽기〉와 소박한 〈만남〉의 경험으로서 〈읽기〉 사이를 오가는 것, 하나의 〈읽기〉에 안주하지 않고 마치 망명자(exile)라도 된 것처럼 지속적으로 움직이면서 "경이의 기쁨"(에드워드 사이드, 『지식인의 표상(Representations of the Intellectual)』)[16]에 항상 〈열려〉 있는 것, 이것밖에 없을지도 모른다. 이 글은 사이고 노부쓰나의 『고사기를 읽다』의 한 구절로부터 〈읽는다〉라는 것의 실마리를 찾아서 〈읽는 것〉을 둘러싼 다양한 사고=이론의 줄거리를 더듬어 보았다. 이제 그 다음 구절을 인용하면서 갈무리를 하고자 한다.

> 전문가가 어떤 작품을 연구할 때에도 사정은 마찬가지이다.
> 그보다는 만남이라는 것을 오로지 지식이나 관찰의
> 문제인 것처럼 생각하는 점에 전문가가 빠지기 쉬운
> 함정이 있고, 학문의 경직화가 일어나는 것도 이것으로부터
> 비롯된다고 보아도 무방하다. 연구란 오히려 끊임없는
> 만남이 아닐까. 첫사랑이라도 말하듯이 추억담으로
> 이 만남을 거론하는 경우가 많지만, 정말로 중요한 것은 지금
> 무엇과 어떻게 만나고 있는가에 대한 자각이라고 생각한다.
> -
> 사이고 노부쓰나, 『고전의 그림자』, 헤이본샤라이브러리, 1995, 129~130쪽.

1

질 들뢰즈, 김상환 역,『차이와 반복』,
민음사, 2004, 311쪽.

2

저자는 일본어로 읊다(詠む)와 읽다(読む)의
발음이 같다는 것을 염두에 두고 등호를
사용하고 있다.

3

질 들뢰즈, 김종호 역,『대담 1972~1990』,
솔, 1993, 31쪽.

4

르네 데카르트, 김선영 역,『정념론』,
문예출판사, 2013, 69쪽.

5

르네 데카르트, 김선영 역,『정념론』,
문예출판사, 2013, 81쪽.

6

에드워드 사이드, 박홍규 역,『오리엔탈리즘』,
교보문고, 2007, 171쪽.

7

에드워드 사이드, 박홍규 역,『오리엔탈리즘』,
교보문고, 2007, 178~179쪽.

8

피터 흄의『식민적 만남 – 유럽과 캐리비언
선주민 1492~1797(Colonial Encounters:
Europe and the Native Caribbean
1492~1797)』(Routledge, 1992)은 일본에서
『정복의 수사학 – 유럽과 카리브해 선주민
1492~1797년』(이와오 류타로(岩尾龍太郎) 외
역, 호세이대학출판국, 1995)이라는 제목으로
번역되었다.

9

에드워드 사이드, 박홍규 역,『문화와
제국주의』, 문예출판사, 2005, 75쪽.

10

제인 오스틴, 김영희 역,『맨스필드 파크』,
민음사, 2020.

11

에드워드 사이드, 박홍규 역,『문화와
제국주의』, 문예출판사, 2005, 163쪽.

12

루이 알튀세르·에티엔 발리바르, 김진엽 역,
『자본론을 읽는다』, 두레, 1991, 32쪽.

13

에드워드 사이드, 박홍규 역,『문화와
제국주의』, 문예출판사, 2005, 186쪽.

14

피에르 마슈레, 윤진 역,『문학생산의 이론을
위하여』, 그린비, 2014, 128쪽.

15

프레드릭 제임슨, 이경덕 외 역,『정치적
무의식 – 사회적으로 상징적인 행위로서의
서사』, 민음사, 2015, 74쪽.

16

에드워드 사이드, 최유준 역,『지식인의 표상
– 지식인이란 누구인가?』, 마티, 2012, 73쪽.

회의의 해석학

1960년대 해석학으로 승승장구했던 프랑스 철학자 폴
리쾨르는 1965년『해석에 대하여 – 프로이트에 관한
시론』*을 상재한다. 이 책 제1편 제2장「해석의 갈등」에서
리쾨르는 해석학의 스타일을 '근본적으로 대립'하는 두
가지로 분류한다. 한 편에는 '의미의 상기(회복)로서의
해석'인데, 이것은 설교의 선포(Kerygma)로 대표되는 것으로
인간에 대해 말해진 언어(계시)에 대한 합리적인 '믿음'과
관련된다. 이와 달리 '회의의 실천으로서의 해석'은 리쾨르가
'회의의 거장'이라고 부르는 카를 마르크스, 프리드리히
니체(Friedrich Nietzsche), 지그문트 프로이트(Sigmund
Freud)에 공통되는 것인데, '우선 의식 전체를 "허위"의식으로
간주하려는 결의'에서 출발하여 의식에 대한 회의를
의미의 해석(탈신비화)으로 극복하려는 것으로, 세 사람의
거장은 각각 '사회적 존재', '권력에의 의지', '무의식' 개념의
발견=발명으로 이를 실천하였다고 논의된다.

이 대립 도식은 어디까지나 분류상의 이분법이며
(제임슨은 각각을 긍정적 해석학과 부정적 해석학으로
이끌어갔다.) 리쾨르 자신은 오히려 전자인 〈믿음〉의
문제를 둘러싸고 한층 더 사색을 이어갔다. 하지만 이것이
북미로 건너가면서 후자가 '회의의 해석학(hermeneutics of
suspicion)'으로서 독립된 지위를 부여받아 〈비판(critique)〉의
대명사가 되었다. 그랬던 '회의의 해석학'이 요즘 들어서는
'포스트크리틱(postcritique)'의 분위기 속에서 만악의 원흉처럼
되어 버린 상황을 보고 있자면, 텍스트를 '비판적'으로 〈읽는〉
실천을 둘러싼 반세기의 사상사적 전개(혹은 왜소화)를
되짚는 것은 무척 흥미롭다.

*

폴 리쾨르, 김동규 외 역,
『해석에 대하여 – 프로이트에 관한 시론』,
인간사랑, 2013.

대위법적 독해

용어해설

'대위법적 독해(contrapuntal reading)'란, 전문
피아니스트이기도 한 에드워드 W. 사이드가 글렌 굴드(Glenn
Gould)의 연주(performance)로부터 착상을 얻어 발전시킨
것으로 텍스트를 〈읽는〉 것에 관한 무척 중요한 개념이다.
다성음악에서는 동시에 선율을 연주하는 다양한 성부들이
각각 독립적이면서도 상호의존하고 어느 하나가 다른
것을 대표=표상(represent)하는 일 없이 느슨한 연결 가운데
전체적 효과를 발휘한다. 대위법적 독해는 다성음악처럼
하나의 텍스트를 독해할 때에 모든 논점(point)은 항상 이미
대항적(counterpoint)인 여러 논점에 말려 들어가 있다는 것을
인식하고, 하나의 의미로 수렴하는 '단성적' 독해를 배제하고
'화성적'인 예정조화로 수렴하는 것도 거부하면서, 전체성에
대한 수행적(performative)인 〈읽기〉를 요청한다.

대위법적 독해가 무엇인지 구체적으로 알고자 한다면 사이드 자신의 저서 『문화와 제국주의』를 음미하면서 읽는 것보다 좋은 방법은 없다. 예컨대 언뜻 보면 단순한 가족소설이나 소년을 위한 모험 활극 등 '정치'와 무관하게 생각되는 듯한 인기소설에 식민지 수탈 시스템이나 제국주의적 경합관계가 개입되어 있는 모습을 〈읽는〉 작업(performance)을 떠올릴 수 있다. 이것은 이후 '포스트콜로니얼(postcolonial) 비평'이라 불리는 (문학비평에 머무르지 않는) 풍요로운 학문 분야(field)를 개척하는 획기적인 〈읽기〉 방법론이 된다. 하지만 '대위법적 독해' 역시 안이하게 응용할 경우, 단성적 독해의 함정에 빠질 위험이 크다. 모든 텍스트에서 '제국주의적 이데올로기'라고 하는 '하나의 의미'를 추출하여 비판하는 것으로 충분하다고 여기는 '단성적'인 태도는 '대위법적 독해'의 원래 취지에 현저하게 어긋나는 것이다.

징후적 독해

증후시학

'징후적 독해(la lecture symptomale, symptomatic reading)'란 프랑스 마르크스주의 철학자 루이 알튀세르가 『자본론을 읽다』의 서문에서 제안한 것으로, 스피노자=마르크스가 제기한 〈읽기〉의 이론을 기반으로 하여 프로이트=라캉의 유파를 잇는 정신분석이 정교화한 '징후(증상)' 개념을 원용하여 발전시킨 텍스트를 〈읽기〉 위한 방법론이다. 지나치게 자주 오해 받는 것처럼 (속류 심리학적으로) 행간을 읽는다거나 (음모론처럼) 숨겨진 의미를 폭로한다는 식의 단순한 깊이 읽기를 가리키는 것이 아니라는 점에 특히 주의할 필요가 있다.

프로이트가 신경정신병의 임상 장소(환자의 언어와 행동을 〈읽는〉 실천의 장)에서 확인한 것은, 환자가 기억을 자신의 뜻대로 할 수 없다는 것, 즉 어떤 기억은 〈억압〉되고 있다는 것이었다. 하지만 억압되고 무의식의 영역으로 쫓겨난 여러 요소는 결코 소멸되지 않고 끊임없이 의식으로 돌아오고자 한다. 이것이 '억압된 것의 회귀'라 불리는 과정인데, 이 '회귀'는 언뜻 보기에 그것과는 전혀 다른 왜곡된 재현의 형태를 취하게 된다. 결국 직접 보이는 것은 '억압된 표상과 억압하는 표상 사이의 타협'의 산물이 되겠지만, 분석가는 그 '무의식의 파생물'(=보이는 것)을 〈읽어서〉, '억압'된 여러 요소(=보이지 않는 것)를 보이도록 한다. 말하자면 '징후적 독해'란 정신분석이 임상실천을 통해 찾아낸 '보이지 않는 것'을 〈읽는〉 기법을 텍스트 일반에 적용한 것이라고 말할 수 있다. 여기서 문제가 되는 것은 '숨겨진 의미'를 폭로하는 것이 아니라, '읽는' 주체가 새로운 지반(〈문제틀〉) 안에서 새로운 위치를 차지하는 것('인식론적 단절(rupture épistémologique, epistemological break)'), 즉 〈읽는〉 실천을 통해서 주체 자신을 변용하는 것이다.

표층적 독해

표층적 독해

'표층적 독해(surface reading)'란 스티븐 베스트(Stephen Best)와
샤론 마커스(Sharon Marcus)가 비평지 『재현(Representations)』
2009년 가을호 특집 <The Way We Read Now>의 편집자
서문에서 제창한 개념이며, 그 서문의 제목이기도 하다.
<읽는다>는 것에 대한 새로운 방법론을 제시한 것도 아니고
어떠한 기법을 실연(實演)한 것도 아니며, 오히려 문학비평
및 문학 연구의 장에서 요즘 빚어지는 어떤 분위기를 잘
알아맞힌 것이라고 할 수 있다. 이런 의미에서는 정관사와
함께가 아니라 복수형 '표층적 독해'로 써야할 것이다.
그 분위기란 한마디로 말하면 과거 30~40년에 걸친
'이론=비판'의 전제(專制)에 대한 위화감('포스트크리틱적 전회'라
불리기도 한다)이며, 이때 전제의 상징으로 간주되는 것이
바로 징후적 독해이다. 베스트와 마커스에 의하면 ('원조'인
알튀세르가 아니라) 제임슨으로 대표되는 '징후적 독해'란 모든
텍스트의 '심층'에 정치적 '의미'를 <읽는다>라는 점에서
문학비평을 정치적 액티비즘(activism)의 대용품으로 삼는
것이며, 저항하는 텍스트와 격투하여 '의미'를 빼앗는
'영웅적(heroic)' 행위로서의 문학비평이라는 이미지를
정착시켰기 때문에 전문가의 호응을 얻었다고 한다.

'징후적 독해'에 대한 반동이라는 것을 숨기지 않는
'표층적 독해'는 '심층'에 대하여 '표층'을, '부재'에 대하여
'현전(現前)'을 상찬하며, 텍스트의 표층에 나타난 문자
그대로의 의미·물질성·정동성(情動性) 등에 주의 깊은 태도로
중점을 둔다는 점에서 〈이론〉에 식상해진 문학 연구자들
사이에서 넓은 공감을 모으고 있다. 그리고 어떤 의미에서는
'분석'에서 '보살핌(care)'으로의 관심이라는 시대조류를
타고 있다고도 말할 수 있다. 그렇다고는 해도 그것이
어디까지나 표층/심층이라는 이항대립에 근거한 발상으로,
그 의미에서는 징후적 독해에 의존한 개념이다. 그렇다면
표층적 독해가 상대로 삼고 있는 징후적 독해를 오히려
표층적으로 도식화한 것이라는 사실을 지적해둘 필요가 있을
것이다.

망상적 독해와 회복적 독해

'망상적 독해(paranoid reading)'와 '회복적 독해(reparative reading)'란 이브 세지윅이, 멜라니 클라인의 아동 정신분석으로부터 '망상분열 포지션', '우울 포지션', '보상(회복)'이라는 개념을 원용하여 (1980~1990년대 북미에서의) 문학 연구·비평 본연의 자세를 고찰할 때 활용한 표현으로, 〈읽기〉의 구체적인 기법이라기보다는 어떤 경향성을 나타내는 용어라고 말할 수 있다. 세지윅 자신의 특기인 '징후적 독해'로 대표되는 '회의의 해석학'이 북미 문학비평계에서 지배적인 방법이 되면서 '강제명령'의 양상을 띠게 된 것에 경종을 울리고 그 '망상적' 성격을 비판적으로 검토한 것이 1997년에 발표한 위 제목의 논문이다(원래는 퀴어비평논집을 엮으면서 쓴 편집자 서문이었으며 이후 『만지는 느낌(Touching Feeling)』(듀크대 출판부, 2003)에 수록하였다). 클라인의 도식에 따르면, 공격적인 부분대상에 의한 박해불안으로부터 잃어버린 애정대상의 좋은 점에 대한 인식·사모·비탄·죄책감의 자각과 관계되는 우울불안으로 이행하는 것에 의해 상징적인 '보상(회복)'이 시도된다.

세지윅은 클라인의 도식에 빗대어, '망상적' 〈읽기〉가
배제하기 쉬운 작은 정동(affect)이나 우발적인 사소한 일을
모아서(assemble) '복원'하는 〈읽기〉의 복권을 요청한다.
이 논문은 2003년 그의 저서에 재수록되면서, '포스트
9·11'이라는 파라노이아(paranoia)적 감성이 만연한 세계에
대한 (선행) 비판으로 재차 주목받는다. 2010년 전후에
등장한 '표층적 독해'의 주창자 상당수가 이 '회복적
독해'를 선구자로서 소환하는 것은 충분히 일리가 있다고
하겠지만, 본문에서도 언급했듯 세지윅은 그러한 '포지션'이
고정적이고 배타적인 것이 아니라 유동적이고 서로 맞물려
있다고 강조했던 것을 명심해야 한다.

〈읽다〉에 대해 더 알기 위한 책 10권

사이고 노부쓰나(西鄕信綱)

『고전의 그림자 – 학문의 위기에 대하여』, 헤이본샤라이브러리, 1995.

마에다 아이(前田愛)

『근대독자의 성립』, 이와나미 동시대 라이브러리, 1993.
유은경 외 역, 『일본 근대 독자의 성립』, 이룸, 2003.

폴 리쾨르(Paul Ricoeur)

구메 히로시(久米博) 역, 『프로이트를 읽다 – 해석학 시론』, 신요샤, 1982.
김동규 외 역, 『해석에 대하여 – 프로이트에 관한 시론』, 인간사랑, 2013.

루이 알튀세르(Louis Althusser)·에티엔 발리바르(Étienne Balibar)

이마무라 히토시(今村仁司) 역, 『자본론을 읽다』, 지쿠마학예문고, 1996.
김진엽 역, 『자본론을 읽는다』, 두레, 1991.

폴 드 만(Paul de Man)

쓰치다 도모노리(土田知則) 역, 『읽기의 알레고리』, 이와나미서점, 2012.
이창남 역, 『독서의 알레고리』, 문학과지성사, 2010.

바바라 존슨(Barbara Johnson)

오하시 요이치(大橋洋一) 외 역, 『차이의 세계 – 탈구축·담론·여성』, 기노쿠니야서점, 1990.

에드워드 사이드(Edward W. Said)

오하시 요이치(大橋洋一) 역, 『문화와 제국주의』 1 · 2,
미스즈서방, 1998 · 2001.
> 박홍규 역, 『문화와 제국주의』, 문예출판사, 2005.

프레드릭 제임슨(Fredric Jameson)

오하시 요이치(大橋洋一) 역, 『정치적 무의식 – 사회적 상징행위로서의
이야기』, 헤이본샤라이브러리, 2010.
> 이경덕 외 역, 『정치적 무의식 – 사회적으로 상징적인 행위로서의 서사』,
> 민음사, 2015.

이브 세지윅(Eve K. Sedgwick)

도노오카 나오미(外岡尚美) 역, 『벽장의 인식론 – 섹슈얼리티의
20세기』(신장판), 세이도샤, 2018.

이반 일리치(Ivan Illich)

오카베 가요(岡部佳世) 역, 『텍스트의 포도밭』, 호세이대학출판국, 1995.
> 정영목 역, 『텍스트의 포도밭 – 읽기에 관한 대담하고 근원적인 통찰』,
> 현암사, 2016.

제3장

언어

와타나베 에리
渡邊英理

언어의 탈영토화

문학의 언어를 읽는다는 것은 이동하지 않은 채로 다른 시간과 공간을 사는 것이며, 그 장소를 떠나지 않고서 움직이는 것이다. 질 들뢰즈(Gilles Deleuze)가 말하는 '제자리에서의 여행'의 가장 손쉬운 방법 중 하나가 독서일 것이다. 문학을 통한 '제자리에서의 여행'은 다양한 언어의 영토를 오간다. 이를테면 번역문학이나 **번역**이라는 행위, 각국어(各國語)문학과 '세계문학', 또는 지역어와 국어, 방언과 표준어, 나아가서는 고전문학과 그 현대어역 등, 우리 주변의 문학은 언어 사이의 번역이나 언어 내의 번역을 중층적으로 내포하고 있다.

일반적으로 번역이란 원작의 언어를 해석할 수 없는 독자를 위한 보조수단으로 여겨진다. 하지만 발터 벤야민(Walter Benjamin)이 「번역가의 과제」(1923)[1]에서 주장한 번역은, 독자(讀者)의 언어를 가지고 원작의 언어를 이해할 수 있는 내용으로 해소하는 의역이 아니라, "언어에 의해 언어를 반성하는" 행위이다(모리타 단(森田團), 「순수언어로의 지향, 벤야민 「번역가의 과제」에서의 언어 개념」, 『규슈대학철학논문집』 51, 규슈대학철학회, 2015). 즉, 언어 스스로가 그 자신을 '재귀적'으로 질문하기 위해, 상이한 말과 말이 서로 울리도록 한다는 의미의 '조응(correspondence)'이 바로 벤야민이 말한 번역이었다고 할 수 있다.

벤야민은 말을 정보전달의 수단으로 삼는 도구적인 언어관에 대항하는 동시에, 일본어, 독일어, 프랑스어처럼 분립한 체계 내부에서 자폐적으로 존재하는 '각국어', 또는 민족이나 국민 등 '우리', '한패들' 사이에서만 통용되는 '모어'의 한계를 돌파하고자 한다. 따라서 벤야민은 의미의 이해를 피하여 원작의 '말씨' 하나하나를 새겨 넣는 '문자 그대로'의 번역을 지향하며, 그 충실성으로 인해 번역의 언어를 파괴하는 일까지 불사한다. 독자의 언어로 원작의 언어가 지닌 숨을 틀어막는 것이 아니라, 번역을 통해 "자기 언어의 썩은 울타리를 파괴한다." 말하자면, 각각의 체계성 안에서 폐색되고 기호의 변별적 기능으로 굳어져 버린 말의 내부에, 다른 언어와 서로 반향할 수 있는 회로를 열어주는 것이다. 벤야민은 다른 언어를 울리게 하고 "거기에 호응하는 또 하나의 언어를 다시금 형성하는 가능성을 시험하고자 했다"(가키기 노부유키(柿木伸之),『발터 벤야민 - 어둠을 걷는 비평』, 이와나미신서, 2019).

"언어의 썩은 울타리를 파괴한다." 이와 같은 시도는 들뢰즈와 펠릭스 가타리(Félix Guattari)의 '언어의 탈영토화'를 통해 추구된다. 들뢰즈와 가타리는 '언어의 탈영토화'를 문학 속에서 찾으며 그러한 문학을 **소수 문학**(minor literature)이라고 불렀다.

프란츠 카프카(Franz Kafka)를 상세히 논함으로써 들뢰즈·가타리가 제창한 소수 문학은 '소수의 주제'를 다루거나 '소수의 언어'로 쓰인 문학이 아니라, "오히려 다수 언어 속에 소수성이 만들어내는 문학"이다(들뢰즈·가타리, 『카프카 – 소수적인 문학을 위하여』, 1975).[2]

'언어의 탈영토화'란 "어떤 언어 안에서 그 언어 바깥으로 나가는" 것이지, 그 언어의 사용 자체를 멈추거나 외국어 같은 또 다른 언어를 말한다는 것이 아니다. 오히려 어떤 언어의 사용 속에서 그 언어가 이질적인 것으로 변화할 수 있도록 만들고, 그 언어로부터 빠져나갈 수 있는 사용법을 발명하는 것이다. 말하자면 자신의 언어 속 '더듬거림', 또는 '외국인=이방인 같은 것'인 셈이다. 프라하 출생의 유대인 카프카가 체코어나 이디시어가 아닌 독일어로 소설을 쓰면서 그러했듯이, 다수 언어의 소수적 사용을 창출하는 것. 다수 언어를 쓰면서 그것을 구부러뜨리고 국가·민족이라는 고정된 영토로부터 떼어내어 "세계 속으로 비영역화"시키는 것. 중요한 것은 지배적·규범적인 역할을 하는 '다수 언어'의 지배나 속박으로부터 벗어나, 얼마나 언어를 비켜 놓는가 하는 점이다.

사키야마 다미(崎山多美)의 '오키나와문학'은 이러한 '언어의 탈영토화'를 과감히 시도하는 문학 중 하나라 할 수 있다. 본래 독립된 정치문화권이었던 오키나와는 근세에는 사쓰마번 시마즈에, 근대 이후에는 일본에 편입된 역사를 가지고 있다. 이러한 오키나와의 고유한 식민주의적 문맥 속에서, 사키야마의 문학은 '언어의 탈영토화'를 시도한다. 예를 들면 다음과 같다.

하지만, 뭐, 이렇게 너는 마마를 만나러 왔으니, 마마는
참말로 기뻐할 거야. 〔…〕
응? 뭐라고? 여든여덟이나 잡순 것 치고 마마 얼굴에 별로
주름이 없어서 그랬다고? 아하, 그건 말야, 자연의 원리
때문이지야. 의미를 모르겠다고? 흐음, 넌 모르겠구나.
그럼 가르쳐 줘야겠다야, 나가. 마마 얼굴에 왜 주름이 얼마
없는가아, 하는 이유를 말야.
봐봐, 마마는 쭉 이렇게 위를 보고 누워 있지? 그러니까
이 모양 그대로 지구의 중심을 향해 끌려가고 있겠지.
인력이라아, 하는 것이다. 마마를 이루고 있던 세포라든가
신경이라든가 모든 게 지구의 중심을 향해 당겨지고 있는
거지. 즉, **사람**이 살아 있는 동안 패인 걱정의 골들도 고생의
주름도, 두웅글고 기이폰 지구의 마음이 저언부 다 쏙쏙
빨아들인다, 하는 것이다야.
—

사키야마 다미, 「보이지 않는 거리에서 슌카네가」, 『구쟈 환시행』,

'기지촌' 고자(コザ)시[3]를 무대로 한 단편연작집『구쟈 환시행(クジャ幻視行)』에 수록된「보이지 않는 거리에서 슌카네가」의 일부이다. 이 소설에서는 결말부에 놀랄 만한 '사실'이 발각되는데(구체적인 내용은 꼭 텍스트 전체를 읽기 바란다), 이야기의 기본구조는 어머니를 둘러싼 두 딸의 애도 작업이다. "마마가 죽었다야. 어제 밤늦게. 그러니까 와. 지금 당장." 소설 도입부는 오키나와에 사는 딸의 전화로 시작된다. 도쿄에 사는 또 다른 딸은 '마마'의 죽음을 알고는 달려간다. 남성이 쓴 지배적인 사모곡의 로맨스를, 이 소설에서는 젠더(gender)를 바꾸는 방식으로 변주한다.

게다가 이 소설 속의 모녀는 혈연으로 이어진 부모자식 사이가 아니다. 미군들로 붐비는 환락가의 "민요 부르는 가게"인 '슌카네'의 '마마'와 그 가게 종업원 '이나구'(여자)들이다. "얼굴이 곧 돈이 되는 〔…〕 거리" 오키나와의 '기지촌'에서 일하는 여성들은 성노동으로 서로 이웃이 되고, 사회적으로 주변화되며, 억압을 받고, 스스로를 이야기하는 목소리가 손상되기 십상인 여성(서발턴 여성)들이다. 한 여성은 오키나와의 '일본 복귀'[4] 무렵 "야마토오"(본토인) "이키가"(남자)와 결혼하여 "야마토"(본토)로 건너간다. 또 다른 여성은 "부토쿠네엔 이나구"(미혼녀)인 채로 오키나와에 머무른다. 소설의 현재 시점은 '복귀'로부터 '33년'이 지난 2005년. 그 사이, 한 번도 만난 적 없던 두 사람이 재회하여 '마마' 곁을 지킨다. 앞에서 보았듯이, 소설은 두 사람의 대화 중에서 오키나와에 살고 있는 딸의 언어만을 문자화한다.

이 소설에서 '오키나와어'는 통상 '방언'이 사용되는 회화문 속에서뿐만 아니라 지문에도 틈입하여 다수 언어를 변형시킨다. 그러한 '접목된 언어'는 내부로부터 일본어에 현저한 영향을 미치는 것으로, 그것을 일본어로 번역하기 위해서는 일본어를 폐기해야 할 정도다. 사키야마는 이러한 언어의 소수적 사용법을 발명하여 언어를 탈영토화한다.

자신이 창출한 이 다성적인(polyphonic) 언어를 사키야마는 '시마고토바(섬말)로 가챠샤'한다고 칭한다. '시마고토바로 가챠샤'란, '표준일본어'와도 오키나와 본도말(방언 섞인 '표준어')과도 다른 미발(未發)의 '말'을 찾아 나가는 과정으로서의 문체를 말한다. '가챠샤'란 '휘두르다'를 의미하는 오키나와 말로, 언어나 문화를 뒤섞는다는 의미와 함께, 오키나와의 섬들을 본토화하는 힘이나 통일된 정체성으로 '오키나와'를 주체화하려는 힘도 껴안으며 휘두르고, 변형하고, 복수화하는 소용돌이와도 같은 힘이다.

사키야마의 소설은 타자들과 함께 살아가는 실천을 언어의 층위에서 표현하고 있다. 언어는 혼자 있을 때조차 대화적이고 집단

적이다. 미하일 바흐친(Mikhail Bakhtin)은 도스토예프스키의 소설을 분석함으로써, 작가의 사고를 작중인물과의 내적 대화로 파악하고 독백 속의 대화성을 부각시킨 바 있다. 혼잣말을 할 때조차 청자가 우선하며, 이야기 속의 말은 잠재적인 청자에 대한 응답이다. 대화의 파편만이 기록된 「보이지 않는 거리에서 손카네가」는, 말하는 것이 곧 듣는 것이 되는 상호의존적인 언어활동의 이종혼교성(異種混交性)을 조형해 낸다. 같은 연작에 속하는 「고도의 꿈 속 독백(孤島夢ドゥチュイムニ)」[5]에서는 작중극을 통해 독백의 다성성이 추구되며, 나아가 「구쟈 환시행」, 「달은 아니다(月やあらん)」(2012) 등에서 사키야마는 타자들의 목소리에 대한 **'듣고 쓰기'**의 사색을 심화시킨다. 사키야마 소설의 다성성은, 본래부터 대화적이고 집단적이고 사회적이고 역사적인 언어 그 자체의 존재 방식을 제시한다.

표상 지배, 소수자 정치

소설 「보이지 않는 거리에서 슌카네가」에서 초점을 맞추는 또 한 가지는, 에드워드 사이드(Edward W. Said)가 제기한 **표상**의 지배라는 문제이다. 포스트콜로니얼 비평의 기폭제가 되고 한편으로는 생산적인 비판을 받기도 한 『오리엔탈리즘(Orientalism)』(1978)[6]에서 사이드는 고대 그리스 비극에서 현대 미국의 중동 연구까지, 서양에 의한 '동양' 표상의 작동방식, '서양'에 의한 '동양' 담론의 존재 방식을 집요하게 분석한다. 이를 통해 그는 '서양'이 그리는 '동양'은 결코 그 '존재' 자체가 아니라, 서양의 눈으로 '동양화'된 구축물이며 그 '동양의 표상'이 서양에 의한 현실의 동양 지배를 지탱하고 강화했다는 점을 보여주었다. 이같은 표상에 의한 지배는, '동양'은 보여지고 이야기되는 객체로 삼고 '서양'은 보고 이야기하는 주체로 삼는 권력구조를 전제한다. 이러한 권력구조와 그에 기반한 표상 지배는, '야마토'(본토)와 '우치나'(오키나와) 사이의 식민지적인 지배관계에도 들어맞는다.

이 소설에서는 오키나와에 대한 본토의 표상 지배가 그려진다. 먼저 이 소설은 "흰 살결"에 "바깥사람" 같은 "야마토구치(표준어)"로 말하는 도쿄에 사는 딸의 시선을 일시적으로 차용한 뒤에는, 오키나와에서 계속 살아온 딸의 이야기로만 전개된다. 숨을 거둔 '마마'의 얼굴을 보고 "주름"이 "없다"고 말하는 본토 딸의 말은, 본토에 의한 오키나와의 표상 지배를 비유한다. '오키나와어'에서 동음이의어로 '시와(걱정)'와 연결되는 '시와(주름)'가 없다는 말은, '마마'나 오키나와가 체험했을지도 모를 '걱정'이나 '고통'을 무화하고 미화하는 것이기 때문이다.

또한 이 소설은 표상 지배를 복수의 층위로 바꾸어 쓰고 있다. 보고 이야기하는 쪽에 오키나와인을 두는 서사의 구성은, 보고 이야기하는 주체인 본토, 보여지고 이야기되는 객체인 오키나와라는 지배적 표상의 구도를 거꾸로 조명하여 이화(異化)한다. 또한, 본토인임과 동시에 오키나와인이기도 한 본토 거주의 딸이 지닌 혼교적인 양상이 상징하듯이, 소설 전체는 지배적인 표상의 권력구조를 교란한다. 인력 덕분에 '시와(주름)'='시와(걱정)'가 없는 것처럼 보일 뿐이라고 "가르쳐 주는" 오키나와의 딸은, 오키나와 표상을 앎의 형태로 제공해온 지배자·본토의 몸짓을 흉내내며 '치유의 남쪽 섬'과 같이 틀에 박힌 오키나와 표상에 이의를 제기한다.

본토가 오키나와이고 오키나와가 본토이기도 하다는 소설의 전략적인 편성은, 순수한 오키나와적 타자성에 대한 본토의 식민자적 시선이라는 이원론을 교란한다. 그것은 오키나와의 **포스트식민지적** 상황에 대한 대응이기도 하다. 소설의 현재 시점인 21세기 초, 소설의 무대인 고자에서는 재개발이 진행된다. 그 재개발은 "총검과 불도저"에 의한 강제적인 토지접수와 군사기지화라는 전후 초기의 개발과 연속성을 지니고 있으며, 동시에 국가와 자본이 보다 깊이 손을 맞잡고 있다는 점에서 질적인 변화를 동반하고 있기도 하다. 세계로 그물망을 뻗치는 글로벌한 자본은 강권적으로 배제하는 것이 아니라 포섭하면서 차이를 만들어낸다. 포섭적 폭력에 의한 '고상한 지배'가 이 재개발이라고 할 수 있다. 이 소설의 혼교성은, 이와 같은 후기자본주의, 즉 **탈냉전**과 **글로벌화**의 다국적 시장에서 발생하는 문화적 이종혼교성, 그리고 글로벌한 자본이 초래하는 이미지의 급격한 탈영토화에 호응하고 있다. 하지만, 가벼이 국경을 넘는 자본의 탈영토화와 달리, 오키나와 여성들의 탈영토화는 제국주의적, 식민주의적 역사의 중첩을 껴안은 채 이루어진다. 다국적 기업이 '제3세계'의 귀중종(貴重種, valuable species)을 상품화하도록 '현지 출신 정보제공자(native informant)'를 활용하는 글로벌 자본주의 하에서, 이 소설의 여성들은 이 세계 한구석에 남겨진 듯 고요하게 생애를 마친 한 여성에 관하여 대화하고 있다.

사키야마는 에세이 「'찬쉐'라는 이름의 밤의 탑」에서 현대 중국 작가 찬쉐(殘雪)의 애독자임을 밝힌 바 있다(『말이 태어나는 장소』, 스나고야서방, 2004). 『혼의 성 – 카프카 독해』를 쓴 찬쉐에게 가장 중요한 작가 중 한 명이 바로 카프카이다. 찬쉐를 통해 카프카로 이어지는 사키야마의 문학에는, 소수 문학을 특징짓는 **'소수파적 정치'**가 나타나 있다.

들뢰즈가 보기에 메이저리티(majority, 다수파)와 마이너리티(minority, 소수파)의 차이는 수의 많고 적음에 따른 것(숫자가 많으면 메이저리티, 적으면 마이너리티라는 식)이 아니라, 질적인 차이이자 질적인 구분이다. 다수파는 그 자기동일성에 관한 규범을 사전에 지니며, 그것을 측정하는 분명한 척도나 기준을 갖추고 있다. 그 규범, 척도나 기준은 구성원의 변천에 따라 변경되는 것이 아니며, 다양화하거나 복수화(複數化)하는 것도 아니다. 예를 들어 '인간(men)'에 관한 규범은 이미 주어져 있고 자명한 것으로 전제되며, 다수파는 여성이나 흑인, 유색인종 또한 '우리와 같다'고 주장하면서 그 규범을 변경하려 하지 않고 똑같은 '인간'으로 승인하며 구성원에 포함시킨다. 다수파적인 정치는 표현에 앞선 자기동일성을 지니며, 다수파적인 문학은 스스로를 '동일'하고 '단일'하며 보편적이고 자명한 주체로서 표상한다.

그와 달리 소수파적 정치는, 그 자기동일성에 관해 척도나 기준, 규범을 미리 가지고 있지 않다. 따라서 소수파의 문학, 즉 소수 문학은 '어떤 것은 무엇'이라는 식으로 그 존재를 표명하려 하지 않는다. 주어진 바를 표명하기 위한 자명한 척도나 기준, 규범이 존재하지 않기 때문이다. 소수 문학은 들뢰즈와 가타리가 "도래할 민중"이라고 부른 것을 생산하기 위해 쓰인다. "도래할 민중"에서 '도래할' 것이란 지금은 없는 것, 앞으로 오게 될 것이며, '민중'이란 복수성을 가진 집단성을 말한다. 즉 "도래할 민중"이란, 현실에 있는 존재를 넘어선 잠재적이고 미결정적인 집단성을 말하며, 한마디로 말해 다양한 타자의 "무리"이다. 예를 들어, 들뢰즈는 '여성'이라는 '무리'는 그것이 '백인' 여성이나 서양의 중산계급을 중심에 놓고 있지만, '흑인'이나 '유색인종' 여성, 동성애 여성, 제3세계 여성, 트렌스젠더 여성 등의 이의제기나 참가에 의해 흔들리며 복수화하고 다수화하게 된다고 말한다. 무리란 아직은 없지만 항상 미결정된 것으로서 잠재하고, 나아가 그것은 하나가 아니며 동일성을 지니지 않는다는 의미에서, 주체 아닌 주체이다. '도래할 민중'이란, 동일한 정체성이 아니라 복수적이고 애매한 개체군으로서 잠재하는, 주체가 될 수 없는 주체, 아직 방향이 정해지지 않은 힘이다.

언어가 탄생시키는 소수파의 규범은 항상 잠정적인 것으로, 창조 과정의 한가운데 있다. 예를 들어 '여성'이라는 규범, 기준, 척도는 소설이나 시, 희곡 등처럼 쓰여진 것을 통해 창조되는 과정에 있다. 그러한 의미에서 여성운동은 그 초기부터 '문학운동'이었다고도 할 수 있으며, 동시에 '여성'은 '여성' 아닌 '여성'이다. 사키야마의 문학 또한 '오키나와'라는 이미 주어진 자명한 자기 동일성을 표현하거나 그 주체를 표상하는 것이 아니라, 오히려 그것들이 동일한 것임을 거부하고 복수적으로 잠재하는 '오키나와'라는 '무리'를 창조=표상한다.

언어에 의한 상처

'언어의 탈영토화'가 중요한 것은, 언어의 영토가 때로 배타적이고 억압적으로 작동하기도 하기 때문이다. 고모리 요이치(小森陽一)는 "국가=인종·민족=언어=문화"의 경계를 동일한 원심상에서 포착하는 "사위일체(四位一體)"의 사고가 차별이나 배제를 낳게 된다는 점을 지적한다.

> '일본'-'일본인'-'일본어'-'일본문화'의 결합이 마치 자명한 통일체처럼 여겨지고, 스스로의 존재가 항상 그 통일체를 구성하는 속성처럼 인식될 경우 그것은 매우 강력한 차별과 배제의 사상과 담론을 낳는 장치가 될 수 있다는 것을 새삼

자각하게 된다.

—

고모리 요이치, 『'흔들림'의 일본문학』, NHK북스, 1998, 7쪽.

사카이 나오키(酒井直樹)에 따르면, 이 '사위일체'의 일본이라는 통일체는 사실상 근대에 구축된 것으로, 국민을 동일화하고 통합하기 위한 통제적인 이념에 지나지 않는다. 그럼에도 불구하고 그것은 실체화되어 있다. 예를 들어 일본문학을 일본에 있는 일본인이 쓴 문학이라고 생각해 버리는 것처럼 말이다. 사카이는 이것이 얼마나 전도된 이해 방식인지를 일본열도의 과거 언어상황 분석을 통해 보여준다(『사산되는 일본어·일본인』, 1996)[7].

한편, '사위일체'의 사고가 차별과 배제를 낳는 이유는, 이를테면 그 속에 일본국적을 가지지 않은 재일조선인이 일본어로 쓴 문학은 포함되지 않기 때문이기도 하다. 일본이 한반도를 식민지화한 결과 일본에 남게 된 재일조선인이 일본어로 쓸 수밖에 없었다는 사실은, 식민주의의 역사가 개인에게 불러일으킨 모순을 말해준다. 그러한 재일조선인이 일본어로 쓰는 소설이나 시는 언어의 영토와 국가 및 인종·민족의 영토를 일치시키는 기준에서 보자면 그 안에 설 자리를 가질 수 없게 된다.

'재일조선인 2세' 작가인 김석범(金石範)은 이러한 '국가=인종·민족=언어=문화'를 동일한 원심상에서 포착하는 '사위일체'의 사고와 결합되기 쉬운 국문학이나 일본문학이 아닌, 일본어문학이라는 명칭을 제창한다(『말의 저주 - '재일조선인문학'과 일본어』, 1972). 국가나 민족의 영토로부터 벗어난 일본어로 된 문학이라는 의미이다. 과거에 식민지 조선, 타이완 출신의 문학자가 차별과 동화가 중첩된 일본어로 쓴 소설은 '국민문학'이라 불렸다. 일본어문학은 그러한 식민주의적인 '국민문학'에 대한 비판적인 긴장감 또한 담고 있다. 이렇게 탈영토화된 일본어문학의 지평에서본다면, 『겐지모노가타리』나 나쓰메 소세키(夏目漱石)의 소설 등과 마찬가지로 재일조선인이 일본어로 쓴 소설이나 시 또한 설자리를 가질 수 있을 것이다.

'재일조선인 2세'에 해당하는 이양지(李良枝)의 「유희(由熙)」(1988)는 언어가 초래한 상처를 통해 이러한 '사위일체'의 사고에 물음을 던진다. 이양지는 한국어나 전통예능을 배우기 위해 유학을 떠난 장소인 서울에서 소설을 쓰기 시작했다. 나카가미 겐지(中上健次)의 권유로 쓰기 시작했다는 이양지 소설 몇 편은 그 유학경험을 소재로 한다. 일본에서 서울로 유학하는 '재일동포' 즉 '재일조선인 2세' 여성의 이름을 제목으로 삼은 「유희」도 그 중 하나이다. 그런데 일본어로 쓰인 「유희」 속의 말에는 번역이 새겨져 있다. 화자는 작가의 분신 격인 '재일동포'가 아니라 한국인인 '나'로, 한국어 화자인 '나'의 말이 일본어로 적혀 있으며 곳곳에 한글도 섞여 있다.

E여자대학을 졸업하고 소규모 출판사에서 일하는 '나'는 서울의 숙모댁에서 살고 있다. 그 집에 한국 최고 대학인 S대 국문과에 다니는 '재일동포' 유학생 유희가 함께 살기 시작한다. 하지만, '나'와 숙모와 유희, 세 명의 동거생활은 유희가 졸업을 얼마 남겨놓지 않고 대학을 중퇴한 채 일본에 귀국하는 형태로 막을 내리고 만다. 서사는 유희가 '나'의 앞에서 사라져 귀국한 날부터 이야기되고 있으며, 부재하는 유희에 관한 과거의 회상과 유희가 없는 현재의 이야기가 쓰여 있다.

'나'의 손에는 유희가 일본어로 적은 두꺼운 종이 뭉치가 남겨져 있다. 한국에 머물기를 권하는 '나'의 설득에도 불구하고 일본으로 돌아가는 것을 택한 유희. 그 유희가 서울에서 혼자 적은 그 일본어에 '나'는 "자신의 성의"가 "배신당한 듯한 기분이 들어" 견딜 수 없으며, "유희가 너무나 멀리 있는 나머지 두 사람의 거리를 좁힐 수 없음을 느끼고" 만다.

'나'와 유희 사이를 가로막은 것은 단지 언어나 문화의 차이, 또는 서로 다른 언어와 다른 문화를 가진 사람끼리의 소통 불가능성이나 의사소통의 어려움은 아니다. 그 사이에는 그 언어가 지닌 민족이나 국가의 역사성, 민족이나 국가의 상징이라는 언어의 상징적 의미에 의해 균열이 생기고 있다. 나아가 그것은 유희 자신을 분열시키는 것이었다.

유희는 언제나 눈뜨는 순간 "아-" 하고 "목소리" 같기도 하고 "숨" 같기도 한, "말이 되지 않는 말"을 "입속에서" 중얼거린다. 그때, 유희는 "말의 지팡이"를 "쥘 수 있을지 어떨지, 시험하고 있는" 것처럼 느낀다.

> 아(ア)일까, 아니면 あ(아)일까. 아라면 아(ア), 야(ヤ),
> 어(オ), 여(ヨ)로 이어지는 지팡이를 쥐어야지. 하지만,
> あ, 라면, あ(아), い(이), う(우), え(에), お(오)로 이어지는
> 지팡이. 그런데 아인지, あ인지, 확실하게 알 수 있는 날이
> 없어. 늘 그런 식이야. 점점 알 수가 없어져. 지팡이를 쥘 수가
> 없어.
> -
>
> 이양지, 『이양지전집』, 고단샤, 1993, 449~450쪽.[8]

'아-'라는 소리는 물질성을 가진다. 소리라는 물질성은 언어체계를 넘은 보편성을 띤다. 하지만 그 소리는 특정한 언어체계 안에서라면 실질성을 동반한다. 다시 말해 '아-'라는 물질로서의 소

리는, 어떤 언어체계 속의 특정하고 고유한 실질성에 의해, 즉 일본어에서는 'あ', 한국어에서는 '아'에 의해 체험된다. 그러나 유희가 눈뜨는 순간 "입 속에서" 중얼거리는 '아–'는 어떤 언어체계로도 회수되지 않으며, 문자 그대로 "말이 되지 않는 말"이다. 그것은 소리가 말이 되어 의미에 의존하기 직전의, 공기로부터 막 바뀌었을 뿐인 '말'의 울림이다(들뢰즈라면 이처럼 의미나 해석으로부터 벗어난 울림과 소리를 언어의 강도적(强度的) 사용법이라고 하며 상찬할 것이다. 하지만 이양지는 「유희」에서 그 소리를 내는 신체에까지 주의를 기울인다).

우리는 날마다 이 울림을 어느 특정한 언어체계 속에 위치시키고 말이나 글로 분절하며, 그 의미를 확정하려는 연속된 작업을 반복적으로 수행함으로써 "말이 되지 않는 말"을 말로 만들어내고 있다. "말의 지팡이"란 이러한 개인의 언어활동을 떠받치는 전제(前提)를 가리키는 것으로, 이 "말의 지팡이"를 쥔다는 것은 그 전제를 이미 주어진 것으로 받아들여 자명하게 만드는 행위를 나타낸다고 할 수 있다.

'국가=인종·민족=언어=문화'라는 '사위일체'의 사고 회로에서, '말의 지팡이'를 쥐는 행위는 때로 자동화된다. 자신을 둘러싼 복수의 영토 사이에 그어진 경계로부터 어긋남이나 모순을 느끼는 경우가 없기 때문이다. 하지만 일본에 의해 식민지화된 조선에서 일본으로 건너간 아버지를 둔 '재일조선인 2세'인 유희는 일본어 화자로 자란 '재일동포'이다. 성인이 된 뒤로 제2언어로 한글을 배운 유희는 언어·민족·국가 각각의 영토와 경계가 일치하지 않는 상태에 있다. 언어의 경계와 민족이나 국가의 경계가 다른 유희에게 '말의 지팡이'는 자명하게 주어진 것이 아니라, 그때마다 필사적으로 붙잡지 않으면 안 되는 것이다. 그렇기 때문에 유희는 '말의 지팡이'를 제대로 쥐지 못하고 일본과 한국, 일본어와 한국어 속에서 자신의 설 자리를 찾지 못하는 것이다.

언어에 의해 찢겨진 유희는 언어에 의해 상처받는다. 여기서 참조할 것은 타자의 언어가 뚫고 들어오는 취약성을 언어의 '주체'가 성립되는 조건으로 삼은 주디스 버틀러(Judith Butler)의 논의이다. 버틀러는 언어가 타자의 말에 대한 인용이라는 뜻 자체를 제목에 담은 저서 『촉발하는 말(ex-citable speech)』에서 상처 입히는 발화에 저항하기 위한 이론적인 고찰을 시도한다. 거기에서 버틀러는 국가가 후원하는 검열이라는 해결책이 아닌, "언어가 사회적, 문화적으로 고투(苦鬪)하여" "상처 입히는 말의 힘을 다른 방향으로 유용(流用)함으로써 그 상처 입히는 작용에 대항시키는" 전략을 집요하게 모색한다. 그때 버틀러가 주목하는 것은, 언어에 의해서 받는 상처와 신체가 입는 상처라는 두 가지의 상처가 비유적으로 연결되어 있다는 점이다.

실제로, 말에 의해 상처받을 수 있음을 표현하기 위한

특유의 언어는 없다. 언어에 의한 상처를 말하기 위해서는
그 언어를 신체적인 상처 표현으로부터, 소위 어거지로
빌려오지 않으면 안 된다. 이러한 의미에서 신체적인
취약성(vulnerability)과 언어상의 취약성을 비유로써 연결하는
일은, 언어상의 취약성을 기술할 때 불가결하다고 할 수 있다.
한편으로, 언어에 의한 상처를 나타내는 '고유의' 표현이
없으므로, 언어상의 취약성을 신체적 취약성의 상위에,
혹은 그것에 대립하는 것으로 특정하기는 더욱 어려워진다.
다른 한편으로, 언어로 인한 상처를 기술할 때 신체적
비유가 대부분의 장면에서 쓰인다는 것은, 말에 의해 받는
고통을 이해하는 데 있어서 신체적 차원이 필요하다는 점을
시사한다. 어떤 말이나 지명 방식이 신체상의 안녕에 대해
위협으로 작동할 뿐 아니라, 지명하는 방법에 의해 신체가
지탱되기도 하고 위협받기도 한다는 것을 이로써 확실히
알 수 있다.

–

주디스 버틀러, 다케무라 가즈코(竹村和子) 역, 『촉발하는 말』,

이와나미서점, 2004, 9쪽.[9]

주디스 버틀러는 언어에 의한 상처(언어상의 취약성)가 신체적인
상처(신체적인 취약성)로 말해진다는 점을 지적한다. 그로부터 버틀
러는 특정한 '말'이나 '지명 방식'이 '신체상의 안녕에 대한 위협'
이 되는 것이 아니라, '지명하는 방법', 즉 말의 사용법에 의해 '신

체가 지탱되기도 하고 위협받기도 한다'는 점을 이끌어낸다. 버틀러는 이처럼 신체에 힘이 되기도 하고 위협이 되기도 하는 언어사용의 양의성이라는 원리를 통하여, 반복적인 언어사용에는 상처 입히는 발화에 대한 우발적 전복작용이 있음을 발견한다.

그러나 여기서 주목할 점은, "말에 의해 받는 고통을 이해하는 데 있어서 신체적 차원이 필요하다"는 지적이다. 언어에 의한 손상은 신체에까지 미치며, 이 신체의 차원을 빼놓고 말로 인한 상처를 이해한다는 것은 불가능하다.

다만, 위에서 버틀러가 문제 삼는 것은 '퀴어'나 '흑인'이나 '여성'이라는 비방성을 띤 명칭(멸칭)이나 증오표현, 또는 차별적인 어휘 등, 특정한 '말'이나 '지명 방식'에 의해 누군가를 상처 입히려는 말이며, 자기에 앞서 다른 누군가에 의해, 즉 이미 타자로부터 내뱉어진 말이다. 이와 달리 유희의 상처는 언어가 지니는 역사나 언어 그 자체의 상징적인 의미(언어 자체의 역사성이나 상징성)에 의해 초래된 것이며, 또한 그 발화자에는 자기 자신도 포함된다. 그렇다고는 해도, 버틀러에 따르면 애초에 언어의 '주체'란 타자의 언어로 주체화되는 것이라는 점에서 언어는 언제나 타자의 언어와 마찬가지인 셈이므로, 그것이 언어에 의한 상처인 한 언제나 신체적인 상처의 '차원'이 있다. 실제, '일본군성노예제도'로부터 살아남아 '위안부'라 불리는 여성들이 당시의 사건을 증언함과 동시에 쇠약해지고 상처 입고 쓰러지는 모습을 보면서, 우리는 그 사건의 기억이, 그리고 증언의 형태로 스스로 발화하는 말이 신체에 입힌 상처가 상상할 수 없이 깊음을 강한 충격과 함께 이해하게 된다.

말로 인한 상처를 피하는 유희의 입장은, 같은 대학 선배이기도 한 '나'의 숙부와 반전된 형태로 겹쳐진다. 식민지시기부터 '반일의식'이 강하고 많은 유명 반일 투사를 배출한 경상도의 한 동네에서 태어나 자란 숙부는, 무역상이 되어 해마다 수차례 일본에 출장을 다녔지만 "읽을 줄도 쓸 줄도 다 알면서 […] 일본어를 잘 말하지 못하는" 상태로 세상을 떠났다. 그것은 한국어를 쓰는 데에는 능숙하면서도 말하는 단계에서는 실패해 버리는 유희의 모습과 포개어진다.

유희가 발명하는 '모어'의 관념은, 말로 받은 상처와 연결되는 신체적인 상처의 '차원'을 비추어 낸다. 대금은 "입을 닫고" 불어야 "소리가 음으로 나타나는" 악기이다. 그리고 그 소리야말로 "모어"라고 유희는 말한다. 닫힌 "입"에서 흘러나오는 소리의 음이란, 유희가 눈뜨는 순간 "입 속"에서 중얼거리는 "아-", 즉 "말이되지 않는 말"을 가리킬 터이다. 대금의 소리를 "모어"로 포착하는 유희의 감각과 인식은 언어행위를 대금 연주와 중첩시킨다. 그리고 이는 목소리로서 나오는 말을 발화하는 신체를, 자신의 일부를 사용해 공기를 진동시키거나 울려서 음을 연주하는 "악기"와 같이 포착하는 방식과 이어져 있다. 그렇다면 한국어를 말할 때, 일본어라는 음을 내는 데 익숙해진 "악기"와 같은 유희의 신체는 다른 사용 방식을 요구받는 셈이 된다. 이것이 시사하는 바는, 신체의 고통, 즉 입술이나 혀, 구개나 구강, 성대나 인후, 기관 등의 상이한 사용법을 강요받는 육체적 고통으로 체험된 유희와 한국어의 만남이자 숙부와 일본어의 만남이다. 한국어를 "맵고 아프고 진정이 안 되어서, 다가오기만 해도 숨 쉬기가 고통스러운" "최루탄"처럼 느끼는 유희를 덮치는 것은 바로 이 신체적 고통이다. 유희가 현재의 상태를 뛰어넘어 "일본이나 한국이나 다르지 않다"고 생각할 수 있도록 언제나 "마음속으로 응원해 온" 숙모는, 이러한 고통, 다시 말해 숙부가 체험한 것과 겹쳐지는 유희의 아픔을 감지하고 있었음에 틀림없다.

'말'의 감촉을 감각할 수 있게 만들기

한국에서 머물기를 그만두고 일본으로 돌아가는 것을 택한 유희, 그리고 그러한 사실을 용서할 수 없는 기분에 둘러싸인 '나'. 이 소설에서 그러한 두 사람 사이에 패인 도랑을 메워 나가는 것은 말의 '감촉'이다. 유희는 "아주머니와 언니", 즉 숙모와 '나'의 목소리가 좋다고, 두 사람의 한국어가 좋다고 고백한다. "두 분이 말하는 한국어라면 전부 다 몸속으로 쑥 들어옵니다." 또한 유희가 남긴 종이 뭉치를 안은 '나'는 "내 팔 안"에 "유희의 문자가 묶여 있"다고 느끼며, "문자가 된 유희의 문자를 안고 있는 듯한 느낌"을 받는다. 유희가 한글에서 느낀 것처럼, 일본어를 이해하지 못하는 '나'로서는 읽을 수 없는 유희의 일본어 문자도 "숨을 쉬며 〔…〕 목소리를 내고, 나를 돌아보고 있는 듯"했다. 두 사람은 음성이나 문자로 된 '말' 속에서 서로의 "몸짓"이나 "표정"이나 "시선"을 발견하고, 고유의 질감이나 숨결을 받아들인다. "말의 지팡이"는 민족·국가의 역사나 경계를 각인하고 있으며 언어 그 자체의 역사성이나 상징성을 피할 수 없다. 하지만 '말'에는 그것을 사용한 누군가의 "말씨", 고유의 감촉이 잠들어 있다. 국가나 민족이 언어에 미치는 생생한 알력(軋轢)을 모두 불식시키는 것은 불가능해도, '말'에 숨쉬는 개별적인 감촉을 통해 상대에게 닿는 것은 가능할지 모른다. 유희와 '나'의 '말'을 통한 접촉은 그러한 가능성을 시사한다.

소설의 결말부, '나'는 "'아'의 여운만이 목구멍에 달라붙어, '아'로 이어지는 소리가 나오지 않"게 되고, "지팡이를 빼앗겨 버린 듯이" 꼼짝없이 서 있다. '나'의 손을 벗어난 것은 "말의 지팡이"이다. '나'는 "소리를 찾고, 목소리를 내려는 나의 목구멍이 꿈틀대는 바늘 다발에 찔려 불타는" 듯한 느낌을 받는다. 그리고 "말의 지팡이"를 내려놓는다. 이때, '나'는 유희의 아픔이 찾아오는 것을 느끼며 "말이 되지 않는 말"을 중얼거리게 될 것이다.

「유희」가 보여주는 것은 정보전달이나 의사소통의 도구가 아닌 '말씨'(이미 존재하는 정보나 의미를 전하는 기호로서가 아니라, 언어 이전의 사물이 스스로를 이야기하는 말)를 얻으려는 곳에서 숨쉬는 말의 잠재적인 힘이나 감촉이다. 조르주 디디-위베르만(Georges Didi-Huberman)은 세계적으로 진행·심화되는 위기의 시대 속에서 '인민'을 재고하면서, 사람들을 '감각할 수 있게 만들기'를 제안한다. "감각적으로 만들기란, 감각에 의해 접근 가능하게 만든다는 것이며, 우리의 지성과 마찬가지로 우리의 감각이 언제나 '의미를 이룬다'고는 간주될 수 없는 것들에 접근할 수 있도록 한다는 것이다"(조르주 디디 위베르만, 「감각할 수 있게 만들기」, 『인민이란 무엇인가?』, 이분샤, 2015).[10]

나아가, 문학이론 또한 시나 희곡이나 소설의 "말씨", 우발적으로 태어난 말에 대해 우리가 "감각할 수 있게 만드는" 기술이라고 할 수 있을 것이다. 그렇다면 문학이론은 누군가로부터의 '신탁'도, 초월적인 원리도 아니며, 결국 이미 주어진 자명한 규범이나 기준, 또는 척도도 아니다. 그것은 다름 아닌 '도래하는 문학', '도래하는 비평이나 연구'를 창조=상상하는 끊임없는 과정이다.

1

발터 벤야민, 최성만 역, 「번역가의 과제」,
『발터 벤야민 선집』 6, 길, 2008.

2

질 들뢰즈·펠릭스 가타리, 이진경 역,
『카프카 - 소수적인 문학을 위하여』,
동문선, 2001.

3

고자시는 실제 오키나와현에 있었던
지명으로, 1974년 고자시와 미사토가
합병되어 오늘날의 오키나와시가 되었다.

4

일본 패망 뒤 미국령이었던 오키나와는
1972년 반환되었다.

5

'도츄이무니(ドゥチュイムニ)'는 오키나와
방언으로 '혼잣말', '독백' 등의 의미이다.

6

에드워드 사이드, 박홍규 역,
『오리엔탈리즘』, 교보문고, 2007.

7

사카이 나오키, 이득재 역, 『사산되는
일본어·일본인 - 일본의 역사 지정적 배치』,
문화과학사, 2003.

8

이양지, 김유동 역, 「유희」, 『유희』, 삼신각,
1989, 87쪽. 위 인용문의 번역은 한국어
번역서를 참조하여 일부 표현이나 경어
등을 수정했다. 덧붙이면 일본어 원문에서
인용하고 있는 『이양지전집』의 해당
부분에는 일본어 문장 속에 한글로 '아, 야,
~어, 여'로 표기된 문자가 들어 있으며, 그
위에 각각 'ア', 'ヤ', 'オ', 'ヨ'라는 가타카나
문자가 후리가나(일본어 독음을 나타내는
첨자)로 표기되어 있다.

9

주디스 버틀러, 유민석 역, 『혐오 발언 -
너와 나를 격분시키는 말 그리고 수행성의
정치학』, 알렙, 2016, 18쪽.

10

조르주 디디-위베르만, 「감각할 수 있게
만들기」, 알랭 바디우 외, 서용순 외 역,
『인민이란 무엇인가』, 현실문화연구, 2014.

번역

독일 사상가 발터 벤야민의「번역가의 과제」*는 1923년 그가
번역한 보들레르의『파리 풍경(Tableau de Paris)』** 독–불
대역판의 머리말로 발표되었다. 거기에서 그가 제창한
번역은 언어 그 자체를 '자기재귀적'으로 묻기 위해 다른
언어를 '조응'시키는 행위이다. 벤야민에 따르면, 모든 언어는
자국어의 의미체계를 넘어선 곳에 '순수언어'를 잠재적으로
지니고 있다. '순수언어'는 개개의 작품 내부에서는 알아챌
수 없지만, 각 언어가 다른 언어와 관계를 맺는 번역을 통해
그 '지향성'을 드러낸다. 따라서 벤야민은 원작의 '말씨'와
'의미 방식' 하나하나에 호응하는 '문자대로'의 번역을
목표로 해야 한다고 말하며, 원작에 대한 충실성으로 인해
언어 자체를 붕괴시키는 것도 주저하지 않는다. 이렇게
벤야민은 민족이나 국민 등 '내부'에서만 통용되는 '모어'의
한계를 돌파하고, 각 언어의 체계성 속에 폐색되고 기호의
변별기능으로 경직되어버린 말의 내부에 다른 언어끼리
갖는 울림의 회로를 열어젖히려 한다. 벤야민은 제1차
세계대전 후에도 여전히 지속된 독일의 내셔널리즘과 근대적
언어의 확립과정, 나아가 부흥하는 전쟁 파시즘의 그림자
속에서 언어가 도구화되는 위기의 시대에 이같은 번역론을
구상했다.

한편, 중국에서 언어에 의한 언어의 정련이라는 기획을 역시 번역을 통해 시도한 인물은 루쉰(魯迅)이다. 중국 최초의 백화문(구어체)에 의한 현대소설『광인일기(狂人日記)』 (1918)***를 쓴 루쉰은, 과거제도 이래로 지식인이 점유해온 문자에 의한 문언문(文言文)의 복권에 대항하여 언어개조를 추진한 중심인물 중 한 명이다. 중국에서 근대적 언어의 확립기이자 식민지화와 전쟁의 위기(내전과 항일)를 안고 있던 대중사회의 발흥기에, 루쉰은 중국소설사가이자 한 명의 독서인으로서 번역이야말로 언어('文')를 혁신해 왔다는 역사감각에 힘입어 번역을 통한 언어혁명을 주창하고 실천한다(『'경역(硬譯)'과 '문학의 계급성'』(1930))****. 이처럼 번역을 통해 언어를 갱신한다는 관점을 벤야민와 루쉰은 공유하고 있다.

*
발터 벤야민, 최성만 역,「번역가의 과제」, 『발터 벤야민 선집』6, 길, 2008.

**
샤를 보들레르, 윤영애 역,「파리 풍경」, 『악의 꽃』, 문학과지성사, 2021.

***
루쉰, 루쉰전집번역위원회 역,「광인일기」, 『루쉰 전집 2 – 외침, 방황』, 그린비, 2010.

****
루쉰, 루쉰전집번역위원회 역,「'경역'과 '문학의 계급성'」,『루쉰 전집 6 – 이심집, 남강북조집』, 그린비, 2014.

소수 문학·소수파적 정치/다수파적 정치

송충기

프랑스의 철학자 질 들뢰즈와 펠릭스 가타리가 제창한 소수
문학은 "다수언어 속에 소수성이 만들어내는 문학"이며,
"언어의 탈영토화"를 추구하는 문학이다(『카프카 - 소수적인
문학을 위하여』, 1975). '언어의 탈영토화'란 어떤 언어를
사용함으로써 그 언어를 이질적인 것으로 변화시키고,
그 언어에서 흘러나오는 소수자적인 사용법을 발명하는
것이다. 요컨대 지배적·규범적인 '다수 언어'의 지배나
속박으로부터 벗어나, 언어를 왜곡하거나 비켜가거나 하며
국가·민족과 같은 고정적인 영토로부터 벗어나는 것이다.
소수 문학은 또한 '도래할 민중'을 생산하기 위해 쓰이는데,
'도래할'이라는 표현이 시사하는 잠재성이란, 그것이
무엇인지를 미리 말할 수 없는 것, 현실화해버리면
그 양상이 변용해 버리는 미결정성에 잠재하는 힘이나
운동성을 말한다.

소수파의 정치와 다수파의 정치를 들뢰즈와 가타리는
'분자적인 것'과 '몰(mole)적인 것'이라 부른다. 분자/몰이라는
"두 가지 형태는, 작은 형태나 큰 형태처럼 그 규범에
의해서만 구별될 만큼 단순하지는 않다."(『천 개의 고원』, 1980)*
이 둘은 숫자나 규범의 크고 작음 혹은 많고 적음이라는
차이가 아니라 질적인 구분이다. '몰적인 것'은 "통일화되고
동일화된(정체성이 특정된) 몰적 집합"(『안티 오이디푸스』 하,
1973)**이며, 이원론적으로 구조화된 것, 어떤 집합 내에서
균질성과 전체성이 전제된 것, 특권적인 중심의 주위에
형성되는 조직 등이 이에 해당된다. 반대로, '분자적인 것'은
통일화에서 벗어나 흩어지는 것, 구조로부터 흘러나오는 것,
변화의 과정에 있는 미결정의 것으로, '도래할 민중'이 그 중
하나이다.

*
질 들뢰즈·펠릭스 가타리, 김재인 역,
『천 개의 고원 – 자본주의와 분열증 2』,
새물결, 2001.
**
질 들뢰즈·펠릭스 가타리, 김재인 역,
『안티 오이디푸스 – 자본주의와 분열증』,
민음사, 2014.

폴리포니·듣고 쓰기

폴리포니(polyphony)는 러시아 출신 비평가 미하일 바흐친의
'대화주의'적 문학론을 대표하는 개념. 폴리포니란 본래,
복수의 성부로 구성되며 각각이 독립된 선율과 리듬을
가지면서 대등한 입장에서 서로 결합해 가는 양식의
다성음악이나 그 작곡형식을 의미하는 음악용어이지만,
바흐친은 그것을 문학이론에 전용했다. 바흐친에
따르면, 도스토예프스키 소설에서는 작자가 등장인물을
단성적(monologue)으로 객체화하는 것이 아니라, 양자가
대등한 존재로서 설정되고 각자의 이데올로기나 계층, 성별
등의 차이를 전제로 자립적인 목소리나 의식이 직조되는
대화적인 관계에 있다. 작자와 등장인물들이 대화의 구성을
취하고, 그들 복수의 목소리가 조합되어 사건을 이루는
소설을 바흐친은 폴리포니 소설이라 불렀다. 폴리포니는
작자의 사고를 내적 대화로서 포착하며, 독백의 내재적
대화성을 부상시킨다.

그처럼 혼자 있을 때조차 집단적인 언어의 다성성의
극점에 '듣고 쓰기(聞き書き)'라는 장르가 있다. 전후
'여성보호'의 명목으로 탄광노동이 금지된 지쿠호(築豊)
여성 광부들의 전전(戰前) 경험을 듣고 쓴 모리사키
가즈에(森崎和江)의『암흑 - 여자 광부에게 전해들은
이야기(まっくら - 女坑夫からの聞書き)』(1961)에는 복수의

목소리가 교차하고 공명하며, 또한 미나마타병 환자들의
목소리를 모은 이시무레 미치코(石牟礼道子)의 『고해정토
– 나의 미나마타병(苦海浄土 - わが水俣病)』(1969)*에는
전단지나 정치문서, 의사가 쓴 보고서나 환자진료기록,
신문기사, 논문, 고문서, 기타 다종다양한 말들이 짜여
들어가 있다. 모리사키는 1958년 규슈 지쿠호에서 우에노
히데노부(上野英信), 다니가와 간(谷川雁) 등과 함께 잡지
『서클촌(サークル村)』을 창간한다. 『서클촌』에서는 듣고
쓰기를 비롯한 집단창작 문화의 가능성이 시험되었으며,
모리사키는 후에 『암흑』이 되는 「석탄수레를 끄는
여자들(スラをひく女たち)」을 이 잡지에 게재했다(1959.7~8,
1960.2~4.). 후에 『고해정토』에 수록되는 이시무레의 첫 원고
「기병(奇病)」도 같은 잡지에 게재되어 있다(1960.1.). 기록과
문학 사이에서 울리는 이 다성적인 언어는, 기존의 '문학'
개념을 그 내부로부터 동요시키고, 그에 대해 문제제기하는
계기를 만들어냈다.

*
이시무레 미치코, 김경인 역,
『고해정토 – 나의 미나마타병』,
달팽이, 2022.

표상

어떤 것을 다른 것으로써 표현하는 것이나 그
행위를 의미하며, 정치적·사회적인 '대표·대변'과
언어수사적·미학적인 '재현·제시'라는 표리일체의 양의성을
지닌다. 사이드의『오리엔탈리즘』의 분석은 '표상'의 이론적
전제 위에 이루어진다. 마르크스의『루이 보나파르트의
브뤼메르 18일』(1852)* 중의 다음과 같은 구절은 그러한
전제를 시사한다. "그들은 자신 스스로를 대표할 수
없으므로 다른 누군가에 의해 대표되어야만 한다(They
cannot represent themselves, they must be represented)." 이
책은 프랑스 제2공화제에서 발생한 계급 간의 정치투쟁이
어떻게 나폴레옹 3세(루이 보나파르트)의 쿠데타를
정착시켰는지 분석한 것으로, '보나파르티즘'(Bonapartism,
근대사회의 부르주아와 프롤레타리아트의 계급 대립이 균형 상태를
이루며 특정계급에 의한 지배가 어려워졌을 때, 일시적으로 양자에
대해 일정한 자립성을 가진 국가권력이나 전제적 정치권력이
수립되는 것)에 관한 논의를 확산시켰다. 위 구절 속의
"그들"이란 프랑스의 분할농민(독립자영농민)을 지칭하며,
해당 구절은 프랑스 혁명으로 왕정질서가 붕괴하고
근대적인 시민사회와 대표제가 성립된 시기의 맥락
속에서 쓰였다. 'represent'는 대의원(representative)이
선거구에서 선거민을 '대표'하는 것과 같은 정치적인
대표제를 함의하며, '자신 스스로를 이야기하지 못하는'

자를 대신해 발언한다는 의미에서 '대변'을 가리킨다.
동시에, 'represent'는 '제시하다=재현하다'라는 의미도
지닌다. 'present=현전시키다'와 달리, 'represent'는
현실의 토지, 사물이나 사람 등의 '존재를 대신하여', 혹은
'존재하지 않는 것'을 '제시하다·재현하다·대행하다'라는
언어수사적·미학적인 행위를 의미한다. 사이드는 정치적인
'대표·대변'과 타자 및 이문화의 '재현·제시'라는 양쪽의
의미로 '동양의 표상'을 분석했다. 사이드가 시도한 것처럼,
'표상=대표'(대변·재현)를 분석하는 것은, 정치적·사회적인
층위와 언어수사적·미학적인 층위가 흡착된 지평에서
문학을 문제화하는 일과 연결된다.

*
칼 마르크스, 최형익 역,
『루이 보나파르트의 브뤼메르 18일』,
비르투출판사, 2012.

탈식민지화와 탈냉전/글로벌화

제1부 월로화

인도 출신 미국 사상가 가야트리 스피박(Gayatri Spivak)은
『서발턴은 말할 수 있는가』(1988)*에서 토착주의와 식민주의,
가부장제와 제국주의의 공범관계 속에서 과부라는 서발턴
여성의 목소리가 얼마나 억압되고 있는지를 논의했다.

『포스트식민 이성비판』(1999)**에서 스피박은 글로벌화가
진행·심화되는 현재, 서발턴이 양극화되고 있다는
점을 지적한다. 사이드가 비판한 '오리엔탈리즘'에서는
식민지의 '정보제공자'를 대부분 종주국 지식인이
점유했다. 하지만 선진공업국의 대학이나 연구기관에서
포스트콜로니얼리즘이 학문의 한 분야로서 제도화되는
현대에는, 가령 인도에서 태어나 고등교육을 받은 지식인이
미국에서 그 학문을 가르친다. 이러한 경향은 대학의
연구교육에 그치지 않는다. 오늘날 다국적 기업은 선주민에
의해 오랫동안 보유되었던 약초나 특산물 등에 관한 지식을
영유하고 특허화하려 한다. 이 글로벌 자본주의의 증폭
속에서, '현지 태생 정보제공자(native informant)'는 현지의
지혜나 광물적·생물학적 지식을 전수하는 매개가 되어
선진공업국에서 특권을 얻게 된다. 한편에 구종주국인
선진국에서 특권적인 지위를 향유하는 '현지 태생
정보제공자'가 있고, 다른 한편에 구식민지인 '제3세계'의
저변 노동자가 존재한다. 이렇게 부나 특권의 격차가

편재한다. 탈냉전=글로벌화가가 진행되는 포스트콜로니얼한
상황에서는, 동서의 내부에 남북이 침식하고, 종래의
구종주국과 구식민지라는 이분법이 의미를 가지지 못하며,
트랜스내셔널한 틀에서 비판적 사고가 요청된다.

한편, 글로벌화가 진행되는 오늘날도 냉전적인 사고나
감성은 음험한 영향력을 행사하고 있다. 1950년대의
일본사회에서는 '무명'의 사람들이 모여 시를 쓰고,
등사판으로 인쇄한 서클지를 만들고, 연극, 미술, 합창 등의
활동을 하며, 생활기록이나 학습을 위한 '서클'을 조직했다.
앞에서 언급한『서클촌』을 비롯한 서클문화운동은 이러한
직장이나 지역 사람들에 의한 집단적 문화운동을 말하는데,
오늘날 그 잠재력을 지각하기란 쉽지 않다. 경제원리가
침투하는 경제성장기 이후의 감성과, 50년대에 존재했던
사회주의적 운동의 문맥이 보이지 않게 된 냉전 이후의
문화구조가 그 지각을 가로막고 있기 때문이다. 노동자
등 다양한 '인민'의 집단을 주체로 하여 집단창조된 서클
시지(詩誌)는 시장에서 판매되고 사적으로 소유될 수 있는
상품과는 근본적으로 다르다. 그것들은 사유도 소비도 할
수 없는 공유재(commons)이다. 시, 판화, 환등, 생활기록 등
다양한 장르에 걸친 서클문화는 오늘날 문화에 대한 척도나
자명해진 인식의 틀을 동요시킬 수 있을 것이다.

*

가야트리 스피박, 태혜숙 역, 「서발턴은
말할 수 있는가?」, 로절린드 C. 모리스 편,
『서발턴은 말할 수 있는가?』, 그린비, 2013.

**

가야트리 스피박, 태혜숙 외 역,
『포스트식민 이성비판』, 갈무리, 2005.

〈언어〉에 대해 더 알기 위한 책 10권

발터 벤야민(Walter Benjamin)

야마구치 히로유키(山口裕之) 역, 『벤야민 앤솔로지』, 가와데문고, 2011.
　　김영옥·윤미애·최성만 외 역, 『발터 벤야민 선집』 1~12, 길, 2007.

질 들뢰즈(Gilles Deleuze)·펠릭스 가타리(Félix Guattari)

우노 구니이치(宇野邦一) 역, 『카프카 - 소수적인 문학을 위하여』,
호세이대학출판국, 2017.
　　이진경 역, 『카프카 - 소수적인 문학을 위하여』, 동문선, 2001.

사키야마 다미(崎山多美)

『구쟈 환시행』, 하나서원, 2017.

에드워드 사이드(Edward W. Said)

이마자와 노리코(今沢紀子) 역, 『오리엔탈리즘』(상·하), 헤이본샤, 1993.
박홍규 역, 『오리엔탈리즘』, 교보문고, 2007.

고모리 요이치(小森陽一)

『'흔들림'의 일본문학』, NHK북스, 1998.

사카이 나오키(酒井直樹)

『사산되는 일본어·일본인 – '일본'의 역사 지정학적 배치』,
고단샤문고, 2015(초판본 1996).
이득재 역, 『사산되는 일본어·일본인 – 일본의 역사 지정적 배치』,
문화과학사, 2003.

김석범(金石範)

『김석범평론집 I – 문학·언어론』, 아카시서점, 2019.

이양지(李良枝)

『유희』, 고단샤, 1989.
김유동 역, 『유희』, 삼신각, 1989.

주디스 버틀러(Judith Butler)

다케무라 가즈코 역, 『촉발하는 말』, 이와나미서점, 2004.
유민석 역, 『혐오 발언 – 너와 나를 격분시키는 말 그리고
수행성의 정치학』, 알렙, 2016.

이시무레 미치코(石牟礼道子)

『고해정토 – 나의 미나마타병』, 고단샤문고, 1969.
김경인 역, 『고해정토 – 나의 미나마타병』, 달팽이, 2022.

제4장

욕망

닛타 게이코
新田啓子

주체라는 문제

'욕망'이라는 일반명사는 우리와 그리 인연이 멀거나 어려운 어휘는 아닐 것이다. 일상적으로 자주 쓰는지 아닌지는 차치하고, 설령 어디선가 접하더라도 특별히 이해하기 어렵지는 않은 말일 것이다. 하지만 근대 이후의 인문학은 이 단어에 인간존재의 본질에 관한 복잡한 개념을 붙여 왔다. 즉, 무언가를 강렬하게 구하고 가지고자 하는 기분을 표현하는 데 머무르지 않고, 의외로 사상적인 다층성을 가져온 것이 이 '욕망'이라는 말이다.

영어에서는 일반적으로 'desire'가 이 말에 해당하며 문헌에서 처음 발견된 것은 14세기 초 무렵으로, 중세부터 사용되어 온 말이다(『옥스퍼드 영어사전』). 이에 비해 일본어 '욕망'의 용례를 『일본국어대사전』을 통해 조사해 보면, 이에 대한 언급은 고다 로한(幸田露伴)의 『쓰유단단(露団々)』(1889), 천황의 「청나라에 대한 선전의 조칙(清国に対する宣戦の詔勅)」(1894), 나아가 시가 나오야(志賀直哉)의 『암야행로(暗夜行路)』(1921~1937)[1]처럼 메이지 시대 이후의 전거들에서 볼 수 있다. 따라서 욕망이라는 일본어는 비교적 새로운 것으로 나타났음을 알 수 있다. 뿐만 아니라 여기에 청일전

쟁을 포고하는 천황의 말이 포함되어 있는 것은 어쩐지 수상쩍은데, 천황이 그 글에서 조선을 점령하는 청나라의 '욕망'을 비난한 예는 이 말이 가져다주는 감각을 잘 전달하고 있다고 할 수 있다.

즉 욕망이란, 근본적으로 자기가 이 세상에 있다는 사실을 긍정하고 유지하는 행위의 원동력을 가리킨다. 17세기 네덜란드 철학자 바뤼흐 스피노자(Baruch Spinoza)는 인간을 포함한 만물의 현실적인 존재의 원리를 "각각의 사물들이 자신의 존재를 지속하고자 하는 끈질긴 노력"(『에티카』 제3부 정리 7)이라 규정했다.[2] 사물이란 당연히 자신을 존속시키는 구조에 의해 존재한다는 것이다. 그리고 이 '존속'을 향한 '노력'이 "정신과 신체 쌍방에 관련"되고 나타나는 것을 스피노자는 '행동'이라고 부르며 이 '행동'이 그것의 소유주 자신에 의해 의식적으로 경험되는 상태를 '욕망'이라고 정의했다(『에티카』 제3부 정리 9의 비고).

이와 같은 이해 방식은 독일 관념론 철학자 게오르크 빌헬름 프리드리히 헤겔(Georg Wilhelm Friedrich Hegel)의 인간관에서도 확인할 수 있다. 헤겔은 인간이 각자 고유의 지각이나 의식을 정련하고 세계와 관계 맺으며 자기를 형성할 때 그 자장으로서 작동하는 정신의 원리를 추구한 철학자이다. 인간의 주체화를 매개하는 불가피한 경험, 즉 객체와의 대치와 그것을 통한 승인의 드라마에 헤겔 역시 '자기의식의 대상'으로서 '욕망'을 상정했다

(『정신현상학』[3] 중 「자기의식」장 4절). '자기' 앞에 가로막고 선 '자립적'인 대상을 욕망하는 것 자체가 자기의식의 시작이라고 본 헤겔에게도 욕망이란 다름 아닌 자기보존을 향한 마음의 움직임이었다고 할 수 있다.

주체화를 목표로 하는 이 욕망이 '자기'와 대등한 객체의 인식 없이는 작동할 수 없다는 구조는, 이 모델에서 가장 강조해야 할 점이다. 앞서 언급한 선전포고의 예에서 보자면, 조선을 대상으로 한 청의 욕망을 규탄하는 플롯의 궁극적인 목적은 제국 일본의 주체화이다. 조선과 청나라가 일련의 부정적(적대적) 대상으로서, 오히려 일본의 시선 속에 포착되는 것이다. 이 나라들이 바로 욕망하는 일본의 자아를 떠받치고 있는 셈이다. 다시 말해 제국 일본의 욕망은 청나라라는 타자의 욕망과의 관계를 통해, 자아의 이상에 비추어 정체성을 확증할 수 있게 된다. 그리고 이러한 시나리오는 인간의 욕망에 얽힌 어떤 중대한 문제를 시사한다.

인간을 각자 자기 확증을 위해 투쟁하는 객체로 생각한다면, 상쟁(相爭)하는 욕망을 어떻게 조정하고 어떻게 통제할 수 있는가 하는 문제가 우선 떠오르지만, 한편으로 그것은 정치의 근본적인 동기로서 지각되기도 하며 사회계약설 등의 통치원리나 법규범을 탄생시켰다. 다른 한편, 개체가 타자에게 자기 자신을 투사하고 그 상(像)으로부터 얻어지는 이상을 자기와 등치시킴으로써 정체성을 형성한다는 시나리오는, '타자 인식 → 영유 → 소거'라는 승인의(실제로는 상호적이지 않은) 나르시시즘적 형식을 폭로한다. 승인이란 논리적으로 본다면 승인하는 측과 승인되는 측의 대등성에 기초하겠지만, 헤겔적인 승인의 형식은 주체와 객체의 비대칭성에 의해 지배된다. 이 양자는 상상 속에서는 대칭적일지도 모르나, 최종적인 결착은 지배-예속의 형태를 취하는 것이다. 이 도식을 '거울상 단계(stade du miroir)'라는 발달 서사로 설명하는 정신의학자 자크 라캉(Jacques Lacan)은, 주체화의 드라마에서 전제가 되는 욕망을 (선전포고와 같이 의식적인 것이 아닌) 인간의 자아 획득의 무의식적인 메커니즘으로 파악하며 주체의 타고난 공격성을 간파하고 있었다.

'인간이 주체가 된다'는 사건을 '승인을 향한 욕망'의 관점에서 설명하는 입장을 비판적으로 문제 삼음으로써 무엇을 확인할 수 있을까. 먼저, 마치 주체의 바깥 즉 타자를 알고자 하는 것처럼 보이지만 실은 자기재귀적인 욕망을, 그것이 투영된 타자 쪽에서 다시금 상상할 필요성을 확인할 수 있다. 이것은 또한 욕망이 '주체로서 승인된다'는 이야기로 해소되지 않는 차원을 사고하는 것이며, 물리적, 언어적(문헌에서의), 시각적(이미지에서의) 차이와 만난다는 것은, 그때마다 자신의 부정성과 만난다는 원리를 아는 것이나 다름없다.

완전한 인간의 상을 비추는 거울의 역할을 해온 부정성은 수없이 많지만, 가장 멀리 보자면 18세기부터 논쟁의 대상이 되어 온 첫 번째 사례는 '여성'과 '흑인'으로, 그것을 개념화한 틀은 '젠더'와 '인종'이다. 이후 '섹슈얼리티(sexuality)'라는 단면에서는 **'동성애'**라는 부정성이 드러나며, 우리가 가치를 두는 '건강'이라는 척도가 작동했던 계보를 보더라도 '병'이나 '장애'의 관념이 만들어진 역사가 드러난다. 이러한 요소는 만인을 등가의 주체로 간주하는 휴머니즘에 의문의 시선을 보내고, 자아중심적 시점에 기초한 인간관을 문제 삼는 역할을 해왔다. 이하에서는 그처럼 인간을 인간이게끔 하는 것으로 믿어졌던 '동일성'의 허구성을 드러낸 '젠더', '인종', '섹슈얼리티'란 무엇인지를 개관해보고자 한다.

'출산하는 성(性)'과 페미니즘

젠더(gender)란 인간의 '성'에 관한 현상을 독해할 때 토대가 되는 인식이다. 인간의 신체가 성을 지닌다는 단순한 사실이 사회적으로 야기한 복잡한 결과가 젠더의 작용으로, 이를 단적으로 말하면 성징(sex)과 겹쳐지고 고정된 '성역할'을 가리킨다. 사회적으로 만들어진 이상 이것은 당연히 보편적일 수 없으며, 생물학적 자연이라 할 수도 없다. 예를 들면 16세기의 유럽에서는 지금 우리가 인식하는 여성이나 남성 외에 '소년'이라는 제3의 젠더가 존재했다. 이러한 사례가 의미하는 바는 우리가 어떠한 성징을 가지고 태어난다는 영역을 넘어선다. 따라서 이론에서는 '성'의 작용을 해명하기 위해 이 '젠더'의 차원을 주장할 필요가 있었다.

여자나 남자라는 '성별'이나, 차후 설명할 이성애나 동성애 등의 '성적 지향'(섹슈얼리티, sexuality)을 사람들은 통상적으로 정체성을 결정하는 중요한 요소로 인식한다. 인간이 특정한 성별에 의해 판단되고 남자나 여자, 그리고 '그 어느 쪽도 아닌 것'으로 표현될 때, 그 인식에는 반드시 가치판단이 개입된다. 근대의 인권 개념은 본래 인간 개체가 지닌 성기나 호르몬, 염색체로 개인을 구분하지 않았다. 하지만 실제로 생물학적 차이가 만드는 남성이나 여성은 사회에서 서로 다른 기능을 부여받아 왔다. 이처럼 구성원에 대해 중립을 표방하는 사회 역시 실은 성차라는 요인에 좌우되며 중립성을 결여하고 있다.

젠더라는 범주는 그러한 편차를 분석하고 사회비판을 행하기 위한 중요한 단면이 되어 왔다. '여성으로 태어나서 손해를 보았다'라든가, '남자는 괴롭다' 같은 감상을 들어본 적이 있을 것이다. 그러한 것이 바로 가치관이나 선입견을 가져다주는 젠더의 작용이라 할 수 있다. 즉 젠더는 다양한 이해관계를 만들어 내며 사람들의 행동에 규제를 가한다. '남자다움', '여자다움', '성도덕' 같은 말은 우리 삶의 방식을 얽어매는 가장 가까운 규제의 사례이다.

많은 나라에서 젠더 격차를 처음 집합적으로 문제화하고 성적 소수자로서의 여성의 권리를 주장한 것은 19세기 여권운동가들이며, 이들의 운동을 '제1물결 페미니즘'이라고 부른다. 미국에서는 1848년 뉴욕 주의 세네카 폴스(Seneca Falls)에서 열린 여성의 지위 향상을 위한 회의에서 「소감선언(Declaration of Sentiments)」이라는 문서가 발표되었다. 유럽의 페미니스트(여성 권리의 옹호자) 사이에서도 회자된 이 선언을 기초한 엘리자베스 케이디 스탠튼(Elizabeth Cady Stanton)은 '모든 인간(men)은 평등하게 창조되었다'라는 〈미국 독립선언〉의 구절을 바꾸어, '모든 남녀(men and women)는 평등하게 창조되었다'라고 호소했다. 이를 통해 그녀는 인간이라는 보편적 범주의 기만성에 대한 주의를 환기한 것이다.

시민혁명 끝에 확립된 '인권'이 여성에게는 적용되지 않았다는 것에 대한 이의제기는, 사실상 남성만을 셈하는 인간의 정의를 젠더의 관점에서 문제 삼으며 '부인참정권운동' 등의 결실을 맺었다. 하지만 이 시대에도 페미니스트는 단지 여성의 권리를 확장하고 그 지위를 남성과 동등한 것으로 끌어올리는 데 만족하기만 했던 것은 아니다. 이 시대는 자연과학의 발전으로 오귀스트 콩트(Auguste Comte)의 '실증주의'가 범박하게 말해 '눈에 보이는 것만을 믿는' 과학적 정신을 여러 학문의 방법으로 확장시킨 시기이다. 여자라는 현상도 과학적으로 주장되었으며, 다양하게 축적된 지식은 여성을 둘러싼 상상력을 폭발적으로 자극시켰다. 때마침 점차 증가하고 있던 여성작가나 예술가 등 사상과 언론의 발신자들은 과학이 실증해온 여성에 관한 언설에 호응하여, 대항적인 관념을 세상에 내놓기 시작했다.

그러한 감성이 선구적인 결실을 맺은 소설로는 메리 셸리(Mary Shelley)의 『프랑켄슈타인(Frankenstein)』(1818)[4]이 있다. 셸리는 18세기 후반 남녀동권사상이나 여자교육의 나아갈 길을 설파한 영국 페미니스트의 시초 메리 울스턴크래프트(Mary Wollstonecraft)

의 딸로, 후에 영국 굴지의 낭만파 시인인 퍼시 비시 셸리(Percy Bysshe Shelley)와 결혼했다. 마치 젠더계 환상문학의 총아와도 같은 셸리는 생명 원리의 수수께끼에 매혹되어 무덤에서 파헤친 시체로 '인간'을 제조하려 한 과학자, 빅터 프랑켄슈타인을 조형해 냈다. 셸리는 그의 모험적인 행위를 통해 '출산하는 성'에 들러붙은 불안 내지는 소망을 객관적으로 추궁하고자 했다.

서사 속에서 프랑켄슈타인이 시도하는 것은 본래라면 여성의 신체를 매개로 완결되는 생식을 여성 없이 행하는 것이다. 근대과학이 증명한 여성의 생물학적 진리란 다름 아닌 자궁의 존재와 출산이라는 생리적인 기능이었다. 이로 인해 여성만이 출산하는 성으로서 자연화되고, 여성은 집에서 가사와 육아에 전념하며 남성은 사회에 나가 일하고 일가를 부양한다는 핵가족(이성애 부부와 미혼의 자녀로 이루어진 가족 형태)을 기반으로 하는 성역할 분업이 정착했다. 이것은 또한 부인참정권운동의 동기가 되기도 했다. 즉, 여성의 존재 의의를 생식이나 어머니의 역할로 일원화하는 인간관에 이의를 제기하고, 남성과 동등한 사회참여의 권리 보장을 요구한 것이 이 운동이었던 것이다.

하지만 셸리가 그린 남성과학자는 자기가 만든 생명체가 스스로 내면이나 지성을 형성하고 한편으로는 흉악한 외모를 가지게 된 것을 받아들일 수가 없어서 그로부터 도주하려 한다. 그 괴물이

고독을 호소하며 반려자가 필요하다고 말하자 과학자는 여자 괴물을 제조하지만, 이 두 사람이 번식시킬 자손이 인간을 공격하는 데 대한 공포심이나 제작자의 통제를 벗어나 발달하는 그들의 자아에 대한 불안으로 인해, 결국 그들을 파멸로 내몰고 자신 또한 죽음에 이른다. 이처럼 남성에 의한 재생산(생식) 모방의 실패를 서사화한 여성작가 셸리의 텍스트는 무엇을 전하고자 했던 것일까.

여기에서 우선 읽어낼 수 있는 것은 여성의 자연화된 생식이나 육아에 대한 자부와 저항이 뒤섞인 양가감정이다. 19세기뿐만 아니라 현대에 이르기까지 페미니즘은 여성을 출산의 도구로 삼고 생식 의무를 강요하는 사회적 통념에 저항하면서도, 남성이 흉내 낼 수 없는 임신이나 출산의 경험으로부터 여성의 독자성과 이상적 사회상을 세우려는 의지를 이어 왔다. 셸리 역시 이러한 기개를 남성과학자에 대한 회의적 형태로 보여주었지만, 그이상으로, 무언가 이질적인 것을 몸에 품게 되는 여성의 생리가여성 자신에게 가져다주는 우울이나 불안, 공포를 괴물의 형상으로 체현하고 있다. 피가 흐르고 액체로 넘치는 여성의 성기는, 많은 문화권에서 '부정'한 것으로 경시(미소지니, misogyny)되었으며, 출산의 고통뿐 아니라 태어난 아이의 모습이나 성질 등과 같은 불가항력의 결과에 대한 중압도 모두 여성에게 전가되어 왔다. 괴물성이란 바로, 부자연스럽게 제조된 인조인간뿐 아니라모든 생산에 대해 어둠을 드리우는 본질적인 위협임을 셸리는 필시 실감을 통해 표현했을 것이다. 공교롭게도 그녀 자신의 어머니 울스턴크래프트는 셸리를 출산한 지 11일 뒤에 출산 후유증으로 사망했다.

성과 생식의 단층선

이탈리아에서 태어난 페미니스트 철학자 로지 브라이도티(Rosi Braidotti)는 마치 셸리가 그린 괴물 같은 이류성(異類性)과 가깝고 (이렇게 말해도 좋다면) 그 비인간성으로 인해 감염되기 쉬운 탓에 불건전한 존재인 것처럼 여성이라는 성을 그린 학문들의 편향성을 검증해 왔다(『유목적 주체』, 1994)[5]. 미(美)나 도덕과 결부되었을 때는 격찬을 받고 추구와 숭배의 대상이 되기조차 하는 '여성'이라는 존재는, 반면 그 의지의 박약함으로 인해 나쁜 유혹에 빠지기 쉽고 신체도 더럽혀지기 쉽다는 근원적 이미지가 존재해 왔다(구약성서 『창세기』의 이브는 그 원형이다). 『프랑켄슈타인』은 그처럼 작위적인 견해에 대한 여성들의 대응을 방불케 하는 텍스트이다. 문학이나 예술은 어떠한 시공간의 상념을 다른 형태로 치환한 소위 '표상'의 집적이기도 하다. 이 경우 우리는 생식에 대한 여성의 심상이나 정념이 언어로 치환되어 직조된 서사를 목격할 수 있다는 것이다.

이와 같은 '읽기'를 의식적으로 진전시킨 것이 **페미니즘 문학비평**이다. 1960년대 후반 현대 페미니즘의 토대인 '제2물결 페미니즘'이 시작되는데, 이 운동은 사회가 만든 '여성'의 의미를 여성 개인의 감각으로부터 문제 삼은 것이었다. 앞에서 말한 것처럼, 출산을 여성의 본질로 두는 사조는 여전히 건재했으나, 그 의의가 남성 중심의 가족=사회 제도, 즉 **가부장제**의 편의를 위해 이용된다는 비판의식의 고양은 '성과 생식에서의 자기결정권(reproductive right)'의 획득이라는 목표를 이끌어냈다. 이를 제창한 '우먼리브(woman lib) 운동'은 여성이라는 것을 근본적(radical)으로 재검토하려는 태도를 바탕으로 성립되었다. 페미니즘 문학비평도 그 흐름의 한켠에서 빠르게 대응하여 표상 분석 및 여성 작가의 발굴을 추진했다. 그 선두에 선 미국 비평가 일레인 쇼월터(Elaine Showalter) 역시 『프랑켄슈타인』으로부터, 남성과학자가 여성에게 짊어지운 부정성에 대한 저항, 그리고 재생산 기능을 단순하게 기뻐할 수만은 없는 몸의 갈등과 곤혹을 읽어내고 있다(『자매의 선택』, 1991).

그런데 위와 같은 점을 이 장의 테마인 '욕망'에 비추어 확장시켜 보면, 여성을 배제하고 모방적 출산에 실패하는 과학자를 그린 이 서사는 그 인물에 비판적이기는 해도, '여성이라면 가능했을 것이다'와 같은 젠더적 <u>승인</u>의 틀 속에는 둘 수 없다는 것을 알 수 있다. 여성적 원리의 불가침성을 주장하기보다 추악한 괴물이 '왜 자신을 낳았느냐'고 아버지를 힐책하는 등, 승인의 서사에서 봤을 때는 불필요한 부산물(출산의 두려움과 갓난아이의 놀라운 자율성)을 전경화하는 것이 이 작품의 플롯인 것이다. 여성작가의 정념이나 주관이 자아냈을 이 서사는, 그럼에도 불구하고 여성의 자아로 완결되지 않는 자식이라는 타자의 욕망을 더욱 가시화한다.

페미니즘이나 젠더 비평의 발전을 상식적으로 해설한다면, '출산하는 성', 그리고 '모성'이나 '가정', '주부'라는 일련의 테마는 가부장제 비판을 위해 불가결한 쟁점이었던 한편으로, 1980년대 들어서는 보수적이고 시야가 좁으며 시대착오적인 것으로 생각되었다. 확실히 가부장주의에 가담하고 있다고도 생각할 수 있는 어머니라는 인간의 이해(利害)나, 가정으로부터의 해방을 바라는 주부의 욕구를 특별히 젠더의 보편적 과제로서 일원화한다면, 그러한 성역할로부터 배제되어 온 소수자의 규탄을 받는 것은 필연일 터였다.

우선, 원래 전업주부의 지위나 자신의 육아를 완수할 기회를 빼앗겨온 노동자나 유색인종 여성들은, '어머니'라는 질문 틀을 벗어나지 못하는 젠더 비평의 백인 중산층계급 중심주의를 강력히 규탄했다. 흑인 여성이 주도했다고 하여 '블랙 페미니즘'이라고도 불리는 이 사조는 젠더의 억압이란 계급이나 인종, 지역이나 섹슈얼리티(성적 지향) 등 다양한 요인의 교차성(intersectionality) 속에서 발생한다고 역설하며, 지금 시점에서는 주류가 되어 있는 젠더 정의(正義)의 사고방식을 선구적으로 확립했다. 또한, 꾸준히 섹슈얼리티를 문제화해온 동성애자는, 생물학적 자연이자 의심할 수 없는 사실로 파악되어 온 '남/녀'라는 성별이 실은 자연이 아닌 '이성애 규범', 즉 생식하지 않는 성관계를 처음부터 금지해온 분류법에 의한 허구이며, 성이란 애초에 이분화가 불가능한 다수적 현상이라고 주장했다. 덧붙여 말하면, 재생산을 무비판적으로 여성의 원리로 삼는 유형의 페미니즘은, 출산하지 않는 (못하는) 여성에게는 무관심한 범주라는 것은 말할 것도 없다.

하지만 셸리의 서사로부터 다시금 생각해 보면, 젠더화된 '출산'이라는 인간의 기구(機構)에 대한 관심은 단순한 보수주의나 본질주의로 치부할 수 없음을 알 수 있다. 그것은 신체 그 자체에 내재하는 법 외적인 것(이질성, 우연성)을 통제하기 위한 문명이나 문화, 제도에 대한 비판의식 덕분이다. 어쩌면 '여성'이란 그처럼 다루기 어려운 현실을 떠맡은 존재로서 날조된 관념은 아니었을까. 감상성으로 채색되고 궂은 역할을 떠맡은 '어머니' 형상의 해체는, 인종이나 섹슈얼리티라는 차이가 없다면 젠더도 없다는 사실을 조명해 준다. 즉, 젠더라는 족쇄를 필요로 하는 우리 사회란 그 외에도 다양한 속성으로부터 무한하고도 폭주적으로 개체를 위계화하는 사회이다. 공교롭게도, 프랑켄슈타인은 자기 피조물의 추함을 한탄할 때 '누런 피부', 즉 인종의 기호를 사용한다. 그 사실에 대한 책임을 결코 생각한 적 없을 이 남자의 자기 감각을, 아마도 작가는 비판적으로 그렸을 것이다.

젠더의 억압과 인종의 배제라는 문제를 파고든 블랙 페미니즘의 빼어난 성과 중에는 노예제 시대의 흑인 여성이 어떻게 '어머니'가 될 수 없었는가 하는 문제를 상세히 논한 것도 있다. 호텐스 스필러스(Hortense Spillers)의 『엄마의 아기, 아빠의 아마도(Mama's Baby, Papa's Maybe)』(1987)는, 흑인노예의 재생산을 인간의 출산에서 분리하여 관리해 온 미국의 인종 이데올로기와 젠더 지배의 교차성을 논증했다. 그녀의 논의는 '어머니'라는 문화적 기준의 언설이 출산이라는 신체의 영위를 자의적으로 분할하고, 흑인 여성을 여성이라는 카테고리에서 배제해온 정책이 어떠한 논리에 기초하고 있었는지를 해명한다.

1865년까지 흑인노예제를 시행했던 미국은 '모계 출신'이라는 원칙을 고안하여 노예의 자식을 시민과 구별하고 있었다. 노예 소유자의 가정에서는 백인 주인의 노예 여성 강간으로 태어난 혼혈아 출생이 횡행했지만, 이 법적 원칙으로 인해 설령 부친이 백인이라 하더라도 흑인 여성의 배에서 태어난 아이는 인지의 대상에서 벗어나 있었다. 더욱이 여성이 노예인 이상, 그 자식들은 인간 외로 취급되어 가축처럼 자유롭게 매매될 수 있었던 것이다. 노예제 하 백인은 흑인을 증오하고 혐오하며 공적으로 차별하고 있었음에도 불구하고, 가정 내에서는 일변하여 흑인의 성과 밀착하며 그것을 착취하는 것을 일상으로 삼았다. 이러한 상황은 **노예제 폐지론**의 쟁점이 되기도 했는데, 스필러스는 이 시스템을, 흑인을 어떻게 가정으로 받아들이든 간에 그들을 친밀한 동포로 간주하지 않고 해결하기 위한 미국 특유의 '국가장치'라 비판했다.

인간의 생식을 '어머니'라는 현상으로 의미화함으로써 여성을 가부장적인 가치관에 의해 승인했던 문화적 언설 또한, '흑인 여성'은 표상의 체계로부터 배척했다. 말하자면 흑인 여성은 젠더조차도 박탈당했으며, 그렇기에 '번식'을 강요받으며 인종의 질서를 위협하지 않는 편의적인 존재로서 승인의 경제학이라는 울타리 너머에 배치되어 왔다. 그러나 젠더적 승인의 이처럼 기만적인 이면을 폭로한 스필러스를 비롯한 블랙 페미니스트가 그러한 승인 시스템에 가입하는 것을 목표로 삼은 것은 아니다. 오히려, 주류 문화 바깥에서 육친 이외의 사람들로 이루어진 친밀권의 구축이 흑인 여성의 생존 전략이었음을 증언했다. 그리하여 그녀들은, 여성 젠더로서 살아가도록 승인된 종속적 주체와 함께, 언제 죽임 당해도 상관없는(조르조 아감벤이 말하는 '호모 사케르'에 해당하는) '흑인'이라는 인종을 만들어낸 국가장치의 정통성에 이의를 제기했다.

스필러스는 인종이라는 변수로 인해 함의가 달라지는 젠더의 자의성을 실마리로 삼아 성과 생식의 단층선(斷層線)을 간파할 수 있었다. 이에 더해, 젠더가 생식에 의해 자연화되고 마치 인간의 숙명인 것처럼 규범화될 경우에는, 이성애를 유일하게 정상적인 섹슈얼리티로 여기는 이데올로기(에이드리언 리치(Adrienne Rich)는 이를 '강제적 이성애(compulsory heterosexuality)'라고 불렀다)가 다른 생존 양식을 억압하는 권력 작용을 발동한다. 이러한 작용이 우리의 윤리관이나 정치의식까지도 널리 구속한다는 문제를 보다 도전적인 각도에서 파고든 것이 퀴어(queer) 비평이다.

퀴어란 이성애에 대치되는 성적 자기인식의 하나이다. 원래는 동성애자에 대한 모멸어('변태')였던 이 명사에는 동성애가 이성애의 반대 개념으로 경직되는 것을 꺼리는 정치적 의도가 포함되어 있다. 이러한 인식에 입각한 퀴어 이론은 성적인 태도의 다양성을 제시하는 데 그치지 않고, 사회질서 속에서 재생산되는 동성애 혐오와 이성애 지상주의의 복합체(헤테로섹시즘, heterosexism)를 지적하는 등, 성이 사회질서의 유지에 동원되는 다양한 상황을 비판했다. 나아가 그러한 경로로부터 탈출하는 길을 생식하지 않는 성교의 실천에서 찾고자 했다(레오 베르사니(Leo Bersani)를 예로 들 수 있다).

2004년 『노 퓨처(No Future)』를 출판하며 이후 그러한 사조를 이끄는 인물로 주목받은 이가 미국의 비평가 리 에델만(Lee Edelman)이다. 그는 항상 미래를 위해 엮어가는 사회의 전망은, 설령 그것이 성적 지향에 대한 관용성을 과제로 삼는다 하더라도, 다시 말해 생식하지 않는 관계의 승인을 의도하는 경우라 하더라도, 차세대의 재생산을 전제하고 만다는 지적 난관을 추궁한다. 즉 정치에 참가한다는 것은 사회를 계승하는 '아이들'을 긍정하는 것이며, 그러한 '재생산적 미래주의'가 있는 이상 성적 자유는 사회의 목적이 될 수 없다고 그는 말한다. 이러한 지적은 최근 들어 추진되는 것으로 보이는 성적 다양성 정책이 실은 동성혼이나 생식의료에 포섭되는 상황에 대한 실망과도 연동되어 있다. 따라서 그는, 사회의 유지를 목표로 하지 않는 것(반사회적 전회), 즉 순연한 부정성(negativity)이야말로 퀴어 이론이 나아가야 할 방향(퀴어한 부정성)이라고 역설한다.

욕망의 불규칙성과 다형성

성과 생식의 접합을 논리상 불가피하다고 보는 사회를 단념하도록 권유하는 에델만의 구상은 혁신적이라고 할 수 있다. 현존하는 사회를 아이들을 위해 남겨둔다는 언설에는, 자기의 영속성에 대한 집착이 투사되어 있다는 것이다. 그는 필경, 은연중에 우리의 자기보존의 지주가 되고 있는 미래가 아니라, 어떤 목표에도 동일화될 수 없으며 어떤 고매한 비전으로도 승화될 수 없는 '죽음의 욕동'에 몸을 맡기는 것만이 퀴어 본연의 존재의의를 진정으로 살리는 것이라고 결론짓는다. 재생산을 옹호하는 제도와 분절하지 않고 결탁하는 생존이나 지속에 대한 이념의 부정성으로 존재하는 것. 어떠한 제도에도 동원되지 않는 인간의 성이 지닌 가능성은 그 위에서만 열릴 것이라는 전망을 여기서 확인할 수 있다.

죽음의 욕동이란 지그문트 프로이트(Sigmund Freud)가 '쾌락원칙의 피안'으로 설명한 심리적 기제이다. 처음에 소개한 스피노자와 유사하게, 정신분석에서도 인간은 원칙적으로 항상성, 즉 자기보존에 이끌리며 소멸에 저항하면서 살아가는 존재로 간주된다. 하지만 동시에 프로이트는 인간의 마음이 쾌락이나 안정을 얻기 위한 과정과는 모순적으로 자아를 단편화하고 자신을 파괴로 이끌려는 경향, 즉 보존과는 상반된 심리에 이르는 경향이 있음을 인정하고 있었다. 죽음의 욕동(주체를 만족으로 이끄는 충동)이란 그러한 경향의 하나이다. 그 증상으로서는, 환상으로서밖에 전체성이나 동일성을 가질 수 없는 인간이 이미 잃어버린 전체성을 거슬러 올라가기를 추구하면서, 태어나기 전 자기가 용해되는 소실점, 또는 어머니와 자아가 아직 분화되지 않던 영역으로 회귀하려는 움직임을 말할 수 있다. 즉 통합이나 동일화, 발달의 역코스에서 자기를 추체험하는 아이러니가 죽음의 욕동이라 할 수 있을 것이다.

이렇게 보면 에델만의 사상은 말하자면 개인의 욕망을 승인의 서사로부터 철저히 분리하려는 의도를 가지고 있음을 알 수 있다. 미래가 아닌 죽음을, 지속적 사회가 아닌 반사회를, 정치참가가 아닌 비재생산적 향락(성적 쾌락 등과 같이 자기의 결여를 보완하는 충족감)을 선택하라는 외침은 사실 과격하게 들리기도 하며, 이러한 제언은 커다란 논쟁을 불러일으켰다. 하지만 결국, 다양하게 대상을 바꾸어 변천하고 있다는 점에서 역사적일 수밖에 없는 인간의 욕망을 생식 신화로 고정해서는 안 된다는 그의 주장은 페미니스트가 가부장주의에 대해 던져온 이의제기와 <u>그리 멀지는</u> 않을 것이다.

예를 들어 에델만은 미국에서 줄곧 국론을 양분해온 정치적 쟁점인 인공적 임신중절을 둘러싸고 다음과 같이 논한다. "여기서 말하는 선택(choice)이 어떤 의미도 가질 수 없는 것은, 우리들의 미래를 아이라는 특권적 형식에 가두는 강제가 지배적이고 유일한 명령처럼 되어 있기 때문이다. 따라서 우리의 상상계에서 일어나는 자기동일화의 모든 계기는 모두 아이의 잉태를 강제하는 것으로 이어지며, 임신은 상징계의 결여를 메우는 의미를 띠게 되는 것이다(『노 퓨처』, 15쪽). 이러한 주장이라면 좀 더 저항 없이 받아들여질 수 있을 것이다. 그리고 그러한 판단에는 과거의 페미니스트가 호소해온 '여자를 출산의 도구로 보지 말라'는 문제의식이 중첩되고 있음도 알 수 있다. 다만, 앞서 그리 멀지는 않다고 단언한 바와 같이, 두 입장 사이에는 엄연한 거리가 있다.

우선 페미니스트는 에델만이 시사하는 것처럼 임신중절의 선택권은 아이를 임신한 여성에게 있다고 보았다. '낳느냐, 낳지 않느냐는 내가 결정한다.'라는 우먼리브의 슬로건이 이 문맥에 교차하고 있다. 하지만 퀴어를 대표하는 입장인 에델만의 관점에서 본다면, 중절이나 낳지 않기를 요구하는 운동에는 이미 여성, 혹은 인간은 출산하는 존재라는 명령이 침투해 있다. 따라서 그러한 차원에서 '선택'을 말한다 한들 의미는 없는 것이며, 좌파(liberal)의 제도비판이 조직하는 정치 역시 근본적으로는 우파(보수)와 다를 바 없다고 단언하는 것이다. 이 양자(그리고 페미니스트)가 다 같이 빠져드는 재생산적 미래주의를 무너뜨릴 수 있는 것은 그것에 저항하는 정치적 주체의 구축이 아닌 '주체의 매장', 즉 주체를 방기(放棄)한 타자성으로, 이는 제도적 주체의 자아에 발생한 균열이라는 입장에서 그것을 줄곧 위협해온 것이며, 이것이 바로 '반사회'의 시나리오이다.

그러면 '죽음의 욕동'이라는 불온한 말 또한 글자 그대로의 '자멸'이 아니라는 것을 납득할 수 있을 것이다. 아이라는 상징이 지배하는 '주체'의 자장을 벗어나려는 전략은, 바로 인간적인 질서 바깥으로의 반복적인 퇴행을 기도하는 것으로 정신분석이 상정한 심리적 기제와 합치된다. 이처럼 주체화와는 다른 모델에서 헤테로섹시즘을 폭로하면서 섹슈얼리티의 다형성을 이론화하려는 시도가 오늘날 젠더론의 최전방에 위치하고 있다고 할 수 있다. 그리고 1990년대 이후, 이 계보에 있는 모든 이론의 매개 변수가 되고 있는 것은 주디스 버틀러가 『젠더 트러블』(1990)[6]에서 제시한 '수행성(performativity)' 개념이다.

이 개념을 통해, 버틀러는 우리의 성은 태어나면서부터 지닌 자연이 아니라 사회를 지배하는 성규범이 이미지화하는 여성이나 남성이라는 형상의 반복적인 인용과 모방의 끊임없는 작용으로 발생하는 효과라고 설명했다. 그렇게 되면 '주체'를 대신하는 메커니즘을 탐구한 버틀러와 에델만은 모두 반복성에 주목한 셈이 된다. 나아가 버틀러는 규범이 명하는 이성애에 수행적으로 따르는 개체는 무의식중에 그 외의 섹슈얼리티의 가능성을 잃어버린 타자성으로 숨겨 둔다는 '호모섹슈얼 멜랑콜리(homosexual melancholy)'의 시나리오를 주장했다. 이러한 멜랑콜리를 또 다른 발상으로 접근하여 생겨난 것이 에델만의 '퀴어한 부정성'이라고 보는 것도 가능할 것이다.

재생산적 미래주의 비판의 뛰어난 점은 인간의 성의 발현을 척도로 삼아 프로이트가 이론화한 '욕망'에서 애초부터 발견되었던 불규칙성과 다형성을, 가장 제도화된 성=재생산을 해체하는 원리로서 재소환했다는 데 있다. 성을 통해 개념화된 욕망은 개개의 신체에서 불규칙하게 발현되는 것을 특징으로 한다. 이 장은 자기확증이라는 헤겔적인 욕망의 모델을 확인하는 것으로부터 시작했다. 역시 주체화의 서사로 일체화될 수 없는 욕망이라는 것을 궁구하기 위해서는 정신분석이 관찰해온 **성적 욕망**이나 **성애**, 그리고 **성적 환상**의 양상을 알 필요가 있다.

다만 이와 같은 욕망에 대한 접근은 퀴어 비평으로 시작된 것은 아니다. 1970년대, 여성의 성이 지니는 차이와 그 미정형의 욕망을 처음 이론화한 것은 라캉에 대한 응답을 핵심으로 형성된 프랑스 페미니즘이었다(뤼스 이리가레, 『하나이지 않은 성』, 1977 [7] 등). 또한 퀴어 비평은 주체라는 서사로부터 배제된 영역의 고찰에서는 뛰어나지만, 내면의 원리를 해명한다는 정신분석으로부터 물려받은 시야 속으로 편입되어 있다는 한계 때문에 역사성에 대한 고려가 빈약하다는 결점을 안고 있다. 인간적 욕망의 다형성이나 무한성은 역사가 만든 특수한 상황이라는 측면도 잊어서는 안 될 것이다. 사회적으로 기능하는 젠더 고찰의 초창기 운동에서 문화적으로 혐오되고 선택적으로 잘라내진 신체성이나 생태를, 그것이 의거하고 있는 역사적 국면에 따라 회복한 블랙 페미니즘의 작업이 지닌 가치가 여기서 더욱 분명해진다. 인간의 서사 외부로 잘려나간 '부정성'이 비추는 욕망을 일단 알게 되면, 사회에 대한 인식의 틀을 객관적으로 파악하는 길도 열리게 되지 않을까.

1

시가 나오야, 서기재 역,『암야행로』,
창비, 2013.

2

베네딕투스 데 스피노자, 황태연 역,
『에티카』(개정판), 비홍, 2014.

3

게오르크 빌헬름 프리드리히 헤겔, 김준수 역,
『정신현상학』 1 · 2, 아카넷, 2022.

4

메리 셸리, 김선형 역,『프랑켄슈타인』,
문학동네, 2012.

5

로지 브라이도티, 박미선 역,『유목적 주체 –
우리시대 페미니즘 이론에서 재현과 성차의
문제』, 여이연, 2004.

6

주디스 버틀러, 조현준 역,『젠더 트러블 –
페미니즘과 정체성의 전복』, 문학동네, 2008.

7

뤼스 이리가라이, 이은민 역,
『하나이지 않은 성』, 동문선, 2000.

동성애와 퀴어

영어에서 퀴어라는 말은 '기원이 분명치 않음'을 나타내는 형용사로 16세기에 사용되기 시작했다. 원래는 독일어에서 차용된 말이지만, 이 의미가 바뀌어 19세기에는 '진기한 것', 나아가 모멸이 깃든 '동성애자'라는 의미를 띤다. 이 때문에 현대에는 동성애자의 의미로 '퀴어'라는 말이 쓰이는 경우가 있지만, 그것은 모두 당사자가 편견이 담긴 말의 의미를 리셋하기 위해, 도리어 이 말을 긍정적인 스스로의 성적 자기인식으로서 받아들이고 있음을 보여준다.

덧붙이면 현재 남자와 여자로 이분화된 성별을 섹슈얼리티의 다양성에 기반하여 풀어헤치고, 'LGBTQ'로 재구축한 성적 자기인식에 대한 사회적 이해가 높아지고 있다. 'LTBTQ'는 각각 레즈비언(여성 동성애자), 게이(남성 동성애자), 바이섹슈얼(양성애자), 트랜스젠더(신체적 성징과 성별의 실감이 불일치하는 사람), 퀴어를 가리킨다. 하지만 사실 퀴어라는 개념은 다른 네 개와는 사뭇 이질적인 것으로 오히려 성을 정체성으로서 파악하는 것에 대한 회의와 함께 성립한 것이다. 즉, 성의 유동성이나 불가지성에 대한 인식을 획득하는 것이 퀴어가 내세우는 목표이며, 성적 소수자로서의 승인을 얻는다거나 동성애자의 지위를 이성애와 동등하게 높인다거나 하는 것이 그들의 목적은 아니다.

주체성의 획득과는 다른 방법으로 인간의 자유를 모색하는
퀴어 이론의 시도 또한 그러한 자세에 기반하고 있다. 이러한
입장의 사상적 토대는 프랑스 철학자 미셸 푸코(Michel
Foucault)의 작업에 있다. 푸코는 인간의 신체와 생명을
관리하는 권력은 개개인에게 자신의 성을 이야기하도록
함으로써 성의 일탈을 스스로 규율하고, 규범에 따르도록
주체를 만드는 구조를 가진다고 보았다. 그렇다면 우리가
자신의 성을 언명한다는 것은, 그것을 관리하는 제도의 기술
속에 빠진다는 말도 된다. 따라서 성을 동일성으로 가두지
않는 퀴어라는 선택은 제도의 허상에 충격을 가하는 저항의
길을 여는 실천이 될 수 있는 것이다.

미소지니와 가부장제

가부장제(부권제)란 혼인 관계에 있는 이성애 남녀와 그
자녀로 이루어진 '핵가족'을 기반으로 한 사회제도이다.
근대사회는 개개인에 대해, 생애 단계의 적절한 시기에
핵가족의 형성(즉 혼인하고 생식하는 것)을 '사회인으로서의
의무'라고 명령해 왔다. 통치 권력으로서 작동하는 이 제도는,
이 틀에 따르지 않는 삶의 태도를 이단시하고, 노동 생산과
자녀 재생산을 행하는 자로서 시민의 삶을 관리해 왔다.
즉 가부장제는, 그 기저에서 생식하지 않는 동성애자를
배척하는 헤테로섹시즘에 입각하는 한편, 결혼하지 않는
남녀를 미숙자로, 경제력이 없는 남자를 낙오자로, 아내나
어머니의 역할을 다하지 않는 여자를 악녀로 깎아내리면서
젠더사회의 규율을 형성해 왔다.

또한 남녀의 성역할 분업에 기반하여 남자에게만 공적
정통성을 부여하는 가부장제는 남성 본위의 고정된
역할의 범위 내에서 여자를 유효하게 활용하면서도,
근본적으로는 여자를 업신여겨도 좋은 존재로 규정해
왔다. 이것을 미소지니(misogyny, 여성혐오)라 부르며, 우에노
지즈코(上野千鶴子)의 정의에 따르면, 그것은 "남자가 남자이기
때문에 (열등한) 여자가 아니라는 것을 증명하기 위한 (여자를
타자화하는) 기제"가 된다(『여성혐오 ― 일본의 미소지니』, 2011*).

가부장제가 이성애 관계에 의지하여 만들어진 이상, 그
유지에는 여성의 협력(공범)이 불가결하다. 그것은 남성의
주체감각을 위협하지 않으며 그 성의 상대로서만 환심을
사는 데 전념하는 것, 즉 여자가 남자에게 자기객체화(항상
자신을 남성의 눈으로 보고 스스로의 가치를 부여하는 행위)를 하는
심성에 의해 수행된다. 또한, 이브 세지윅(Eve Sedgwick)은
가부장제의 재생산을 밑에서 떠받치는 구조에는, 이성애
남성으로 이루어진 사회적 특권집단(homosociality)이
미소지니와 남성 동성애 혐오(homophobia)라는 이데올로기로
여성과 남성 동성애자를 배제하면서 그 열등한 지위를
사회에 각인시키려는 기능이 있다고 설명했다(『남성 간의
유대(Between Men)』, 1985).

*

우에노 지즈코, 나일등 역,
『여성 혐오를 혐오한다』(개정판),
은행나무, 2022.

페미니즘 문학비평

페미니즘 문학비평을 가장 명시적으로 제도화한 미국에서 그 효시가 된 것은 케이트 밀렛(Kate Millett)의 『성 정치학 (Sexual Politics)』(1970)*이었다. 이것은 말하자면 래디컬 페미니즘의 슬로건, 즉 '개인적인 것이 정치적인 것'이라는 슬로건에 기반한 실천이다. 텍스트에 가해지는 '읽기'라는 주관적 작용은 작자가 위치하는 사회의 젠더 체제가 지닌 문제를 노출시키는 행위가 되었다. 밀렛은 이 '읽기'로부터, 남성작가의 여성 묘사가 어떻게 실제 세계의 가부장제적 권력을 반영하는지 논증했다.

이후 이러한 착상을 남성작가 비판이 아닌 여성작가의 가시화로 살리고자 한 시도가 나타났다. 여성비평가가 여성문학의 전통을 밝혀냄으로써, 일종의 시공을 초월한 연대(sisterhood)를 창출한다는 비전이 생겨났다. 쇼월터는 이러한 흐름을 고대 그리스어에서 '여자'의 단수주격형인 'gyn'에 덧붙여서 '여성중심비평(gynocriticism)'이라 명명하고 여성의 창조성을 거리낌 없이 해명했다. 그러나 텍스트 독해나 현상분석에는 뛰어난 비판성을 발휘한 이 조류도, '여성'의 주체성에 집착했기 때문에 젠더의 형성 그 자체를 묻는 학문의 근간에까지 영향을 미치지는 못했다. 프랑스의 논자들로부터 배우기 전까지 (영미) 페미니즘에는 이론이 부재했다는 것이 정설이며, 쇼월터조차도 그 분야를 '이론의 황야'라고 칭했다.

프랑스계 페미니즘은 정신분석이론이 기대고 있는 남성
중심적 인간 모델을 해체하고, 그 언설에 여성의 위치를
회복하면서 인간의 심리는 언어를 매개로 어떻게 젠더를
받아들이는가 하는 문제와 씨름했다. 하지만 그 사변성과
추상성 때문에 영향력은 대부분 아카데미즘에 머물렀다.
그러한 성과를 미국적인 실천의 측면, 즉 인간의 일상적인
젠더 경험과 접합한 것이 버틀러이다. 그녀의 이론은 우리
삶에 만연한 성적 자기인식이나 신체 감각을 동요시키며,
흔치 않은 차원의 이론을 전개했다.

*
케이트 밀렛, 김전유경 역,
『성 정치학』,
쌤앤파커스, 2020.

175

노예제 폐지론

제국주의에 호응하여 17세기 후반 이후 서양세계에 퍼진
아프리카계 노예의 해방을 목표로 삼은 정치적 입장.
18세기에 대서양의 노예무역과 아메리카 대륙의 노예제
철폐를 요구하는 초국가적 규모의 운동으로 확대되었다.
남북전쟁(1861~1865)으로 남부 농본체제가 붕괴하기까지
최대의 노예제 국가였던 미국에서는, 자유를 중시하는
낭만주의 사상을 주조한 초월주의(transcendentalism)
사상가들이나 퀘이커 교도, 도망노예 등이 운동을 담당했다.
또한 도망노예가 스스로의 체험을 적은 『노예체험기』는
흑인에 의한 영어문학의 선구적 역할을 하거나
제1물결 페미니즘의 발흥과도 연동되며, 여권운동이나
부인참정권운동과 경합하면서 전개되었다.

여권운동가 중에는 자신들의 정치적 커리어를
노예제폐지론자로부터 시작한 이들이 다수 있었다. 예를
들면 스탠튼이나 루크레티아 모트(Lucretia Mott)를 세네카
폴스에서 결기하게 만든 원인에는 1840년 런던에서 거행된
'국제 반노예제대회'에 출석하려 한 그녀들이 여자라는
이유로 회장에서 쫓겨난 경험이 자리하고 있었다. 덧붙여
1851년, 오하이오주 애크론에서 열린 '여성 권리대회'에서는,
노예 출신의 흑인여성활동가인 소저너 트루스(Sojourner
Truth)가 그 유명한 연설 「나는 여성이 아닌가?」를 발표할

176

때, 이번에는 인종적 이유로 수많은 방해를 받기도 했다.
이후 트루스는 블랙 페미니스트의 선구자로 알려졌으며,
정의나 평등을 향한 페미니즘운동이나 노예해방운동에서도
차별이나 편견이 산발적으로 발견되며 그것이 양쪽 운동의
분규를 만들어냈다.

한편, 흑인 노예의 해방을 목표로 한 (백인) 운동가 중 실제로
그들의 인권을 믿은 자는 소수파였다. 남부의 노예농원에서
행해지는 인종혼교(이인종 간 혼인, miscegenation)와 혼혈아의
증가를 두려워한 자들은 백인의 순결성을 지키기 위해
노예를 해방한 후에 아프리카로 돌려보내거나, 중남미로
식민(植民)시켜야 한다고 주장했다. 『톰 아저씨의 오두막(Uncle
Tom's Cabin)』(1852)*의 저자이자 페미니스트로도 알려진
해리엇 비처 스토(Harriet Beecher Stowe)조차 그러한 설을
지지하고 있었다.

*
해리엇 비처 스토, 이종인 역,
『톰 아저씨의 오두막』 1~2,
문학동네, 2011.

성적 욕망·성애·성적 환상

성을 정체성으로부터 구분하여 생각하는 젠더 이론은
종래에 의심할 수 없는 것으로 간주되었던 생물학적 성,
즉 섹스(성징)의 물질성을 묻는 것을 출발점으로 삼았다.
애초에 섹스는 태어난 아이에게 페니스가 있는지 아닌지를
외관상 확인하는 데 그치는 매우 거친 결정 방법이었다.
그럼에도 불구하고 남녀는 그 구분에 의해 계층적 질서에
놓이고, 양자 외의 성징에는 이름조차 붙여지지 않았다.
그러나 가부장제가 정립한 젠더관은 매우 견고하여, 인간이
심리적으로 발달하고 사회질서 아래 살아가는 길을 이론화한
프로이트조차 오이디푸스 콤플렉스(Oedipus complex)라는
가부장가족의 서사를 정신분석의 틀로 삼았다. 따라서 그의
설명에는 애초에 여성이 존재하지 않는다. 혹은 남성과
불완전한 남성(페니스를 가지고 있지 않은 자)만이 있다. 다시 말해
여성은 항상 남성의 틀에서 이야기된다.

이러한 문제를 지적한 것은 프랑스계 페미니스트로, 일단
가부장제적 오이디푸스 모델이 해체되자 이성애에 기반한
성애의 전제 또한 붕괴되었다. 그로 인해 이론은 인간의 성이
지향하는 것(욕망), 성적인 만족을 얻는 대상, 사랑의 다형성
등을 활발히 탐구할 수 있게 되었다. 애초에 갓난아기는
모포 자락 등 다양한 것에 고착된다. 거기에서 사랑이나
섹슈얼리티의 원형을 볼 수 있는 것이다.

푸코는 다양한 성의 긍정은 "형태를 지니지 않은 관계를
A에서 Z까지 발명하는 것"이라고 말한다(『동성애와 생존의 미학』,
1987). 사실 성애나 성적 환상의 미정형성, 나아가 종래에
경시되어 온 관계성으로부터 새로운 인간관을 개척한 성과는
많다. 이성이나 동성과의 사랑뿐만 아니라 모녀관계(다케무라
가즈코(竹村和子), 『사랑에 대해』, 2002), 이성애에 속박되었던
여성 자신이나 인종사회에서 상처받아온 흑인여성의
'자기성애(auto-eroticism)'라는 개념(이리가레, 『하나이지 않은 성』;
벨 훅스(Bell Hooks), 『페미니즘이론』, 1984)* 등에 대한 탐구도
젠더 비평을 풍부하게 만들어 왔다.

*

벨 훅스, 윤은진 역,
『페미니즘 – 주변에서 중심으로』,
모티브북, 2010.

〈욕망〉에 대해 더 알기 위한 책 10권

메리 셸리(Mary Shelley)

세리자와 메구미(芹澤惠) 역, 『프랑켄슈타인』, 신초문고, 2014.

김선형 역, 『프랑켄슈타인』, 문학동네, 2012.

일레인 쇼월터 (Elaine Showalter)

사토 히로코(佐藤宏子) 역, 『자매의 선택 – 미국 여성문학의 전통과 변화』,
미스즈서방, 1996.

레오 베르사니(Leo Bersani)·아담 필립스(Adam Phillips)

히가키 다쓰야(檜垣立哉)·미야자와 유카(宮澤由歌) 역, 『친밀성』,
라쿠호쿠출판, 2012.

주디스 버틀러(Judith Butler)

다케무라 가즈코 역, 『젠더 트러블 – 페미니즘과 정체성의 교란』,
세이도샤, 2018.

조현준 역, 『젠더 트러블 – 페미니즘과 정체성의 전복』, 문학동네, 2008.

뤼스 이리가레(Luce Irigaray)

다나사와 나오코(棚沢直子)·나카지마 고코(中嶋公子)·
오노 유리코(小野ゆり子) 역, 『하나이지 않은 성』, 게이소서방, 1987.

이은민 역, 『하나이지 않은 성』, 동문선, 2000.

우에노 지즈코(上野千鶴子)

『여성혐오 – 일본의 미소지니』, 아사히문고, 2018.
　　　　나일등 역, 『여성 혐오를 혐오한다』(개정판), 은행나무, 2022.

이브 세지윅(Eve K. Sedgwick)

우에하라 사나에(上原早苗)·가메자와 미유키(龜澤美由紀) 역
『남성 간의 유대 – 영국문학과 동성사회적 욕망』, 나고야대학출판회, 2001.

다케무라 가즈코(竹村和子)

『사랑에 대하여 – 정체성과 욕망의 정치학』, 이와나미서점, 2002.

벨 훅스(Bell Hooks)

노자키 사와(野崎佐和)·게즈카 미도리(毛塚翠) 역
『벨 훅스의 '페미니즘이론' – 주변에서 중심으로』, 아케비서방, 2017.
　　　　윤은진 역, 『페미니즘 – 주변에서 중심으로』, 모티브북, 2010

『사상(思想)』 제1141호

특집 '생식/아이', 이와나미서점, 2019.4

제5장

세계

우도 사토시
鵜戸聡

해외문학을 읽는다는 것은 어떤 것인가

문학을 읽는다는 행위에 관해서, 우리들은 어떻게 생각하고 있을까. 앞서, "우리는 어떤 세계를 살아가고 있는가" "인간이 살아간다는 것은 어떤 것인가"라는 커다란 물음과 함께 문학이 읽혔던 시대가 있었다. 불특정 다수의 독자에게 열려 있는 문학에 대해 그러한 질문이 행해진 것은, 무언가 커다란 이야기를 동시대의 인간이 공유하고 있다는 믿음이 있었기 때문일지도 모른다. 확실히 소설이라는 장르는, 근대 국가의 형성에 동반해서, 때로는 '국민작가'를 낳고, 때로는 '발매금지처분'을 받는 등, 네이션(nation)의 비판적인 공범자로서 성장해왔다. 그 기제를 『일본근대문학의 기원』(1980)[1]에서 폭로했던 가라타니 고진(柄谷行人)은, 하지만 이후, 현대에 들어 '근대문학의 종언'(가라타니 고진, 『가라타니 고진 강연집성 1995~2015』, 지쿠마학예문고, 2017[2004], 29~71쪽)[2]을 선고하게 되었다.

사회와 문학의 관계성도 크게 변화해서, 이제는 소설을 읽을 때, 막연하게 '독서의 즐거움' 이상의 것을 구하는 쪽이 드물지도 모른다. 아니, 오히려 문학을 읽는 사람 자신이, 그 목적에 무자각이 되어 왔다고 해야 할까? 하지만, 문학을 단지 그것만으로도 좋다고 하는 자기 충족적인 권위가 실추된 지금이야말로 텍스트와 그 외부의 연속성은 도리어 더 중요해졌다고도 할 수도 있을 것 같다. 이야기의 배경을 당연하게 보는 것을 피하기 위해, 우선 자신이 소속된 네이션에서 조금 거리를 두고, 굳이 여기에서는 "해외 문학을 읽는다는 것은 어떤 것인가" 하는 질문을 해보고 싶다.

본래 해외문학의 팬이 아니라도, 만약 당신에게 가끔 소설을 읽는 습관이 있다면, 예를 들어 관광여행의 추억으로 타이완이나 프랑스 소설을 집어 들거나, 인터넷에서 화제인 한국 소설이 신경 쓰이거나, 책방에서 눈에 들어온 티베트 소설을 흥미본위로 살펴보거나 했던 적도 있었을 것이다. 일 관계로 태국이나 인도네시아에 출장 갈 일이 많다면, 그곳 소설이라도 한 권 읽어볼까, 하는 마음이 생길지도 모른다.

그곳에서 당신의 마음에 끌리는 것은, 여행의 기억을 되살리며 현지에 대한 지식을 얻거나, 화제가 되는 해외 사정을 아는 것, 혹은 미지의 국가에 아련한 흥미를 가지게 되는 것으로, 익숙하고 친숙한 국가의 알지 못하는 작가가 무엇을 생각하는가 하는 것이 갑자기 궁금해졌을지도 모른다. 그것은 일상 세계의 바깥으로 조금만 걸어 나와 여느 때와 다른 세계를 엿보는 작은 모험이다.

이런 경우에, 우리들이 무의식적으로 전제하고 있는 것은, 외국에는 우리나라와는 다른 사회가 있어서, 요컨대 문화적 관습(에토스, ethos)이 같지 않고, 그곳에 사는 사람들은 우리들과는 조금 다른 상식을 갖고 있으리라는 예상이다. 그 한편, 같은 인간인 이상 그들을 완전히 이해할 수 없는 것은 아니라고 예감하고 있을지도 모른다. 조촐한 미지와의 조우(엑조티시즘, exoticism)를 기대하고 있다고도 할 수 있으리라(모르는 대상과 이미 알고 있는 대상 사이의 균형을 어느 정도로 바라고 있는가에 따라, 미국 소설을 읽을까, 그렇지 않으면 이란의 시집을 들춰볼까, 하는 선택의 기준도 바뀌게 된다). 특히 해외소설이라는 장르의 텍스트에서는, 외국의 사회 상식이나 그곳에 살고 있는 사람들의 내면이 그려져 있으리라, 라고도 예상하고 있는 것은 아닐까.

그런데 당신이 지금 책방에서 집어든 책은, 본래 언제 쓰인 것인가? 작가는 어떤 인물이고(이름으로는 성별도 알 수 없을지도 모른다), 현지에서는 어떻게 읽히고 있는가. 대체 어떤 언어로 쓰여서, 어떤 언어에서 일본어로 번역된 것인가. 내용 이전에 알 수 없는 것을 확인하기 위해, 「후기」부터 읽는 사람도 적지 않을 것이다. '작가의 죽음'은 커녕 '작자가 아직 살아 있지도 않은' 이전의 상태로 잠들어 있는 텍스트와 마주치는 기회는, 역설적이지만 작자의 로컬리티에 의거해 있기도 하다(대형서점의 해외문학 서가는 국가별로 분류되어 있지 않은가?).

근대적 개인의 등장

예를 들어 프라무댜 아난타 투르(Pramoedya Ananta Toer)의 『인간의 대지(Bumi Manusia)』(1980)는 네덜란드 식민지 시대 인도네시아에서 태어난 자바인 작가가 정치범으로서 부루섬에 투옥되어 있던 때에 죄수 동료에게 이야기한 소설로(구술성, orality), 하나로 연이어 있는 작품세계를 형성한 '부투섬 4부작'의 제1부에 해당한다. 주인공 밍케는 자바섬의 '푸리부미(pribumi, 원주민)'이면서 네덜란드식 고등교육을 받은 엘리트이다. 그는 작중에서 네덜란드어와 자바어 또는 말레이어를 쓰고 있는 것 같지만, 소설 자체는 독립 후에 **국어**로 정해진 인도네시아어로 쓰였기 때문에, 이 시점에 이미 번역이 되어 있었다고도 할 수 있다.

또한 이 작품은 출판되자마자 몇 개월 만에 4만 부가 팔려 독서계에 전무후무한 열광을 불러일으켰지만, 그 영향력을 두려워한 수하르토 정권의 검열로 발매금지를 당해 인도네시아 국내에서의 **유통**은 오랫동안 규제되었다. 이런 현지 사정 등은 번역자인 오시카와 노리아키(押川典昭)의 상세한 주석과 해제(**파라텍스트**)를 통해 알 수 있다. 번역자가 긴 문장을 「후기」에 붙인다는 것은 꽤 독특한 일본의 출판관습이지만, 독자 쪽이 일종의 교육적인 배려를 기대하는 경우도 있지 않을까 싶어 조금 인용해본다.

이 4부작의 무대가 되는 1898년부터 1918년은 네덜란드의 식민지 지배 아래에서 인도네시아 민족이 민족적 각성을 달성해가는 시대로, 영광과 일종의 노스탤지어를 가지고 인도네시아 현대사의 맨 앞에 놓인 시대이다. […] 혹은 인도네시아 민족이 세계사 가운데 자기의 위치를 모색해 가는 시대의 시작, 이라고 해도 좋다. 통신이나 철도망의 확대, 근대적인 인쇄술이나 사진의 보급, 각종 중·고등교육기관의 정비 등은 그 신시대를 키워내는 외적 물질적인 조건이고, […] 신시대를 가장 잘 상징하는 것은 밍케에게서 보이는 것처럼 '근대적 개인'의 등장이다. 이것은 머지않아 인도네시아인이 민족으로서 자기를 발견해 가는 새로운 민족의 여정, 민족해방에의 아득한 여행으로 연결된다.

지금까지 이 시대를 다룬 소설이 인도네시아에 전무했던 것은 아니지만, […] 개인과 사회와 권력의 문제, 즉 역사를 총체로서 그 주름의 한 장, 한 장에 이르기까지를 대상화하려는 의지에 일관된 문학작품은, 이 프라무댜의 소설이 처음이다.

—

프라무댜 아난타 투르(Pramoedya Ananta Toer), 오시카와 노리아키(押川典昭) 역,

『인간의 대지』하, 메콩, 1986, 329~330쪽.

번역자가 요령있게 소개하고 있는 것은 작품세계를 지탱하고 있는 외적 조건, 즉 어떤 시대에서의 기술이나 교육 혹은 문화의 근대화 양상이고, 또 정치사(政治史)상의 한 단계로서 시대에 대한 평가이다. 그곳에, 소설 속에서 말해야만 하는 내면을 가진 '근대적 개인'이 등장한다. 내셔널리즘에 자각해 가는 젊은이의 눈을 통해 인도네시아의 근대사를 그린 이 대하소설에서는, 식민지로부터의 독립을 요구하며 인간은 자유와 존엄을 회복하지 않으면 안 된다는 세계관이 명확하게 파악된다. 이런 작품에서 텍스트의 외부는 결정적인 중요성을 갖고 있지만, 번역자의 주석을 통해 다소의 배경지식을 보충해야만 이해가능한 소설인 것에도 주의해야 한다. 오히려 독자는 독서를 통해 당시 인도네시아의 역사적 문맥이나 사람들의 가치관을 배워가게 된다(해외문학이나 역사소설에서 이 같은 '효용'을 구하는 독자도 적지 않은 듯하다). 그곳에서는 어쩐지 새로운 것, 미지의 것에 접하는 놀람이 있을 터이나, 독자에 앞서 놀라면서 발견하며 그 놀람을 가지고 독자를 놀라게 하는 것은 우선은 작중인물이다. 근대소설의 기본 테마인 '연애'는 그 같은 놀람을 서술하는 내면을 준비한다.

집 안으로 들어간 순간 내 경계심은 새로운 분위기에

압도되어 단숨에 날아갔다. 우리 앞에, 하얗고 섬세한 피부,

유럽인의 얼굴생김새, 푸리부미의 머리카락과 눈을 한, 한

소녀가 서 있었던 것이다. 그 눈동자는 새벽별처럼 빛났고

살짝 웃는 입술은 신앙도 내동댕이쳐 버릴 정도였다. 혹시

슬르호프가 말하려 했던 것이 이 소녀에 관한 것이라면

그의 말에는 틀린 것이 없다. 여왕폐하에 비해도 손색없달까,

아니 그 이상이다. 살아 있는 피와 살, 이것은 단지 사진이

아니다.

"안네리스 메레마입니다"라고 그녀는 우선 나에게,

그 후 슬로호프에게 손을 내밀었다.

그녀의 입술에서 나온 소리는 살면서 잊히지 않을 정도의

강한 인상을 내게 주었다.

–

프라무댜 아난타 투르, 오시카와 노리아키(押川典昭) 역,

『인간의 대지』 상, 메콩, 1986, 25쪽.[3]

현대의 독자들에게는 조금 지나치게 과장된 것일지도 모르나, 고등학교를 다닌 원주민 엘리트, 청년 밍케의 놀람이 길게 서술되고 있다. 그렇다고 해도 히로인의 묘사는 꽤 추상적으로, 이미지를 환기한다기보다는 기호적이랄까. '유럽인의 얼굴 생김새, 푸리부미의 머리카락과 눈'이라는 용모는 그녀가 '혼혈'인 증거이고, 그 자체는 미추를 논하고 있지 않지만, '하얗고 섬세한 피부'

와 함께 사회적인 가치관과 뒤섞이게 된 미적 감각이 시사되고 있다. '유럽인의 얼굴 생김새'에서는 '네덜란드 귀부인처럼 아름답다'고 하는 함의도 있으리라. 게다가, 식민지 제국 위계의 정점인 '빌헬미나 여왕(Wilhelmina der Nederlanden)'에 안네리스는 포개진다. 아득히 먼 곳에서 통치하는 여왕의 모습은 '사진'이라는 새로운 미디어에 의해 표상되고 있지만, 시각적인 복제에 비할 수 없는 '살아 있는 피와 살'의 현전에 밍케는 압도된다. 게다가 안네리스는 소리를 가진 존재로서 남자들에게 주목받고 이야기 될 뿐만 아니라 자신의 의사를 말로 전할 수 있는 여성인 것이다.

덧붙여서 '그 눈동자는 새벽별처럼 빛났고 살짝 웃는 입술은 신앙도 내동댕이쳐 버릴 정도'라는 약간 진부한 시적 문구는, 밍케의 문학적 소양, 즉 그가 받은 교육을 증명하는 것이리라. 안네리스의 아름다움은, 오히려 밍케의 세계관이나 그것을 표현하는 말(의 부족)이라는 말하는 사람의 내면을 비추는 것이 되지만, 여기에는 전근대 이야기와의 커다란 차이가 있을지도 모른다. 예를 들어 『아라비안 나이트』라면, 절세의 미녀를 한 번 본 젊은이는 여러 번 졸도해 버린다. 그곳에 있는 것은 미에 대한 반응뿐이고 내면은 존재하지 않는다.

부언한다면 밍케가 그렇고, 『산시로』[4]도 그렇듯, 서구식의 새로운 교육을 받고 '연애'를 포함한 새로운 가치를 '발견'하는 주인

공의 대부분은 젊은 남자인 것에도 유의해야 할 것이다. 고등교육의 보급에 의해 지방에서 도시로, 식민지에서 본국으로 취학을 위한 청소년의 이주가 일어나면, 곧 '스칼라쉽 보이'에 의한 계급 상승의 이야기도 들려오게 된다. 프랑스어권의 예지만, 1950년에 발표된 조세프 조벨(Joseph Zobel)의 『흑인오두막집거리(黑人小屋通り, La Rue Cases-Nègres)』와 물루드 페라운(Mouloud Feraoun)의 『가난한 자의 아들(貧者の息子, Le Fils du pauvre)』 등은 각각 카리브해와 북아프리카의 가난한 소년이 학교 교육을 거쳐 사회적 '성공'으로 향하는 이야기이다.

한편 밍케는 미지와 조우하면서, 놀람으로부터 매료나 망설임을 느끼게 된다. 네덜란드인 식민자의 '현지처'(나이)인, 안네리스의 어머니의 등장이다.

> 나는 갈피를 잡을 수 없었다. 유럽인 여성을 대할 때처럼,
> 손을 내밀어야 하나. 아니면 푸리부미의 여성으로 그녀를
> 대해서, 즉 마음 쓰지 않고 그냥 두어야 할까. 그런데 의외로
> 손을 내민 것은 그녀 쪽이었다. 나는 당황해서, 어색하게
> 그녀의 손을 잡았다. 이것은 푸리부미의 관습은 아니다.
> 유럽의 방식이다! 만약 이렇게 되면, 당연히, 내 쪽에서 먼저
> 손을 내밀어야 했다.
> -

프라무댜 아난타 투르, 오시카와 노리아키 역,

『인간의 대지』 상, 메콩, 1986, 32~33쪽.**5**

어떻게 대해야 예의작법에 맞는 것인가, 라는 질문은 우리가 다른 나라를 방문할 때 체험하는 것이기도 하다. "시골에 오면 시골의 법도를 따르라"는 말은, 외국에서 살아가는 경우에 남의 가정에 방해되지 않는 선까지 쓸 수 있는 편리한 말이지만, 과장되게 말하면 여기서 말하는 '시골'은 독자적인 에토스가 있거나 혹은 하나의 세계관을 가진 단위로서 인식되고 있다. 게다가 그것이 국가, 혹은 그 속의 한 지역이나 사회집단이라면 이 '시골'은 겹상자 모양의 세계를 구성하고 있는 것이기도 하다.

문학작품도 이와 비슷하다. 텍스트는 하나의 자율적인 작품세계를 구성하면서 다층적인 외부에 둘러싸여 있기도 한다. 『인간의 대지』는 인도네시아 근대사의 한 단락을, 또는 세계사적인 시야에서 내셔널리즘의 구축을 그리고 있다. 하지만 이것을 자바 청년의 연애 이야기로 읽을 것인가, 인도네시아 국민의 형성사로 읽을 것인가, 혹은 내셔널리즘 세계사의 한 단락으로서 읽을 것인가, 즉 어떤 레벨의 '시골'에 두어 해석할 것인가는 독자에게 맡겨져 있다. 실제로는 복수의 레벨이 혼재한 읽기가 이루어질 것이다. 또 작품의 내부에서도, 밍케는 처음엔 푸리부미 엘리트의 에토스(혼혈의 동급생으로부터는 호색한 프바티(지역 관리)가 되겠지 하며 놀림 받는다)에 저항하면서도, '푸리부미의 관습'과 '유럽의 태도'라는 두 개의 에토스를 동시에 갖고 있다. 그것들은 '네덜란드령 동인도'의 식민지 이데올로기를 내재화시킨 세계관 안에 있는 것이다. 식민지라는 '시골'을 나와서 세계사의 커다란 흐름 가운데 '인간의 대지'라는 새로운 '시골'을 창출하는 이야기라고도 말할 수 있을지 모른다.

이야기를 되돌리자. 냐이 온토로소라는 예외적 존재에게 당황하면서도, 이미 알고 있는 세계의 갈라진 틈으로 엿보았던 미지의 세계에 밍케는 매료되어 간다.

> 냐이 온토로소는 안쪽의 문으로 방을 나갔다. 나는 주문에 걸린 듯이 아직 망연해 있었다. 그것은 단지, 푸리부미의 여자가 이렇게 멋진 네덜란드어를 말했기 때문은 아니다. 그것 이상으로, 그녀가 남자 손님을 대하는 데 조금의 위축감도 느끼지 않는 것을 알았기 때문이다. 또 장래에 어디서 그녀 같은 여성을 볼 수 있을지. 그녀는 어떤 학교에 다니는 것일까. 더욱이, 이 같은 여성이 어째서 현지처, 첩에 만족하고 있는 것일까. 유럽 여성처럼, 그녀를 이렇게 자유로운 여성으로 교육한 것은 누구일까? 나는 목조로 된 금단의 궁전이 수수께끼의 성으로 바뀌어간다는 생각이 들었다.

놀람으로 가득 찬 수수께끼의 발견을 계기로 주인공의 호기심은 이야기의 전개를 재촉하고, 이 의문을 공유하는 독자에게는 페이지를 넘기도록 하는 동력도 된다. 냐이 온토로소로부터 새로운 가치관을 배우고, 돈으로 산 '현지처'로서의 그녀의 분노를 느끼면서 세계의 모순을 발견해 가는 밍케에 있어서, 안네리스와의 연애는 모더니티의 수용과 병행해서 진행하는 것이지만, 동시에 그것은 식민지적 근대에 대한 이의를 주장하는 것과 표리일체가 되고 있다. 오시카와가 "개인과 사회와 권력의 문제, 결국은 역사를 총체로서 그 주름의 한 장, 한 장에 이르기까지를 대상화하려고 하는 의지로 관철된 문학작품"이라고 칭한 것처럼, 『인간의 대지』는 '근대적 개인'으로서 자기를 형성해가는 주인공을 핵으로 해서 식민지적 세계관으로부터의 해방과 국민국가로서의 인도네시아의 형성과정을 세계사의 커다란 파도 속에서 이야기하는 것이다. 그것은 청년 밍케의 자기형성을 더듬는 교양소설(Bildungsroman)인 동시에 계속 태어나는 네이션의 교양소설이기도 하고, 국어인 인도네시아어로 짜인 텍스트 그것이 바로 '인도네시아(인)'이라는 '상상의 공동체'를 현실로 성립시키고 있는 언설 공간의 중요한 일부가 되고 있는 것은 아닐까. 텍스트와 그 외부는 상호적으로 참조하려는 인터랙티브한 관계를 구축하고 있는 것이다.

출판과 유통을 둘러싸고

이미 언급하였듯『인간의 대지』는 발매금지 처분을 받았다. 그렇다면 인도네시아 국민은 프라무댜 아난타 투르의 '부루섬 4부작'을 읽을 수 없었던 것일까. 물론 그런 일은 일어나지 않았다. 국내에서 출판이 허용되지 않더라도, 예를 들어 말레이시아판을 손에 넣어 읽는 사람도 있었던 듯하다. 인도네시아어와 말레이시아어는 둘 다 말레이어를 기본으로 한 언어이고, 언어적인 차이는 극히 적기 때문에, 번역을 거치지 않고도 서로의 책을 읽을 수 있다. 문학작품이 작가의 출신 국가에서 충분히 유통되지 않는 상황은 세계적으로 드물지 않은데, 검열이 반드시 그 원인인 것은 아니다.

예를 들어 알제리 문학의 경우, 식민지 시대 말기에 탄생한 프랑스어 작품은 독립 후에도 파리에서 계속 출판되었지만 알제리 국내에서는 충분히 유통되지 않았다. 1950년대에 두각을 나타낸 일군의 작가들 중 하나인 카테브 야신(Kateb Yacine)은, 자신의 초기 작품에 대해 "알제리는 프랑스가 아니라고 프랑스인에게 말하기 위해 프랑스어로 썼다"는 도발적인 주장을 하고 있지만, 애초에 당시 알제리의 문해율은 10%에 미치지 못해서, 실질적인 독자로서 상정할 만한 것은 우선 프랑스인이었다. 1962년 독립한 후에도, 사회주의 체제하에서 국가가 출판·유통을 독점했고, 프랑스에서 출판된 알제리 문학의 역수입도 불충분했으며, 또 책값도 비쌌던 것이다. 교육의 보급으로 문해율은 비약적으로 상승했지만, 국외로 나가 처음 알제리 문학을 '발견'했다는 알제리인 독자는 적지 않다. 내전 상태에 있던 1990년대는 많은 작가가 프랑스로 피난하게 되어, 알제리 문학 자체가 프랑스에 망명해 있는 것과 같았다. 2000년대에 들어온 후 새로운 출판사가 늘어나고 국내 출판이 왕성해져서 프랑스의 출판사와 특별계약을 맺어 싼 가격의 알제리판 서적을 출판할 수 있게 힘쓰고 있으나, 서적의 유통은 여전히 커다란 과제를 안고 있다. 다른 아랍 국가들과 마찬가지로 한 해에 한 번 열리는 서적 견본 마켓이 도서구입의 소중한 기회가 되고 있는 것 외에, 작가와 출판사가 직접 트럭에 책을 싣고 지방으로 팔러 다니는 '캐러반 부대'를 조직하기도 한다.

알제리 문학이든 프라무댜 아난타 투르의 소설이든, 많은 국민에게 있어 비(非)모어로 쓰였고, 게다가 자국 내 유통의 어려움으로 인해 언어를 공유하는 이웃 국가에서 유통되었다는 것은 흥미로운 현상이다. 문학이라는 것은 기호 매체이고 쓰인 문학도 시간을 초월해서 남는 것이지만, 마치 외부기억장치처럼 바깥세계에 보존되고 이후가 되어 사람들이 재발견하는 것 같은 사건으로도 문학을 인식할 수 있을지 모른다.

아라비아어 문학에 대해서도 다뤄 보도록 하자. 아라비아어 서적의 출판 전통은 이집트의 카이로와 레바논의 베이루트가 거의 독점적으로 담당하고 있다. 각국에서 출판이 늘어난 현재에도 '아라비아어 세계' 전체에 유통하려면 이 양대 센터를 거칠 필요가 있다. 최근에는, 예를 들어 모로코의 출판사가 국내판을 출판하면서 동시에 레바논의 출판사와 계약해서 베이루트에서도 국제판을 출판하는 사례도 있지만, 자국보다도 외국에서 많은 독자를 얻고 있는 아라비아어 작가가 적지 않다. 아랍권이라면 번역을 거칠 필요도 없다. 도쿄가 출판의 대부분을 독점하며 전국 방방곡곡에 배본하는 유통망을 확립하고, 유일한 국어인 일본어의 배타적 지위를 확보하고 있던 일본이 전형적인 국민국가로서 나쓰메 소세키 같은 근대문학의 '국민작가'를 가졌던 것과는 사정이 크게 다르다. 어쨌든 노벨 문학상에 의해 현대 아랍문학에서 가장 권위 있는 작가가 된 나기브 마푸즈(Nagīb Mahfūz)조차 이집트인 이외에게는 외국인이니 말이다. 누구의 모어도 아니지만, 모든 아랍인에게 있어서 자신의 말인 이 문어로서의 아라비아어는 열려져 있으면서도 동시에 한 국민이 독점하는 것이 불가능한 것이다. 책의 유통은 단순히 번역만이 문제가 아니라 언어적·상업적·법적인 네트워크가 복잡하게 짜맞춰져 완성되는 시스템이다. 예를 들어 번역으로 연결된 **'세계문학'**이라는 이미지는 꽤 아름다운 것이라도, 이 같은 유통의 문제가 충분히 검토되어 있다고는 말하기 어려울 듯하다.

끝으로 최초의 물음을 반복해보자. "해외문학을 읽는다는 것은 어떤 것일까?" 국제적으로 저명한 모로코의 문학자인 압델파타 킬리토(Abdelfattah Kilito)는, "인생의 어느 시기에 있어서 무스타파 루트피 알 만파르디(Mustafa Lutfi al-Manfaluti)의 영향을 받아, 그의 작품을 사랑하고, 그것을 읽으면서 닭똥 같은 눈물을 흘리지 않은 아랍 독자는 드물 것"이라고 말하고 있는데(Abdelfattah Kilito, *Thou Shalt Not Speak My Language*, trans. By Wail S. Hassan, New York: Syracuse University Press, 2008, p.3.), 이 이집트 작가의 독자는 전 아랍 세계로 확장해 있는 것이다(다만, 동시대의 독자보다도 각국에서 문해율이 높아진 후세의 독자 쪽이 더 많을 테지만)[7]. 결국, 많은 아라비아어 독자에게 있어서, 아라비아어는 자신의 유일한 언어이면서도, 그 작자는 외국인인 것이다. 결과적으로 이것은 '해외문학'인 것일까. 게다가 아랍의 구로이와 루이코(黒岩涙香)라고도 할 수 있는 이 작가는 [8], 외국어를 전혀 알지 못하면서 (즉 순수한 아라비아어를 써서) 알렉상드르 뒤마(Alexandre Dumas)나 에드몽 로스탕(Edmond Rostand) 등의 프랑스 소설의 번역문학을 대량으로 찍어냈던 것이다. 킬리토는 만파르디의 텍스트에서 2개의 물음을 읽어낸다. 즉 "나는 아라비아어밖에 모르고, 아랍 산문 황금시대의 선구자들이 했던 방식으로 쓰고 있는데, 누가 나를 유럽중심주의라고 비난할 것인가"라는 항변과 "유럽을 이해하고, 그것에 충실하기 위해, 내가 최선을 다하는 것을 도대체 누가 부정할 수 있는가"라는 변명이다(Ibid, p.4). 완벽하게 자기의 전통에 따른 에크리튀르이면서, 그 내용이 완전히 타자로부터 길어올려진 것일 때, 그것은 '해외문학'인 것일까.

반드시 답을 내야하는 것은 아니며 답이 있다고도 할 수 없다. 그러나 다양한 질문이 필요하다. 문학이론은 어디까지나 구체적인 문학 텍스트와 격투하면서 정치화(精緻化)되어 왔으며, '읽는다'는 것에 새로운 질문을 제기한다. 그러나 일단 이론이 무르익어 버린 후에는 기계적으로 적용하거나 혹은 적용하기 쉬운 텍스트를 무의식적으로 취사선택하면서 개별적인 텍스트로부터 받아들여야 하는 부단한 도전을 회피해버린 예도 적지 않다. 그렇게 묻는 것에 대한 태만이 문학이론의 퇴화를 초래했던 것은 아닐까 생각한다. 모든 이론은 새로운 텍스트의 출현에 의해 극복되기를 기다리고 있을 것이다. 넓은 세계에서 그 같은 '예외'를 찾아보는 것도 문학의 즐거움 가운데 하나는 아닐까.

1

가라타니 고진, 박유하 역, 『일본근대문학의
기원』, 도서출판b, 2010.

2

가라타니 고진, 조영일 역, 『근대문학의
종언』, 도서출판b, 2006, 43~86쪽.

3

프라무디아 아난타 토르, 정성호 역, 『밍케』 1,
오늘, 1997, 29쪽.

4

『산시로(三四郎)』는 나쓰메
소세키(夏目漱石)가 1908년 〈아사히신문〉에
연재한 작품으로, 시골 출신의 산시로가
제국대학 신입생으로서 도쿄에서 겪는
경험을 다룬 작품이다.

5

프라무디아 아난타 토르, 정성호 역, 『밍케』 1,
오늘, 1997, 36쪽.

6

프라무디아 아난타 토르, 정성호 역, 『밍케』 1,
오늘, 1997, 38쪽.

7

작가 만파르디는 자신은 프랑스어를 읽거나
말할 수 없었지만, 자신의 친구들에게
프랑스어로 된 책을 아랍어로 번역해달라고
요청해서 내용을 파악한 뒤 작품을 번안했다.

8

구로이와 루이코(黑岩涙香)는 1880년 경부터
에밀 가보리오(Émile Gaboriau), 포르튀네
뒤 부아고베(Fortuné du Boisgobey),
알렉상드르 뒤마(Alexandre Dumas)나
빅토르 위고(Victor Hugo) 등의 작품을
번안했다. 원작을 충실하게 번역한 것이
아니라 자국어 세계에 맞도록 상황을 바꾸어
번안한 것을 두고 아랍의 만파르디와 일본의
구로이와 루이코를 비교하고 있다.

에토스·근대문학·엑조티시즘

본래 개인의 습성이나 민족 집단의 심적 태도를 의미하는
'에토스'라는 용어는 인간의 심리와 행동이 뗄 수 없는
관계에 있고 종종 사회적으로 구축되는 것이라는 사실을
떠올리도록 한다. 나아가 문학 연구에서는 텍스트를
배우는 것을 통해 '에토스'라고 부를 수 있는 사고의 형태가
재생산되어온 것을 상기하지 않으면 안 된다. 예를 들어
사이토 마레시(斎藤希史)는 일본 근세에서의 한문의 보급이
'사인(士人)적 에토스'에의 지향 – 한문을 읽고 쓰는 것을
통해 사인(士人)의 의식에 동화하는 것 – 을 마련했다고 하고,
모리 오가이(森鴎外)의『무희(舞姫)』를 '재자가인(才子佳人)
소설'의 흐름을 이어받은 '감상소설(感傷小說)'로 논하고
있다. 가라타니 고진(柄谷行人)은 그런 '감상(感傷)'에서
'연애(戀愛)'로 주제(토포스)의 중심이 옮겨가는 과도기, 곧
'근대문학'의 입구였던『무희』를 '3인칭 객관묘사'에 이르는
도중 말하는 상대가 소거(중성화)된 1인칭 소설로 파악하여,
현재의 '나(余)'로부터 과거를 회고하는 퍼스펙티브(원근법)를
발견하고 있다.

『무희』에 쓰인 아문(雅文)은 이런 과거를 지시하는
다양한 어미와 함께 한자어를 많이 포함하고 있지만,
이것들이 유학체험을 '사실적'으로 묘사하는 것에도
효과를 발휘하고 있는 것은 『서국입지편(西国立志編)』이나
『구미회람실기(欧米回覧実記)』라는 서양사정을 소개하는
훈독체(訓読体)의 계보와도 무관하지 않을 것이다. 높은
조어력을 갖춘 문체로 미지의 사실을 이미 알고 있는 문장
구조 속에 밀어 넣는 실천은 다른 문화에 대한 인식으로
언어의 조작성이 깊게 관계되어 있는 것을 시사하지만,
그것이 어느 정도로 '다양한 것'(빅터 세갈렌, Victor Segalen) 즉
'자기 자신이 아닌 것'에 대한 감성으로서 '엑조티시즘'에
마주하고 있는가는 진중하게 음미하지 않으면 안 되는
문제일 것이다.

국어 · 구술성(orality)

'언문일치' 운동이 창출한 구어적인 새로운 '문(文)'은
출판자본주의(print capitalism)의 융성과 함께 네이션의
형성에 큰 역할을 하였고 동시에 네이션을 매개한 '국어'로
스스로를 정비했다. '백화운동'과 현대 중국어의 형성이라는
유례도 있지만, 국가마다 반드시 구어의 연장선에서 국어가
성립했던 것은 아니다. 예를 들어 구어(방언)와 문어의 괴리가
심한 아라비아어의 경우, 국어인 '정식 아라비아어'는 오히려
문어의 연장선상에서 정비되어 애초에 일상생활에서 쓰이는
언어와는 동떨어져 있다. 회화문에 구어가 쓰이는 경우는
있지만, 소설 언어는 압도적으로 문어가 우세한 것이다. 혹은
지금 막 소설 언어가 창출되는 과정에 있는 티베트 문학의
경우도 고전어의 연장선상에 있는 서기체계에 현대의 구어를
맞춰가면서, 예를 들어 언(諺)이라는 구술의 전통을 새로운
'문(文)'의 양분으로 삼고 있는 듯하다.

204

프랑스어권 문학에서는 카리브의 작가가 크리올어(Creole)의
리듬을 프랑스어로 가지고 오거나 마그레브(북아프리카)의
작가가 베르베르어의 표현을 번역하는 듯한 사례를 볼 수
있어, 프랑스어라는 강고한 국어를 전제로 한 몸짓이라고
할 수 있을 듯하다. 또 타이완 사람 대부분의 모국어인
'타이완어'는 백화자(白話字)* 같은 100년이 넘은 서기(書記)
전통을 갖고 있으면서도 이것을 읽고 쓰는 사회적 환경은
아직 충분히 정비되어 있지 않다(다만 '국어'라고 불리는 타이완
화어(台湾華語)도 일상적으로 쓰이는 언어이고, 복수의 구어가 생활 속에서
공존 혹은 공생하고 있다). 일본어 소설의 구술성이라면 구어
표현이나 방언의 사용이라는 문체상의 고민을 떠올리겠지만,
세계의 문학을 읽을 때는 애초에 문어나 국어가 어떻게
성립해 있는가에 대해 생각할 필요도 있을 것이다.

*

백화자(白話字)는 '교회 로마자'라고도
지칭하며, 19세기 동남아시아에서 활동하던
서양 선교사들에 의해 개발되었다. 알파벳과
발음기호를 활용하여 구어를 표기하기 위한
정서법이다. 중국의 푸젠성과 타이완에서
많이 쓰였다.

검열·유통

제도로서의 검열이 남은 국가는 지금도 적지 않다. 특히(유난히) 정치나 성(性)에 관한 표현을 규제하여 국가권력이 삭제나 바꿔쓰기를 강요하는 경우가 있지만, 창작 행위 자체에 개입하는 것은 어렵기 때문에 저절로 발표하는 쪽을 제한하는 것이 된다. 영화를 제작하는 보조금은 주되 방영시키지는 않는다는 이야기도 들리지만, 일본의 이른바 '유해도서' 지정 역시 사실상 유통에 제한을 거는 것이다. 레바논의 연극가 라비아 무르에(Rabih Mroué)는 가공의 영화를 둘러싼 검열관과의 교환 자체를 『포토 로망스』라는 작품의 조건으로 설정했다(2009년 아비뇽 연극제에서 불어판 초연, 아라비아어판은 같은 해 도쿄에서 초연). 그에 따르면 "극장에서 시끄럽게 떠드는 관객이 있기 때문에 오히려 검열을 통과해 두는 쪽이 문제가 적다"는 것. 사회적 압력은 반드시 국가권력을 경유하는 것은 아니라는 것이다. 어느 이슬람교의 종교지도자가 알제리의 작가 카멜 다우드(Kamel Daoud)의 처형을 호소했던 것은 2014년의 일이고, 이집트의 노벨상 작가 나기브 마푸즈는 같은 식으로 선동된 젊은이에 의해 1994년에 습격당했다.

이 같은 협박이 작가를 위축시킨다면, 제도로서의
검열조차 쉽사리 개입할 수 없었던 창작행위 그것에 대한
억압이라고도 할 수 있을지도 모른다. 이것도 무르에의
말인데, "보조금이라는 검열"도 무시할 수 없을 것이다.
보조금이나 문학상을 받기 쉬운 작품을 목표로 작가나
편집자가 책을 만드는 것도 충분히 고려할 수 있기
때문이다. 실제 '아랍 부커상'이라고 불리는 아부다비의
'국제아랍소설상'은 막대한 상금으로 대장편소설의 유행을
가져왔다고 할 수 있을 것이다.

파라텍스트

텍스트 자체를 읽는다는 것은 과연 가능한가. 언어가 읽히기
위해서는 문자화되지 않으면 안 되고, 문자라는 것은
'지지체(support)'인 종이 위에 올려진 잉크 없이는 존재할 수
없다. 방대한 종류의 종이나 다양한 서체에서 골라낸 문자를
매개로 우리는 텍스트를 손에 쥐고 있다. 물질로서의 책을
보자. 전문가에 의해서 장정이 되고 표지와 뒷 표지에는
제목과 저자명이 붙어 있다. 표지에는 장식 그림이나 사진이
있을지도 모르고, 그 외 측면에는 띠가 둘러 있을지도 모른다.
이상하게도 책이라는 것은 다른 사람의 그림이나 사진이나
추천의 말로 둘러싸여 있으며 작가 자신의 언어를 접하기
위해서는 그것들의 문턱을 넘지 않으면 안 되는 것이다.
1권의 책 속에, 각각 발표된 중편이 2개 합본되어 있을 수도
있고, 그것들을 합친 '후기'가 저자에 의해 붙어 있을지도
모른다. 문고판으로 다시 출판할 때는 평론가의 해설이
추가되고 번역소설이라면 역주나 해제라는 부속품이 붙는다.

텍스트의 주변에 배치된 요소를 '파라텍스트'라고 부르는데
이것이 작품의 인상이나 이해에도 영향을 준다. 그것들이
목표로 하고 있는 것은 '읽기 쉬움'을 제공하는 것이라고
할 수 있을 것이다. 독해의 도움이 되는 해설이나 매력적인
표지를 궁리하는 것에 의해, 그 텍스트가 더 읽히게 혹은 더
팔리게 되는 것이다. 즉, 넓은 의미에서의 '유통'이 의식되고
있는 것이다. 번역에서 가능한 역주를 줄여서 독서의 리듬을
방해하지 않으려 하는 경우도 있지만, 방대한 주석으로
이해를 심화하는 데 도움을 주는 경우도 있다. 어떤 '읽기'를
유통시킬 것인가, 그것이 문제인 것이다.

세계·세계관·세계문학

'세계'라는 말은 매우 융통성 있는 말인 것 같다. 우리들이
살고 있는 모든 외적인 조건을 가리키는 한편, '내적세계'라는
식으로 개인의 의식에 초점을 맞추는 경우도 있고, 그때그때
의미를 정의하지 않으면 안 되는 문맥에 따른 용어라고도
할 수 있다. 그렇기는 하지만 그 애매함 그 자체가,
다양한 논의를 세우기 위한 계기로서 크게 활용되고 있는
이유일지도 모른다. 실제 '세계관' 등은, 비평용어로서는
너무 조잡하다고 말하지 않을 수 없지만, 이 정도로 인구에
회자되고 일반에 널리 쓰이고 있는 예도 드물 것이 아닌가.
여기에서 현상학이다, 바흐친이다라고 운운하는 것은
그만두고 싶지만, 다양한 주체가 어떻게 세계를 이해하고
의미짓기를 행하고 있는가 묻는 것은 문학을 읽는다는
행위에 이미 포함되어 있는 것은 아닐까. 독자는 개개 인물의
'세계관'이나 '작품세계'를 읽고 이해하는 것을 요구 받기
때문이다. 그리고 동시에 읽는 쪽의 '세계관'이 질문되기도
한다. 이런 관점에서 '세계문학'이라는 것을 생각한다면,
그것은 대체 누구의 '세계관'으로 기초된 것인가 하는 의문도
생기게 된다.

추상적인 레벨에서 '세계문학'을 구상하는 것은 누구인가.
혹은 '세계문학'이라는 도서관에서 구체적인 작품을
선정해서 서가에 꽂아놓는 것은 누구인가. 그곳에는
통치적이라고도 할 수 있을 관점이 숨겨져 있는 것은
아닌가 등. 구체적인 문학작품을 읽으면서 '세계'의 '다양한
것'이나 이해하기 어려운 타자의 '세계관'과 마주하는 것은
의식만이라도 통치 권력으로부터 도망치기 위한 연습이
아닐까.

〈세계〉에 대해 더 알기 위한 책 10권

아키쿠사 슌이치로(秋草俊一郎) 외

『문학(文学)』 제9·10호 - 특집 '세계문학을 말하는 법', 이와나미서점, 2016.

월터 J. 옹(Walter J. Ong)

사쿠라이 나오후미(桜井直文) 외 역, 『구술문화와 문자문화』,
후지와라서점, 1991.

임명진·이기우 역, 『구술문화와 문자문화』, 문예출판사, 1995.

김사량(金史良)

김달수(金達寿) 편, 「빛 속으로」, 『김사량 작품집』, 이론샤, 1954.

김재용·곽형덕 편역, 『김사량, 작품과 연구』 1~5, 역락, 2008-2016.

베네딕트 앤더슨(Benedict Anderson)

시라이시 다카시(白石隆)·시라이시 사야(白石さや) 역,
『정본 상상의 공동체 : 내셔널리즘의 기원과 유행』, 쇼세키고보하야마, 2007.

윤형숙 역, 『상상의 공동체 - 내셔널리즘의 기원과 전파』, 나남, 2002.

사이토 마레시(齋藤希史)

『한문맥과 근대 일본 - 또 하나의 말의 세계』, NHK북스, 2007.

황호덕 외 역, 『근대어의 탄생과 한문 - 한문맥과 근대일본』,
현실문화, 2010.

빅터 세갈렌(Victor Segalen)

기노시타 마코토(木下誠) 역, 『〈엑조티시즘〉에 관한 시론·기려(羈旅)』,
겐다이기카쿠시츠, 1995.

조영일(曺泳日)

다카이 오사무(高井修) 역, 『세계문학의 구조 – 한국에서 본
일본 근대문학의 기원』, 이와나미서점, 2016.
『세계문학의 구조』, 도서출판b, 2011.

츠베탕 토도로프(Tzvetan Todorov)

오노 우시오(小野潮) 역, 『문학이 위협받고 있다(La littérature en péril)』,
호세이대학출판국, 2009.

압델케비르 하티비(Abdelkébir Khatibi)

사와다 나오(澤田直) 편역, 후쿠다 이쿠히로(福田育弘) 역,
『마그레브 복수문화의 토포스』, 세이도샤, 2004.

미즈노 다다오(水野忠夫)

『신판 마야코프스키 노트』, 헤이본샤, 2006.

문학이론의 현재를 생각하기 위하여

Topics

네이션, 제국, 글로벌화와 문학

하시모토 도모히로
橋本智弘

제2차 세계대전 이후, 세계 각지에서 탈식민지화의 기운이 일어나고, 아프리카 대륙, 인도아시아 대륙, 카리브 해 모든 섬 지역이 차례로 독립했다. 식민주의 지배와 그것에 이은 탈식민지화라는 역사적 배경과 함께, (옛)종주국과 (옛)식민지의 정치적·문화적·경제적 관계에 대해서 행해진 일련의 비판적 사고가 포스트콜로니얼리즘이라고 일컬어졌다. 문명화라는 사명을 갖춘 식민주의의 언설에 비판적으로 개입했던 이 사상의 기초를 놓은 것은, 탈식민지화의 정치운동에 직접 관계했던 에메 세제르(Aimé Césaire)나 프란츠 파농(Frantz Fanon)이라는 인물들이었고, 에드워드 사이드(Edward W. Said)의 『오리엔탈리즘(Orientalism)』(1978) 이후로는 학계에서 폭넓게 논의된 학문 분야로서 정착했다. 한편, 같은 시기에는 내셔널리즘 연구가 급속도로 발전하고, 포스트콜로니얼리즘과의 대화도 생겼다. 이어서 이러한 이론은, 글로벌화의 대두나 지구온난화라는 전인류적인 과제의 진전과 함께, 세계문학론, 포스트콜로니얼 에코크리티시즘, 포스트내셔널리즘 등으로 전개되고 있다.

제국 / 네이션 / 글로벌화

탈식민지화 운동   **마르크스주의**

식민지해방이론

에메 세제르
프란츠 파농

**포스트콜로니얼
이론·문학**

에드워드 사이드
가야트리 스피팍
호미 바바
파르타 차터지
라나지트 구하

내셔널리즘론

톰 네언
베네딕트 앤더슨
어네스트 겔너
에릭 홉스봄
앤 매클린톡

글로벌화

세계문학론

데이비드 댐로시
파스칼 카자노바
프랑코 모레티
펑 체아
아밀 무후티

**포스트콜로니얼
에코크리티시즘**

롭 닉슨
디페시 차크라바르티
나오미 클라인

포스트 내셔널리즘

아르준 아파두라이
네그리 & 하트

네그리튀드

네그리튀드(Négritude)는 1930년대에 파리에 모인 식민지 출신의 지식인들에 의해 창시된 문화운동이다. 서아프리카의 프랑스령 세네갈 출신의 레오폴드 상고르(Léopold S. Senghor, 후에 세네갈 대통령이 되었다)나 카리브해의 마르티니크섬 출신인 에메 세제르(후에 마르티니크의 폴 드 프랑스 시장)는, 서양의 식민주의나 인종차별로부터 흑인의 문명/문화가 부당하게 깎아내려지고 있는 현상에 대항하고, 흑인문화 독자의 역사, 전통, 신앙의 가치를 주장하려했다. 네그리튀드는 아프리카계 아메리카인에 의한 예술·문화운동인 할렘 르네상스에 영향 받은 국제적인 운동으로 지리적으로 떨어진 카리브나 아프리카의 흑인에게 공통하는 특성을 찾았다. 네그리튀드라는 조어(造語)를 쓰기 시작한 세제르의 장시(長詩)『귀향 노트』(1939)는, 자신의 고향 마르티니크에서 떠도는 정체와 공허함이라는 감각을, 콜럼버스가 도달한 이래 서양에 농락당해온 카리브해 지역의 긴 역사와 함께 말하고 있다. 제2차 세계대전 후 1948년 상고르가 펴낸『니그로 마다가스카르 신사화집』에는 장 폴 사르트르(Jean-Paul Sartre)가 쓴 서문「검은 오르페」가 붙어 국제적으로도 큰 주목을 모았다. 잡지『프레장 아프리케뉴(Présence Africaine)』가 1947년에 창간된 이래 네그리튀드 문화

운동의 중심이 되었고, 아프리카만이 아니라 유럽, 카리브, 아메리카 대륙에 퍼진 디아스포라 문화를 폭넓게 논하는 미디어로서 기능했다. 아프리카 문명은 유럽 문명과는 뿌리부터 다르다고 주장했던 네그리튀드는 명백히 본질주의적이어서, 차세대의 영어권 작가로부터는 비판도 받았다. 영국령 나이지리아에서 태어나, 아프리카 출신자로 첫 노벨문학상 작가가 된 월레 소잉카(Wole Soyinka)는 "호랑이는 호랑이성(tigritude)을 주장하거나 하지 않는다. 다만 사냥감을 향해 달려들 뿐이다"고 말하며, 네그리튀드를 야유하였다.

식민지해방이론

20세기 말 무렵 세계적으로 전개된 탈식민지화 운동에 따라, 서양의 식민주의를 근저부터 비판하면서 새로운 역사를 개척하려는 사상가들이 나타났다. 네그리튀드의 주도자이기도 한 세제르는 『식민주의론』(1955)에서, 프롤레타리아와 식민지라는 자신이 만들어낸 문제를 해결하지 못하고 있는 서양 문명은 '빈사(瀕死)

의 문명'이고, 점점 위선으로 도망쳐 들어갈 수밖에 없는 유럽은 "도의적으로, 정신적으로 변호 불능"이라고 신랄하게 비난하고 있다. 세제르에 따르면, 식민주의는 본류인 서양 문명으로부터의 변칙이나 예외 등이 아니라, 나치즘과 나란히 서양 문명에 깊이 머문 야만성의 표현인 것이다.

일찍이 세제르의 학생으로, 정신과 의사로서의 경험 뒤에 알제리 독립 전쟁에 투신했던 프란츠 파농은, 정치 활동을 해나가는 와중에 식민주의로부터 해방의 이론을 구축했다. 『혁명의 사회학』(1959)[1]이나 『대지의 저주받은 사람들』(1961)[2]이라는 후기의 저작은, 탈식민지화 투쟁을 위한 실천적 방법론인 동시에, 투쟁 끝에 식민지 지배를 깨뜨린 뒤 도래할 새로운 인간상에 대한 탐구의 기록이었다. "투쟁 뒤에는 식민주의가 소멸하는 것만이 아니라, 식민지 원주민도 또한 소멸하는 것이다. 이 새로운 인류는 자신을 위해, 또 다른 사람을 위해 새로운 인간주의를 정의해야 한다." 파농은 식민지의 부르주아 계급인 내셔널리스트들에게 강한 회의를 품고 있다. 많은 경우 그런 내셔널리스트가 노리는 것은 유럽의 지배자가 점유했던 지위를 찬탈하는 것밖에 없으며, 그들은 한 국가 전체의 경제 발전이나 농민계급의 생활 향상이라는 중대한 과제에는 관심을 보이지 않기 때문이다. 지배구조를 변혁하고 근본적인 탈식민지화를 얻기에는, 혈연이나 종교를 넘는 '민족의식'이 필요하다고 파농은 말한다. 투쟁 가운데 이미 배태하고 문화의 범위를 중심으로 발전한 이 의식은, 분단된 잡다

한 민중을 역사에 참여하는 주체로 만들고, 그들을 광범위한 국제적 연대로 이끄는 것이다.

식민지 지배로부터 근본적인 결별을 노린 그들의 저술은, 동시대 제3세계주의나 비동맹운동이라는 역사적 문맥에서 이해되어야 할 것이다. 신식민주의나 글로벌 자본에 의한 수탈이라는 오늘날의 상황에서도 의의를 가질 수 있다.

오리엔탈리즘

중립적이어야 할 학문연구가 사실은 타자에 대한 인식틀을 형성하고, 정치적·군사적·경제적 지배를 은밀한 방법으로 정당화할 뿐 아니라 그 원동력조차 되고 있다는 것. 에드워드 사이드의 『오리엔탈리즘』(1978)[3]이 광범위하고 치밀한 문헌학적 연구에 의해 폭로했던 것은 이러한 사실이다. '동양연구'로서 객관성을 내세웠던 18세기 말 이래의 오리엔탈리즘은, 실은 동양 자체에 순수한 관심을 갖고 있는 것은 아니었다. 오히려 그것은 서양과는 근본부터 다른 타자로서의 동양, 나아가서는 서양의 거울상으로서의 동양을 발견하고 재생산하기 위한 사고 양식인 것이다. 오리엔탈리즘이라는 것은 "오리엔트에 관해 무언가를 쓰거나, 오리엔트에 관한 견해에 권위를 부여하거나, 오리엔트를 묘사하거나, 가르치거나, 또 그곳에서 식민을 하거나, 통치하거나 하기 위한 동업 조합적 제도"이고, "오리엔트를 지배하고 재구성하고 위압하기 위한 서양의 양식"이다. 사이드는 오리엔탈리즘의 개념을 정의하면서 미셸 푸코(Michel Foucault)의 '언설(言說, 디스쿠르)' 개념을 채용하고 있다. 『지식의 고고학』(1969)[4]이나 『감시와 처벌』(1975)[5] 같은 저작에서 푸코가 보인 통찰은, 세계가 먼저 있고 그것을 있는 그대로 표상하기 위해 인간이 언어를 쓰는 것이 아니라, 세계를 인식하고 그것에 대해 무언가 말하기 위해 참조되는 일관된 지의 체계(=언설)가 있고, 그것을 통해 주체나 세계가 모습을 보이기 시작한다는 것이다. 언설로서의 오리엔탈리즘은 단지 하나의 학문 분야에 머무르지 않는 이론과 실천의 총체로 사람들의 세계 인식에 깊이 침윤해 있다. 역사학, 인류학, 언어학, 정치학, 문학, 나아가서는 행정문서 등에 이르는 사이드의 광범위한 분석 대상이 보여주듯, 오리엔탈리즘은 동양에 대한 시선을 다방면으로부터 규정하고 있다. 결국 그 영국인은 순전한 개인으로 오리엔트와 마주친 것이 아니라, 오리엔트에 관한 일련의 언설에 놓인 영국인으로 오리엔트와 마주치게 된다. 오리엔트에 부여되어온 편견은 문명의 지체뿐만 아니라 수동성이나 관능성, 그리고 성적 퇴폐 등 젠더에 관한 요소도 다분히 함유한다.

서발턴

'서발턴(subaltern)'이라는 용어의 기원은, 이탈리아의 마르크스주의 사상가 안토니오 그람시(Antonio Gramsci)의 저술로 거슬러 올라간다. 그람시는 파시스트 정권하에서 장기간에 걸친 투옥생활 가운데 집필했던 『옥중수고』(1947~1951, 사후출판)[6]에서, 패권(헤게모니)을 갖지 않고 사회적·정치적 의식도 미발달해서 국가나 이데올로기에 대항해 싸울 수 없는 '종속된 자'를 가리켜 서발턴이라고 불렀다. 그람시의 지시 대상은 남이탈리아 시골의 빈농층이었지만, 서발턴 연구 집단은 이 개념을 인도 민중의 문맥에 적용하고 발전시켰다. 라나지트 구하(Ranajit Guha)를 필두로 한 역사학자들은, 영국으로부터의 정치적 독립에도 불구하고 계급 구조를 온존하고 사회개혁을 달성시키지 못하고 있는 주류의 내셔널리즘에 분노를 품고, 민중을 주체로 역사를 기술하려 했다. 그들은 다른 계급과 같이 자신의 인간성을 표명하고 운동이나 반란을 통해서 역사를 구동하는 '주체'로서 서발턴을 제시하고자 애썼다. 가야트리 스피박(Gayatri Spivak)은 여기에 개입하면서 서발턴이 놓인 상황이 복잡하다는 사실을 제기하고, 전제가 되는 '주체'의 문제를 재고할 것을 요청했다. 「서발턴은 말할 수 있는가」 (1989)[7]에서 스피박은 질 들뢰즈와 미셸 푸코의 대담을 언급하면서, 힘없는 자들을 위해 말한다고 하는 그들의 주장과, 인도의 '과부순사(寡婦殉死, Sati: 여성이 남편의 죽은 뼈와 함께 소신자살(燒身自殺)하는 힌두 사회의 관행)로부터 여성을 구출한다는 영국 식민주의의 독선을 병치한다. 일견 진보적인 두 가지 관점에서 공통적인 것은 도움을 받는 것으로 되어있는 서발턴의 주체성을 간과하고 있다는 것, 그리고 서발턴의 경험을 표상=대변하는 선의로 가득찬 서양 지식인의 주체가 그대로 드러나고 있다는 것이다. 스피박은 가부장제, 식민지 지배, 내셔널리즘 등의 좁은 틈에서 자신의 발언하는 힘이나 회로(回路)를 빼앗긴 여성의 목소리를 회복하는 것은 어렵지만, 그럼에도 이 불가능한 임무에 계속 몰두하는 것이 중요하다고 설명한다. 그래서 스피박은 계급적 주체나 경제적 지위에만 주의를 기울이고 있던 종래의 연구에 대해서 서발턴 개념을 심화시키는 동시에, 서발턴을 표상하는 책무를 진 지식인의 주체성을 계속해서 따질 필요가 있다고 강조한다.

모방과 잡종성/이종혼효성

포스트콜로니얼리즘을 이론적으로 정비하고 '이즘'으로서의 윤곽을 부여했던 것은 호미 바바(Homi Bhabha)일 것이다. 『문화의 위치』(1994)[8]에서 바바는 탈구축이나 정신분석 등 현대 사상에서 유래한 이론을 구사해서 식민지 언설의 불안정함을 폭로하려 한다. 난해한 문체로 간단한 이해를 거부하는 바바의 사색을 감히 한 마디로 정리한다면, 식민자/피식민자라는 압도적으로 불균형한 관계성 속에도 권력의 기반을 불안정화하고 양자의 구분을 애매하게 해버릴 가능성은 항상 잠재해 있다는 것일 터이다. 사이드가 자세하게 연구했던 것처럼 오리엔탈리즘은 서양/동양의 사이에 본질적인 차이를 발견하고 계급 구조를 고정화하려고 했다. 그러나 바바의 관점에 따르면 절대적으로 보이는 지배 관계에도 내부에 심각한 모순을 떠안고 있다.

그런 모순이 드러난 것 중 하나가 '모방(mimicry)'이다. 식민주의는 현지인 엘리트층에게 종주국의 문화나 관습을 모방하라고 장려하지만 그 의태의 과정을 통해 종주국 문화가 순연하게 재생산되는 것은 아니다. 식민지 교육을 받고 종주국의 교양을 몸에 익힌 현지인은 완전하게 동일화하지 않고 어딘가 차이를 계속 갖고 있게 된다. 바바의 언어로 말하면, "거의 같지만, 그러나 완전하지는 않다". 세밀하지만 결정적인 이러한 차이에 의해 피식민자는 말할 수 없는 위협을 느끼게 하는 존재가 되고, 지배권력은 피식민자를 완전히 지배할 수 없다는 것이 시사된다.

바바의 사상에서 중심적인 위치를 차지하는 개념이 '잡종성/이종혼효성(hibridity)'이다. 이 말은 원래 생물학이나 식물학, 나아가 인종이론 등에서 주로 부정적으로 쓰이는 것이었다. 바바는 이 말을 언어나 문화의 생성과정에 적용하여 재정의한다. 식민지 언설은 종주국문화의 순수성을 주장하고 잡종성을 배제하려고 하지만, 문화정체성은 항상 혼효성(混淆性) 안에서 생겨나고 순수성은 사후적으로 발견된 것에 다름 아니다. 지배권력은 식민자/피식민자의 절대적 이분법에 의거하지만 이 도식이 전제로 하는 문화의 순수성은 처음부터 존재하지 않는 것이다. 바바가 취한 전략의 요체는 '모방'이나 '잡종성' 등 생물학적 어휘의 의미를 전도시켜서, 지배관계를 만드는 이분법이 근거를 갖지 못한 것이고 본질적인 것이 아니라는 것을 드러내는 데에 있다.

19세기의 내셔널리즘론

집단적인 열광, 선조로 되돌아감, 배제성이라는 내셔널리즘의 특징은, 과학적 합리성이나 보편적 인간성을 중시하는 계몽사상과는 정반대의 지점에 있는 것처럼 생각된다. 하지만 다른 것도 아닌 계몽이 세계로 확장한 근대에 있어서 내셔널리즘은 거의 보편적인 현상이 되고 있다. 과거 200년간 내셔널리즘이나 국민의 문제와 관련 없었던 사회는 거의 존재한 적이 없었다. 네이션의 이름 아래 선진국은 두 번의 세계대전을 치르고, 탈식민지화운동은 서양에 의한 지배로부터 국민의 해방을 목표로 했다. 그런데 내셔널리즘이나 네이션을 엄밀하게 정의하고 분석하려고 한다면, 이내 곤란함에 직면해 버린다. 어쨌든, 마르크스주의나 자유주의라고 하는 다른 주의와 달리, 내셔널리즘은 특정한 교의의 체계가 눈에 띄지 않는 것이다. 그 철학은 너무나 빈곤한데, 비슷한 사례를 볼 수 없을 정도로 영향력을 가진 내셔널리즘이라는 불가해한 현상을, 어떻게 풀어낼 수 있을 것인가.

가장 초기의 내셔널리즘론에 해당하는 것은, 독일의 철학자 요한 고틀리프 피히테(Johann Gottlieb Fichte)가 나폴레옹 점령하의 베를린에서 행했던 연속 강연 「독일 국민에게 고함」(1808)⁹이다. 피히테는 유기체론적인 비유를 쓰며 네이션의 기초를 철학적으로 마련한 것과 동시에, 스스로 내셔널리스트로서 말하면서 청중을 고무하려고 했다. 틸지트 조약(Treaties of Tilsit, 1807)¹⁰ 아래 굴욕을 맛본 독일 국민을 향해 프랑스 문화에 대한 독일 문화의 잠재적 우월성을 설명하며 국민 전체에 대한 새로운 교육이야말로 조국을 다시 일으킬 방도라고 열변했던 것이다. 특히 다음의 한 구절이 잘 알려져 있다. "국가와 국가를 나누는 최초의 원시적인, 그리고 진정한 의미에서 자연스러운 국경이라는 것은, 의심할 것도 없이 그 내적인 국경입니다. 같은 언어를 말하는 사람들은 모든 인위에 앞서 그 자연적인 본성 그 자체에서 이미 무수한 눈에 보이지 않는 유대로 서로 결속되어 있습니다." 여기에서 피히테는 눈에 보이지 않는 유대가 있기 때문에 군사상의 패배는 문제가 아니라고 말하고 있는 것은 아니다. 피히테의 강연 전체를 관통하는 것은 본래 '근원적 민족'인 독일 국민의 정신이 지금 정치적 지배라는 인위에 의해 불구가 되고 말았다고 하는 위기감이다. 그렇기 때문에 교육을 통한 도덕 정신의 연구를 통해 개인의 이기심을 넘어 전체와의 유대를 강하게 하면서 네이션의 일부가 되지 않으면 안 된다고 그는 호소한다. 부분과 전체는 유기적인 일체라고 하는 전체론에 기인해, 피히테는 각 사람이 네이션의 생성에 기여하도록 노력할 것을 강하게 요구했다.

네이션의 존재 근거는 언어 속에 선천적으로 있다고 시사했던 피히테에 대치된 것이, 프랑스의 사상가 에르네스트 르낭(Ernest Renan)의 강연 「민족이란 무엇인가?」(1882)**11**이다. 네이션은 고대의 제국이나 다른 다양한 집단성과는 본질적으로 다르고, 역사적으로 상당히 새로운 것이라고 르낭은 논했다. 종족, 종교, 지리, 언어라는 요소의 어느 쪽도 네이션을 구성하는 것은 아니다. 오히려 중요한 것은 고차원의 정신적인 원리인 '의지'이고, 네이션이라는 것은 국민 전체의 의지 표명으로 볼 수 있다. 이러한 성질에 대하여 르낭은 "네이션이라는 것은 매일매일의 인민투표이다"라고 독특한 방법으로 표현하였다. 역사학은 네이션의 기원에 있는 폭력적인 사건을 다시 세상에 알려 버리기 때문에, "역사학의 진보는 종종 국민성에 있어서 위험"이라고까지 르낭은 주장한다. 즉 역사의 정확한 파악이 아니라 '망각'이나 '역사적 오진(誤診)'이야말로 네이션의 주춧돌을 만드는 것이다라고. 에메 세제르가 문명화의 이름 아래 비서양의 정복을 앞장서 부르짖었던 '인간주의자'라고 강하게 비판하고[→ 220쪽 식민지해방이론], 에드워드 사이드가 오리엔탈리스트의 대표적인 예로 들었던 르낭의 정치적 의도가 제국화하여 수많은 원주민을 포섭하게 된 '프랑스 국민'의 일체성을 정당화하는 것이었다는 점은 간과되어서는 안 된다. 그러나 네이션이라는 것이 근대의 건축물이라는 예리한 통찰 자체는 시대를 초월해서 지속적으로 받아들여지면서 현대의 내셔널리즘론에서도 자주 인용되고 있다.

현대의 내셔널리즘론

영어권에서는 1980년대에 내셔널리즘론이 급속히 진전한다. 논자의 대다수는 마르크스주의자이고, 그들은 국제적 연대를 좌절시킬 수 있는 내셔널리즘을 해명할 필요에 뛰어들고 있었다. 이 논의를 본격적으로 열었던 것은 톰 네언(Tom Nairn)의 『영국의 해체』(1977)이다. 네언은 어느 것이나 저절로 해소될 문제라고 내셔널리즘을 진심으로 다루지 않았던 종래의 마르크스주의를 비판하고 철저하게 유물론적인 설명을 추구하면서 경제의 불평등 발전에 그 근원이 있다고 생각했다. 잉글랜드나 프랑스 등 중심 지역이 근대화를 진전시키면, 주변 지역은 계속 저항하면서도 발전해서 따라가려고 기를 쓰게 된다. 이 양의적인 움직임 가운데, 미발전의 잡다한 지역을 하나로 묶기 위한 정신적인 유대(紐帶)의 창출이 필요하게 된다. 이 운동이야말로 내셔널리즘이다. 이를 초래했던 양의성은 그대로 네이션의 본성이 되고, 진보/퇴행, 포섭/배제, 해방/억압이라는 정반대의 경향이 내부에 공존하게 된다. 네언은 네이션의 이런 양면성을 붙잡아, 앞뒤로 두 개의 얼굴을 가진 로마 신화의 신의 이름을 빌려서 '근대의 야누스'라고 불렀다. 네언의 이론은 대체로 경제결정론이기 때문에 구체적인 사회구성이나 사람들의 심리 작용으로 조금 더 분석할 여지를 남겼다.

내셔널리즘의 근원을 경제의 하부구조에서 구한다고 한다면 구체적으로 그것은 어떤 방식으로 기능하고 있는 것일까. 어네스트 겔너(Ernest Gellner)의 『민족과 민족주의』(1983)[12]는 산업자본주의가 요구하는 읽고 쓰는 능력이나 공통언어가 네이션을 낳았다고 논했다. 에릭 홉스봄(Eric Hobsbawm)과 테렌스 레인저(Terence Ranger)가 펴낸 『만들어진 전통』(1983)[13]은 스코틀랜드나 아일랜드 등 영연방 지역의 구체적 사례를 분석하면서 다양한 문화적 의장(意匠)이 네이션의 진정성을 담보할 만하도록 근대에 발명된 것임을 명확히 하고 있다. 이 두 권의 책과 함께 1983년에 출판되어, 문학/문화연구에 커다란 영향을 주었던 것이 베네딕트 앤더슨(Benedict Anderson)의 『상상의 공동체』[14]이다. 앤더슨에 따르면 근대 네이션의 근저에는 발터 벤야민이 '균질하고도 공허한 시간'이라고 부른 시간성이 있다. 이 독특한 시간관념을 표시하는 것이 출판자본주의의 두 가지 산물, 즉 신문과 소설이다. 이들 문화생산물의 내부에는 서로 알지 못하는 사람들이 틀림없이 같은 시간에 속하면서 과거에서 미래로 향해 함께 동시에 나아가는 공동체의 존재가 박혀 들어가 있다. 이 허구적인 공동체의 관념이야말로 네이션의 상상을 가능하게 했다. 이 책은 그 외에도 네이션의 영웅적 과거를 구현하는 무명 전사의 묘나 국민 아이덴티티의 주형을 창출하는 인구조사나 지도 등 인문적 견지를 담고 있는 모든 관념을 구사해서 내셔널리즘의 발생을 그리고 있다. 호미 바바가 펴낸 『국민과 서사(Nation and Narration)』(1990)[15]는 앤더슨의 식견을 계승하면서 문학을 포함한 내러티브의 언설이 어떻게 네이션의 성립에 기여하고 있는가를 탐구했던 것이다. 1980

년대의 내셔널리즘론은 일찍이 르낭이 국민성에 대한 위험이라고 했던 '역사적 탐구'를 밀고 나간 내셔널리즘의 메커니즘을 해명하고, 동시에 네이션이 허구로 기능하는 모양을 기술하는 것으로 문학 연구와의 접합을 준비했다.

대부분 선진국의 남성이론가에 의해 제기되었던 논의에 대해서는 비판도 있다. 앤 매클린톡(Anne McClintock)은 『제국의 가죽끈』(1995)에서 네언/앤더슨/바바가 관심을 쏟지 않았던 젠더의 관점에서 네이션의 재고를 요청했다. 네언이 '근대의 야누스'라고 불렀던 양면성은, 현실에서는 자주 남성/여성이라는 젠더의 양면성으로 치환되어 자연화되어왔다. 네이션을 가족이나 부모에 비유하는 경우가 많다. 그런데 부인이 남편에게 종속되고 자녀가 부모에게 종속되는 가족 내의 위계는 일반적으로 받아들여지기 때문에, 이 비유를 네이션에 적용할 경우 결과적으로 네이션 내부(혹은 복수의 네이션 사이)의 차별구조가 강화되는 것이다. 한편 인도의 역사학자 파르타 차터지(Partha Chatterjee)는 『네이션과 그 단편』(1993)에서 앤더슨에게 정면으로 도전하고 있다. 앤더슨은 내셔널리즘이 한 번 발명되면 그것은 '모듈'이 되어 다른 지역에서 흘러가서 쓰이게 된다고 생각했지만, 인도 내셔널리즘의 역사는 오히려 유럽이나 남북아메리카 내셔널리즘과의 차이로 특징지어진다고 차터지는 반론한다.

포스트내셔널리즘

1980년대의 내셔널리즘론은 네이션을 '탈신화화'하고, 대체되는 사회 형태를 논하기 위한 밑바탕을 만들었다고 할 수 있다. 일찍이 1990년 역사학자 에릭 홉스봄은 내셔널리즘 연구의 극적인 진전 자체가 네이션의 시대가 황혼에 이른 조짐이라고 시사하였다(『내셔널리즘의 역사와 현재』). 냉전체제 붕괴 이후의 세계질서에 관한 논의에서 기선을 제압했던 것은 『보더리스 월드』(1990)를 쓴 오마에 겐이치(大前研一) 같은 비지니스 엘리트, 그리고 『역사의 종말』(1992)[16]을 쓴 프란시스 후쿠야마(Francis Fukuyama)나 그 응답으로서 『문명의 충돌』(1996)[17]을 쓴 새뮤얼 헌팅턴(Samuel Huntington)이라는 미국의 우파 논객이었다. 하지만 머지않아 인문학의 내부에서도 종래의 국민국가를 대신하는 통치나 저항의 본래 모습을 개념화하려는 시도가 나타났다. 안토니오 네그리(Antonio Negri)와 마이클 하트(Michael Hardt)의 『제국』(2000)[18]은 서양의 국민국가에서 주권의 확대로 나타난 제국주의와 현대의 글로벌화로 생겨난 새로운 주권의 형태를 구별하고, 탈중심적이고 포괄적인 후자를 '제국'이라고 명명했다. '제국'에 저항하는 주체는 산업 프롤레타리아나 탈식민지화 내셔널리즘이 아니라 글로벌화 가운데 필연적으로 생겨난 다원적인 집단성

'멀티튜드(multitude, 다중)'이다. 글로벌화의 문화적 차원에 착목했던 아르준 아파두라이(Arjun Appadurai)의 『고삐 풀린 현대성』(1996)[19]은 국경을 초월한 대규모의 이주가 일어나고 미디어 공간에서 이미지의 자유로운 이동이 사람들의 상상력을 지배하는 현대를 '포스트네이션'의 시대라고 위치 짓고, 세계 도처에서 생성하는 '디아스포라 공론장'의 중요성을 지적한다. 포스트콜로니얼리즘도 이런 논의에 참가하고 있다. 호미 바바는 『문화의 위치』(1994)의 서문에서 일찍이 유복한 귀족이나 상인이 담당했던 코스모폴리타니즘(cosmopolitanism)과는 다른, 이주민이나 마이너리티의 시점에서 형성된 '토착적 코스모폴리타니즘(vernacular cosmopolitanism)'을 제창하고 있다. 가야트리 스피박도 또한 『내셔널리즘과 상상력』(2010)에서, 기성의 국민국가를 초월한 재분배의 시스템 구축을 전망하고, 그 가운데 문학교육은 네이션을 '탈-초월론화'하는 역할을 담당하고 있다고 주장하고 있다.

세계문학론(19세기 이후)

"국민문학이라는 것은 오늘날에는 그다지 큰 의미가 없어진, 세계문학의 시대가 시작되고 있는 것이다." 요한 볼프강 폰 괴테(Johann Wolfgang von Goethe)는 1827년, 제자인 에커만(J. P. Eckermann)과의 대화에서 이렇게 말했다(에커만, 『괴테와의 대화』[20]). 세계문학이라는 말로 괴테는 무엇을 말하려고 했던 것인가. 어떤 문학작품도 개인이 쓴 것이고, 작가가 사는 시대, 풍토, 민족성 등을 강하게 반영한다. 그러나 일단 작품이 넓은 지평에 놓이면, 보편적인 인간성의 발로로서 보다 심원한 가치를 띤다. 시대가 그처럼 보편적 인간성의 현현을 가능하게 하는 중이라고 괴테는 생각했다. "우리가 개개의 인간이나 개개의 민족의 특수성을 그대로 인정하면서도 진실로 가치 있는 것은 그것이 인류 전체의 것이 되는 것에 의해 우수한 것이 되는 것이다, 라는 확신을 가진다면, 진실로 보편적 관용은 더욱 확실하게 달성되는 것이다." 보편적 인간성의 달성이라는 이념의 뒤에는, 물질적인 차원에서의 세계의 변용, 즉 세계 시장의 부흥이 있다. 동시기에 괴테는 태평양과 카리브해를 잇는 파나마 운하, 흑해와 대서양을 잇는 도나우·라인 운하, 지중해와 인도양을 잇는 수에즈 운하 등의 개통을 죽기 전에 보고 싶다고 쓰고 있다. 지리적으로 떨어진 장소가 이어지고, 유통이 폭발적으로 확대되고, 사람이나 사물이 스스로 오고 가는 – 이런 새로운 세계상을 예견했던 괴테는 각국 문학 가운데 잠재해 있는 보편적인 인간성을 나타내는 '세계문학'을 말하는 것이 점점 가능해지고 있다고 생각했다.

괴테의 착상으로부터 20년 후 마르크스(Marx)·엥겔스(Engels)는 『공산당 선언(Communist Manifesto)』(1847)에서 세계문학이라는 말을 사용하고 있다. 두 사람은 이 정치적 매니페스토에서 생산과 소비가 세계적으로 확대하고 사람들이 자국만이 아니라 타국의 생산물을 구하는 새로운 욕망을 품고 각국의 교역이 서로 의존하는 세계를 예언적으로 기술했다. 그리하여 세계가 점점 좁고 단일한 장소가 될 때, 정신면에서도 똑같은 것이 일어난다. "옛날은 지방적, 민족적으로 자족하고 통일되어 있던 것과 달리, 그것에 대신하여 온갖 방면과의 교역, 민족 상호의 모든 면에 걸친 의존 관계가 나타난다. 물질적 생산의 경우와 같은 것이, 정신적 생산에서도 일어난다. 개개의 국가들의 정신적인 생산물은 공유재산이 된다. 민족적 일면성이나 편협성은 점점 불가능하게 되고, 다수의 민족적이고 지방적 문학으로부터, 하나의 세계문학이 형성된다."[21] 물질적 발전에 동반해서 각국의 정신적인 재산이 넓게 공유되고 결국은 단일한 문화가 생겨난다. 제국주의 경제의 확대에 의한 세계의 통일은 문화의 영역에서도 단일화를 일으킨다는 것이다. 괴테가 물질적 발전을 다양한 문학의 교환(交換)을 초래하는 것으로서 긍정적으로 파악했던 것과 달리 마르크스·엥겔스는 그것이 일으킬 균질화를 강조하고 있다.

19세기의 세계문학에 관한 단편적인 착상을 정리하고 그 이념과 방법론을 보인 것이 에리히 아우어바흐(Erich Auerbach)의 논문 「문헌학과 세계문학(Philology and Weltliteratur)」(1952)이다. 마르크스·엥겔스는 자본주의의 필연적인 귀결로서 문화의 표준화가 일어난다고 시사했는데, 제2차 세계대전 이후 아메리카형의 소비문화가 세계를 덮어 갈 때 바로 이런 표준화가 진행되고 있었다. 아우어바흐는 이 상황을 괴테의 이념에 반(反)하는 것으로 보고 문헌학의 전통을 다시 부흥할 것을 요청했다. 그에 따르면 문헌학은 "단지 자료의 발견이나 그 연구 방법의 육성에 관한 것에 머물지 않고, 그 위에 나아가 인류의 정신상의 역사나 그 다양성에 잠재한 통일적 인간의 관념을 획득하기 위해 자료를 통찰하고 자료를 활용하는 것에도 이른다." 문헌학은 통일적인 인간성을 탐구할 만한 자료를 다룬다. 그러나 이 시대, 이용 가능한 자료는 계속 증대하는 한편, 각 학문 분야는 전문화의 한 길을 파고들 뿐이었다. 소수의 뛰어난 지식인을 제외하고 그런 자료나 식견을 잘 다룰 수 있는 사람은 거의 없다. 그래서 새로운 방법론이 필요하게 된다. 아우어바흐가 제창하는 것은 자료를 망라적으로 해독하는 대신에 구체적으로 명석한 '적절한 실마리'로부터 광범한 현상의 공간을 비추어 드러나게 한다는 방법이다. 이 방법에 의해 개별 자료의 구체성을 잃지 않는 채로 총체적인 시좌(視座)를 얻는 것이 가능하다고 한다. 그것은 개별 작품에 잠재하는 보편적인 인간성을 드러낸다고 하는 '세계문학' 연구의 사명에 필적하는 것이기도 하다. 세계문학의 연구에 의해 무엇을 목표로 해야만 할 것인가(이념), 그리고 넓고 다양한 문학을 어떻게 연구하는 것이 가능할 것인가(방법론), 아우어바흐는 이 두 가지 문제틀을 제시했다.

세계문학론(현대)

21세기로의 전환기 전후, 세계문학의 개념을 재고해 보려는 야심적인 책이 몇 권 출판되었다. 문학 연구의 동향은 세계의 정치경제를 직접 반영하는 것이 아니지만, 세계문학론의 부활이 글로벌화와 어딘가에서 공명하고 있는 것은 틀림없다. 국민국가의 쇠퇴가 강조되는 가운데, 문학 연구도 또한 국경을 초월한 연구의 틀을 모색하고 있는 것처럼 생각된다. 파스칼 카자노바(Pascale Casanova)의 『세계문학공화국(The World Republic of Letter)』(1999)은 네이션이나 언어에 의한 구분으로는 볼 수 없는 문학적 교류를 부각시켜 세계문학의 개념을 사용하고 있다. 카자노바가 제기한 모델에서 문학의 세계는 정치나 언어로 분단된 세계로부터 상대적으로 자율적이며, 독자적인 법, 시장, 역사가 전개된다. '세계문학공간'의 역학을 파악하기 위해, 카자노바는 19세기 이후의 파리를 중심으로 한 문학적 교류를 동태적으로 기술하고 있다.

카자노바는 국가별 틀을 넘어선 모델을 제창하였지만, 세계문학공간의 출현을 대체로 서양 근대와 동일시했기 때문에 시야가 좁다는 비판을 면하지 못하였다. 이처럼 근대에 치우친 관점과 달리 시대적으로도 지리적으로도 넓은 시야로 세계문학을 생각하자고 제창했던 것이 데이비드 댐로시(David Damrosch)의 『세계문학이란 무엇인가?(What Is World Literature?)』(2003)이다. 댐로시가 중시했던 것은, 문학작품이 생겨난 시기나 지역을 떨어져 유통되고, 번역을 통해 다른 형태로 해석되어가는 과정이다. 댐로시의 정의에서 세계문학은 각국의 우수한 작품(정전, canon)의 집합이 아니라 '읽기의 모드'로 작품이 발상지의 언어와 문화를 뛰어넘어 수용되는 가운데 더욱 더 풍요로워지고, 세계문학의 대열에 오른다고 보았다. 댐로시의 논의 대상은 「길가메시 서사시」나 「겐지 모노가타리」를 포함한 동서고금의 문학작품에 걸쳐 있다.

방법론상의 큰 전회를 보여준 것은 프랑코 모레티(Franco Moretti)의 『멀리서 읽기』(2013)[22]이다. 문학을 연구하는 사람은 원어로 독해하는 능력을 가진 것이 당연하다고 하지만, 한 연구자가 읽을 수 있는 언어의 수는 정도가 있고, 이래서는 대국적인 견지를 가질 수 없다. "나무를 보고 숲을 보지 못한다"는 종래의 방법과 달리 모레티는 다윈의 진화론이나 이매뉴얼 월러스틴(Immanuel Wallerstein)의 세계체제론(world-systems theory)에서 모델을 취하면서 문학사의 새로운 기술 방법을 제창한다. 각국 문학사가 계통을 이루는 큰 나무의 지엽으로서의 개별작품을 '정독(精讀)'하는 것이라면 세계문학 연구는 폭넓은 패턴을 대상으로 한 '멀리서 읽기'를 수행한다. 면밀한 독해를 군이 포기한 뒤에 통계적·수량적인 분석에 의한 '파형(wave)'이나 '그룹(group)'의 형식으로 그려진 새로운 문학사는 마치 자연과학이나 사회과학의 연구 성과와 같다. 모레티는 2010년에 스탠포드 대학에서 '리터러리 랩(literary lab)'을 창설하고 컴퓨터를 이용한 비평 성과를 계속 발신해서, 디지털 인문학의 한 축을 담당하고 있다.

이상 책 세 권이 주류의 현대 세계문학론으로 알려져 있지만, 펭 체아(Pheng Cheah)의 『세계라는 것은 무엇인가』(2016)는 이들을 예리하게 비판한다. 체아의 지적에 따르면 카자노바/댐로시/모레티가 중시하는 것은 국민국가의 경계를 초월한 문학작품의 유통이나 수용으로 그들이 전제한 '세계'라는 것은 그저 공간적인 개념이다. 말하자면 그들은 '세계'라기보다 '지구'에 대해서 생각하고 있는 것이다. 유통의 기술(記述)에 그치고 있는 주류의 이론에 대해, 체아는 "세계라는 것은 본래, 시간적인 개념"이라고 쓰고, 하이데거, 아렌트, 데리다의 철학상의 세계 개념을 탐구한다. 그런 뒤에 이 책은, 글로벌 자본주의가 초래한 파멸적 귀결이 더욱 날카롭게 드러난 글로벌 사우스(Global South)²³를 무대로 한 현대의 포스트콜로니얼문학을 분석하고, 세계문학의 '규범적 이론' 구축을 시도한다. 문학을 데이터처럼 다루며 방법론상의 급진화를 의도했던 모레티와는 대조적으로, 체아의 세계문학론은 문학에서 특유의 규범을 발견하는 것으로 괴테/아우어바흐의 이념을 다시 부흥시키려고 하고 있다.

최근의 세계문학론이 그 보편주의적 성격과는 반대로 주로 구미의 아카데미라는 한정적인 문맥에서 제기되고 있는 것을 간과해서는 안 된다. 아밀 무후티(Amil Mufti)는 『영어를 잊어버려라!』(2016)에서 최근 활발해진 세계문학론은 아직 서양에 의한 타자의 문학 연구라는 틀에 머물러 있다는 점에서 오리엔탈리즘(동양연구)의 연장선에 있다고 논하고 있다. 무후티의 혜안은 '세계'를 대상으로 하는 연구조차 정치적으로 중립이 아니라, 불평등한 힘의 관계에 기인하고 있음을 간파하고 있다.

포스트콜로니얼 에코크리티시즘

에코크리티시즘이나 환경인문학이 발전했던 것은 우선 영국이나 미국의 문맥에서였지만, 지구온난화나 기후변동, 그리고 다국적 자본주의가 초래한 환경오염이라는 현상은 생태학(ecology)의 문제를 전인류적인 과제로 파악하도록 요청한다. 그것은 또한 손대지 않은 자연(야생, wilderness)이나 전원을 찬미하는 네이처 라이팅(nature writing)의 전통을 글로벌 사우스의 시각에서 재고하는 것과도 상통한다. 인도의 역사학자 라마찬드라 구하(Ramachandra Guha)는 논문 「래디컬한 미국의 환경주의와 윌더니스(Wilderness)의 보전 – 제3세계로부터의 비판」(1989)에서 인간중심주의/생태중심주의의 구별을 전제로 하는 미국식의 환경주의(deep ecology)에 회의를 보이고[→ 308쪽 심층생태학/생태(생명)지역주의], 제3세계에 있어서 생태학의 문제는 인간과 가축의 공생이나 노동문제 등과 불가분하다고 논하고 있다. 또한 심층생태학은 서양의 자연관에 대한 안티테제로서 동양철학을 칭찬하지만, 이 동양에 대한 시각 차이는 상당히 선택적이라고 비판하고 있다.

환경문제의 영향은 세계에서 균등하게 발생하는 것은 아니다. 기후의 변화에 민감한 농업에 한 해 생산의 많은 부분을 의지하는 발전도상국이나 해수면 상승의 피해를 당장에 받는 섬나라는 선진국보다 기후변동에 대해 확실히 취약하다.『이것이 모두를 바꿀 수 있다 - 자본주의 vs. 기후변동』(2014)에서 기후변동의 최대 원인은 자본주의 그것이라고 갈파했던 저널리스트/환경운동가인 나오미 클라인(Naomi Klein)은「이 놈들을 물에 빠뜨려버리자」(2016)라는 제목의 강연에서, 환경운동을 경시했던 사이드(Said)의 사상을 해체하면서 '타자화'에 관한 그의 탁월한 비판을 온난화의 문맥에 다시 위치 짓고 있다. 온난화의 가장 큰 원인의 하나인 화석연료의 채굴이나 그 소비는 자주 '희생구역'을 만들어내고 특정한 사람들의 생활환경을 오염시킨다. 이런 사태를 정당화하는 것에 어떤 종의 사람들의 삶이나 문화는 다른 사람들보다 가치가 낮다고 하는 '환경 인종주의'가 동원되어왔다. 장기적으로 보면 기후변동은 인류 전체에 위협이 되겠지만, 그 파멸적 영향을 최초로 최악의 형태로 받는 것이 누가 될 것인가는 식민주의와 이웃해 있는 '타자화'의 기제에 의해 결정되는 것이다.

포스트콜로니얼 에코크리티시즘의 성과로서 중요한 것은, 롭 닉슨(Rob Nixon)의『느린 폭력과 빈자의 환경주의』(2011)[24]이다. 자신이 사이드의 학생이었고 후에는 동료가 된 닉슨은『침묵의 봄』(1962)[25]에서 환경보호 사상의 원류를 만든 레이첼 카슨(Rachel Carson)이나 제3세계의 환경운동을 연구한 구하의 작업에서도 많은 것을 공부했다고 한다. 닉슨의 용어 '느린 폭력'은 공중 폭격과 테러 공격이라는 스펙타클한 폭력과 달리, 긴 시간에 걸쳐 영향을 넓히는 환경파괴에 의한 폭력을 가리킨다. "느린 폭력이라는 말로 내가 말하려고 했던 것은, 눈에 보이지 않는 곳에서 서서히 일어나는 폭력, 시간적으로도 공간적으로도 느리게 확산해서 발생하는 파괴에 의한 폭력, 일반에게는 애초에 폭력이라고는 보이지 않을 폭력인 것이다." 빙하의 융해, 오염물질의 확산, 삼림파괴, 그리고 방사능오염이라는 현상의 영향은 긴 시간에 걸쳐 발현하기 때문에 정부나 시민의 결연한 행동을 불러일으키기 어렵다. 닉슨은 문학이 이러한 느린 폭력을 이미지나 이야기를 통해 어떻게 가시화하는지 탐구한다. 닉슨이 논하는 대상에는 나이지리아의 작가/활동가로 석유자본에 의한 환경오염에 항의했던 켄 사로위와(Ken Saro-Wiwa)나 자택의 정원과 플랜테이션 농원을 중첩해서 보는 안티구아 출신의 작가 자메이카 킨케이드(Jamaica Kincaid)[26] 등이 포함된다. 문학이 현실 세계의 행동에 어떻게 결부될까를 중시하는 닉슨의 비평은 공개적으로 말하는 지식인으로서의 사이드의 자세를 계승한 것이리라.

닉슨이 보여주었듯 환경문제에 관해서는 애초에 시간의 척도가 문제가 된다. 지질학에서 제창되어 광범위한 분야에서 고찰되고 있는 새로운 지질연대 구분 '인류세(人新世, Anthropocene)'는 이제 기후변동에 대한 표어처럼 쓰인다[→ 287쪽 인류세/환경인문학]. 인류세의 시작이 언제인가, 그리고 그것이 어떤 함의를 가진 것인가에 대해서 확실한 합의는 아직 없지만, 중요한 것은 이 개념이 인간과 자연의 관계 자체를 재고하게 하는 것이라는 사실이다. 당초 서발턴 연구에 전념하고 있던 디페시 차크라바르티(Dipesh Chakrabarty)는 최근의 논고「네 가지 테제」[27]에서 인간의 활동이 지질에 영향을 미치게 되어버린 현대에는 인간의 개념 자체를 이중의 양식으로 생각하지 않으면 안 된다고 논하고 있다. 한편으로 인간은 권리를 갖고 정의를 행사하는 '정치적 에이전트'이지만 다른 한편에서는 아득히 먼 시간에 걸쳐 영향을 끼치는 '지질학적 힘'인 것인 것이다.

1

프란츠 파농, 성찬성 역,
『혁명의 사회학』, 한마당, 1981.

2

프란츠 파농, 남경태 역,
『대지의 저주받은 사람들』, 그린비, 2011.

3

에드워드 사이드, 박홍규 역,
『오리엔탈리즘』, 교보문고, 2007.

4

미셸 푸코, 이정우 역,
『지식의 고고학』, 민음사, 2000.

5

미셸 푸코, 오생근 역,
『감시와 처벌 – 감옥의 탄생』, 나남, 2020.

6

안토니오 그람시, 이상훈 역,
『그람시의 옥중수고』 1~2. 거름, 1999.

7

가야트리 스피박, 태혜숙 역, 「서발턴은
말할 수 있는가?」, 로절린드 C. 모리스 편,
『서발턴은 말할 수 있는가?』, 그린비, 2013.

8

호미 바바, 나병철 역, 『문화의 위치』,
소명출판, 2012.

9

요한 고틀리프 피히테, 황문수 역,
『독일 국민에게 고함』, 범우사, 2019.

10

틸지트 조약(Treaties of Tilsit)은
프랑스 황제 나폴레옹이 연이은 승전을
바탕으로 1807년 프로이센·러시아과 맺은
강화조약이다. 프로이센과 러시아는 이
조약으로 막대한 배상금과 굴욕적인 대가를
강요받았다.

11

에르네스트 르낭, 신행선 역,
『민족이란 무엇인가』, 책세상, 2002.

12

어네스트 겔너, 최한우 역, 『민족과
민족주의』, 한반도국제대학원대학교, 2009.

13

에릭 홉스봄 외, 장문석·박지향 역,
『만들어진 전통』, 휴머니스트, 2004.

14

베네딕트 앤더슨, 윤형숙 역, 『상상의 공동체
– 내셔널리즘의 기원과 전파』, 나남, 2002.

15

호미 바바, 류승구 역, 『국민과 서사』,
후마니타스, 2011.

16

프랜시스 후쿠야마, 이상훈 역,
『역사의 종말』, 한마음사, 1997.

17

새뮤얼 헌팅턴. 이희재 역, 『문명의 충돌』,
김영사, 2016.

18

안토니오 네그리·마이클 하트, 윤수종 역,
『제국』, 이학사, 2001.

19

아르준 아파두라이, 채호석·차원현·배개화 역,
『고삐 풀린 현대성』, 현실문화, 2004.

20

요한 페터 에커만, 『괴테와의 대화』 1~2,
민음사, 2008.

21

카를 마르크스·프리드리히 엥겔스, 김태호 역,
『공산주의 선언』, 박종철출판사, 2016, 13쪽.

22

프랑코 모레티, 김용규 역, 『멀리서 읽기』,
현암사, 2021.

23

아시아, 아프리카, 남미지역의
중저소득국가를 가리킨다.

24

롭 닉슨, 김홍옥 역, 『느린 폭력과 빈자의
환경주의』, 에코리브르, 2020.

25

레이첼 카슨, 김은령 역, 『침묵의 봄』,
에코리브르, 2011.

26

원예가이기도 한 킨케이드는 정원을
가꾸며 제국주의 식민의 역사를 새롭게
발견한다. 식물원이 어떻게 플랜테이션 작물
개발을 위한 실험실로 기능했는지, 그래서
자본주의의 제국주의적 팽창에 어떻게
핵심적 역할을 했는지를 되짚어 보는 것이다.

27

디페시 차크라바르티, 이신철 역,
「네 가지 테제」, 『행성시대 역사의 기후』,
에코리브르, 2023.

비자이 프라샤드(Vijay Prashad)

아이하라 아야코(粟飯原文子) 역, 『갈색의 세계사 - 제3세계란 무엇인가』,
슈이세이샤, 2013.

박소현 역,
『갈색의 세계사 - 새로 쓴 제3세계 인민의 역사』, 뿌리와이파리, 2015.

에드워드 사이드(Edward W. Said)

오하시 요이치(大橋洋一) 역, 『문화와 제국주의』 1·2, 미스즈서방, 1998·2001.

박홍규 역, 『문화와 제국주의』, 문예출판사, 2005.

오사와 마사치(大澤真幸) 편, 『내셔널리즘론의 명저 50』, 헤이본샤, 2002.

피터 배리(Peter Barry)

다카하시 가즈히사(高橋和久) 역, 『문학이론강의 - 새로운 스탠더드』,
미네르바서방, 2014.

한만수 외 역, 『현대문학이론입문』, 시유시, 2001.

빌 애쉬크로프트(Bill Ashcroft)·헬렌 티핀(Helen Tiffin)·
게레스 그리피스(Gareth Griffiths)

기무라 고이치(木村公一) 역, 『포스트콜로니얼 사전』, 난운도, 2008.

이석호 역, 『포스트콜로니얼 문학이론』, 민음사, 1996.

제7장

포스트 휴먼/이즘과 문학

이누마 가오리
井沼香保里

가즈오 이시구로의 장편소설『나를 보내지마』[1]에서 주인공들은 장기제공을 위해 만들어진 복제인간이었다. 이 센세이셔널한 이야기의 설정은 급속히 진전해 가고 있는 과학기술과 함께 사는 현대의 우리들에게 '인간' 그 자체의 정의가 시급하게 재검토 되어야 한다는 것을 시사하고 있는 듯하다. 1980년대 이후 여러 논자가 제기해온 포스트휴머니즘의 논의는 기존의 인문사회과학이 전제로 해온 것처럼 인간만을 특권적 주체로 중심에 두고 비인간(자연, 과학적 대상, 기술에 의한 구축물, 동물 등)을 그것에 종속하는 객체로서 간주하는 태도를 비판하면서 후자의 주체성, 혹은 양자가 불가분함을 주장한다. 이는 주로 '자연/문화'의 구분이라는 서양적 전제를 상대화하고자 하는 인류학과, 인간 혹은 사고와의 상관관계에서만 존재를 파악하려는 태도를 극복하고자 하는 철학의 논의로부터 전개된 사상조류로서 지금까지 많은 연구 분야에서 수용되어 오고 있다.

포스트휴머니즘

안티휴머니즘
마르크스주의, 무의식,
'인간의 죽음', 구조주의,
포스트구조주의

배경적 사상조류

**사이보그·
페미니즘**

생성변화의 철학

기초적 논의

인간의 존재론적 전회
부분적 연결들
관점주의(perspectivism)
다(多) 자연주의

**철학에 있어서
'비인간'의 존재론**
사변적 실재론
객체지향 존재론
신실재론/신유물론

**둘레세계
(Umwelt)**

행위자-네트워크 이론

동물론

동물
환경
예술
과학기술
내러티브
페미니즘
……

여러 분야로의 파급

안티휴머니즘

포스트휴머니즘은 그 명칭이 보여주는 것처럼 서양철학에 있어서 '인간'에 관한 논의, 특히 안티휴머니즘(antihumanism)이라고 불리는 논의를 그 사상의 원천으로 삼고 있다. 안티휴머니스트가 맞섰던 인간관이란 곧 근대철학의 시조로 알려진 17세기 프랑스 철학자 르네 데카르트(René Descartes)의 휴머니즘이다. 이것은 종종 '인도주의'와 동의어로 사용되는 일본어 휴머니즘과는 달리 인간을 중심으로 하는 사상을 가리킨다. 데카르트는 인간의 이성에 주목하여, 신을 중심으로 두었던 이전의 세계관이나 상식을 쇄신하였다. '코기토 에르고 숨(나는 생각한다. 고로 나는 존재한다.)'이라는 너무나 유명한 테제는 신체감각이나 감성, 신앙, 상식 등 모든 것을 회의한 결과 도출된 것이었다. 즉 최종적으로 의심할 수 없는 것이란 생각하고 있는 나의 존재 자체였던 것이다. 데카르트에게 인간이란 합리적으로 생각하는 이성을 가진 존재이며 바로 이런 의미에서 동물과 근본적으로 구별되어야 하는 것이었다. 이러한 인간 고유의 본질적 특성을 발견하고, 이것을 세계의 중심에 두는 사고방식은 칸트를 비롯한 서양철학의 전제가 되어 (서양근대) 사회의 상식 내지는 지도원리로서 확립되어 갔다.

이러한 휴머니즘 사상은 특히 19세기 이후 많은 논자에 의해 비판받기 시작한다. 청년 카를 마르크스(Karl Marx)와 프리드리히 엥겔스(Friedrich Engels)는 공저 『독일 이데올로기(Die Deutsche Ideologie)』(1845)의 서두에서 "인간들은 지금까지 항상 자기 자신에 대해, 자기들이 무엇인지 혹은 무엇이 되어야 하는지에 대해 잘못된 관념을 만들어왔다."[2]라고 서술한다. 마르크스는 인간이 역사나 정치, 사회관계로부터 독립적으로 존재하는 것이 아니라, 여러 물질적 조건의 영향을 강하게 받고 이에 의존하는 것으로 파악했다. 지그문트 프로이트(Sigmund Freud)는 『정신분석 강의 (Vorlesungen zur Einführung in die Psychoanalyse)』(1917)[3]에서 휴머니즘이라는 '단순한 자만심'은 코페르니쿠스의 지동설과 다윈의 진화론에 의해 두 차례 타격을 받았다고 말한다. 그는 인간의 활동은 부분적으로는 무의식적인 심리적 과정에 의해 지배되고 있다는 입장을 제시함으로써, 인간의 회의가 온전히 의식적이고 합리적이라는 데카르트적 휴머니즘의 입장을 상대화했던 것이었다.

이러한 비판은 20세기 중반 새로운 안티휴머니스트 이론가들에게 계승되면서 더욱 활성화된다. 예를 들어 루이 알튀세르(Louis Althusser)는 『마르크스를 위하여(Pour Marx)』(1965)[4]에 수록된 「마르크스주의와 휴머니즘(Marxisme et humanisme)」(1963)에서 인간 주체는 사회적으로 구축된다고 제시한 마르크스의 논의를 높이 평가하고, 휴머니즘을 단순한 이데올로기로 비판하였다. 자크 라캉(Jacques Lacan)은 프로이트 이후 정신분석이 프로이트의 '에고' 논의를 활용하면서 휴머니즘으로 후퇴해가는 경향에 비판적이었다. 그는 『에크리(Écrits)』(1966)[5]에서 휴머니스트의 전통적인 논의 속에서 인간 존재의 중심 따위는 더 이상 발견할 수 없으며, 무의식이 이것에 '코페르니쿠스적 전회'를 가져온다는 입장을 취했다. 미셸 푸코(Michel Foucault)는 『말과 사물(Les Mots et les Choses)』(1966)[6]의 서문 첫머리에서 작가 호르헤 루이스 보르헤스(Jorge Luis Borges)의 텍스트[7] 가운데 「어떤 중국 백과사전」의 「동물」 항목에서 실재 동물과 상상 세계의 동물이 병치된 이상한 상황을 인용하면서, 어떠한 분류를 확실한 것으로 간주할 때에 우리가 전제로 하는 지반 그 자체를 문제화한다. 거기서부터 그는 19세기 이후 근대적 인간과학의 기원을 물으면서 '인간의 종언'을 선언하였다. 이 선언은 '인간'이라는 개념이란 어느 역사적 순간=계기에서 휴머니스트가 발명했던 것으로 이것이 의거하는 특정한 시대나 사회의 고유한 지식의 틀(에피스테메, episteme)이 장래에 변경되면 자연스럽게 '인간'이라는 발명품 역시 소멸되지 않으면 안 된다는 주장이었다.

한편 헤겔(Hegel)이나 후설(Husserl), 하이데거(Heidegger) 등의 형이상학적 휴머니즘 비판에 비판을 가한 것은 자크 데리다(Jacques Derrida)였다. 그는 『철학의 여백(Marges de la philosophie)』(1972)에 수록된 「인간의 목적=종언(Les fins de l'homme)」(1968)에서 안티휴머니스트들의 사상이 본질상 인간중심주의적이라고 비판했다. 그는 "인간의 종언에 대한 사상은, 형이상학 속에, 인간의 진리에 대한 사상 속에, 항상 이미 사전에 기입되어 있다"라고 하면서 이들 안티휴머니즘 논의를 탈구축하였다. 더욱이 데리다 사후에 출판된 강연집 『동물을 따른다, 고로 나는 (동물로) 존재한다(L'animal que, donc, je suis)』(2006)는 오늘날 포스트휴먼적 사상, 특히 '문학에 있어서 동물'을 고찰하는 데에 있어 주요한 비평이론의 하나가 되고 있다.

동물론

동물연구(animal studies)는 인문사회과학, 자연과학의 구별을 막론하고 다양한 분야에서 횡단적으로 연구되고 있는 비교적 새로운 학문영역으로 문학 연구에서는 주로 작품에서 동물의 표상이 초점이 된다. 예를 들어 작품에서 동물의 의인화 혹은 인간의 동물적인 성격의 묘사는 기존에 당연시되어 온 동물에 대한 인간의 우위성을 다시 묻고, 〈탈인간중심주의적〉으로 인간과 동물의 관계성을 다시 고찰하도록 한다. 이러한 관점에 설 때에 중요한 비평이론으로 참조되는 것은 조르조 아감벤(Giorgio Agamben)의 『열림 – 인간과 동물(L'aperto: L'uomo e l'animale)』(2002)과 자크 데리다의 『동물을 따른다, 고로 나는 (동물로) 존재한다』이다.

아감벤은 신학, 생물학, 철학 등의 언설을 통해 동물적인 것과 인간적인 것의 〈분단〉의 계보를 더듬고 있다. 그는 분류학의 시조 칼 폰 린네(Carl von Linné)가 인간이 가진 종(種)으로서의 특징을 스스로 인간으로 인식하는 것에서 찾았다고 설명하면서, '인류학 기계(anthropological machine)'라는 장치를 도입하고 개념화한다. 이 개념은 인간과 동물의 경계선을 획정하는 것에서 비로소 '인간'이 규정되고 산출되는 것처럼, 근본적으로 형이상학적이고 정치적인 하나의 조작이다. 그리고 이 개념은 인간과 동물 사이에 분절화가 발생할 수밖에 없는 〈미확정 영역〉을 마련하는 것에 의해 기능한다. 책의 제목이기도 한 '열림'이란 하이데거가 '세계'에 열릴 수 있는 현존재로서 인간의 근원적 존재 양태를 파악한 말로, 동물과의 근원적 차이를 두드러지게 하는 것이다. 그러나 아감벤은 이것을 인류학적 기계의 적용이 공중에 떠버린 예외적 순간으로 읽어낸다. 인류학 기계의 정지라는 상황은 발터 벤야민(Walter Benjamin)이 즐겨 사용했던 '정지상태' 내지 '중간휴지'로 파악할 수 있다. 거기에서는 인간과 동물의 〈사이〉에서 단순한 분할선이나 경계선이라고 하는 것 이상의 '공허'가 동물적 삶도 아니고 인간적 삶도 아닌 〈벌거벗은 삶〉을 드러나게 하는 것이다.

데리다의 저서는 반려묘에게 벌거벗은 몸을 보인 것, 그리고 그것을 부끄러워한 것에 대한 자전적 고백으로부터 시작한다.『창세기』의 기원 설화에서는 동물에게 이름을 지어주면서 '인간이 된다.' 동물에게 '보인' 경험은 그 이전의 상황으로 인간을 돌려보내는 '완전한 타자'의 도래로, 이로부터 '나란 무엇인가'라고 물을 수밖에 없는 반응이 이어진다. 데리다는 아리스토텔레스(Aristotle) 이후 서양철학 내지 사상, 특히 데카르트, 칸트(Kant), 레비나스(Levinas), 하이데거의 논의가 동물을 응당 '보다'의 대상으로 간주하였고, 동물에게 '보이다'라는 경험은 주제화하지 못했다는 점을 검토한다. 데리다의 입장은 인간과 동물의 사이에 통상 조정(措定)되고 있는 단절을 말소하는 것도 그 단절을 소박하게 시인하는 것도 아니다. 그의 입장은 그 단절을 '한계수사(limitrophy)'라고 불리는 경험으로서, 즉 우리가 '인간이라고 부르는 바의 것'과 '동물이라고 부르는 바의 것' 사이의 경계를 분할 불가능한 하나의 선이 아니라 복수적이고 과도하게 접힌 '심연상(深淵狀)'으로서 파악하는 것이다.

데리다의 논의는『포스트휴머니즘이란 무엇인가?(What is Post-humanism?)』(2010)를 비롯하여 캐리 울프(Cary Wolfe)가 최근 적극적으로 몰두하고 있는 동물 연구에도 계승되고 있다. 특히 이 저작에 수록된「언어·표상·종(Language, Representation, and Species)」에서는 대니얼 데닛(Daniel Dennett)으로 대표되는 인지과학이 전제로 하는 인간중심주의사상을, 데리다의 동물론을 포함한 여러 논의에 입각하여 비판하고 있다. 데리다가 앞의 책에서 논의한 것과 같이, 공리주의 철학자 제레미 벤담이 동물에 대하여 사고나 언어 능력을 가지는가(avoir)가 아니라 '고통받는 것이 가능한가'라는 관점에서 묻는 것은 동물에 대한 질문이 여러 역능(pouvoir)에 의해서가 아니라, 수동성, 즉 비-힘(non pouvoir)에 의해 질문되고 있다는 것을 의미한다. 울프에 의하면 포스트휴머니즘이란 우리들 사고의 근사치에서 인간 아닌 것을 파악하는 것이 아니라 우리가 그런 태도와는 다른 하나의 사고에 이르는 것, 겸허함을 증대하는 것이며, 우리와 다르게 사는 〈주체〉들이 편재하는 이 세계 안에서 사는 것을 수반하는 것이다.

생성

질 들뢰즈(Gilles Deleuze)와 펠릭스 가타리(Félix Guattari)는 소수자가 지배적인 다수의(major) 언어 안에 있으면서 그것을 비켜서 '탈영토화'하는 문학을 '소수 문학(minor literature)'이라고 불렀고 그 적극적인 정치성을 높이 평가한다. 이러한 '소수 문학'으로서 읽히는 프란츠 카프카(Franz Kafka)의 「변신(Die Verwandlung)」에서 인간이 〈동물이 된다〉라는 특이한 상황은 오늘날 포스트휴머니즘의 여러 논의에서 중요 개념으로 되고 있는 '생성변화'의 한 예로서 읽을 수 있다. 이 개념의 배경에는 심리주의 내지 신비주의적으로 읽히기 쉬운 앙리 베르그손(Henri-Louis Bergson)의 철학으로부터 들뢰즈가 끌어낸 〈잠재적인 것〉의 존재론이 있다. 베르그손에 의하면 잠재적인 것은 현실적(actual)인 것은 아니지만 실재적(real)인 것으로 시간의 분할불가능한 흐름(지속) 가운데에서 부단히 그 본연의 모습을 변용시켜 가는 것이다. 들뢰즈는 여기에 라이프니츠(Leibniz)에 의해 도입된 '미분'의 개념, 즉 주름으로서 무한소(無限小)에 접혀진 〈미규정인 것 그 자체〉를 접합하여 난세포나 뇌의 시냅스 연관을 원형으로 생성변화하는 생명의 존재 방식을 제시한 것이었다. 잠재적인(virtual) 것이 현실적인 것으로 이행하는(=현세화 現勢化) 과정에 대해 베르그손은 생명의 약동(élan vital)으로 그 신비성을 유지했다면, 들뢰즈는 어디까지나 유물론적 원리를 도입함으로써 연속성을 담보하고 있다.

신유물론을 제창하는 마누엘 데란다(Manuel DeLanda)의 『강도의 과학과 잠재성의 철학(Intensive Science and Virtual Philosophy)』 (2002)[8]은 카오스 이론을 비롯한 과학철학의 관점에서 들뢰즈의 존재론을 재구성한 것이다. 데란다는 유사, 자기동일성, 아날로지, 대립이라는 원리에 의해 위계(hierarchy)를 이루는 전통적 존재론에 거리를 두면서, 잠세적(潛勢的, potential)이고 강도적(强度的)인 생성변화에 대해 사고하는 들뢰즈의 철학에 기초하여 '평평한 존재론(flat ontology)'이라는 입장을 제시하였다. 또한 『사회의 새로운 철학(A New Philosophy of Society)』(2006)[9]에서도 들뢰즈의 집합체 이론에 의거하여, 사회적 존재가 여러 부분의 관계에서 구축되는 '관계내재적'인 것이 아니라고 보았다. 그는 사회적 존재가 우리의 관념으로부터 어느 정도 자율적인 '집합체'이며, 집합체의 부분은 관계에 외재적으로 자율성을 가지고, 어떤 집합체로부터 다른 집합체에 접속하는 것이 가능하다는 입장을 제시하였다. 데란다와 공통된 테제를 가지는 것은 아니지만, 신유물론을 제창하는 로지 브라이도티(Rosi Braidotti) 역시 들뢰즈의 영향 아래에서 페미니즘 이론에 관한 저작을 집필하고 있다. 논의의 범위를 페미니즘으로부터 확장한 『포스트휴먼(The Posthuman)』(2013)[10]에서는 현대적 상황이나 과제와 대응시키면서 일원론적 생기론을 기반으로 하여 동물, 비생물, 기계적인 존재 속에서 인간을 포착하는 포스트휴머니즘 구상을 제시하고 있다.

제인 베넷(Jane Bennett)은 서양정치학 전통에서 인간주체에 종속적으로 간주되어 온 물질이 정치과정에서 활발한 역할을 담당하고 있다는 것, 행위주체성은 인간고유의 특질이 아니라는 것을 주장하면서, 물질과 생명, 수동적 객체와 능동적 주체라는 전통적인 구분을 재고한다. 특히 『생동하는 물질(Vibrant Matter)』(2010)[11]에서는 물질이 인간의 의지를 방해할 뿐만 아니라, 스스로의 경향성에서 행위자처럼 운동하는 모습을 '생기적 물질성 (vital materiality)'이라는 개념으로 제시하였다.

베넷은 스피노자(Spinoza), 아도르노(Adorno), 베르그손, 들뢰즈나 가타리 등 서양철학의 생기론적 전통에 의거하면서 자신이 '새로운 애니미즘적 존재론'으로 명명하는 입장을 제시하고, 물질의 행위주체성, 나아가서는 주체성 그 자체를 고찰하고 있다. 이러한 생기적 물질성이라는 논의는 사변적 실재론자의 한 사람으로 꼽히는 이아인 해밀턴 그랜트(Iain Hamilton Grant)의 연구에서도 중요하다[→ 270쪽 사변적 유물론/실재론]. 그는 『셸링 이후의 자연철학(Philosophies of Nature After Schelling)』(2006)에서 칸트의 상관주의에 대한 비판으로서 독일 관념론을 대표하는 철학자 프리드리히 셸링(Friedrich Schelling)이 '자연철학'을 전개하고 있었음을 읽어내고 있다. 그랜트에 따르면 칸트에 의해서 세계는 〈세계 그 자체〉와 〈현상하는 세계〉로 결정적으로 분단되었고 〈자연 그 자체〉는 철학적 사고의 영역에서 배제된 것이다. 다른 한편 셸링의 자연철학은 그러한 분단에 대한 거절을 지향하고 있으며, 여기에서의 물질성은 활동에 있어서만 존립하는 것으로서 동태적으로 파악되고 있다.

행위자-네트워크 이론

브뤼노 라투르(Bruno Latour)를 중심으로 창안된 행위자-네트워크론(Actor Network Thoery, 줄여서 ANT)이란 인간과 비·인간(사물, nonhuman object)에 행위자로서 동등한 주체성(agency)을 부여하고 양자의 상호행위에서 사회와 자연, 나아가 '실재(實在)'까지도 네트워크로 구성되어 가는 것을 나타내는 이론이다. 여기서 열쇠가 되는 방법론이 '인류학적 고찰'이다. 이는 단순히 라투르 자신이 자연과학 실험실 등의 현장을 파고들어 현장조사(field work)를 수행하였다는 사실에 그치지 않는다. 인류학자가 어떤 대상 사회에 대한 민족지(ethnography)를 쓰듯, 모든 역할, 행위, 능력이 편중 없이 분포하는 장(場)에 토대를 두고 현장에서 움직이는 여러 힘을 대칭적으로 다루면서 여러 요소 사이의 연관된 성질을 계속 주시하는 태도를 유지하는 것이다. ANT를 기초로 하는 과학적 실천이나 실재의 재검토는 『젊은 과학의 전선 – 테크노사이언스와 행위자-연결망의 구축(Science in Action: How to Follow Scientists and Engineers through Society)』(1987)[12]이나 『판도라의 희망 – 과학기술학의 참모습에 관한 에세이(Pandora's Hope: Essays on the Reality of Science Studies)』(1999)[13]에서 다루어지며, 과학론의 범위를 넘어 '근대'라는 문제를 파고든 저작이『우리는 결코 근대인이었던 적이 없다(Nous n'avons jamais été modernes)』(1991)[14]이다. 라투르에 따르면 근대라는 말은 다음과 같은 상호의존관계에 있는 두 종류의 실천을 나타낸다고 한다. 우선 자연(사물의 영역)과 문화(인간의 영역)의 혼합으로부터 완전히 새로운 유형의 이종 혼합물이 만들어지는 네트워크의 과정인 '번역'. 그리고 '번역'를 뒷받침하면서 자연과 문화, 인간과 비인간처럼 존재론적으로 독립된 두 영역이 만들어지는 과정인 '순화'. 근대론자, 혹은 스스로를 근대인으로 인식하는 이들은 이 가운데 '순화'의 작용에만 눈을 돌린다고 한다. 이러한 논의 위에서 〈비근대론〉, 즉 '근대'가 허구라는 것, 우리는 적어도 근대론자가 말하는 의미에서의 '근대인'이었던 적은 한 번도 없었다 라는 테제가 도출된다. ANT나 비근대론은 '인류학의 존재론적 전회'라는 동향을 담당하는 중요한 논의인 동시에 사회과학이나 예술의 영역, 문학 연구, 그리고 객체지향 존재론을 비롯한 포스트휴머니즘적인 철학적 논의에도 영향을 미치고 있다.

일본에 있어서 존재론적 전회

일본의 문학 연구에서 포스트휴머니즘적 논의는 사이언스 픽션이나 에코크리티시즘, 동물 연구 등의 영역에서 점점 중요성을 띠고 있다. 한편으로 포스트휴머니즘의 이론 구축에 적극적으로 가담하고 있는 움직임으로서 주목되는 것은 문화인류학자들에 의한 '일본에서의 존재론적 전회(Japanese turn)'이다. 이 말은 인류학 국제학술지 『HAU』에 2012년 발표된 특집논문 제목에서 유래됐다.[15] 『야생의 엔지니어링』 등의 저서를 출판한 모리타 아쓰로(森田敦郎)가 집필자로 참여한 이 논문은 일본의 문화인류학자가, 브뤼노 라투르를 비롯한 서구 인류학의 존재론적 전회에 관심을 가지게 되기까지의 계보, 개개의 연구 관심에 입각한 내적 필연성을 그리고 있다[→ 263쪽 행위자-네트워크 이론]. 이러한 움직임은 모리타 자신의 글도 실린 가스가 나오키(春日直樹) 편집의 단행본 『현실비판의 인류학』(2011)에서 촉발된 것으로, 이 논문집을 통해 현대 일본 문화인류학자들이 존재론적 전회의 동향을 어떻게 받아들이고 각각의 논의를 전개하고 있는지의 일단을 알 수 있다. 예를 들어 구보 아키노리(久保明教)는 「세계를 제작=인식한다」에서 존재론적 전회의 논자로 간주되는 라투르와 알프레드 젤(Alfred Gell)의 논의를 검토하고 그들이 관계론적인 존재론을 기반으로 하여 인식론에서 퇴각하는 것이 아니라 오히려 존재론과 인식론의 접합을 실현하고 있다고 논한다. 나아가 이러한 관계론적 존재론은 잠재적으로 무한한 가능성에 열려 있는 동시에, 그것이 어떠한 행위를 통해서 현실적인 유한으로 접어든다는 의미에서 세계가 그때마다 '가설(假設)'된다는 입장에 서 있다고 설명한다. 이시이 미호(石井美保)는 「주술적 세계의 구성」에서 젤의 『예술과 에이전시(Art and Agecy)』(1998)가 제기한 주물론(呪物論)을 참조하면서 그녀가 가나 남부와 남인도의 현장에서 만난 주술적 혹은 신성한 세계의 위상이 사람들의 신념 속에 있는 것이 아니라 사람의 신체나 사물, 영(靈)이나 신과 같은 여러 요소 사이의 밀접한 연관을 통해 형성되는 것임을 보여준다. 그리고 그것이 어떻게 의식이나 인지 이전 인간의 신체 활동을 통해 '현실'로서 살아갈 수 있는지 검토하고 있다. 젤이 인간의 의도나 추론이라고 하는 인식의 작용에 초점을 맞추고 있다면, 이시이는 그러한 측면의 중요성을 인정하면서도 사람과 사물의 주술적 연관 본연 상태에서는 인간에 의한 조작을 초월한 우발성이나 예측 불가능성 또한 불가결하다는 것을 제시하고 있다.

객체지향 존재론

객체지향 존재론(Object-Oriented Ontology, 줄여서 OOO)이란 사변적 실재론자의 중심인물 중 한 명으로도 알려진 그레이엄 하먼(Graham Harman)의 논의를 비롯한 대상=사물지향적 접근(approach)을 포괄하기 위해 레비 브라이언트(Levi Bryant)가 명명한 용어이다. 하먼은 OOO 성향의 논자로 브라이언트, 이언 보고스트(Ian Bogost), 티머시 모턴(Timothy Morton)을 꼽고 있다.

하먼은 첫 저작 『도구존재 − 하이데거와 대상의 형이상학(Tool-Being: Heidegger and the Metaphysics of Objects)』(2002) 이래 일관되게 자신이 '객체(object) 지향 철학'이라고 부르는 입장에 서있으며, 특히 『쿼드러플 오브젝트(The Quadruple Object)』(2011)[16]를 지금까지와 향후 자기 사상의 축도로 규정한다. 이 저작에서 하먼은 이전까지 철학에서처럼 대상을 환원주의적으로 파악하는 것이 아니라 네 가지 극(실재적 대상, 실재적 성질, 감각적 대상, 감각적 성질)의 상호관계로부터 이해한다. 감각적 대상은 의식에 나타나는 모든 대상을 가리키며, 매번 다르게 보이는 감각적 성질을 갖는다. 실재적 성질은 감각적 대상이 그 자신이기 위해 필요한 성질이지만, 이것을 갖춘 실재적 대상은 감각적 대상으로부터 물러나 있어 결코 직접 접근(access)할 수 없다. 그것은 다수의 감각적 성질과 모호한 형태로 융합함으로써 어디까지나 암시될 뿐이다. 그리고 이 네 극의 조합과 관계성에서 시간·공간·본질·형상 등의 형이상학적 범주(category)가 도출된다.

브라이언트는 『객체들의 민주주의(The Democracy of Objects)』(2011)[17]에서 자신의 입장을 개개의 대상과 관련하여 '온티콜로지(Onticology)'라고 부르며 존재 자체를 묻는 '존재론(ontology)'과 구별한다. 그가 지지하는 마누엘 데란다의 '평평한 존재론'에서는 하먼과 마찬가지로 대상은 물러난 것이며 모든 대상을 포괄하는 전체적인 세계는 존재하지 않는다[→ 259쪽 생성]. 게다가 모든 대상은 동일한 존재론적 신분을 가지며 거기서 인간은 특권적 지위를 차지하지는 않는다. 브라이언트는 여러 점에서 하먼의 객체 지향 철학에 동의하지만, 대상의 숨은 성질을 잠재성(virtuality)으로 파악하는 점, 그리고 대상 간의 비관계성이 아닌 상호작용을 적극 중시한다는 점에서 하먼과 견해를 달리한다.

보고스트는 대개념인 주체(subject)를 상기시키고 물질성을 포함하는 대상(object) 대신 '유닛(unit)'이라는 말을 사용한다. 『유닛 오퍼레이션 – 비디오 게임 비평의 시도(Unit Operations: An Approach to Videogame Criticism)』(2006)에서는 비디오 게임 비평을 수행하면서 문학이론과 정보 처리를 융합시킨 '문학 기술 이론'을 제시한다. 이 이론에 따라 비디오 게임뿐만 아니라 시, 문학, 영화, 예술 등 모든 매체는 연결된 의미의 유닛으로 읽힐 수 있음을 보여준다.『에일리언 현상학, 혹은 사물의 경험은 어떠한 것인가(Alien Phenomenology, or What It's Like to Be a Thing)』(2012)[18]에서는 OOO의 입장을 더욱 전면에 내세우며 모든 존재는 상호작용하고 함께 경험하지만, 그 경험은 인간의 이해력에서 물러나 은유에 기초한 사변을 통해서만 접근할 수 있다고 서술한다. 나아가 그는 비디오 게임 디자이너인 자신의 경험을 바탕으로 형이상학자는 존재론에 대해 생각하고 쓸 뿐만 아니라 사물을 구성해 존재론을 시연해야 한다고 당부한다.

셸리 등 낭만주의 문학 연구에서 출발한 모턴은『자연 없는 생태학적 철학을 향하여 – 환경미학을 다시 생각한다(Ecology without Nature: Rethinking Environmental Aesthetics)』(2007)에서 종래의 생태 사상에서 인간과 대립적으로 포착되어 상찬된 '자연' 개념의 문제성을 지적하고, 그러한 협의의 자연을 초월하여 분위기처럼 '둘러싼 것'으로서 생태를 재인식하고 있다. 이어지는『하이퍼 객체 – 세계 종말 이후의 철학과 생태학(Hyperobjects: Philosophy and Ecology after the End of the World)』(2013)과『리얼리스트 매직 – 객체, 존재론, 인과율(Realist Magic: Objects, Ontology, Causality)』(2013)에서는 OOO를 도입해 독자적인 환경철학을 전개하고 있다. 특히 전자의 저작에서 그는 사물에 관한 이때까지의 관점으로는 파악할 수 없을 정도로 시간적으로나 공간적으로 광대한 대상을 '하이퍼 객체(hyper object)'라고 부른다. '하이퍼 객체'는 실존철학이 말하는 '죽음'처럼 어디까지라도 우리에게 달라붙는 '점성'을 가지고 방대한 시간의 스케일(scale)로 서서히 변화하면서 3차원 이상의 위상공간에 존재한다. 이 때문에 인간의 인식은 국소적일 수밖에 없으며 '전체'를 파악하는 것은 불가능해진다. 또한 그것은 상호객체성(interobjectivity)을 가지며 인간의 상호주관성(intersubjectivity)도 그 일부로 하는 광대한 비인간적 대상 간 상호작용 망(網)의 눈(目)을 이루고 있다고 간주된다.

사변적 유물론/실재론

오늘날의 천체물리학자와 지질학자들은 우주와 지구의 연대를 수학적 형식으로 말할 수 있다. 퀑탱 메이야수(Quentin Meillassoux)는 『유한성 이후(Après la finitude)』(2006)[19]에서 이렇게 이야기할 수 있는 종 혹은 지구상 생명의 출현에 앞선 모든 현실을 '선조

(先祖) 이전적(以前的)'이라고 부르며, 이러한 언명은 칸트 이래 철학적 사고인 '상관주의'와 양립할 수 없다고 주장한다. 상관주의란 인간은 자신의 사고와 어떤 식으로든 상관관계가 있는 대상만 사고할 수 있다는 입장이다. 물자체의 인식은 완전히 금지하되 즉자적인 것의 사고 가능성은 유지하는 칸트의 초월론성(超越論性)이 '약한' 상관주의인 데 반해, 양자를 부정하는 비트겐슈타인(Wittgenstein)이나 하이데거 등의 논의는 '강한' 상관주의라는 것이다. 이에 대해 메이야수가 제시하는 입장이 사변적 유물론, 즉 사고를 거치지 않는 존재가 절대적 실재라는 유물론이다. 여기서는 '사실론성(事實論性)'으로 불리는 사실성의 절대화가 관건이다. 즉 이 세계가 실제로 이와 같은 자연법칙 위에 성립되어 있는 것은 전적으로 우연적이며, 필연적인 이유가 결여되어 있다는 것을 인정하는 것이다. 또한 그의 논문·강연·인터뷰를 모은 『망령의 딜레마』(2018)에 수록된 문학론 「형이상학과 과학 밖 소설」[20]에서는 실험과학이 성립하는 세계를 상정하는 사이언스 픽션과 대비하여 사실론성이 적용되는 세계를 다루는 것을 과학 밖 소설(fiction)이라고 부르며 구별하고 있다.

사물 그 자체를 주제화하는 시도를 상관주의 비판이라는 모습으로 추구한 『유한성 이후』는 사변적 실재론의 정전적 존재가 되었다. 사변적 실재론이란 메이야수, 레이 브라시에(Ray Brassier), 이아인 해밀턴 그랜트, 그레이엄 하먼 등 4명이 모인 2007년 런던대 골드스미스 칼리지의 워크숍을 계기로 한 사상조류이다. 이를 명명한 브라시에는『풀려난 허무 – 계몽과 절멸(Nihil Unbound: Enlightenment and Extinction)』(2007)에서 메이야수의 '선조 이전성' 보다 급진적(radical)인 비상관성을 담보하는 개념으로서 태양의 절멸이 보여주는 '사후성(事後性)'을 고찰하고 있다. 사변적 실재론은 네 사람의 입장 사이에 차이나 대립이 나타나기 때문에 하나의 철학적 동향이라고 부르기 어렵다. 하지만 하먼은『사변적 실재론 입문(Speculative Realism: An Introduction)』(2018)[21]에서 각 논자의 논의를 정리하면서 이 조류를 이끌고 있다.

자연과 문화

최근 '인류학에 있어서의 존재론적 전회'라고 불리는 사상 조류에서는, 자연과 문화라고 하는 이항 대립 도식의 상대화가 주제가 되고 있다. 이 전회를 이끄는 논자들이 중시하는 것이 1960년대에 시작된 구조주의 열풍의 불쏘시개, 클로드 레비-스트로스(Claude Lévi-Strauss)이다. 그는『야생의 사고(La Pensée sauvage)』

(1962)[22]에서 주술적이며 신화적인 혹은 감각소여에 기반한 '미개인'의 사고를 논리적 오류로 판단하지 않고, 그것을 오히려 '문명인'의 일상적 지적 작업이나 예술활동에서도 중요한 역할을 완수하는 '야생의 사고'라는 개념으로 파악한다. 그리고 '야생의 사고'는 해당 사회에서 개념체계의 형태를 가지며, 자연과 문화 각각의 서로 다른 수준(level)에 속하는 메시지 사이의 교환가능성 또한 실현한다. 이처럼 자연과 분리된 인간상을 구축하기보다는 오히려 자연의 연속적 실재 속으로 인간 주체를 해체해 나가는 그의 논의는 포스트구조주의적 비판을 거치면서도 여전히 후세 연구자들의 지적 발상을 자극해 왔다.

레비-스트로스의 가르침을 받은 필리프 데스콜라(Philippe Descola)는 『길들여진 자연(La Nature domestique)』(1986)에서 에콰도르의 아추아르(Achuar) 사회를 현장 조사(filed work)하여, 아마존의 밀림은 손대지 않은 자연이 아니라 원주민들이 손을 더하여 그 생태 환경을 구축해 왔으며, 야생 영역과 인간의 거주 공간을 매개하는 광대한 인터페이스(interface)로서 기능하고 있다는 것을 그려냈다. 또한 『자연과 문화를 넘어서(Par-delà nature et culture)』(2005)에서는 세계 각지의 민족지(ethnography)를 인간과 비인간이 '내면성'과 '신체성'을 공통으로 하는가, 아닌가라는 축에 따라 분석하여 서양 근대에 특징적인 '자연주의', 비서양 문화권에서 많이 나타나는 '애니미즘'과 '토테미즘', 그리고 고대 중국과 중세 유럽에서 볼 수 있는 '유추주의(analogyism)'라는 네 가지

유형을 도출하고 있다. 또한『자연과 사회 – 인류학적 전망(Nature and society: anthropological perspectives)』(1996) 수록 논문「자연의 구축 – 상징생태학과 사회적 실천(Constructing Natures: Symbolic Ecology and Social Practice)」에서는 인간과 비인간은 서로에게 자율적인 것이 아니라 그들 존재를 그렇게 구축하는 관계를 통해서만 의미나 정체성을 갖는다고 주장한다. 브뤼노 라투르는 인간과 비인간의 관계성을 기능적 네트워크로서 기술하였다[→263쪽 행위자-네트워크 이론]. 하지만 데스콜라는 '구조현상학'을 제창하면서, 분류도식과 양식의 호환성 및 비호환성에 의해 구조화되는 조합의 짝(set)으로 인간과 비인간의 관계성을 기술한다.

데스콜라와 같은 시기 브라질을 현장으로 인류학적 연구를 수행한 에두아르두 비베이루스 지 까스뜨루(Eduardo Viveiros de Castro)는 구조주의적 분석을 계승하면서 들뢰즈와 가타리에 의한 포스트구조주의 성과인 다원적 생성변화의 존재론을 도입해 관점주의(perspectivism)를 제시했다. 관점주의란 아마존의 원주민 사상, 나아가 아메리카 대륙 원주민의 사고를 설명하는 개념이다. 생태계 내에서 포식자와 피포식자라는 관계성은 고정적이지 않고 유동적이며, 그에 따라 주체와 객체의 위치는 항상 변화한다. 관점주의는 인간과 비인간을 불문하고 서로 다른 유(類)의 주체가 포식관계를 중심으로 각각 특정한 관점(pespective)을 통하여, 즉 인격을 수반하여 현실을 이해하고 있다는 입장이다. 그리고 이는 하나의 자연에서 다수의 견해(문화)가 나누어지는 다문화주의가 아니라 하나의 견해(문화)에서 다수의 자연이 나누어지는 다자연주의(多自然主義, multinaturalism)로 연결된다. 이러한 논의는 데스콜라가 토테미즘과 대칭적으로 정식화한 애니미즘 관념에 호응할 뿐만 아니라 레비–스트로스가 『야생의 사고』에서 토템적 체계의 모델과 자연/문화 간의 호환적인 모델의 상보관계를 논의하고 있는 가운데서도 맹아적으로 나타난다. 하지만 자연과 문화 사이의 역동적인 역학에 주목한 비베이루스 지 까스뜨루의 이론적 틀에 특히 결정적인 영향을 미치고 있는 것은 브뤼노 라투르의 근대성에 대한 논의이다. 『식인의 형이상학 – 탈구조적 인류학의 흐름들(Metafísicas caníbales: Líneas de antropología postestructural)』(2009)[23]에서는 타자의 세계를 서양적인 틀을 이용하여 설명하지 않음으로써 그 실재화를 도모하는 '식인의 형이상학'을 제시한다. 또한 관점주의나 다자연주의 논의를 토대로 서양 형이상학과는 다른 개념 창조의 방법으로 레비–스트로스로부터 라투르와 메릴린 스트래선(Marilyn Strathern) 등에 이르기까지의 인류학의 구조주의적 계보, 자연과 문화의 이원론을 다시 묻는 이론적 계보를 그려내고 있다[→276쪽 사이보그].

이러한 인류학적 연구 가운데 최근 문학 연구에서도 이용되고 있는 것이 에두아르도 콘(Eduardo Kohn)의 『숲은 어떻게 생각하는가 – 인간적인 것을 넘어선 인류학을 향하여(How Forests Think: Towards an Anthropology Beyond the Human)』(2013)[24]이다. 콘은 에콰도르 아마존 지역에 사는 루나족 사람들의 생활 실천을 연구하여 인간, 동물, 정령, 자연 등의 '여러 자기(自己)'가 열대우림을 무대로 복잡한 그물 상태의 생태계를 구성하고 있다는 논의를 찰스 샌더스 퍼스(Charles Sanders Peirce)의 기호론을 통해 전개하고 있다. 이 논의는 문학작품을 비롯한 서사(narrative)에서 동물에 초점을 맞춘 데이비드 허먼(David Herman)의 『인간적인 것을 넘어선 서사학 – 스토리텔링과 동물의 삶(Narratology Beyond the Human: Storytelling and Animal Life)』(2018)에서 인간을 중심으로 하지 않는 서사의 분석틀로서 발전적으로 사용되고 있다.

사이보그

"우리는 이미 사이보그다"라는 센세이셔널한 언명으로 알려진 도나 해러웨이(Donna Haraway)의 「사이보그 선언(A Cyborg Manifesto)」(1985)은 생물학, 페미니즘 이론, 정보공학이나 노동관계론 등 다방면에 걸친 관심에 근거한 논문집 『유인원, 사이보그, 그리고 여자(Simians, Cyborgs and Women)』(1991)[25]에 수록되어 있다. 이 논문은 발표 당시 기술결정론에 대한 당혹감과 찬반 논란을 불러일으켰고, 또한 포스트페미니즘 시대의 도래를 알리는 글로서 다른 분야에 영향을 미쳤다. 정보공학의 발전으로 사회적 관계가 변화하면서, 이때까지 사회운동이 의거해온 각종 정체성은 더 이상 단결의 근거가 될 수 없게 되었다. 이러한 상황에서 사이보그, 즉 생체와 기계로 구성된 혼성적 창조물의 이미지는 무척 유용하다. 사이보그는 지금까지의 페미니즘 이론(정신분석이나 마르크스주의, 급진적(radical) 페미니즘 등)이 의거하는 어떠한 원초적 통일이나 자연과의 일체화라는 환상을 깨뜨린다. 사이보그는 역사적으로 구축된 '여성'을 동일성이 아닌 유연성(類緣性)으로 파악하도록 하고, 부분적 시각을 가진 단독자로서의 '그녀'들이 집합적으로 연결되는 새로운 이미지를 제공한다[→ 371쪽 페미니즘 운동과 문학에의 영향]. 해러웨이는 이를 비평이론으로도 전개하고 있으며 사이보그 선언 후반부에서는 페미니스트 사이언스 픽션(feminist science fiction)으로 불리는 작품군을 다루면서 작품 속 등장하는 사이보그들의 성차(性差) 논리를 독해한다.

이 같은 해러웨이의 사이보그 논의는 분야를 넘어 민족지(ethnography) 이론에도 채택되었다. 민족지가 인류학자들에 의해 어디까지나 '창작'된 것임이 폭로된 1980년대로부터 1990년대, '인류학의 위기'로 불리는 시대에 멜라네시아를 연구한 메릴린 스트래선은『부분적인 연결들(Partial connections)』(1991)[26]을 발표하면서 민족지가 가진 포스트모던적 측면을 강조했다. 그녀에 따르면 전통적으로 인류학자들은 세계가 본래 복수의 존재로부터 구성되어 있다는 자연관을 전제로, 이를테면 경제적 분석으로부터 정치적 분석으로, 혹은 한 사회로부터 복수 사회의 비교로 분석 시각을 전환함으로써 대상에 대한 이해를 심화하였다. 하지만 포스트모던적 전환으로 나타난 개념은 통일적 전체의 부분이 아니라, 그 자체 주름과 복잡성을 가진 하나의 완결된 우주로 대상을 파악한다. 그리고 이러한 복수성에 대응하는 이미지로서 해러웨이의 사이보그를 활용한다. 사이보그는 신체와 기계라는 상이한 부분이 내부의 연결을 유지하면서도 그것들이 작용하기 위한 여러 원리가 단일한 시스템을 형성하지 않고, 일체성 관념을 지향하지도 않는다. 분석 시각의 전환을 통해 그려낸 멜라네시아 문화와 그로부터 나타난 개념 역시 단순히 전체성의 단편(斷片)이 아니라 각각 사이에서 유사한 패턴이 반복적으로 나타난다는 의미에서 연결된다. 그녀는 스스로 '메로그래픽(merographic)'이라고 형용하는 자신의 산문적인 글쓰기를 통해, 시작의 원리나 계통적 이해에 의해 전개되는 정보나 논의를 굳이 절단하는 민족지를 실천하고 있다.

다른 한편, 1980년대에는 가까운 미래에 인간의 지성을 훨씬 넘어선 인공지능이 출현할 것이라는 특이점(singularity) 가설이 제창되어 오늘날 더욱 주목을 받고 있다. 유발 노아 하라리(Yuval Noah Harari)는 『호모 데우스(Homo Deus)』(2015)[27]에서 오늘날 끊임없이 집적되고 접속하는 빅데이터를 통해 인간은 뇌와 신체를 업그레이드하고 초인 내지 신성을 획득한 '호모 데우스'가 되는 것이 가능해진다고 말한다. 전세계적으로 800만 부 이상 판매된 전작 『사피엔스(Sapiens)』(2011)[28]는 석기시대부터 21세기까지의 인간의 역사를 돌아보면서 인간이 세계를 지배할 수 있었던 이유는 모든 종 가운데 인간만이 자신의 행복을 추구하기 위해 신이나 국가, 화폐나 인권 등 상상된 것(허구)을 믿고 행동할 수 있었기 때문이라고 말한다. 『호모 데우스』는 이러한 역사관에 근거하여 17세기 휴머니즘을 통해 세계의 지배권이 신에서 인간으로 넘어갔듯이 수십 년 정도의 가까운 미래에는 그 권리가 다시 데이터(data)로 이양되고 인간은 스스로 감당할 수 없을 정도로 복잡해지고 거대해진 데이터에 지배될 것이라는 미래를 예측하고 있다. 한편 하라리는 데이터와 인간의 본질적 차이도 지적한다. 그에 따르면 공학이나 생명과학은 생물이란 알고리즘이고 생명이란 데이터 처리라는 사고를 바탕으로 한다. 하라리는 공학이나 생명과학에 의해 발전하는 데이터로는 해명불가능한 인간의 특징인 '의식'에 주목할 것을 호소한다.

1

가즈오 이시구로, 김남주 역,
『나를 보내지마』, 민음사, 2009.

2

카를 마르크스·프리드리히 엥겔스,
김대웅 역, 『독일 이데올로기』,
두레, 2015, 43쪽.

3

지그문트 프로이트, 임홍빈 외 역,
『정신분석 강의』(프로이트전집 개정판),
열린책들, 2020.

4

루이 알튀세르, 서관모 역,
『마르크스를 위하여』, 후마니타스, 2017.

5

자크 라캉, 홍준기 외 역,
『에크리』, 새물결, 2019.

6

미셸 푸코, 이규현 역,
『말과 사물』, 민음사, 2012.

7

호르헤 루이스 보르헤스, 정경원 역,
「존 윌킨스의 분석적 언어」, 『만리장성과
책들』, 열린책들, 2008.

8

마누엘 데란다, 이정우 외 역, 『강도의 과학과
잠재성의 철학』, 그린비, 2009.

9

마누엘 데란다, 김영범 역,
『새로운 사회철학 – 배치 이론과 사회적
복합성』, 그린비, 2019.

10

로지 브라이도티, 이경란 역,
『포스트휴먼』, 아카넷, 2015.

11

제인 베넷, 문성재 역,
『생동하는 물질』, 현실문화, 2020.

12

브뤼노 라투르, 황희숙 역,
『젊은 과학의 전선 – 테크노사이언스와
행위자-연결망의 구축』, 아카넷, 2016.

13

브뤼노 라투르, 장하원 외 역,
『판도라의 희망 – 과학기술학의 참모습에
관한 에세이』, 휴머니스트, 2018.

14

브뤼노 라투르, 홍철기 역, 『우리는 결코
근대인이었던 적이 없다』, 갈무리, 2009.

15

Casper Bruun JENSEN & Atsuro MORITA,
"Anthropology as critique of reality:
A Japanese turn", *HAU: Journal of
Ethnographic Theory* 2(2): 358–70.

16

그레이엄 하먼, 주대중 역,
『쿼드러플 오브젝트』, 현실문화, 2019.

17

레비 브라이언트, 김효진 역,
『객체들의 민주주의』, 갈무리, 2021.

18

이언 보고스트, 김효진 역,
『에일리언 현상학, 혹은 사물의 경험은
어떠한 것인가』, 갈무리, 2022.

19

퀑탱 메이야수, 정지은 역,
『유한성 이후 – 우연성의 필연성에 관한
시론』, b, 2010.

20

퀑탱 메이야수, 엄태연 역,

『형이상학과 과학 밖 소설』, 이학사, 2017.

21

그레이엄 하먼, 김효진 역,

『사변적 실재론 입문』, 갈무리, 2023.

22

레비-스트로스, 안정남 역,

『야생의 사고』, 한길사, 1996.

23

에두아르두 비베이루스 지 까스뜨루,

박이대승·박수경 역, 『식인의 형이상학 –

탈구조적 인류학의 흐름들』, 후마니타스,

2018.

24

에두아르도 콘, 차은정 역,

『숲은 생각한다』, 사월의책, 2018.

25

도나 해러웨이, 「사이보그 선언문 – 20세기

과학, 기술, 그리고 사회주의적-페미니즘」,

『유인원, 사이보그, 그리고 여자』, 동문선,

2002; 도나 해러웨이, 황희선 역, 「사이보그

선언 – 20세기 후반의 과학, 기술, 그리고

사회주의 페미니즘」, 『해러웨이 선언문』,

책세상, 2019.

26

메릴린 스트래선, 차은정 역,

『부분적인 연결들』, 오월의봄, 2019.

27

유발 하라리, 김명주 역,

『호모 데우스 – 미래의 역사』, 김영사, 2017.

28

유발 하라리, 조현욱 역,

『사피엔스』, 김영사, 2015.

이시쿠라 도시아키(石倉敏明)

「오늘날의 인류학 지도 – 레비스트로스에서 '존재론의 인류학'까지」,
『현대사상』 44권 5호, 세이도샤, 2016.

이이모리 모토아키(飯盛元章)

「포스트휴머니티즈(Posthumanities)의 사상지도와 소사전」,
『현대사상』 47권 1호, 세이도샤, 2018.

오쿠노 가쓰미(奧野克己)·이시쿠라 도시아키(石倉敏明) 편

『Lexicon 현대인류학』, 이분샤, 2018.

히가키 다쓰야(檜垣立哉)

『들뢰즈 입문』, 지쿠마서방, 2009.

요시카와 야스히사(芳川泰久)·호리 치아키(堀千晶)

『들뢰즈 키워드』, 세리카서방, 2008.

제8장

환경과
문학

이소베 사토미
磯部理美

최근 급속히 다양화되는 지구 환경 문제를 배경으로 인류학, 윤리학, 역사학, 종교학, 인문지리학 등의 여러 분야에서 '환경인문학'이 발전하고 있다. 이러한 복수의 영역에 걸친 학제적 환경에 대한 시선은, 1990년대 이후의 문학비평에서도 '에코크리티시즘(ecocriticism)' 및 '환경비평'으로 발전을 거듭해 왔다. 영문학에서의 목가적 전통이나 낭만파의 시를 대상으로 하는 영문학 연구를 원류로 하는 초기 에코크리티시즘에는 문학작품에 나타난 '장소'에 대한 애착 또는 '(원생적) 자연=황무지'에 대한 관심이 강했다. 그러나 자연문학작품으로 과도하게 경도되는 문제나 '자연/문화'의 이항대립 같은 문제점이 보호주의적 환경주의의 정당성과 함께 서서히 물음에 부쳐지면서, 이후에는 종래의 '자연'보다 넓은 주제를 포함하는 '환경'에 대한 관심영역이 확대되기 시작했다. 현재에도 다른 여러 이론이나 사상적 조류로부터 영향을 받으며 종래의 로컬(local)한 언설을 글로벌(global)한 언설로 통합하는 발걸음 속에서, 환경과 문학을 둘러싼 논의와 대화의 플랫폼이 창조되고 있다.

환경과 문학

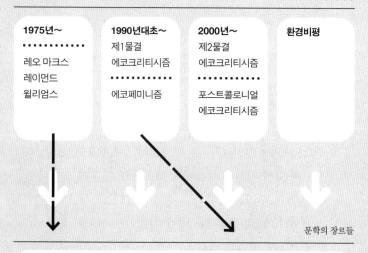

1975년~
· · · · · · · · · · · ·
레오 마크스
레이먼드
윌리엄스

1990년대초~
제1물결
에코크리티시즘
· · · · · · · · · · · ·
에코페미니즘

2000년~
제2물결
에코크리티시즘
· · · · · · · · · · · ·
포스트콜로니얼
에코크리티시즘

환경비평

문학의 장르들

목가 (pastoral)
· · · · · · · · · · · ·

에드먼드 스펜서
윌리엄 블레이크
윌리엄 워즈워스
새뮤얼 테일러 콜리지

유토피아/디스토피아
· · · · · · · · · · · ·

토머스 모어, 윌리엄 모리스
조지 오웰

네이처 라이팅 (nature writing)
야생의 표상
· · · · · · · · · · · ·

헨리 데이비드 소로, 랠프 월도 에머슨
존 뮤어, 알도 레오폴드, 에드워드 애비
애니 딜러드

동물문학
· · · · · · · · · · · ·

허먼 멜빌
어니스트 헤밍웨이

포스트콜로니얼 / 소설 / 시 / 영화 / 희곡
아동문학 / 에세이 / 논픽션 등 모든 장르

인류세/환경인문학

2002년 노벨화학상 수상자인 독일의 대기화학자 파울 크뤼천 (Paul Crutzen)은 인류의 각종 활동이 지구 전체의 생태계나 기후에 대해 막대한 영향을 미침으로써 1만1700년 전에 시작된 홀로세(Holocene)는 이미 종언을 고했으며, 우리는 지금 '인류세 (Anthropocene)'를 살아가고 있다고 말한다. 인류가 배출하는 이산화탄소 등의 온실가스가 지구의 평균기온이나 해수면 상승 등 심각한 지구환경의 변동을 초래하고, 이에 대한 위기감을 실제 증거를 통해 인식하게 되었다. 이러한 상황에서 기후변동의 인위적 요인이 지층에 남긴 흔적을 통해 새로운 지질연대 구분을 제창한 것이 인류세 개념이다. 이 개념은 화학, 생물학, 생태학과 같은 과학 영역뿐 아니라 사회학, 역사학, 문학과 같은 다양한 분야의 연구자 사이에서 급격히 퍼지고 있다.

온난화의 요인이 인위적 기원에 바탕을 두고 있으며 손상된 토양이나 생물다양성의 회복이 곤란하다는 과학적 사실을 눈앞에 두고도, 여전히 각국 정부는 하나같이 발본적인 기후변동 대책에 착수하지 않고 경제성장을 추구하고 있다. 이러한 적극적인 무관심에 대하여 환경보호론자인 그레타 툰베리(Greta Thunberg)가 보여주는 항의활동은 전세계에 커다란 반향을 불러일으키고 있다. 경제발전에 의해 지구의 자원이 착취되어 왔다는 사실을 상기하면, 크리스토프 보뇌이(Christophe Bonneuil)·장 바티스트 프레쏘(Jean-Baptiste Fressoz)가 지적하듯이 역사적 개념으로서의 인류세는 지질학적 사건임과 동시에 정치적 사건이기도 하다. 그들은 환경의 이변이나 비판 세력을 정치적으로 무력화하고, 지속불가능성을 표준화해 버리는 '탈억제(脫抑制, disinhibition)'의 역사야말로 인류세의 역사 그 자체이며, 우리에게 필요한 것은 지구를 조금이라도 거주 가능한(habitable) 상태로 유지하고 인간을 곤궁하게 하는 원인을 제거하거나 대재해의 발생을 '억제'하는 방법에 대해 배우는 것이라고 역설한다.

나오미 클라인(Naomi Klein)은 『이것이 모든 것을 바꾼다 – 자본주의 대 기후변동』(2014)[1]에서 인위적 기원을 가진 기후변동의 원흉은 자본주의형 경제 그 자체라고 말하며, 경제발전을 추구해온 끝에 도달한 불가피한 귀결이 바로 인류세가 의미하는 바라고 논한다. 클라인은 '채취/착취주의'라고 이름 붙인 지구와의 비상호적 관계가 인류세와 불가분한 것이라고 지적한다. 크뤼천과 유진 스토머(Eugene Stoermer)가 "인간에 기인하는 스트레스에 대항하여, 생태계를 지속가능성으로 이끌 수 있도록 세계 규모로 인정된 전략을 발전시키는 것이 장래 인류에게 부여된 중대한 임무 중 하나일 것이다"라고 말한 대로, 인류세는 지속가능성(sustainability)이나 SDGs(Sustainable Development Goals, 지속가능 발전목표)에 관한 논의와도 결부된 다양한 관점에서 검토되어야 할 문제이다. 역사학자 디페시 차크라바르티(Dipesh Charkrabarty)는 인류세를 생각할 때, 인간이 자연에 손상을 입혀온 데 대한 비판이라는 도덕적인 관점과, 인간의 역사를 지구 생명의 역사의 일부로 보려는 존재론적 관점이라는 두 종류의 사고방식이 있다고 설명한다. 그는 인류세를 일원화·균질화를 추진해온 세계화(globalization) 개념과 대비시키며, 인류세가 전제로 하는 '단일성', 즉 지구나 인류를 단일한 것으로 파악하는 점에 대해 지적했다.

인류세라는 개념이 전제로 하는 것은, 인간의 손이 미치지 않는 야생의 자연의 소멸이나 부재를 시사하는 '포스트자연'이라는 문제 영역이다. 이를 통해 인간과 자연을 이원론적으로 파악해온 근대 서양문화권의 인간관이나 세계관, 나아가 인간의 이해나 행동의 기반이 되는 사조나 이념에 대한 근원적인 문제제기가 이루어지고 있다. 이러한 움직임의 배경에는 1960년대부터 역사연구를 비롯해 인문학 제 분야에서 심화되어 온 환경연구를 원류로, 2010년대 이후에 학제적인 형태로 발전해온 '환경인문학(environmental humanities)'의 존재가 있다. 지금은 많은 학문 분야가 '환경'이라는 이름을 내거는 가운데, 환경인문학은 데이터나 통계 등의 실증적인 방법에 의거하는 환경학으로는 정량화되기 어려운 인간과 환경의 관계 양상이나 그 역사적 경위를 둘러싼 물음, 자연이나 환경에 관한 가치관·윤리관을 형성하는 문화적·철학적·언어적인 짜임새를 탐구하는 시도로서 발전해오고 있다. 이러한 인문학 제 분야를 횡단하는 대화는 '인간'이라는 개념 자체나 그것을 떠받치는 세계의 근간에 대해 재고하고, 그것을 명확히 표현하고 제시하기 위한 중요한 접근이라 할 수 있다.

인류세를 둘러싼 논의는 다양한 영역에서 발전하는 환경인문학과 밀접하게 결부되면서, 우리 인간이 살아가는 리얼리티에 대한 물음을 던지고 인류가 생존할 수 있는 토양으로서의 지구를 둘러싼 절박한 문제로 전개되고 있다.

에코크리티시즘/환경비평

태고의 옛날부터 문학이나 예술 영역에서는 자연환경 및 인간과 환경의 관계 묘사에 언제나 강렬한 관심을 가져왔다. 생태학(ecology)이나 철학에서 생태적인 사상을 도입한 문학비평인 에코크리티시즘은 문학 및 문학 연구가 환경에 대한 관심이나 배려, 또는 환경에 관한 제 문제의 이해나 고찰에 크게 공헌할 수 있다는 신념 아래, 최근 급속하게 발전을 거듭하고 있다. 자연과의 공감적 관계를 새롭게 인식하는 것에 무게를 두면서 다양한 표현수법을 통해 나타나는 환경표상의 고찰·분석을 행하는 에코크리티시즘은, 문학의 주체를 인간에서 환경으로 이행시키고, 종래의 인간중심주의적인 문학 연구를 환경중심주의적인 것으로 전환하는 흐름에 있어 매우 중요한 비평의 조류라고 할 수 있다.

1978년, 윌리엄 루컷(William Rueckert)은 『문학과 생태학 – 에코크리티시즘의 실험』에서, 문학의 생태학 또는 생태적 시학의 의미를 담아 처음으로 에코크리티시즘이라는 어휘를 사용했다. 루컷은 문학은 축적된 에너지로서 언어를 매개로 인간의 마음에서 마음으로 순환한다고 설명하며, 게리 스나이더(Gary Snyder)나 윌리엄 포크너(William Faulkner), 월터 휘트먼(Walter Whitman), 헨리 데이비드 소로(Henry David Thoreau) 등의 문학작품이 생태계 보전에 관한 중요한 힘을 가지고 있다고 지적했다.

로렌스 뷰엘(Lawrence Buell)은 에코크리티시즘의 다양화와 대상 확대를 검토하며 이를 제1물결과 제2물결로 구분했다. 1990년대 초두에 발생하여 미국의 ASLE(문학·환경학회) 발족을 기반으로 발전한 제1물결 에코크리티시즘에서는 네이처 라이팅(nature writing)을 비롯하여, 목가적 상상력, 낭만주의 시인의 전통과 같은 비/인간적 자연(야생)을 묘사한 소설이나 시 등의 작품, 또는 그러한 자연표상에 강한 관심을 기울였다. 이러한 초기 에코크리티시즘에는 이론에 대한 저항이 엿보이는데, 그 배경에는 언어의 세계를 '현실의 반영'으로 파악하는 당시의 생태비평적 견해가 있었다. 이는 세계를 언어학적·이데올로기적 구축물로 파악하는 포스트구조주의 및 탈구축의 관점과는 상반된 것이었다.

2000년대 초반에 등장한 제2물결 에코크리티시즘에서는, 보다 이론적인 태도로 접근하며 자연/문화의 이원론을 비롯한 종래의 비평이 지닌 시점(視點)과 방법을 되묻는 움직임이 일어났다. 그렉 가라드(Greg Garrard) 등에 의해 비판의 대상이 된 제1물결 에코크리티시즘의 중요한 문제점 중 하나는, 야생(wilderness)에 대한 과도한 찬미의 경향이었다. 이러한 움직임에 따라, 에코크리티시즘은 자연을 묘사한 문학만이 아니라 대도시나 산업화를 제재로 한 문학에도 강한 관심을 나타내게 되었다.

또한 인도의 역사학자인 라마찬드라 구하(Ramachandra Guha)는 1989년, 미국 중심의 네이처 라이팅을 비평대상으로 삼아왔던 종래의 에코크리티시즘에 식민지화에 따른 환경의 변천을 역사화하는 트랜스내셔널한 시점을 도입하는 것이 중요하다는 점을 강조했다. 이것을 출발점 삼아, 구식민지 사회에서 식민지적 유산을 분석하는 포스트콜로니얼리즘 연구를 배경으로 식민지화로 인한 장소의 변모에 환경적 시점을 도입한 포스트콜로니얼 에코크리티시즘이 전개되었다. 프란츠 파농(Frantz Fanon), 에드워드 사이드(Edward W. Said), 에두아르 글리상(Édouard Glissant), 가야트리 스피박(Gayatri Spivak)의 이론이 채용되면서, 목가에 대한 재독해를 비롯해 인도계 영국인 작가 V. S. 나이폴(V. S. Naivpaul)이나 카리브해 출신의 자메이카 킨케이드(Jamaica Kincaid), 존 쿳시(J. M. Coetzee) 등의 작품 독해가 시도되었다. [→ 243쪽 포스트콜로니얼 에코크리티시즘]

2005년에 뷰엘은 사회의 이데올로기나 제도가 교착하는 혼종적(hybrid) 영역으로 환경을 바라보는 비평으로서, 에코크리티시즘을 대체하는 환경비평(environmental criticism)이라는 새로운 명칭을 제창하였다. 2009년에는 조니 아담슨(Joni Adamson)이나 스콧 슬로빅(Scott Slovic)에 의해 제3물결 에코크리티시즘의 방향성으로 민족성 및 비교/다문화주의적인 시점을 도입한 비평방법이 제안된 이후, 우르줄라 K. 하이제(Ursula K. Heise) 등에 의해 제시된 피난소적(避難所的) 생태지역주의를 비롯한 새로운 비평 경향이 나타났다. 나아가 2012년에는 슬로빅에 의해 제4의 물결이라고도 할 만한 물질주의적 경향에 대한 분석도 나타났으며, 인류세라는 새로운 시대를 맞은 현재 시점에서 에코크리티시즘의 역사적 조류나 이후의 방향성이 검토되고 있다.

동물과 인간/(탈)인간중심주의

에코크리티시즘에서 동물의 표상은 매우 중요한 역할을 해 왔다. 인간과 동물은 항상 밀접한 관련을 맺으면서도 그 사이에는 명확한 경계가 그어졌으며, 그 관계성의 다양한 존재 방식이 문학을 비롯한 예술로 표상되어 왔다. 모든 동물 중에서도 특히 문학적 상상력을 이끌어낸 것은 거대한 포식동물이라고 할 수 있을 것이다. 허먼 멜빌(Herman Melville)의 『모비딕(Moby-Dick)』(1851)[2], 어니스트 헤밍웨이(Ernest Hemingway)의 『노인과 바다(The Old Man and the Sea)』(1952)[3]처럼 바다를 무대로 한 이야기부터, 어네스트 톰슨 시튼(Ernest Thompson Seton), 조지프 러디어드 키플링(Joseph Rudyard Kipling), 게리 스나이더 등의 작품에서 고래나 이리, 곰 등과 만나는 장면은 자연과 문화가 대치하는 계기로 전경화되어 왔다.

인문과학에서 동물에 대한 논의가 주로 대상으로 삼아 왔던 것은 동물 표상의 문화적 분석이나 동물의 권리에 관한 철학적 고찰처럼 동물과 인간의 관계성에 대한 물음들일 것이다. "동물의 해방은 인간의 해방이기도 하다." 철학자 피터 싱어(Peter Singer)

는『동물 해방(Animal Liberation)』(1975)에서 이와 같은 관점에 입각하여 인간과 동물의 관계, 또는 동물의 권리 그 자체에 대한 철학적 고찰을 시도했다. [→ 256쪽 동물론] 원래 흑인해방운동으로 대표되었던 "인종이나 성과 같은 자의적 특징에 기반한 편견과 차별에 종지부를 찍도록 요구하는" 해방운동을 배경으로 쓰인 『동물 해방』은, 1970년대 후반부터 활성화되어 현재도 세계 각국에서 일어나고 있는 동물 권리 운동의 기폭제가 되었다. 또한, 영국 미술평론가 존 버거(John Berger)는 논문「왜 동물들을 구경하는가?(Why look at animals?)」(1980)에서 동물원에 있는 동물이 항상 관찰당하는 존재로 인간이 가진 지식욕의 대상이 된다는 점에 주목하며, 동물과 인간의 관계성의 중심에 위치하는 '관찰'이라는 행위가 권력의 한 형태임을 지적했다.[5] 20세기 후반 이후 심층생태학(deep ecology)을 비롯하여 인간중심주의에 대한 비판적 고찰이 다양하게 이루어지면서, 이러한 저작은 탈인간중심주의를 제창하는 사상적 동향의 중요한 사례로 평가받게 된다.

역사학자 린 화이트(Lynn White, Jr.)는『기계와 신(Machina ex Deo - Essays in the Dynamism of Western Culture)』(1968)에서, "인간의 권리는 인간 외의 생물의 권리에 우선한다"는 사상에 대해 지구환경을 둘러싼 문제들과의 관계성을 통하여 논의하면서, 인간과 자연의 관계를 재고하기 위한 중요한 토대를 구축했다. "기독교는 고대 이교 및 동양의 종교와는 절대적으로 다르게 인간과 자연의 이원적 대립관계를 만들어내었을 뿐만 아니라, 인간이 자신의 목적을 위해 자연을 착취·개발하는 것은 신의 의지라고 강조했다." 화이트는 중세 유럽에서도 보이는 환경파괴는 이처럼 기독교에 의해 암묵적으로 전제되고 정당화된 자연착취로부터 초래되었다고 비판하면서 자연의 상위에 인간을 두는 기독교적 사상의 인간중심주의적인 측면을 지적했다. 이후 키스 토머스(Keith Thomas)는 『인간과 자연계(Man and the Natural World)』(1983)에서, 근대의 인간과 동식물을 포함한 자연과의 관계에 재차 주목하면서 인간중심주의 사조가 어떻게 형성되었는지 논의했다.

페미니즘 사상가로도 알려진 도나 해러웨이(Donna Haraway)는 동물연구와 식민주의가 유사관계에 있음을 지적하면서 영장류학의 역사를 분석하고, 원숭이나 유인원을 관찰하는 행위가 유럽에서 사회적·문화적 규범의 구축과 깊은 관련이 있음을 밝혔다. 해러웨이의 『영장류의 시각(Primate Visions: Gender, Race, and Nature in the World of Modern Science)』(1989)은 영역을 횡단하는 획기적인 동물 표상의 문화적 분석으로 평가받는다. 나아가 해러웨이는 『반려종 선언(The Companion Species Manifesto)』(2003)에서, 개와 같은 반려동물이나 말과 같은 사역동물을 인간의 '반려'로 포착하며 착취가 아닌 동물과의 공동적인 친족관계를 고찰함으로써 인간과 동물의 관계를 재정의했다.[6] [→276쪽 사이보그]

또한 교육학자 야노 사토지(矢野智司)는 『동물도감을 둘러싼 모험 - 동물-인간학 강의』(2002)에서, 레비-스트로스(Lévi-Strauss)의 토테미즘론이나 조르주 바타이유(Georges Bataille)의 사상을 채용하여 미야자와 겐지(宮沢賢治) 등의 작품에 나타나는 '역(逆) 의인법'을 분석함으로써, 동물과의 만남을 필요로 하는 인간의 본질을 다각적으로 탐구했다. 야노가 인간학의 본질을 동물과의 관계에 관한 사상으로 발견하고 동물을 "인간이 세계와의 관계를 근본적으로 변용시키는 새로운 차원의 문을 여는 열쇠"로 파악하는 것처럼, 동물과 인간과의 관계는 에코크리티시즘이나 환경비평의 영역뿐 아니라 다양한 분야에서 자연과 환경에 관한 문제들과 근원적으로 결부되는 중요한 주제라고 할 수 있다.

네이처 라이팅

에코크리티시즘은 자연환경과 인간의 대화나 교류, 공생을 테마로 하여, 그 과정에서 인간중심주의의 재고를 촉구하는 '환경문학'을 비평의 대상으로 삼아 왔다. 그중에서도 미개척의 자연공간인 원생자연, 즉 야생을 기술하는 일인칭 형식의 논픽션 작품을 말하는 네이처 라이팅은 미국문학의 중요한 장르 중 하나였다. 로렌스 뷰엘의 구분에 따른 '제1물결' 에코크리티시즘에서는 야생 표상에 대한 주목, 근대화가 인간에게 가져다준 폐해, 혹은 자연과 인간의 관계에 대한 성찰을 중심으로, 이러한 주제의 자연 에세이인 네이처 라이팅이 그 관심의 중심을 차지하고 있다.

토마스 J. 라이온(Thomas J. Lyon)은 『이 비교할 수 없는 땅 – 미국 네이처 라이팅 소사(This Incomparable Lande: A Book of American Nature Writing)』(1989)에서, 네이처 라이팅의 주요한 특징으로 다음의 세 가지 요소를 들고 있다. 박물지에 관한 정보, 자연에 대한 작자의 감응, 자연에 대한 철학적 고찰. 라이온은 자연에 관한 독자의 주의를 환기하고 독자의 생태학적 의식을 환기한다는 점에서 네이처 라이팅의 의의를 찾는다.

90년대 이후 다양하게 정의되어온 네이처 라이팅에 대해 문학 장르로서의 인식이 확립되고 그것이 미국 대학의 커리큘럼으로 편입되기 시작한 것은 20세기 후반의 일이다. 대표적인 네이처 라이팅으로는 헨리 데이비드 소로가 호숫가의 독거생활을 기록한 『월든(Walden)』(1854)[7], 사막의 자연을 환상적이고 신비적으로 묘사하면서 환경파괴의 근원에 있는 인간중심적인 인간의 우월성에 문제를 제기한 에드워드 애비(Edward Abbey)의 『사막의 낙원(Desert Solitaire)』(1968), 강변이나 산의 사계절에서 보이는 온화한 변화를 시적으로 기술한 애니 딜러드(Annie Dellard)의 『자연의 지혜(Pilgrim at Tinker Creek)』(1974)[8], 북극권의 풍경과 인간이 영위해온 역사를 그린 배리 로페즈(Barry Lopez)의 『북극을 꿈꾸다(Arctic Dreams)』(1986)[9] 등을 거론할 수 있다. 그 중에서도 소로의 『월든』은 철도가 개통된 호숫가와 숲이라는 미국적인 토포스(topos)가 지닌 모순을 전경화하고, 사계절의 명상과 자연경제를 모델로 하는 사회에 대한 관점에 입각하여 진보를 상찬하는 언설에 대한 대항서사(counter narrative)를 형성한다. 이로부터는 생태학적 위기나 자연과의 공생 같은 네이처 라이팅의 근간을 이루는 사상과 감성을 읽어낼 수 있다.

네이처 라이팅 중에는 자연과의 교감(correspondence)을 그려내는 것이 많다. 환경문학 연구에서 말하는 교감이란 자연과 인간 사이의 조응, 호응, 유사, 일체화와 같은 대응관계 또는 그러한 관계를 발견하는 감각 및 사고를 가리킨다. 지금까지의 교감론은 자연과 인간 사이에 어떠한 대응관계가 구축될 수 있는가 하는 시점에서 다양한 교감의 가능성을 고찰해 왔다. 특히, 인간과 자연, 또는 인간과 인간 아닌 것 사이의 교감을 통해, 인간의 감정이나 내면을 자연 속에서 독해하고, 인간세계와 외부세계의 사건 사이에 있는 조응관계를 발견해 왔다. 근대적인 감성에 있어서 교감 개념의 틀을 형성하는 데 기여해온 것으로 평가되는 소로나 그의 사상에 커다란 영향을 미친 랠프 월도 에머슨(Ralph

Waldo Emerson)의 작품은 자연을 자기의 내면을 반영하는 거울, 또는 초월적인 의미를 읽어내기 위한 매개로 바라보며 교감을 그린 것으로 평가받는다. 한편, 애비나 딜러드 같은 20세기 이후의 네이처 라이팅 작가들은 교감이 지닌 인간중심주의적인 측면을 인식하고, 교감을 '타자'로서의 자연 그 자체와의 만남의 계기로서 파악하며 그 한계를 둘러싼 사색을 통해 자연에 접근하고자 한다.

미국 풍토가 지닌 압도적인 대자연이 낳은 네이처 라이팅 장르와 관련해서는 그 미국적 특성이 강조되어 왔지만, 일본에서의 교감 연구도 활발히 진행되고 있다. 노다 겐이치(野田研一)는『교감과 표상(交感と表象)』(2003)에서, 자연과 인간의 교감적 관계를 기술하는 네이처 라이팅은 환경에 관한 문제들에 가장 구체적이고 영속적으로, 그리고 근원적으로 관여하는 장르이며, 이 장르가 보다 보편적인 의의를 가진다는 점을 시사하고 있다. 야마자토 가쓰노리(山里勝己)는『장소를 살다(場所を生きる)』(2006)에서 장소의 감각을 기축으로 한 고찰을 통해 네이처 라이팅을 '장소의 문학'으로 재정의하며, 동양과 서구의 사상적 융합성을 시사하고 있다. 교감이라는 관점을 비롯한 자연과 인간의 커뮤니케이션에 관한 문제는 현재 다양한 영역을 횡단하는 환경인문학 분야에서 고찰되고 있다.

공간과 장소/장소의 감각

"개개의 인간은 몸 주위의 공간이나 환경에 대해 의미를 부여하면서 살아간다." 지리학자 에드워드 렐프(Edward Relph)는 『장소와 장소상실(Place and Placelessness)』(1976)[10]에서 인간이 '살아온' 경험에 의한 의미부여를 통해 분절된 공간으로 '장소(place)'를 파악하며 장소와 인간의 관계를 고찰했다. 렐프는 '장소성(placeness)'을 환경적, 사회적, 현상학적 측면에서 복합적으로 구성되는 장소의 성질이라 간주한다. 또 한편으로는 대량생산과 상업주의가 진행된 현대의 소비사회에서 장소가 본래 가지고 있던 다양한 의미나 환경적합성이 결락되고 있음을 지적하며 인간적 규모를 일탈한 대중성을 지닌 장소들이 '디즈니화', '박물관화', '미래화'와 같은 현대의 '몰장소성(placelessness)'의 특징을 지녔음을 고찰했다. 동시기에 발표되어 이 분야의 대표작으로 손꼽히기도 하는 이-푸 투안(Yi-Fu Tuan)의 『공간과 장소(Space and Place: The Perspective of Experience)』(1977)[11]에서는 공간(space)과 장소(place)를 상호의존적인 것이라고 보며 개인적 감정, 사회적 관계, 지리학적 특징 등 인간적 의미에 의해 특징지어진 공간으로서 장소를 파악하고 있다. 투안은 공간에 지식과 가치가 부여됨으로써 장소가 되며, 인간의 신체감각에 의한 직접적 경험에 따라 특정 장소의 '장소 감각(sense of place)'이 획득된다고 설명했다. 인간은 장소와의 관계 속에서 스스로의 정체성을 확립하고, 그 장소에 대한 상세한 지식이나 기억을 축적한다. 장소 감각은 인간과 인간이 살아가는 환경과 그 사이의 근원적인 연결을 의미하는 중요한 개념이라 할 수 있을 것이다.

장소에 관한 인간의 경험을 그려온 문학이나 예술작품을 대상으로 하는 에코크리티시즘에서는, 이렇듯 인문지리학에서 논의되어 온 장소 개념에 항상 커다란 관심을 기울여 왔다. 특히 초기 에코크리티시즘에서는 스스로가 거주하고 생활을 영위하는 장소인 로컬(local)한 지역 규모의 장소 애착에 관한 미학과 윤리에 가치를 두었기 때문에 웬델 베리(Wendell Berry)나 게리 스나이더 같은 환경작가·비평가들이 그러한 사상을 기반으로 장소의 자연환경을 그린 에세이인 네이처 라이팅이 커다란 영향력을 가졌다. 대표적인 것이 바로 소로의 『월든』이다. 소로가 미국의 월든 호수에 2년간 거주하면서 그곳의 로컬리즘을 제시한 것을 계기로, 특정 장소에서 얻은 장기간의 경험이 그 토지의 환경을 이해하는 데 중요한 요소로 여겨지게 되었다.

이처럼 '제1물결' 에코크리티시즘에서는 앞에서 말한 것과 같은 '생태(생명)지역주의(bio-regionalism)'적 사조를 기반으로 로컬(local)한 토지에서의 장소 감각에 관한 분석이 이루어졌다. 한편

존 다니엘(John Daniel)은 정주할 장소를 가지지 않는 것을 좋아하는 작가로 에드워드 애비나 존 뮤어(John Muir) 등을 들며, 장소 감각을 중시하는 종래의 경향이 지닌 폐해를 설명했다. 문학 연구의 세계화가 진전됨에 따라, 로컬한 토지나 지역적인 것에 주목해온 종래 에코크리티시즘 시점에 의문을 던지며 생물다양성의 소실이나 기후변동과 같은 글로벌한 환경문제가 논의되는 가운데 에코크리티시즘에 새로운 시점의 필요성이 요구되었다. 2000년대 초반에는 포스트콜로니얼 에코크리티시즘을 비롯하여, 로컬한 언설과 글로벌한 언설을 통합하는 시도가 나타났다. [→243쪽 포스트콜로니얼 에코크리티시즘]

에코크리티시즘의 일인자인 우르줄라 K. 하이제는 『장소의 감각과 행성의 감각(Sense of Place and Sense of Planet)』(2008)에서 환경 문학의 장소 감각에 대해 논의하며, 그 중심적 기축이었던 로컬리즘을 상대화하기 위한 코스모폴리타니즘의 관점에서 이를 재검토했다. 하이제는 네이션론이나 디아스포라 이론과 환경문학의 관계를 개관하고, 장소에 근접한 윤리관과 세계화로 인해 장소로부터 단절된 문화의 길항이 발견되는 현재, 양자 모두의 해방을 의미하는 '에코 코스모폴리타니즘(eco-cosmopolitanism)'을 환경에 관한 상상력을 통해 이끌 필요가 있다고 역설한다.

인간과 공간·장소를 둘러싼 테마는, 이처럼 문학뿐만 아니라 지리학이나 철학 등의 다양한 분야에서 장소론이나 풍경론과 결합되며 이론적인 확장을 보여 왔다고 할 수 있다.

목가/낭만주의/도시와 전원

'양치기'를 의미하는 라틴어에서 유래하여 목가, 전원시, 목가극을 의미하는 파스토랄(pastoral)은 고대 그리스의 테오크리토스(Theocritus)에 의해 시작되었다. 거기서 그려진 전원생활을 보다 이상화한 고대 로마의 베르길리우스(Virgil)의 『목가집』(기원전 1세기)은, 산간의 격절지(隔絶地)인 아르카디아를 무대로 자연·동식물·인간의 완전한 조화의 세계를 그렸다. 그 후 르네상스 시대에 영국에 소개된 고전적 목가 전통은, 에드먼드 스펜서(Edmund Spenser)의 시 『양치기의 달력(The Shepheardes Calender)』(1579)[12]이나 필립 시드니(Philip Sidney)의 목가적 로맨스 『아케디아(Arcadia)』(1590) 등에 의해 부활하게 되었다.

나아가 이러한 목가적 전통은 전원문학으로서 윌리엄 워즈워스(William Wordsworth)를 비롯한 영국 낭만파 시인에게 계승되어 여기서 낭만주의 문학이 발흥하게 된다. 낭만주의는 유럽 계몽주의의 영향을 받아, 윌리엄 블레이크(William Blake)의 시나 워즈워스와 새뮤얼 테일러 콜리지(Samuel Taylor Coleridge)의 시집『서정민요(Lyrical Ballads)』(1798)**13**에 의해 본격적으로 시작되었다. 블레이크는 목가의 반체제적 경향, 전원시의 반물질주의, 영국 서사시 가치관의 전통을 환상시에 도입하여 상투적인 것을 넘어선 자연시를 썼다. 19세기 초에는 조지 고든 바이런(George Gordon Byron), 퍼시 비시 셸리(Percy Bysshe Shelley), 존 키츠(John Keats) 등의 시인에 의해 낭만주의가 발전을 이어갔다. 18세기의 주류였던 고전주의 및 신고전주의에서는 개인의 심리적 상황이 아니라 보편적인 것을 제시하는 일이 중요시되었기 때문에 개인의 체험에 의거하지 않은 자연미가 그려졌으나, 이후의 낭만파 시인들이 그린 것은 시인의 심리적 상황이나 장소로 특정된 자연계의 모습이었다. 그들은 특히, 자연물과 대치할 때 숭고한 신의 존재를 느끼곤 했다.

영국 비평가 윌리엄 엠프슨(William Empson)은『목가의 몇 가지 유형(Some Versions of Pastoral)』(1935)에서 목가를 양치기만이 아니라 어린이나 노동계급의 생활을 그린 문학까지도 포함한 것으로 확장하여 해석하고, 루이스 캐럴(Lewis Carroll)의『이상한 나라의 앨리스(Alice in Wonderland)』(1865)**14**나 프롤레타리아 소설도 이 계보에 위치시켰다. 또한, 웰스 지방 노동계급 출신의 비평가 레이먼드 윌리엄스(Raymond Williams)는 『시골과 도시(The Country and the City)』(1973)[15]에서 낭만파의 시나 토머스 하디(Thomas Hardy)의 소설 분석을 통해 상보적인 개념으로서 시골과 도시의 존재 양상을 설명했다. 나아가 레오 마크스(Leopold Samuel Marks)는 미국의 목가 사상과 이데올로기의 의의를 역사적, 사회적, 문학적 시점에서 논의하면서, 헨리 데이비드 소로로 대표되는 반체제적 목가 사상이 1960년대와 70년대 좌파적 동향으로 계승되고 있음을 지적했다. 또한, 테리 기포드(Terry Gifford)는 워즈워스의 「마이클(Michael)」(1800)처럼 전통과 현실의 괴리 속에서 목가의 불가능성을 말하는 작품을 반(反)목가라고 부르며, 이후의 도시 문명 발달이나 기술의 진보로 인해 도시와 전원의 구별이 애매해진 시대의 소로, 존 뮤어, 에이드리언 리치(Adrienne Rich)에 의한 목가를 포스트-목가라고 불렀다.

낭만파 연구에 생태학의 관점을 처음 본격적으로 도입한 영국 비평가 조너선 베이트(Jonathan Bate)는 18세기 영국문학의 고전주의적 낭만주의를 개관한 후, 영문학 연구의 에코크리티시즘에 대한 관심을 불러일으키는 계기가 된 『낭만주의 생태학(Romantic Ecology)』(1991)에서 워즈워스 등의 낭만파에 환경의식의 원류가 있음을 밝혔다. 이는 신역사주의가 낭만파 시를 정치적 현실로부터 자연으로 도피하는 '이데올로기의 시'라고 평가한 데 대한 반론으로 쓰인 것이다. 여기서 베이트는 자연에 대한 관심을 정치적 이유와 결부시키는 해석에 의문을 제기하고, 에코크리티시즘의 토지윤리나 장소 감각과 같은 중요한 개념과 함께 환경의식의 전통에 워즈워스가 미친 다대한 영향을 읽어내고 있다. 이러한 작업을 비롯한 탈구축적 독해를 통하여, 낭만파 특유의 자연파악은 세계의 유기성을 강조하는 생태학적 사상을 선취한 것이라는 해석이 이루어졌다. 베이트는 나아가 『대지의 노래(The Song of the Earth)』(2000)에서 환경시학이라는 개념을 제창하며, 낭만파의 시를 시적 언어를 통한 "인간정신과 자연의 상상적 재결합"으로 재조명했다. 이러한 환경비평의 시점을 도입함으로써, 현재도 전원문학을 비롯한 도시와 전원의 문학적 재검토가 이루어지고 있다.

심층생태학/생태(생명)지역주의

노르웨이의 철학자 아르네 네스(Arne Næss)가 1973년에 제창한 환경사상의 하나인 심층생태학(deep ecology)은 생태권에서의 본질적 관계는 그물망으로 연결되고 확장되며 개개의 생명으로서의 유기체는 그 그물의 매듭을 이룬다고 하는 '생태권 평등주의(biospherical egalitarianism)'에 기초한 사고방식을 그 주장의 핵으로 삼고 있다. 네스는 환경오염이나 천연자원의 고갈에 대한 위기의식에서 비롯되어 인간의 이익이 되는 자연의 보전을 목적으로 한 환경운동은 표층적인(shallow) 것이라 하며, 그러한 표층생태학을 비판의 대상으로 삼았다. 그에 대치되는 것으로 제창된 심층생태학은 환경에 대한 이러한 인간중심주의적인 태도를 생태중심주의적 방향으로 전환시킨 것으로서, 현대사회의 가치체계를 의문시하고 환경문제에 대한 새로운 가치관의 구축을 촉구한다.

네스에 따르면, 생태권은 유기생물만이 아닌 무기물의 환경도 포함한 전체로서 구성되며, 개개의 존재는 상호 간에 관계되어 있다. 이러한 생태 관계의 태도에서 볼 때, 개개의 자기는 독립적인 것이 아니라 다른 존재와 상호의존적인 관계에 있기 때문에, 그러한 전체적인 존재인 타자와 일체화/동일화함으로써 자기/자기의식의 범위를 확대하고 자기의 실현(성장)을 도모할 수 있다. 이러한 인간의 번영으로서의 자기실현은 다른 존재의 이익을 증진시킬 수 있는 것이어야 한다. 네스는 이러한 '확대자기실현'론 안에서 커다란 생태계의 고리 속에 동일화된 자기의 존재 방식을 포착한다.

심층생태학에 밀접하게 관련된 것으로는 초기 에코크리티시즘이 중점적으로 관심을 두었던 '생태(생명)지역주의(bio-regionalism)'를 들 수 있을 것이다. 심층생태학 운동과 마찬가지로 1970년대 전반에 조직되기 시작한 생태지역주의는, 이후 북미 각지에서 다양하고 명확한 방향성을 지닌 운동으로 발전해 왔다. '생태(생명)지역(bioregion)'이란, 그 토지에 뿌리내리고 사는 사람들이 포착한 자연환경의 특징에 의해 경계가 결정되는 지역, 즉 북아메리카에서 다수 보이는 행정을 위한 직선적 구분이 아니라, 생태계적 구분을 가진 지역을 가리킨다. 생태지역주의는 이러한 생태지역 내에서 생태계에 건전하고 영속적인 자급에 기반한 지역경제나, 자치의 정신을 살린 분권적 정치 시스템, 또는 그 토지의 독자적인 문화를 길러내고자 한다. 이러한 활동은 심층생태학 운동의 사상이나 사고방식을 실제적인 영위에 응용한 것이라고 할 수 있다.

이처럼 심층생태학은 초기의 에코크리티시즘과 깊은 관계를 가지며 커다란 영향을 미쳤지만, 머지않아 많은 비판을 받게 된다. 자연을 과도하게 신비화하는 경향에 대한 지적이나, 유토피아적이고 국가·사상·경제에 관한 구체적인 이론이 없다는 비판이 그것이다. 또한 자연과의 일체감을 통해 변용되는 자아의 달성이 강조된다는 점은 생태계에 기반한 윤리나 자연에 경의를 표하는 태도와는 달리 실제로는 인간중심주의적인 것이 아니냐는 의문도 제기되었다. 또한, 하이데거 사조와의 유사성으로 인한 나치즘과의 관련성이나 그 파시즘적 측면(에코파시즘)에 대한 비판도 있었다. 그중에서도 특히 환경파괴의 기원이 되는 정치적·경제적 착취 구조에 관한 시점의 결여를 지적하는 사회생태학(social ecology)이나, 여성의 억압에 대한 의식의 결여를 지적하는 에코페미니즘의 문제제기는 심층생태학을 재고하기 위한 중요한 움직임이라고 할 수 있다.

또한, 티머시 모턴(Timothy Morton)은 『자연 없는 생태학(Ecology without Nature: Rethinking Environmental Aesthetics)』(2007)에서, 인간이 어떻게 장소를 경험하는지를 묻는 것이 중요하다고 주장하면서, 대상을 이념적인 형식에 가두어 미화하는 것이 아니라 대지에 서 있는 인간의 존재를 받아들이는 도착적(倒錯的)인 태도로서, 심층생태학적 태도와 상반되는 '암흑 생태학(dark ecology)'을 제안한다. 모턴은 생태학을 종래와 같이 자연환경이라는 객체적 대상으로 파악하는 것이 아니라 '에워싼 것'으로 개념화하고, 낭만주의가 묘사하고 심층생태학이 회복하려 한 생태학의 개념에서 '자연'을 제거함으로써 그것을 새롭게 다시 창조하는 것을 목표로 한다. [→267쪽 객체지향 존재론]

이처럼 심층생태학은 인간과 환경의 관계에 대한 탐구를 계속해나가기 위한 플랫폼으로서, 다양하고 풍부한 문화적·종교적·철학적 확장을 보여주며 계속 검토되는 중이다.

토지윤리

북미 원생자연보존운동 및 생태계관리 삼림학의 창설자인 알도 레오폴드는 『샌드카운티 연감(A Sand County Almanac)』(1949)에서, 원생자연에 대한 자애와 공감을 생생한 감성으로 기술하며 자연보호의 자세에 대한 깊은 고찰을 보여주었다. 그 안에 수록된 에세이에서 레오폴드는, 환경을 '인간이 통제하는 상품'이 아니라

'인간이 소속되는 공동체'로 포착한다. 그리고 이제껏 인간과 그 공동체에만 적용되었던 윤리의 측면을 토지(=생태계)의 범위까지 확장해야 한다고 주장한다. 인간의 이익만을 중시한 토지이용을 비판하고 인간과 생태계의 조화를 호소하는 이 토지윤리(대지윤리, land ethic) 사상은 "공동체라는 개념의 틀을 토양, 물, 식물, 동물, 나아가 결국 이것들을 통칭하는 '토지'까지 확대한 윤리"이며, 이를 통해 인간이라는 종의 역할을 "토지라는 공동체의 정복자로부터 단지 하나의 구성원, 하나의 시민으로 변화시킨다." 레오폴드는 다윈의 진화론과 생태학에 기초하여 토지윤리를 제안하고, 이렇게 환경을 살아가는 인간과 생태계 전체의 관계성에 윤리를 적용하는 것은 생태학적으로 필연성이 있는 사회적 진화라고 설명한다. 레오폴드의 사상은 과학적인 생물공동체 개념에 윤리의 전제인 인간사회의 공동체 개념을 편입시킴으로써 초기 생태학 이론에 윤리적 시점을 융합시키고, 토지윤리 또는 환경윤리의 사유 그 자체의 형태를 창안했다. 레오폴드의 사상은, 토지 이용에 관한 근대 이후의 인간중심주의적인 사고방식을 전체로서의 종, 생태 시스템, 생물 커뮤니티, 생명권, 그리고 생물의 각 개체들에 도덕적 가치를 인정하는 '생태중심주의(ecocentrism)'적 관점으로 전환시키고, 환경보호 활동을 도덕성의 영역으로 이동시킴으로써 1970년대부터 구미를 중심으로 전개되는 환경윤리학에 커다란 영향을 미쳤다.

레오폴드의 사상을 계승한 것으로 평가되는 존 베어드 캘리콧(J.

Baird Callicott)은, 생태중심주의적인 환경윤리를 "인간 이외의 자연물과 전체로서의 자연에 대한 인간 행동의 직접적 영향을 고려하는 환경윤리"라 정의하고, 레오폴드의 형이상학적 및 윤리학적 전제에 철학적 기초를 부여함으로써 토지윤리의 개념적 기반을 명확히 했다. 또한, 그는 아메리칸 원주민 부족들의 문화에서 보이는 우주관이 레오폴드의 토지윤리와 강력한 친근성을 지닌다고 논했다.

유토피아/디스토피아/에코토피아

토마스 모어(Thomas More)의 『유토피아(Utopia)』(1516)[16]에서 가공의 이상적 공화국의 이름으로 등장한 '유토피아'라는 말은 일반적으로 이미 주어진 공간으로서의 이상향이나 낙원과 달리, 인간이 환경에 작용하여 쌓아가는 이상적인 사회나 공동체를 의미한다. 윌리엄 모리스(William Morris)의 『유토피아에서 온 소식(News from Nowhere)』(1890)[17]은 과학기술을 없앤 목가적 미래

도시로서의 22세기 런던을 무대로, 사회주의혁명을 성취한 뒤의 이상적인 사회상을 그렸다. 이러한 유토피아 문학과 대조적인 암흑세계를 그린 디스토피아 문학으로는, 자본주의와 효율화가 극단적으로 진행된 관리사회를 그린 올더스 헉슬리(Aldous Huxley)의 『멋진 신세계(Brave New World)』(1932)[18], 핵전쟁 후의 기계문명에 의한 인간 부정과 환경파괴에 대한 공포를 그린 조지 오웰(George Orwell)의 『1984』(1949)[19] 등이 있다.

그밖에 유토피아나 디스토피아를 그린 문학으로는 『허랜드(Herland)』(1915)[20]의 샬럿 퍼킨스 길먼(Charlotte Perkins Gilman), 『빼앗긴 자들(The Dispossessed)』(1974)[21]의 어슐러 K. 르귄(Ursula K. Le Guin), 『홍수의 해(The Year of the Flood)』(2009)[22]의 마거릿 애트우드(Margaret Atwood) 등과 같이, 여성 SF작가들이 쓴 작품들이 특히 많다.

생태학적 유토피아를 그린 어니스트 칼렌바크(Ernest Callenbach)의 『에코토피아(Ecotopia: The Notebooks and Reports of William Weston)』(1975)[23]에 등장한 '에코토피아'라는 어휘는, 현재는 인간과 지구환경이 조화를 이룬 이상사회를 실현하기 위한 목표로서도 사용되는 중요한 개념이 되었다. 오늘날의 에코크리티시즘에서는, 유토피아/디스토피아 개념만이 아니라 이러한 에코토피아의 테마를 고찰하는 것과 더불어, 네이처 라이팅이나 SF작품을 포함한 다양한 문학작품의 환경 격차나 환경정의라는 문제에 대한 논의가 진행되고 있다. 이 분야에 관한 중요한 연구로는, 루이스 멈퍼드(Lewis Mumford)의 유토피아론이나 크리샨 쿠마르(Krishan Kumar)의 『유토피아니즘(Utopianism)』(1991), 에코페미니즘의 입장에서 유토피아를 환경보호사상과 결부지어 논의한 캐롤린 머천트(Carolyn Merchant)의 『자연의 죽음 – 여성과 생태학, 그리고 과학혁명(The Death of Nature: Women, Ecology, and the Scientific Revolution)』(1985)[24], 스콧 슬로빅(Scott Slovic) 등의 글을 일본어로 편역한 『에코토피아와 환경정의의 문학』(2008) 등이 있다.

에코페미니즘

1974년, 프랑스 페미니스트 프랑스와즈 드본느(Francoise d'Eau-bonne)는 저서 『페미니즘인가 파멸인가(Le Feminisme ou la Mort)』에서 생태학적 혁명을 일으킬 주체로서 여성의 가능성을 이야기하며, '에코페미니즘'이라는 말을 처음 사용했다. 종래의 생태학에 젠더적 시점을 도입한 이러한 움직임은 미국을 비롯한 다양한 곳에서 전개되고 있다. 여성들이 나무를 껴안으며 삼림보호를 주장한 인도의 '칩코 운동(Chipko movement)'[25]이나, 왕가리 무타 마타이(Wangari Muta Maathai)가 중심이 되어 수천 그루의 나무를 심으며 환경보호 및 여성의 사회참여를 주장한 케냐의 '그린벨트 운동'처럼, 세계 각지에서 다양한 운동을 실천하고 있다.

1980년대의 에코페미니즘은 여성에 대한 지배와 자연에 대한 지배를 중첩시키며, 그 구조가 가부장적 문화의 유물이라는 관점에서 여성과 자연이 개념적으로 결합되어 왔던 점, 여성이 환경에 대한 지식이나 환경에 미치는 영향이 많다는 점 등을 축으로 삼아 다양한 주장을 펼쳤다.

1990년대 이후에는 '문화/자연' 또는 '남성/여성'의 이항대립을 해체(=탈구축)하거나, '여성'이라는 범주 내에서 인종이나 빈부의 격차 같은 다양성에 대한 주장을 제기했다. 그중에서도 섹슈얼리티의 다양성에 주목하며 종래의 에코페미니즘이 가진 이성애주의적인 규범성을 비판적으로 되묻는 작업으로 퀴어 에코페미니즘에 주목할 수 있다. 그레타 가드(Greta Gaard)는 「퀴어 에코페미니즘을 향하여(Toward a Queer Ecofeminism)」(1997)에서 에코페미니즘에 섹슈얼리티의 시점을 도입하고 '남성/여성', '인간/자연', '이성애자/퀴어'와 같은 이항대립의 해체 필요성을 주장했다. 이러한 퀴어 에코페미니즘 운동은 환경정의와 젠더·섹슈얼리티의 접점을 주제화하여 레이첼 스타인(Rachel Stein)이 엮은 논문 선집[26]이나, 소로, 허먼 멜빌, 윌라 캐더(Willa Cather), 주나 반스(Djuna Barnes)의 환경문학작품을 퀴어적 시점에서 재해석한 로버트 아자렐로(Robert Azzarello)의 작업을 비롯한 문학 연구에서 전개되었으며, 소설뿐 아니라 연극이나 시 등 다양한 영역에 걸친 작품이나 비평을 생산하고 있다.

진화론/다윈주의

스티븐 제이 굴드(Stephen Jay Gould)는 19세기의 생물학자 찰스 다윈(Charles Darwin)이 『종의 기원(On the Origin of Species)』(1859)[27]에서 전개한 진화사상의 핵심을 다음과 같이 설명한다. (1) 생물에는 변이가 있으며 그것은 자녀에게 유전된다. (2) 생물은 생존할 수 있는 이상으로 많은 새끼나 알을 낳으므로, 필연적으로 거기서 살아남기 위한 생존투쟁이 발생한다. (3) 생존투쟁에서 살아남는 것은 대부분 주어진 환경에 적합한 변이를 가진 개체이며, 따라서 그러한 유리한 변이가 유전으로 종의 내부에 축적된다. 이 '자연선택'의 구조가 새로운 종을 발생시키는 근원이다.

자연이 신에 의해 창조된 세계라는 종래의 '자연신학'을 부정하고 자연을 완전한 유물론적 시각에서 설명한 다윈은, 자연은 환경과 생물의 상호관계에 기반하여 형성되는, 어떤 주어진 목적을 가지지 않은 세계라고 주장했다. 그의 진화사상은 영국 국교회가 권위를 지니고 있던 당시 영국에서 당연시되고 있던 유럽의 전통적인 인간관, 즉 '인간은 신에 의해 창조되었다'는 이유로 다른 생물에 대해 인간을 특권화하는 기독교적 인간상의 대대적인 변경을 촉구하며, 결국 환경에 관한 사상에 커다란 영향을 미치게 되었다.

생물학자 리처드 도킨스(Clinton Richard Dawkins)는 『이기적 유전자(The Selfish Gene)』(1976)[28]에서, 인간은 유전자가 조종하는 '탈것'에 불과하며 생존과 번식의 측면에서 유전자에 의해 진화해왔다고 하며, 다윈 진화론의 기본원리인 '적자생존'에 입각하면서도 생물의 개체가 아닌 유전자로 시점을 옮긴 이론을 전개했다.

2000년대 들어 데이비드 바라쉬(David Barash)나 조셉 캐롤(Joseph Carroll)에 의해 다윈주의적 시점에서 문학작품을 독해하기 위한 접근 방법으로 제창된 '문학적 다윈주의'는, 에코크리티시즘의 새로운 문학비평 수법으로 파악할 수 있다. 캐롤은 문학적인 영위(營爲)를 인간이 진화 과정에서 적응을 통해 획득한 성질 중 하나로 보고, 진화심리학의 관점에서 문학작품에 나타난 종으로서의 인간의 모습을 읽어내고자 했으나, 이는 본질주의에 지나지 않는다는 비판을 받기도 했다.

원폭문학/핵문학

전후(戰後) 일본 문학사에서 소설이나 시, 에세이, 평론 등, 모든 문학 영역에 걸쳐 쓰여 온 원폭문학은, 핵에 대한 깊은 자각과 의식의 형성을 지탱하며 전쟁이나 원폭을 둘러싼 물음을 던져 왔다. 원폭문학의 출발기는 점령군의 검열이나 생활에 쫓긴 사람들의 몰이해로 인해 피폭작가들에게는 엄혹한 시대였다. 히로시마에 재주하거나 소개(疏開)하여 살고 있던 문학자 하라 다미키(原民喜), 오타 요코(大田洋子), 도게 산키치(峠三吉), 구리하라 사다코(栗原貞子) 등에 의해 쓰인 원폭문학은 주로 부흥하는 전후 사회 속에 태어난 피폭자를 주제로 삼았다. 대표적인 작품으로 하라 다미키의 「여름 꽃(夏の花)」(1947)[29], 「진혼가(鎭魂歌)」(1949)[30], 「심원의 나라(心願の国)」(1951)[31], 오타 요코의 「시체의 거리(屍の街)」(1950)[32], 구리하라 사다코의 「히로시마라고 말할 때(ヒロシマというとき)」(1976)[33] 등을 들 수 있다. 1952년 4월 28일 대일강화조약이 발효되자, 점령군의 검열로부터 해방된 많은 사람들이 원폭이나 피폭의 실태를 이야기하기 시작하는 한편, 피폭체험을 갖지 않은 작가가 원폭을 작품의 테마로 삼기도 했다. 당시의 대표적인 작품으로는, 아가와 히로유키(阿川弘之)의 『악마의 유산(魔の遺産)』(1954), 가와카미 소쿤(川上宗薫)의 「잔존자(殘存者)」(1956), 이

노우에 미쓰하루(井上光晴)의 『지상의 무리들(地の群れ)』(1963), 홋타 요시에(堀田善衞)의 『심판(審判)』(1963), 이이다 모모(いいだもも)의 『아메리카의 영웅(アメリカの英雄)』(1965), 이부세 마스지(井伏鱒二)의 『검은 비(黒い雨)』(1966)[34] 등, 원폭을 축으로 삼아 전후의 일본 사회를 비판적으로 대상화한 작품을 들 수 있다. 또한 하야시 교코(林京子)의 『축제의 장(祭りの場)』(1975) 등, 피폭 당시 아이였던 작가들이 자기 체험에 기반하여 쓴 작품도 있는데, 이는 피폭자의 인생에서 인간의 존엄에 대한 물음을 던지며 전후의 역사가 걸어온 발걸음의 뒷면에 가려진 중요한 측면을 부각시켰다고 할 수 있다. 이후 오다 마코토(小田実)의 『HIROSHIMA』(1988)가 원폭을 반인간적인 것으로 규정하며 핵에 의한 방사능 오염의 현황을 고발하는 한편, 외국문학에서도 핵전쟁에 대한 공포나 핵전쟁 후의 세계를 표현한 작품이 '히로시마·나가사키'의 사실을 소재로 한 핵문학으로서 탄생했다. 원폭문학에 관해 특히 중요한 집성으로는, 문학자들의 반핵운동의 일환으로 편찬된 『일본의 원폭문학』(1983, 전 16권)을 들 수 있다.

진재(震災)와 문학

한신대지진이나 동일본대지진, 혹은 거대 태풍이나 호우 같은 재해는 자연에 대한 인간의 무력함과 동시에 인간이 살아가는 토대 그 자체가 무너지기 쉬우며 취약한 것이라는 리얼리티를 보여주었다. 인류세에 관한 논의가 급속히 전개되고 있는 현재, 그러한 인간을 둘러싼 환경의 취약성이 폭로되면서 인간의 '삶'을 둘러싼 사색은 문학에서 어떻게 표출되고 있을까. 또한, 현대의 문학자들은 진재 후 어떻게 문학의 역할을 의식해왔을까.

2011년 3월 11일의 동일본대지진 및 후쿠시마 제1원자력발전소 사고로부터 수년이 지난 지금도 역시 진재 이후의 문학이 많이 생산되고 있다. 진재 직후에 하이쿠 작가인 하세가와 가이(長谷川櫂)가 『진재가집(震災歌集)』(2011)을 발표한 후, 많은 작가들을 실어증 상태로부터 빠져나오게 한 것은 『군조(群像)』에 게재된 가와카미 히로미(川上弘美)의 「신(神樣) 2011」(2011)이다. 원자력발전소 사고에서 수년이 지난 피폭지역을 무대로 그곳에서 살아가는 사람들의 일상에 일어난 변화를 묘사한 이 작품은, 1993년 가와카미의 데뷔작인 「신」을 수정·가필하는 형태로 발표된 단편소설이

다. 작품 속에서는 사고가 '그 일'이라고만 제시되며, '방호복'이
나 방사능을 시사하는 묘사를 통해 그것이 원자력발전소의 폭발
이라고 이해할 수 있도록 하는 가운데, 인간도 곰도 과거처럼 공
생할 수 없게 된 세계가 그려진다. 그 후에 발표된 다카하시 겐이
치로(高橋源一郎)의 『사랑하는 원전(恋する原発)』(2011)은 피해 지역
에서 '자선 성인비디오'를 제작하는 남자들이라는 참신한 테마
를 통해 진재 이후의 '올바름=정의'에 관한 담론에 대한 저항을
표현하며 많은 논의를 불러일으켰다. 다음 해 다카하시는 『비상
시의 말 – 지진 후에(非常時のことば－震災の後で)』(2012)에서, 지진
이후 '말을 잃어버린' 체험으로부터 출발하여, 이시무레 미치코
의 『고해정토』(1969) 같은 문학작품의 인용과 참조를 통해 '말'의
본질을 좇으며 문학의 가능성을 역설적으로 보여주고자 한다.

그 이듬해에는 상상 속에서만 들려오는 라디오 프로그램을 통해
진재 이후의 삶과 죽음이라는 주제를 그려낸 이토 세이코(伊藤正
幸)의 『상상라디오(想像ラジオ)』(2013)가 발표되어 많은 반향을 불
러일으켰다. 또한 프랑스인 작가 미카엘 페리어(Michaël Ferrier)는
오에 겐자부로(大江健三郎)가 원폭을 테마로 쓴 논픽션 『히로시마
노트(ヒロシマ·ノート)』(1965)에서 차용한 수기 『후쿠시마 노트(フク
シマ·ノート)』(2013)[35]를 발표하며, 진재 체험의 상세한 관찰과 기
록이라는 평가를 받기도 했다. 방사능 오염으로 인해 절단되어
버린 일상생활의 양상을 기록한 이 작품을 비롯하여, '후쿠시마'
라 불리는 원전사고 이후에는 이처럼 원전을 작품 테마로 한 원

전문학도 많이 생산되었다. '히로시마·나가사키'를 기점으로 시작된 '핵시대'의 원전문학은, 역사적 관점의 검토가 진행되면서 특히 반원전/반핵운동과의 밀접한 관계를 시사하고 있다.

대진재 및 원전사고로 생태계의 괴멸을 동반하는 대규모의 환경파괴, 즉 '에코사이드(echocide)'의 위협에 대한 의식도 강하게 환기되었다. 이로 인해 자연재해만이 아니라 방사능 오염이나 공해병 등의 인적 재해를 전경화함으로써 환경파괴를 둘러싼 인간 활동의 범죄성에 주목하는 에코사이드 문학의 계보로 볼 수 있는 작품도 생산되었다. 헨미 요(辺見庸)의『푸른 꽃(青い花)』(2013)이나 쓰시마 유코(津島佑子)의『야마네코 돔(ヤマネコ・ドーム)』(2013) 등, 진재 이후의 문학에서는 파멸 후의 세계를 답파하는 사람의 의식의 흐름을 기록해 둔 포스트에코사이드 시대의 네이처 라이팅도 쓰이고 있다.

또한 이처럼 진재 이후의 일본사회나 원전, 방사능오염을 직접적인 테마로 하는 작품만이 아니라, 미나미규슈(南九州) 지역의 외딴섬을 무대로 '토지와 상실'이라는 테마를 그린 나시키 가호(梨木香歩)의『바다 거짓말(海うそ)』(2014)처럼 진재를 둘러싼 사건에 영향을 받은 작가 자신의 깊은 사색이 깃든 작품도 많이 나오고 있다.

인간의 세계가 그것을 둘러싼 세계에 의해 흔들리고 침식된다는 사실을 다시금 보여주는 진재는 인간중심주의적으로 형성된 리얼리티에 대한 감각을 변화시키는 사건으로 이해할 수 있다. '히로시마·나가사키' 이후 등장한 원폭문학을 배경으로 하고 있으며 '포스트 3·11'의 새로운 환경문학으로 커다란 역할을 담당한 진재 이후의 문학 및 원전문학은, 현대의 인간을 둘러싼 환경의 취약성, 또는 원전이나 핵에 관한 글로벌한 질문을 숙고하는 데 있어 향후 에코크리티시즘을 통해 충분히 검토되어야 할 매우 중요한 토포스로 자리잡고 있다.

1

나오미 클라인, 이순희 역,
『이것이 모든 것을 바꾼다 –
자본주의 대 기후』, 열린책들, 2016.

2

허먼 멜빌, 강수정 역, 『모비딕』 1~2,
열린책들, 2013.

3

어니스트 헤밍웨이, 김욱동 역,
『노인과 바다』, 민음사, 2012.

4

피터 싱어, 김성현 역, 『동물 해방』,
연암서가, 2012.

5

존 버거, 박범수 역,
「왜 동물들을 구경하는가?」,
『본다는 것의 의미』, 동문선, 2020.

6

도나 해러웨이, 황희선 역, 「반려종 선언」,
『해러웨이 선언문 – 인간과 동물과
사이보그에 관한 전복적 사유』, 책세상, 2019.

7

헨리 데이비드 소로, 정회성 역,
『월든』, 민음사, 2021.

8

애니 딜러드, 김영미 역,
『자연의 지혜』, 민음사, 2007.

9

배리 로페즈, 신혜경 역, 『북극을 꿈꾸다 –
빛과 얼음의 땅』, 봄날의책, 2014.

10

에드워드 렐프, 김덕현·김현주·심승희 역,
『장소와 장소상실』, 논형, 2005.

11

이-푸 투안, 윤영호·김미선 역,
『공간과 장소』, 사이, 2020.

12

에드먼드 스펜서, 이진아 역,
『양치기의 달력』, 한국문화사, 2013.

13

윌리엄 워즈워스·사무엘 콜리지,
김천봉 역, 『서정민요, 그리고 몇 편의
다른 시』, 이담북스, 2012.

14

루이스 캐럴, 최인자 역,
『이상한 나라의 앨리스』, 현대문학, 2011.

15

레이먼드 윌리엄스, 이현석 역,
『시골과 도시』, 나남출판, 2013.

16

토머스 모어, 주경철 역, 『유토피아』,
을유문화사, 2021.

17

윌리엄 모리스, 박홍규 역,
『에코토피아 뉴스』, 필맥, 2008.

18

올더스 헉슬리, 안정효 역,
『멋진 신세계』, 소담출판사, 2019.

19

조지 오웰, 김기혁 역, 『1984』,
문학동네, 2009.

20

샬롯 퍼킨스 길먼, 황유진 역,
『허랜드』, 아고라, 2016.

21

어슐러 K. 르귄, 이수현 역,
『빼앗긴 자들』, 황금가지, 2002.

22

마거릿 애트우드, 이소영 역,

『홍수의 해』, 민음사, 2019.

23

어니스트 칼렌바크, 김석희 역,

『에코토피아』, 정신세계사, 1991.

24

캐롤린 머천트, 전규찬·이윤숙·전우경 역,

『자연의 죽음』, 미토, 2005.

25

'칩코(चिपको, chipko)'는 힌디어로

'끌어안다'라는 의미로, 여성들이 나무를

껴안는 방식으로 벌목을 막았던 칩코 운동은

1970년대 인도에서 전개된 여성 주도의

대표적 환경보호운동이다.

26

레이첼 스타인이 엮은 『환경정의의

새로운 관점 - 젠더, 섹슈얼리티, 그리고

액티비즘(New Perspectives on

Environmental Justice: Gender, Sexuality,

and Activism)』(2004). 이 선집의 제1장으로

앞에서 말한 그레타 가드의 「퀴어

에코페미니즘을 향하여」가 수록되었다.

27

찰스 다윈, 장대익 역, 『종의 기원』,

사이언스북스, 2019.

28

리처드 도킨스, 홍영남 외 역,

『이기적 유전자』, 을유문화사 2023.

29

하라 다미키, 정향재 역,

「여름 꽃」, 『하라 다미키 단편집』,

지식을만드는지식, 2017.

30

하라 다미키, 정향재 역,

「진혼가」, 『하라 다미키 단편집』,

지식을만드는지식, 2017.

31

하라 다미키, 정향재 역,

「심원의 나라」, 『하라 다미키 단편집』,

지식을만드는지식, 2017.

32

오타 요코, 오성숙 역, 「시체의 거리」,

『일본 근현대 여성문학선집 16 - 오타 요코』,

어문학사, 2019.

33

구리하라 사다코, 이영화 역, 『히로시마라고

말할 때』, 지식을만드는지식, 2016.

34

이부세 마스지, 김춘일 역, 『검은 비』,

소화, 1999.

35

오에 겐자부로, 이애숙 역,

『히로시마 노트』, 삼천리, 2012.

오다니 가즈아키(小谷一明) 외 편

『문학에서 환경을 생각한다 – 에코크리티시즘 가이드북』, 벤세이출판, 2014.

시오타 히로시(塩田弘) · 마쓰나가 교코(松永京子) 외 편

『에코크리티시즘의 물결을 넘어서 – 인류세의 지구를 살다』,
오토와서방쓰루미서점, 2017.

조이 팔머(Joy A. Palmer)

스도 지유지(須藤自由児) 역, 『환경의 사상가들 (하) – 현대편』, 미스즈서방,
2004

야마시타 노보루(山下昇) · 와타나베 가쓰아키(渡辺克昭) 편

『20세기 미국문학을 공부하는 사람을 위하여』, 세계사상사, 2006.

로렌스 뷰엘(Lawrence Buell)

이토 쇼코(伊藤詔子) 외 역, 『환경지평의 미래 – 환경위기와 문학적 상상력』,
오토와서방쓰루미서점, 2007.

제9장

정신분석과 문학

모리타 가즈마
森田和磨

지그문트 프로이트(Sigmund Freud)에 의해 창시된 정신분석은 영국·프랑스·미국 등 각국으로 퍼져나가 여러 나라에서 임상지식으로서의 독자적인 발전을 거쳐 왔다. 동시에, 구조주의나 페미니즘, 마르크스주의 등 여타의 영역과 교류하면서 사상적으로도 심화하여 인종, 계급, 젠더(gender), 섹슈얼리티 같은 개념들을 마음과 신체라는 관점에서 읽어내기 위한 필수적인 방법이 되었다. 나아가 1980년대 이후에는 비참한 사건에 대한 증언의 (불)가능성을 주제로 한 트라우마 이론이 발전하게 된다. 한편, 프로이트가 왕성하게 문학텍스트 속에서 자기 이론의 정당성을 뒷받침할 근거를 찾으려 했던 사실에서도 엿볼 수 있듯이, 문학과 정신분석의 관계 또한 간과할 수 없다. 정신분석을 통한 문학비평은 프로이트의 시대 이후, 텍스트에 대한 정신분석의 단순한 적용에서 벗어나 '읽는다'는 행위의 의미 자체를 질문하는 비평으로 심화해 왔다. 정신분석을 둘러싼 논의의 역사를 되돌아볼 때, 임상지식과 사상과 문학비평, 이 3자 사이의 관련성을 엿볼 수 있을 것이다.

정신분석과 문학

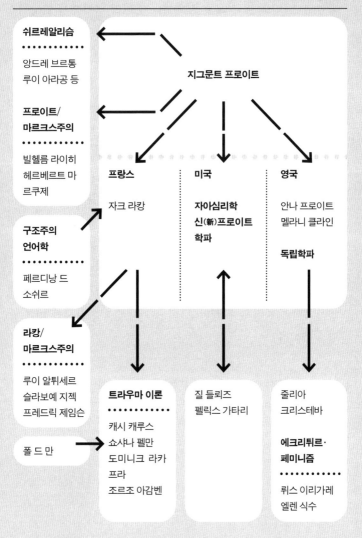

쉬르레알리슴
. . . .
앙드레 브르통
루이 아라공 등

**프로이트/
마르크스주의**
. . . .
빌헬름 라이히
헤르베르트 마
르쿠제

**구조주의
언어학**
. . . .
페르디낭 드
소쉬르

**라캉/
마르크스주의**
. . . .
루이 알튀세르
슬라보예 지젝
프레드릭 제임슨

폴 드 만

지그문트 프로이트

프랑스

자크 라캉

미국

**자아심리학
신(新)프로이트
학파**

영국

안나 프로이트
멜라니 클라인

독립학파

트라우마 이론
. . . .
캐시 캐루스
쇼샤나 펠만
도미니크 라카
프라
조르조 아감벤

질 들뢰즈
펠릭스 가타리

줄리아
크리스테바

**에크리튀르·
페미니즘**
. . . .
뤼스 이리가레
엘렌 식수

지그문트 프로이트의 사상

프로이트는 정신분석의 창시자로 알려진 오스트리아 출신의 심리학자이다. 최면 카타르시스법에 의한 신경증 환자의 치료에서 출발했지만, 결국 최면술을 쓰지 않고 환자의 머릿속에 떠오른 생각을 모두 말할 수 있도록 함으로써 무의식에 억압되어 있는 성적 욕망의 의식화를 목적으로 하는 자유연상법으로 이행하였으며, 이것이 그의 정신분석의 기점이 되었다. 이 학문은 신경증 치료의 필요성에서 발생한 혁신적인 인간인식의 학문으로 이해할 수 있다.

그의 정신분석에서 중심을 이루는 것은 무의식 세계의 탐구이다. 주저『꿈의 해석(Die Traumdeutung)』(1899)[1]에서는 억압된 욕망의 성취인 꿈의 분석법을 체계화하고 있다. 수면 중에는 자아의 억압기능이 저하되면서 평소 억압되어 있던 무의식의 욕망이 꿈으로 현재화(顯在化)하는데, 그것이 꿈의 검열에 의한 왜곡으로 인해 있는 그대로의 모습으로는 나타나지 않기 때문에, 현재화된 꿈의 내용으로부터 잠재적 사고를 읽어내는 작업이 필요해진다. 그 외에도『일상생활의 정신병리학(Zur Psychopathologie des

Alltagslebens)』(1901)**2**에서는 말실수, 깜빡 잊어버리기, 물건 잃어버리기 등의 착오 행위로부터, 또한 「유머(Humor)」(1905)**3**에서는 유머를 발휘하는 기지로부터 무의식의 작동을 읽어낸다.

프로이트의 작업 중에서 또 다른 중심적인 지위를 차지하는 것이 성욕 개념에 대한 탐구이다. 그는 신경증 치료를 행하던 중 성욕의 억압이 증상의 원인이 된다는 것을 발견했는데, 그와 같은 병인(病因) 형성의 근원을 파고들어 가다 보면 환자의 유년기에 도달하게 된다는 것을 깨달았다. 이로부터 알 수 있는 것은 유년기에서부터 성적 기능이 중대한 현상으로 나타난다는 통찰이며, 그 핵심을 이루는 것이 오이디푸스 콤플렉스(Oedipus complex)라는 개념이다. 여기에는 두 종류가 있다. 우선 긍정적인 오이디푸스 콤플렉스는 유아가 이성 부모에 대해 가지는 애착, 동성 부모에 대해 가지는 적대심 및 죄책감의 복합체이다. 프로이트가 특히 이 개념의 대상으로 상정한 남자아이를 예로 들면, 남자아이는 어머니에 대해 근친상간적 욕망을 품으며 아버지가 가지는 지위를 차지하고 싶다고 느끼는데, 아버지에게서 거세당한다는 불안 때문에 그러한 욕망을 단념하고 아버지에게 동일화하여 남성화의 길을 걷는다. 한편, 부정적 오이디푸스 콤플렉스에서는 동성의 부모를 향한 애착과 이성의 부모를 향한 적의가 드러난다. 이 경우, 예를 들면 남자아이는 아버지로부터 사랑받기 위해 어머니에 동일화하게 되며 동성애적 경향이 강해진다. 프로이트에게 있어 오이디푸스 콤플렉스가 해소되는 방식은 성격, 성적 동일성, 신경증 형성의 중요한 요인이었다. 또한 그는 유아의 발달 단계를 '구순기-항문기-남근기-잠복기-성기(性器)기'로 구분하고, 성기적인 성애가 획득되어 자기 이외의 타자를 성욕의 대상으로 하기까지의 과정을 묘사한다. 그의 사상은 종종 '범성욕주의'라 불리지만, '성'을 '성기'로부터 분리하고 광의의 쾌락 추구를 위한 신체기능, 애정이나 친밀함을 포함한 형태로 그 의미 내용을 확충함으로써, 아동이나 '도착자(倒錯者)'의 성적 활동도 이해 대상으로 삼을 수 있게 되었다.

의식, 전의식, 무의식이라는 구분(지형학적 모델, topographical mo-del)에 의해 심리구조나 성적 갈등의 작동방식을 이해한 프로이트는 「자아와 이드(Das Ich und das Es)」(1923)⁴에서 자아(Ego), 이드(Id), 초자아(Super-Ego)라는 새로운 구조의 이해(구조적 모델, structural model)를 내세웠다. 이드가 욕망의 지배를 받고 쾌락원리만을 좇는 영역이라면, 이드로부터 분화한 자아는 이성이나 분별이라고 할 수 있는 것을 대리하며, "이드 및 이드의 의도에 외부의 영향이 정확히 반영되도록 노력하고 이드 속에서 무제한의 지배를 휘두르는 쾌락원리를 현실원리로 치환하려 한다." 이에 비해 초자아는 인간의 윤리적 요구를 대표하는 것으로, 오이디푸스 콤플렉스의 극복 과정에서 부모의 도덕적인 양심이 내면화된 것이다. 이드의 표면에 달라붙어 있던 '신체적 자아'로서의 자아가 현실과의 만남에 의해 형성되고, 이드의 욕동과 초자아의 도덕적 요구에 노출된다는 이 구조적 모델은, 성적 욕동과 외계의 도덕규범 사이의 길항으로 갈등을 이해해온 종래의 모델을 보다 정교화하고 복잡화한 것이지만, 자크 라캉(Jacques Lacan)과 같이 이를 오히려 지형학적 모델로부터의 이론적 후퇴로 보는 입장도 있다.

그 외에도 문명론, 종교론, 예술론, 트라우마론, 멜랑콜리론, 유태인론 등 그의 작업은 다양하게 걸쳐 있지만, 그가 스스로의 경력이나 사상 및 정신분석의 동향을 이야기한 「나의 이력서(Selbstdarstellung)」(1925)[5]라는 글이 광대한 그의 이론 중에서 주요한 부분을 조망하기 위한 안내서로 유용하다.

자크 라캉의 사상

프랑스의 정신분석가인 라캉은 '프로이트로의 회귀'를 슬로건으로 삼으며, 구조주의 언어학이나 기호론의 성과를 도입하여 독자적인 정신분석 이론을 구축했다. 자아의 자율성이나 통합성을 강조하는 자아심리학과 대립하며 주체의 핵이 외부에 존재한다는 것을 일관되게 주장한 것이 특징적이다. 그의 글은 언어유희, 조어, 기호, 수식이 섞여 있어 극히 난해하지만, 그 화려한 이론 체계는 열광적인 추종자들을 낳았다.

최초의 성과로 알려진 것은 '거울상 단계(stade du miroir)' 이론이다. '거울상 단계'란 인간의 생후 6~18개월 무렵까지의 시기를 가리킨다. 신경계의 미숙함 때문에 여기저기 흩어진 신체 이미지밖에 얻을 수 없었던 유아는 이 시기에 이르러 거울에 비친 자신의 모습에 동일화함으로써 통합적인 자기상을 획득하게 된다. 하지만 이처럼 자기상을 외부로부터 부여받는다는 원시적 체험은 인간을 불안정한 상태에 두게 된다. 즉, 자기를 외부의 타자로서 경험할 수밖에 없으므로 자기의 지배권을 두고 거울상과의 투쟁이 불가피해진다. 이 단계는 라캉의 현실세계 구분인 상상계(the Imaginary)·상징계(the Symbolic)·실재계(the Real) 중에서 상상계에 대응하는 것이다. 상상계는 심리적 이미지의 세계이며, 거기에 머무는 한에는 유아기의 모자관계처럼 주객이 미분화된 상태 속에서 이미지에 쫓기듯이 살아갈 수밖에 없다. 거기에 개입하는 것이 '아버지'이다. 유아는 '아버지'로부터 상징적인 거세를 당함으로써 언어의 세계인 상징계에서 살기 시작한다. 이때 언어로는 말할 수 없는 것이 실재계에 폐기되어 누적된다. 이 세 개의 세계는 별개로 존재하는 것이 아니라 세 개의 바퀴로서 결합되어 있다('보로메오 고리').

이상과 같은 상상계·상징계·실재계라는 세 개의 세계 중에서 상징계에 초점을 맞추면 라캉의 구조주의자적인 측면을 이해할 수 있을 것이다. 상징계란 시니피앙으로 이루어진 세계이다. 이 부분을 조금 상세히 검토해 보자. 페르디낭 드 소쉬르(Ferdinand de Saussure)의 언어이론에서 시니피앙(의미하는 것)과 시니피에(의미되는 것)를 구분할 때, 둘 사이에는 필연적인 연관이 없다. 예를 들면 '사과'라는 시니피앙은 어느 특정한 과일을 가리키는 것으로 존재한다고 알고 있지만, 그 과일은 장소를 영어권으로 옮기면 '애플'이라는 시니피앙에 의해 나타나므로 실제로는 시니피앙과 시니피에 사이의 대응관계란 자의적인 것이다. '사과'라는 시니피앙이 그 의미내용을 획득하는 것은 특정한 과일과의 연결을 통해서가 아니라, 하나의 규범적인 언어 체계 속에서 '포도'나 '오렌지' 같은 다른 시니피앙과의 차이를 통해 독자적인 지위가 정해지면서이다. 즉, 복수의 시니피앙의 상호관계에 의해 의미가 발생하는 것이다. 유아가 거세를 통과하여 상징계로 들어간다는 것은 시니피앙의 연쇄 한복판에 몸을 내던지는 셈이다. 그럼으로써 독백의 세계를 벗어나 타자와의 커뮤니케이션이 가능해지지만 의미의 세계로부터 밀려나온 주체의 존재는 잔여물로서 버려지게 된다. 이때 시니피앙 중에서도 거세를 표시하는 특권적인 시니피앙은 '팔루스(phallus)'라 불린다.

라캉의 시니피앙관을 단적으로 드러내는 글은 주저 『에크리 (Ecrits)』(1966)의 권두에 수록된 「「도둑맞은 편지」에 관한 세미나」 [6]이다. 이것은 정신분석 연수생들을 위한 세미나의 일부를 논문화한 것으로, 애드거 앨런 포(Edgar Allan Poe)의 단편소설 「도둑맞은 편지(The Purloined Letter)」[7]의 해석을 통해 분석가에게 주어진 역할을 논하고 있다. 이 소설에서는 내용을 알 수 없는 왕비의 편지를 둘러싸고 왕비, 대신, 왕, 경찰, 탐정 뒤팽(Dupin)이 장면마다 위치를 바꾸는데, 이것은 시니피앙의 연쇄에 몸을 맡기는 인간의 운명에 대한 은유이다. 그리고 뒤팽의 수사는 분석가의 작업을 나타내며, 뒤팽이 관계성 속에서 편지의 위치에 주목함으로써 그것을 발견할 수 있었던 것처럼, 분석가도 상징적 회로에서 의미의 연쇄가 반복되는 것을 이해하고, 환자의 진리를 확인할 것을 요구받는다.

정신분석과 문학비평

정신분석과 문학비평의 관계는 어떻게 이해할 수 있을까. 프로이트 시대의 비평과 쇼샤나 펠만(Shoshana Felman)의 비평을 양극단에 두고 비교해 본다면, 이 커다란 문제를 고찰하기 위한 실마리를 찾을 수 있을 것이다.

프로이트의 문학비평은 문학텍스트나 작가의 인생에 자신의 이론을 적용한다는 형태를 취한다. 그 성과 중 하나로 들 수 있는 것이 「빌헬름 옌젠의 『그라디바』에 나타난 망상과 꿈(Der Wahn und die Träume in W. Jensens "Gradiva")」(1907)[8]이다. 분석 대상인 『그라디바(Gradiva)』라는 텍스트에서, 주인공인 고고학자 노르베르트 하놀트(Norbert Hanold)는 로마의 미술관에서 발견한 젊은 여성의 부조상(浮彫像)에 '그라디바(앞으로 걸어가는 여자)'라는 이름을 붙여주고 동경의 대상으로 삼는다. 그런데 우여곡절 끝에 그라디바가 그의 소꿉친구였던 조에의 모습과 겹쳐진 것이라는 점이 판명된다. 프로이트에 따르면, 이 이야기에서 하놀트의 꿈이나 망상은 억압되어 있던 조에에 대한 추억의 표출로 독해할 수 있으며, 자신을 기억나게 하려고 하놀트에게 보이는 조에의 행동은 분석가의 작업에 비유할 수 있다. 또한, 「두려운 낯섦(Das Unheimliche)」(1919)[9]에서는 독일어 '하임리히(heimlich)'라는 단어에 '친숙한'과 '낯선'이라는 두 개의 이질적인 의미가 포함되어 있다는 사실에 기반하여, E.T.A. 호프만(Hoffmanns)의 「모래사나이(Der Sandmann)」(1816)[10] 같은 소설을 예로 삼아 과거에 익숙했던 것이 억압된 후에 회귀함으로써 두려운 낯섦으로 전환되는 양상을 논한다. 나아가, 「도스토예프스키와 아버지 살해(Dostojewski und die Vatertötung)」(1928)[11]에서는 도스토예프스키를 신경증 환자라고 진단하며 아버지 살해의 욕망이나 양성성(兩性性)이라는 관점에서 그의 인생을 독해한다.

한편, 프로이트의 동시대인으로 정신분석이론을 활발하게 문학비평에 적용한 작가로는 오토 랑크(Otto Rank)가 있다. 고금의 문학과 전설에서 '오이디푸스 콤플렉스'에 대해 망라한 대저작 『문학작품과 전설의 근친상간 모티프(Das Inzest-Motiv in Dichtung und Sage)』(1912), 문학이나 민간신앙에서의 분신(分身), 그림자, 거울상 등의 모티프를 자기애라는 관점에서 분석한 『분신(Der Doppelgänger)』(1914) 등의 저작이 있다. 또한, 어니스트 존스(Ernest Jones)의 『햄릿과 오이디푸스(Hamlet and Oedipus)』(1949)[12]는 셰익스피어(Shakesphere)의 『햄릿(Hamlet)』[13]에 관한 연구사 중에서 오랫동안 쟁점이 되었던 부분, 즉 햄릿이 이상할 정도로 망설이며 복수를 미루는 모습을 어머니에 대한 금지된 욕망이라는 관점에서 독해하고 있다.

한편 프로이트 이론을 받아들여 발전시킨 라캉에게도 「「도둑맞은 편지」에 관한 세미나」라는 중요한 문학독해가 있지만, 문학비평에서 그 작업의 중요성을 명확하게 보여준 것은 쇼샤나 펠만(Shoshana Felman)이다. 『자크 라캉과 통찰의 모험(Jacques Lacan and the Adventure of Insight)』(1987)에서 펠만은 「「도둑맞은 편지」에 관한 세미나」와 「도둑맞은 편지」에 관한 종래의 정신분석적 문학비평을 비교하며, 라캉의 비평이 텍스트 내적 의미뿐만 아니라 의미의 결여까지도 분석의 대상으로 삼고 있음을 강조한다. 즉 종래의 비평이 「도둑맞은 편지」에서 끝내 밝혀지지 않은 왕비의 편지 내용을 밝히려 시도했던 것과 달리, 라캉은 편지의 내용에는 관심을 두지 않고 서사 내의 편지의 효과를 읽어내는 데 중점을 둔다는 것이다. 또한 종래의 비평이 「도둑맞은 편지」의 의미를 저자인 포의 인생에서 찾으려 했던 것과 달리, 라캉이 이 소설을 저자로부터 독립된 텍스트로 독해하려는 점에서도 획기적이었다고 말한다. 이러한 점을 들어 펠만은 포의 시적 텍스트에서 시니피앙에 의한 의미작용을 분석하는 방향성과, 포에 관한 비평 언설에서 균열이나 모순점을 분석 대상으로 삼는 방향성이라는 두 가지 방식으로, 정신분석이 시적인 것에 대한 이해에 도움을 줄 수 있다고 결론짓는다. 펠만에게 정신분석은 문학텍스트에 대해 기계적으로 적용되어야 하는 교설(敎說)로서가 아니라, 읽는다는 행위의 대상과 목적을 근본적으로 변화시키는 혁신적인 사상으로 존재하는 것이다.

그 외에 펠만의『문학의 현상과 광기(La Folie et la chose littéraire)』(1978),『말하는 신체의 스캔들(Le Scandale du corps parlant)』(1980)이나 아동문학의 고전으로 알려진『피터팬(Peter Pan)』[14] 속 아이에 대한 어른의 욕망을 읽어낸 재클린 로즈(Jacqueline Rose)의『피터팬의 경우, 또는 아동소설의 불가능성(The Case of Peter Pan, Or the Impossibility of Children's Fiction)』(1984) 등을 현대 정신분석문학비평의 예로 들 수 있다.

쉬르레알리슴

쉬르레알리슴(Surréalisme)은 제1차 세계대전 후의 프랑스에서 발생한 문학·예술운동이다. 경직된 근대 이성에 대한 반항이라는 기획을 다다이즘으로부터 이어받아, 의식 아래에 있는 비합리적인 세계의 표현을 추구했으며 '초현실주의'라고도 불린다. 이운동의 주도자인 앙드레 브르통(André Breton)은 생디지에(Saint-Dizier)의 정신과센터 근무 당시 프로이트의 정신분석을 알게 되어 감명을 받은 후, 사고의 흐름을 억제하지 않고 써내는 자동기술이나 집단적 최면실험 모임 등을 통해 무의식에 대한 탐구에 착수한다. 브르통에 의한 쉬르레알리슴의 매니페스토인「쉬르레알리슴 선언(Manifeste du surréalisme)」(1924)**15**은 프로이트의 꿈 연구의 중요성을 강조하고, 꿈을 완전히 이해하는 날에는 꿈과 현실이라는 두 개의 상태가 '일종의 초현실' 속으로 해소될 것이라고 말한다. 그리고 합리주의에 대한 저항이라는 과제를 부여받은 구체적인 이미지로는, 예를 들면 '교회가 종(鐘)처럼 작열하면서 치솟았다'(필리프 수포(Philippe Soupault)), '다리 위에서 암컷 고양이의 머리를 한 안개가 몸을 흔들었다'(브르통) 같은 이질적인 요소와의 조우를 담은 표현이 칭송되었다. 그 후에도 이 운동은 일상 속에 현현하는 '초현실'을 추구하였으며, 그 문학적 표현으로는 파리 거리의 불가사의한 공간을 그린 발터 벤야민(Walter Benjamin)의『아케이드 프로젝트(Passagenwerk)』**16**에도 영향을 미친 루이 아라공(Louis Aragon)의『파리의 농부(Le Paysan de Paris)』(1926)**17**, 한 유별난 소녀와의 만남과 헤어짐을 기록한 앙드레 브르통(André Breton)의『나자(Nadja)』(1928)**18** 등이 있다. 또한 1929년부터 운동에 참가한 살바도르 달리(Salvador Dali)가 추진한 회화에 대한 '편집증적·비판적 방법', 1930년대에 젊은 라캉이 쉬르레알리스트들의 예술잡지『미노토르(Minotaure)』에 기고한 편집증 관련 논문 등도, 이 운동과 정신분석의 교착을 증언하는 요소라 할 수 있다. 한편 이 운동의 멤버 다수가 공산주의와 깊은 관련을 맺고 있었고 브르통의「쉬르레알리슴 제2선언(Second Manifeste du surréalisme)」(1930)**19**에서는 쉬르레알리슴에 의한 사적 유물론의 확대를 논하기도 했다. 그러나 1932년에는 브르통과 아라공이 공산당과 얼마나 거리를 둘 것인가를 놓고 견해 차이를 보이며 관계가 결렬되었다. 이 운동은 국제적으로 광범위한 영향력을 가지고 일본에서는 쉬르레알리슴 이론의 소개자인 다키구치 슈조(瀧口修造), 기요오카 다카유키(淸岡卓行), 이지마 고이치(飯島耕一), 오오카 마코토(大岡信) 등의 전후(戰後) 시인에게 그 정신이 이어지고 있다.

프로이트 이론과 마르크스주의

프로이트의 정신분석과 마르크스주의의 통합을 시도한 대표적인 세 명의 이론가는 에리히 프롬(Erich Fromm), 헤르베르트 마르쿠제(Herbert Marcuse), 빌헬름 라이히(Wilhelm Reich)를 들 수 있는데, 그들의 방향성을 크게 분별하는 것은 프로이트 이론에서 중시되는 '성'의 위치를 어떻게 부여할 것인가였다.

설리번(H. S. Sullivan), 호나이(K. Horney)와 함께 '신프로이트파'로 알려진 프롬은 프로이트의 리비도 이론을 버리고 대신에 대인관계나 경제적·사회적 인자가 개인에 미치는 영향을 중시했다. 주저 『자유로부터의 도피』(1941)[20]에서는 독자적 성격이론을 이용하여 동시대의 파시즘이 대두하는 원인을 분석하고 있다. 근대의 인간은 개인으로서 자유를 획득했으나, 그 자유는 불안을 동반하는 것이다. 인간이 바라는 것은 사랑이나 생산적인 일을 통해 외계와 연결되는 것이지만, 자유의 무게를 견디지 못하면 자유나 자아의 통일성을 파괴하려는 타자와의 유대 속으로 도피하고 만다. 그 결과가 파시스트 국가에서의 지도자에 대한 예속이나 민주주의에서의 강제적 획일화라는 것이다. 프롬은 자유로부터의 도피에 관한 메커니즘을 '권위주의', '파괴성', '기계적 획일주의'라는 개념을 통해 논한다. 그는 성에 대한 시점을 배제함으로써 사회비평에 적용 가능한 정신분석 이론을 구축했는데, 일각에서는 그것이 프로이트 이론을 희석하는 것이라는 비판도 있다.

한편 '성'에 초점을 맞춘 것은 마르쿠제와 라이히이다. 마르쿠제는 『에로스와 문명』(1956)[21]에서 프로이트 이론에 사회학적 요소를 더한 신프로이트파의 기획을 비판하고, 프로이트 이론 그 자체 속에 이미 사회이론으로서의 성질이 갖추어져 있다고 주장한다. 프로이트의 문명론에서는 본능의 억압이 문명의 성립 조건이 된다고 했는데, 이에 대한 마르쿠제의 독해를 통해 그 속에 억압적이지 않은 문명의 가능성이 잠재해 있다고 논의된다. 지배

계급의 이익을 지키기 위한 본능의 억압은, 자동화로 인해 필요 노동량이 감소하면서 그 필연성을 잃게 된다. 그리고 그것이 자유로운 리비도적 관계에 의해 유지되는 문명을 발생시킬 수밖에 없게 된다는 것이다. 한편, 라이히는 『성 혁명(Die Sexualität im Kulturkampf)』(1936)[22]에서, 무의식을 반사회적 영역으로 규정하는 프로이트에 대항하여 도덕에 의한 규제야말로 반사회적인 무의식의 충동을 낳는 원흉이라고 역설한다. 그리고 문화와 자연의 대립을 없애기 위해 성 에너지의 사용 방법에 대한 지식의 집성인 성 경제에 종속된 새로운 규율이 필요하다는 사고에 입각하여, 모순 가득한 결혼제도나 성교육을 비판한다. 라이히는 그의 급진적인 성 해방론으로 거의 모든 저서가 발행금지 처분을 당하는 쓰라림을 겪었으나, 이후 1960년대의 학생운동이나 코뮌(commune, 공동체) 운동 속에서 널리 수용되기도 했다.

마지막으로 라이히의 사상을 이론적으로 극한까지 밀어붙인 질 들뢰즈(Gilles Deleuze)와 펠릭스 가타리(Félix Guattari)의 공동 작업을 들 수 있다. 그들은 과감한 정신분석 비판서인 『안티 오이디푸스(L'anti-Œdipe)』(1972)[23]에서 라이히를 "유물론적 정신의학의 진정한 창시자"로서 높이 평가하고 그를 종종 인용하면서, 독자적인 욕망 이론을 전개한다. 오이디푸스 콤플렉스를 중심으로 전개된 프로이트 이론은 욕망을 생산하는 영역인 무의식을 '아버지-어머니-자식'이라는 삼각관계의 서사를 비추는 극장으로 축소해 버린다는 점에서 부르주아적 억제활동과 마찬가지로 억압적이며, 무의식의 부당한 사용을 고발하는 분열분석 (schizo-analysis)에 의해 극복되어야만 한다. 범례가 되는 것은 앙 토냉 아르토(Antonin Artaud)에게서 차용한 '기관 없는 신체'라는 개념으로, 이는 자본주의의 극한에 위치한다고 말해지는 '분열 자(schizophrène)'의 존재를 말한다. 자본주의는 그 흐름의 탈코드 화(decoding) 및 사회체의 탈영토화(deterritorialization), 혹은 재코 드화 및 재영토화의 각축장이며, '분열자'는 탈영토화를 극한까 지 밀어붙이고 탈코드화된 욕망의 흐름을 초래한다는 점에서 자 본주의에 내재하는 가능성을 지시하는 존재라 할 수 있다. 나아 가 들뢰즈와 가타리는 '분열분석'의 중요한 요소로서 분자적 층 위의 시점을 도입한다. 프로이트가 '거세'라는 개념을 매개로 남 녀라는 두 개의 성별을 고정화한 것과 달리, 분자적인 층위에서 무의식을 관찰한다면 그것은 어디서나 미세한 횡단적 성애를 발 생시키고, 남성 속에 많은 여성을, 여성 안에 많은 남성을 존재하 도록 하는 그 욕망 생산의 메커니즘을 분석할 수 있다는 것이다.

라캉 이론과 마르크스주의

1960년대 이후에도 마르크스주의 이론가들에게 정신분석은 종종 중요한 기반이 되었지만 그중에서도 무시할 수 없는 무게를 가지고 있던 것이 자크 라캉의 이론이었다. 심리적 이미지의 세계인 '상상계(the Imaginary)', 언어질서의 세계인 '상징계(the Symbolic)', 말할 수 없는 것의 세계인 '실재계(the Real)'라는 구분은 이데올로기에 관한 이론의 발전에 크게 기여해 왔다.

마르크스주의 국가이론의 재구축에 힘을 실어준 루이 알튀세르(Louis Althusser)는 '상징계'에 역점을 두고 자신의 이데올로기 이론을 수립했다. 대표작 「이데올로기와 이데올로기적 국가 장치(Idéologie et appareils idéologiques d'État)」(1970)[24]에서는 폭력의 행사를 기능으로 하는 '억압적 국가 장치'와 국가에 스스로 종속되는 주체를 생산하는 학교제도나 가정 같은 '이데올로기적 국가 장치'를 구별하면서, 후자에서 이데올로기가 작동하는 방식을 분석한다. 알튀세르의 정의에 따르면, 이데올로기란 '각 개인 존재의 현실적 조건들에 대한 상상적인 관계를 나타내'며, 개인은 이데올로기를 통해 현실과의 관계를 살게 된다. 또한 이데올로기는 구체적인 의식이나 관습을 통해 작동한다는 의미에서 '물질적인 존재를 가지는' 것이며, 형태로서는 항상 주체에 대한 호명이라는 형태를 취한다. 알튀세르는 경찰의 호명을 예로 든다. 즉, 경찰이 '어이, 거기 당신!'이라고 불러서 돌아볼 때 개인은 돌아본다는 그 행위를 통해 주체로서 생성되는 것이다. 사람들은 자신이 이데올로기 밖에 있다고 굳게 믿으면서 항상 그 안에 포박되어 있으며, 그 기능을 인식할 수 있는 것은 마르크스주의 같은 '과학적 인식'을 매개로 해서만 가능하다. 이러한 알튀세르의 이론은 이후 이데올로기 비평의 전제가 되었다.

마르크스주의적 해석이 다른 해석방법에 대해 절대적인 우위를 점한다고 주장한 프레드릭 제임슨(Fredric Jameson)의 『정치적 무의식(The Political Unconscious)』(1981)[25]에서는 알튀세르의 정의에 따르는 형태로 문학 텍스트의 이데올로기를 고찰한다. 문학텍스트는 개인과 현실 사이에 발생하는 관계를 독자적인 방법으로 상상할 수 있도록 하지만, 한편으로 '역사'는 '실재계'이자 표상 불가능한 것, 그 효과를 통해서만 감지될 수 있는 것으로 존재한다. 마르크스주의적 해석의 사명이란, 자기완결적인 의미의 시스템을 구축하는 텍스트의 봉쇄 전략을 분해하고, 텍스트를 외부로 열어젖히는 것이다. 구체적으로는 텍스트를 잠재적 사회모순의 해결을 위한 상징행위로서 읽어내는 것에서부터 시작하여, 다음에는 그것을 계급투쟁의 관점에서 읽고, 끝으로는 그것을 초월 불가능한 지평으로서의 '역사'를 향해 열어나간다. 각각의 단계에서 텍스트의 자율성이라는 장식이 벗겨지면서, 최후의 단계에 이르면 혁명의 징후를 파악하기 위한 재료로 텍스트는 다시 쓰일 수 있게 된다.

슬라보예 지젝(Slavoj Žižek)은 『이데올로기의 숭고한 대상(The Sublime Object of Ideology)』(1989)[26]에서 알튀세르의 이데올로기 이론은 이데올로기적 국가 장치와 이데올로기적 호명의 연결 관계를 해명하지 못한다고 지적하며, 주체가 이데올로기에 따르는 메커니즘을 밝힌다. 지젝에 따르면 이데올로기는 현실의 상상적인 표상이 아니라 현실 그 자체이며, 직면할 수 없는 '실재계'를 은폐하는 형태로 사회적 관계들을 구조화한다. 사람들은 그것이 환상임을 알면서도 그것을 따라 행동한다. 따라서 유효한 이데올로기 비판이란 이데올로기의 허구성을 밝히는 것이 아니라, 이데올로기적 구축물 속에서 그 불가능성을 나타내는 요소를 발견해 내는 것이다. 예를 들면 파시즘 이데올로기를 비판하기 위해서는 사회의 통일성을 교란하는 존재로서 박해받아온 '유대인'이 실은 통일적인 사회라는 이상의 근본적 불가능성이 투영된 존재라는 인식에까지 나아갈 필요가 있는 것이다. 지젝은 일관하여 자신이 라캉에 경도되었음을 보여주는 비평가이며, 대중문화나 농담 등의 인용을 섞어가며 난해한 라캉 이론을 보다 친숙한 형태로 제공하는 솜씨로 정평이 나 있다. 다른 저서로는 『부정적인 것과 함께 머물기(Tarrying With the Negative)』(1993)나 라캉의 해석을 둘러싼 주디스 버틀러와의 논쟁을 담은 『우연성

·헤게모니·보편성(Contingency, Hegemony, Universality)』(2000)**28** 등
이 있다.

전오이디푸스기

프로이트의 발달이론에서는 3세 무렵부터 시작되는 오이디푸스
콤플렉스가 성 동일성의 형성에 중요한 요인으로 초점이 맞추어
져 있으나, 그에 대항하여 그 이전의 '전(前)오이디푸스기'를 유
아 발달의 열쇠로 주목한 이론가들이 있다. 그중에서 대표적인
존재로 거론할 수 있는 것은 놀이 요법이나 대상관계론으로 알
려진 멜라니 클라인(Melanie Klein)이다.

클라인은 아이의 내면 형성이나 대상과의 관계가 출산 직후부터
시작되며, 유아가 애초부터 어머니를 총체로서가 아니라 부분적
대상으로 파악한다고 주장한다. 그녀에 따르면, 출생 직후부터

4~6개월 무렵까지 계속되는 '망상분열 포지션(paranoid-schizoid position)'에서 유아는 죽음의 본능에 유래하는 불안으로부터 원시적인 자아를 분열시키는데, 이에 따라 어머니의 유방도 만족을 주는 '좋은 유방'과 박해를 가하는 '나쁜 유방'으로 분열된다. 유아 내부의 불안이나 갈등은 지속적이기 때문에, 수용, 투영, 분열 등의 방어기제에 의해 미성숙한 자아를 방어하는 것이 필요 불가결하다. 그리고 생후 4, 5개월 무렵부터 시작되는 '우울 포지션(depressive position)'에서는 어머니를 좋은 체험과 나쁜 체험 모두의 기원인 하나의 전체적인 인간으로 인식하거나, 주위 사람들을 한 사람 한 사람 구분할 수 있게 되며, 이와 함께 유아의 자아도 보다 통합적인 자아로 변화한다. 이 시기에 유아는 어머니와 아버지 사이의 특별한 관계를 알아채고, 조기 오이디푸스 단계가 시작된다. 이러한 클라인의 이론은 아버지나 페니스의 역할을 특권화하는 프로이트 이론을 수정하면서 보완한 것으로, 낸시 초도로우(Nancy Chodorow)와 같이 부녀관계의 기능을 중시하는 페미니스트 이론가들의 중요한 참조점이 되었다.

한편 프로이트, 라캉, 클라인의 이론을 채용하여 '전오이디푸스기'에 주목한 예술실천 분석을 보여준 이는 줄리아 크리스테바(Julia Kristeva)이다. 그녀는 『시적 언어의 혁명(La révolution du langage poétique)』(1974)에서, 법이나 언어나 교환의 차원인 '르 쌩볼릭(le symbolique)'과, 의미작용이나 주체의 설정에 우선하는 신체적인 욕동의 차원인 '르 세미오틱(le semiotic)'을 구별한다. 후자에는 플라톤의『티마이오스(Timaeus)』로부터 차용한 개념인 모성적인 수용기로서의 코라(chora)가 해당되며, 그것은 전오이디푸스기의 모자융합적인 신체공간에 비견될 수 있다. 르 세미오틱은 르 쌩볼릭이 성립하는 조건임과 동시에 끊임없이 르 쌩볼릭을 위협하고 파괴하는 요소이며, 그것의 작동은 말라르메나 조이스 등의 전위적인 문학텍스트 속에서 발견할 수 있다. 그러한 텍스트는 상징질서에 향락이나 활동성을 도입함으로써 언어구조의 변용을 촉구하며, 새로운 주체의 형성이나 사회질서의 변혁을 야기하는 사회기능을 담당한다. 나아가 크리스테바의『공포의 권력(Pouvoirs de l'horreur)』(1980)[29]에서 '어머니'는 두려움과 매혹을 함께 갖추고 있으며, 동일성이나 체계나 질서를 교란하는 요소인 '아브젝트(abject)'로서 이론화된다. 크리스테바는 이러한 아브젝트를 승화시켜서 코드화하려는 시도를 종교의식, 또는 루이페르디낭 셀린(Louis-Ferdinand Céline)을 중심으로 한 현대문학 속에서 찾는다. 크리스테바는 뤼스 이리가레(Luce Irigaray)나 엘렌 식수(Hélène Cixous)와 함께 '여성이라는 것'이나 '어머니라는 것'과 창작행위의 관계성을 명시한 이론가로서 중요하게 평가되지만, 모성을 물화(物化)함으로써 결과적으로 '아버지의 법'을 재강화한다는 지적도 있다(주디스 버틀러,『젠더 트러블』, 1990)[30].

정신분석과 페미니즘

프로이트 이론은 생물학주의적이며 남성중심주의적이라는 비판을 페미니즘 측으로부터 종종 받아왔다. 특히 강한 비판의 표적이 된 것은 프로이트가 '페니스 선망'이라는 개념으로 여성의 성적 발달을 설명한다는 점이었다. 예를 들어 베티 프리던(Betty Friedan)은 『여성성의 신화(The Feminine Mystique)』(1963)[31]에서 '페니스 선망'이라는 개념은 여성을 열등한 성으로 파악하는 사고방식으로 일관하며, 그것은 19세기 말 유럽의 중산계급 여성에게만 타당한 사고방식에 지나지 않는다고 말한다. 그런데 그러한 프로이트 이론이 보다 진보적인 미국사회에 비판이나 재검토를 거치지 않고 도입되었기 때문에, 본래대로라면 활약할 기회가 있었을 미국 여성을 속박하는 멍에로 기능하고 말았다고 지적한다. 한편, 케이트 밀렛(Kate Millett)은 보다 통렬한 비판을 가한다. 그녀는 『성 정치학(Sexual Politics)』(1970)[32]에서 프로이트를 '반혁명적 인물'로 단정하며, 그가 여성의 불만을 '페니스 선망'이라는 개념으로 설명함으로써 여성이 받고 있는 사회적 억압에 대해 문제제기할 수 있는 관점을 닫아버렸다고 강하게 비판한다. 그 책 이후, 1970년대 초반의 영미 페미니즘에서는 '페니스 선망'을 이유로 프로이트를 거부하는 경향이 이어지게 된다.

이러한 풍조로부터 획기적인 전환점을 마련한 것이 줄리엣 미첼(Juliet Mitchell)의 『정신분석과 페미니즘(Psychoanalysis and Feminism)』(1974)이다. 그녀는 그 책에서 시몬 드 보부아르(Simone de Beauvoir), 슐라미스 파이어스톤(Shulamith Firestone), 케이트 밀렛, 베티 프리던 등에 의한 프로이트 이론의 오독이나 곡해를 비판하고, 가부장제 분석에 기여하는 이론으로서 프로이트 이론을 재평가한다. 미첼에 따르면, 그녀들의 프로이트 이해는 알프레트 아들러(Alfred Adler)나 칼 구스타프 융(Carl Gustav Jung) 같은 다른 이론가와 프로이트를 혼동하고 있는 점, 그의 이론 속의 주요한 요소인 유아성욕이나 무의식에 대한 관점을 무시하고 있는 점에서 문제를 안고 있으며, 실제 프로이트 이론은 가부장제의 탄생이나 개개인의 심리적 생활에 대한 가부장제의 영향을 기술함으로써 가부장제 전복을 위한 기획의 단서를 준다. 이 책은 프로이트 이론을 양성 간의 격차에 관한 규범이론이 아니라 기술이론으로 재해석함으로써, 정신분석에 기초한 페미니즘 비평의 길을 열어주었다.

미첼의 시도를 이어받은 제인 갤럽(Jane Gallop)은 '정신분석과 페미니즘'이라는 문제에 대한 보다 심화된 관점을 보여준다. 『페미니즘과 정신분석 – 딸의 유혹(The Daughter's Seduction: Feminism and Psychoanalysis)』(1982)[33]에서 갤럽은 미첼이 라캉에 대한 해석에서 언어라는 관점을 결락함으로써 그녀가 비판한 페미니스트들이 보여준 정신분석의 오독을 역시 반복하고 말았다고 지적한다. 갤럽에 따르면, 중요한 것은 부권제 문화와의 싸움이 아니라, '죽은 아버지의 법'을 생물학적으로 단순화하여 '살아 있는 남성'의 법으로 만들려는 모략에 대한 저항이며, 이를 위해서는 언어 이론을 도입한 정신분석이 불가결하다는 것이다. 이처럼 미첼에 대한 비판으로 시작되는『페미니즘과 정신분석 – 딸의 유혹』은, 각 장에서 어니스트 존스(Ernest Jones), 뤼스 이리가레, 줄리아 크리스테바 같은 이론가들과 라캉을 대결 관계에 두고, 라캉의 페미니스트적 측면을 부상시킨다. 라캉의 텍스트에 대해 그녀는 섬세한 표현이나 번역의 오류까지도 주목할 만큼 집요한 정독을 실천하고 있으며, 그러한 점은『에크리』입문서인『라캉을 읽다(Reading Lacan)』(1985)에서도 현저하게 드러난다.

트라우마 이론

미국 정신의학회가 발행하는 DSM(「정신장애의 진단과 통계 매뉴얼」) 제3판 개정판(1980)에 'PTSD(post-traumatic stress disorder)'라는 진

단명이 등록된 것, 그리고 클로드 란츠만(Claude Lanzmann) 감독의 홀로코스트 관련 다큐멘터리 영화 〈쇼아(Shoah)〉의 공개(1985) 등을 배경으로, '트라우마'라는 개념에 의거하여 비참한 사건의 증언 (불)가능성이나 문화에 미친 영향을 논하는 트라우마 이론이 발흥하였다. 그와 같은 조류를 견인한 것은, 포스트구조주의의 대표적인 비평가인 폴 드 만(Paul de Man)으로부터 영향을 받은 캐시 캐루스(Cathy Caruth)와 쇼샤나 펠만이다.

캐루스는 1991년 정신의학 전문저널 『아메리칸 이마고(American Imago)』의 특별편집자로 들어가서 문학·영화·사회학·정신의학 등 다양한 영역의 시점에서 트라우마에 대해 논의한 특집을 성공시켰으며, 이후 『트라우마·역사·서사(Unclaimed Experience: Trauma, Narrative and History)』(1996)에서 프로이트나 라캉이나 드 만에 의한 이론적 텍스트나 알랭 레네(Alain Resnais)의 영화를 통해 트라우마적 체험의 전달에 대해 논한다. 그녀에게 있어 트라우마적 기억은 그 이해에 대한 저항이나 반복성으로 인해, 언어의 지시기능이나 윤리적 가능성의 재고를 요청하는 중대한 비평의 과제로 존재한다. 그녀는 드 만이 제기한 언어의 기능에 대한 회의론을 전제 삼아, '출발', '연소(燃燒)', '낙하', '각성' 같은 텍스트 속 이미지 안에 깃든 체험의 기억을 독해하며, 타자의 상처에 대한 응답의 요청을 읽어낸다. 한편, 쇼샤나 펠만은 정신과 의사인 도리 롭(Dori Loub)과의 공저 『증언(Testimony: Crises of Witnessing in Literature, Psychoanalysis, and History)』(1992)에서, 최종

적인 의미나 전체상을 미리 파악할 수 없다는 불확실함 속에서
사건의 기억을 현재화(顯在化)하고자 시도하는 행위로서의 '증언'
에 대해 논한다. 특히 〈쇼아〉론인 제7장에서는, 이 영화에 그려
진 사건 내부와 외부 사이의 통행에 주목하며 '증언이 가진 해방
의 서사'로서의 성질을 명시한다. '탈구축'의 세례를 받은 캐루스
와 펠만의 트라우마론 작업은, 몰윤리성이나 허무성이 강조되기
쉬웠던 탈구축 비평의 윤리적 전회를 인상적으로 보여주었다.

이 두 명의 논의가 트라우마를 둘러싼 다양한 논쟁을 야기하
면서, 트라우마 이론은 더욱 발전했다. 조르조 아감벤(Giorgio
Agamben)은『아우슈비츠의 남은 자들(Quel che resta di auschwitz)』
(1998)[34]에서 희생자나 증언자의 노랫소리가 지닌 가능성을 강
조하는 펠만의 논의를 "증언을 미학의 대상으로 삼는 것과 마찬
가지"라고 비판하면서, 생존자의 증언의 언어는 언어를 갖지 못
한 자들의 비-언어 속에서 생성하는 것이라고 주장한다. 그는 수
용소에서 산죽음의 상태로 내몰린 '회교도(Muselmann)'라 불린
사람들에 주목하고 '회교도야말로 완전한 증인이다'라는 프리
모 레비(Primo Levi)의 테제를 독해하면서, 언어와 비-언어, 인간
과 비-인간의 관계성이 문제화되는 장으로서 '증언'을 위치시킨
다. 한편 도미니크 라카프라(Dominick LaCapra)는『역사 쓰기, 트
라우마 쓰기(Writing History, Writing Trauma)』(2001)[35]에서 트라우마
와 역사, 체험자와 비체험자를 동일시하기 쉬웠던 종래의 트라
우마론을 비판하고, 특정한 구체적 사건에 유래하는 '역사적 트

라우마'와 초역사적 차원에 있는 '구조적 트라우마'를 구별해야 한다고 주장한다. 그와 같은 구별을 통해 그가 모색한 것은, 새로운 폭력이나 끊임없는 멜랑콜리(melancholy)에 빠지지 않고 트라우마적 사건의 기억을 마주하는 방법이었다. 또한 로버트 이글스톤(Robert Eaglestone)의 『포스트모더니즘과 유대인 대학살의 부인(Postmodernism and Holocaust Denial)』(2001)은 캐루스 등의 트라우마 이론에서 생존자의 기억과 트라우마의 징후가 동일시되는 것에 반발하여, 오히려 증언텍스트에서 상세하고 주체적인 표현 전략에 초점을 맞추며 '증언'의 특성을 논한다. 이글스톤은 근년의 트라우마 이론에 대한 논집인 『트라우마 이론의 미래(The Future of Trauma Theory)』(2014)의 편자이기도 하며(거트 부엘렌스(Gert Buelens), 새뮤얼 두란트(Samuel Durrant) 공편), 이 논집에 수록된 논고에서 그는 트라우마 이론이 체험의 구조나 인간이 자기에 대해 생각하거나 말하는 방법, 나아가 잔학행위가 언어체계 전체에 미치는 영향 등, 근원적인 문제를 고찰하기 위한 중요한 시점을 포함하고 있다고 주장한다.

정신분석과 일본인론

항상 안정된 수요를 자랑해온 일본인론에서 정신분석은 무시할 수 없는 역할을 담당한다. 그것은 그 시대의 사회문제를 일본인이나 일본사회 특유의 멘탈리티에 기반하여 설명하고 해결책을 제시한다는 기능을 하면서 아카데미즘의 장 바깥에 꽤 넓은 지지를 얻어왔다. 그 중에서도 도이 다케오(土居健郎), 가와이 하야오(河合隼雄), 오코노기 게이고(小此木圭吾)의 저작은 모자관계를 실마리로 삼은 '분석'을 통해 일본인론의 한 유형을 구축했다는 점에서 주목할 만하다.

도이 다케오의 『어리광의 구조(甘えの構造)』(1971)는 일본사회란 '어리광'이 침투한 사회라고 주장한다. 저자가 이 이론을 착상한 계기는 미국 유학 중의 체험이었다. 예를 들어 언젠가 "당신은 배가 고픈가요? 여기 아이스크림이 있습니다만"하는 말을 들었을 때, 저자는 배가 고팠으면서도 처음 본 상대를 배려하여 "배고프지 않아요"라고 대답했다. 그로서는 상대가 한 번 더 권해줄 것이라는 기대가 있었지만 상대는 "아, 그래요"라며 무뚝뚝한 반응을 보일 뿐이었다. 저자는 이때의 일을 포함한 다수의 체험으로

부터, 미국인은 일본인처럼 상대의 심리를 살피거나 생각해주는 습관이 없다는 것을 알게 된다. 이 책에서 저자는 빈번한 사죄, 의리와 인정의 중시, 안과 밖의 지나친 분리, 비논리적인 사유 같은 일본인의 습성이나 천황제나 학생운동 같은 사상(事象)을 '어리광'의 관점에서 읽는다. 그 속에서, '어리광'은 모자관계에서 젖먹이의 심리를 원형으로 하는 유아적인 것이며, 타자의 발견을 통해 극복되어야 할 것이라고 설명된다. 패전 후 25년을 지나 일본이 국제화의 길을 걷고 있는 상황에서 일본인의 성숙이 필요하다고 호소했던 이 책은 이후 정신분석이론을 바탕으로 쓰인 일본인론의 토대가 된다.

가와이 하야오는 『모성사회 일본의 병리(母性社会日本の病理)』(1976)에 수록된 「모성사회 일본의 '영원한 소년들(母性社会に生きる「永遠の少年」たち)」에서, 일본은 모성 원리가 우위를 점하는 사회이며 그것이 '등교거부증'이나 대인공포증 같은 문제의 배경을 이룬다고 논한다. 하지만, 그 해결책은 서양적인 부성 원리에 의한 자아 확립이 아니라, 부성 원리와 모성 원리의 중간적 존재인 일본사회의 유연성을 긍정적으로 평가하고, 일본인의 일견 모호한 자아를 떠받치는 어떤 것을 찾는 데 있다는 것이 가와이의 주장이다. 또한 융(Jung)파의 학자답게 그는 그 해결책의 힌트를 아마테라스와 스사노오[37]가 공존하는 폭넓은 일본신화 속에서 발견한다.

한편, 오코노기 게이고의 『일본인의 아자세 콤플렉스(日本人の阿闍世コンプレックス)』(1982)는 일본 최초의 정신분석가인 고사와 헤이사쿠(古沢平作)에 의해 제시된 '아자세 콤플렉스'에 관한 저자의 에세이를 한 권으로 정리한 책이다. '아자세 콤플렉스'란 어머니에 대한 원망과 거기 수반되는 죄악감, 그리고 어머니의 용서를 통한 구제라는 프로세스를 통해 일본인 특유의 발달과정을 설명한 것으로, 프로이트의 제자였던 고사와가 프로이트의 '오이디푸스 콤플렉스'에 대응하여 다듬은 개념이었다. 오코노기에 따르면, 이것은 사건을 마주할 때 용서를 통한 일체감의 회복을 이루고자 하는 일본인의 특질을 잘 드러낸다는 것이다. 그는 서양의 문화인 정신분석과 일본문화의 융합을 모색한 고사와의 행보 자체가, 이질적인 두 문화를 통합하여 새로운 일본적 자아를 구축한다는 과제에 착수하기 위한 힌트를 제공한다고 주장한다.

이상의 세 명은 일본문화가 모성의 문화라는 전제를 공유하고 있다. 이와 비슷한 견해에 입각하여 문학텍스트를 독해한 것이 에토 준(江藤淳)의 『성숙과 상실(成熟と喪失)』(1967)이다. 에토는 주로 에릭 에릭슨(Erik Erikson)에 의거하며 모성이나 부성을 둘러싼 일본과 미국의 비교문화론을 전개하는데, 독해를 할 때 문학텍스트에 대한 문화론의 단순한 적용에 그치는 것이 아니라, '제3의 신인'이라 불리는 작가들의 텍스트 세부에 근거하여 모성의 붕괴라는 현상에 대한 개별 작가의 비평의식의 양상을 탐구한다.

1

지그문트 프로이트, 김인순 역,
『꿈의 해석』(프로이트전집 개정판),
열린책들, 2020.

2

지그문트 프로이트, 이한우 역,
『일상생활의 정신 병리학』(프로이트전집
개정판), 열린책들, 2020.

3

지그문트 프로이트, 정장진 역, 「유머」,
『예술, 문학, 정신분석』(프로이트전집
개정판), 열린책들, 2020.

4

지그문트 프로이트, 윤희기·박찬부 역,
「자아와 이드」, 『정신분석학의 근본
개념』(프로이트전집 개정판), 열린책들,
2020.

5

지그문트 프로이트, 박성수·한승완 역,
「나의 이력서」, 『과학과 정신분석학』
(프로이트전집 개정판), 열린책들, 2020.

6

자크 라캉, 홍준기·이종영·조형준·김대진 역,
「「도둑맞은 편지」에 관한 세미나」, 『에크리』,
새물결, 2019.

7

에드거 앨런 포, 김진경 역, 『도둑맞은 편지』,
문학과지성사, 2018.

8

지그문트 프로이트, 정장진 역,
「빌헬름 옌젠의 『그라디바』에 나타난 망상과
꿈」, 『예술, 문학, 정신분석』(프로이트전집
개정판), 열린책들, 2020.

9

지그문트 프로이트, 정장진 역,
「두려운 낯섦」, 『예술, 문학, 정신분석』
(프로이트전집 개정판), 열린책들, 2020.

10

E.T.A. 호프만, 김현성 역, 『모래사나이』,
문학과지성사, 2001.

11

지그문트 프로이트, 정장진 역,
「도스토옙스키와 아버지 살해」,
『예술, 문학, 정신분석』
(프로이트전집 개정판), 열린책들, 2020.

12

어니스트 존스, 최정훈 역,
『햄릿과 오이디푸스』, 황금사자, 2009.

13

윌리엄 셰익스피어, 최종철 역,
『햄릿』, 민음사, 2009.

14

제임스 매튜 배리, 이은경 역,
『피터 팬』, 펭귄클래식코리아, 2017.

15

앙드레 브르통, 황현산 역,
「초현실주의 선언」, 『초현실주의 선언』,
미메시스, 2012.

16

발터 벤야민, 조형준 역,
『아케이드 프로젝트』 1~6, 새물결, 2008.

17

루이 아라공, 오종은 역,
『파리의 농부』, 이모션북스, 2018.

18

앙드레 브르통, 오생근 역,
『나자』, 민음사, 2008.

19

앙드레 브르통, 황현산 역,
「초현실주의 제2선언」, 『초현실주의 선언』,
미메시스, 2012.

20

에리히 프롬, 김석희 역,
『자유로부터의 도피』, 휴머니스트, 2020.

21

헤르베르트 마르쿠제, 김인환 역,
『에로스와 문명 – 프로이트 이론의
철학적 연구』, 나남출판, 2004.

22

빌헬름 라이히, 윤수종 역,
『성 혁명』, 중원문화, 2023.

23

질 들뢰즈 · 펠릭스 가타리, 김재인 역,
『안티 오이디푸스』, 민음사, 2014.

24

루이 알튀세르, 이진수 역,
「이데올로기와 이데올로기적 국가기구」,
『레닌과 철학』, 백의, 1997.

25

프레드릭 제임슨, 이경덕 외 역,
『정치적 무의식 – 사회적으로 상징적인
행위로서의 서사』, 민음사, 2015.

26

슬라보예 지젝, 이수련 역,
『이데올로기의 숭고한 대상』, 새물결, 2013.

27

슬라보예 지젝, 이성민 역,
『부정적인 것과 함께 머물기 – 칸트 헤겔
그리고 이데올로기 비판』, 도서출판b, 2007.

28

슬라보예 지젝 · 주디스 버틀러 · 어네스토
라클라우, 박미선 · 박대진 역,
『우연성, 헤게모니, 보편성 – 좌파에 대한
현재적 대화들』, 도서출판b, 2009.

29

줄리아 크리스테바, 서민원 역,
『공포의 권력』, 동문선, 2001.

30

주디스 버틀러, 조현준 역,
『젠더 트러블 – 페미니즘과 정체성의 전복』,
문학동네, 2008.

31

베티 프리단, 김현우 역,
『여성성의 신화』, 갈라파고스, 2018.

32

케이트 밀렛, 김전유경 역,
『성 정치학』, 쌤앤파커스, 2020.

33

제인 갤럽, 심하은 외 역,
『페미니즘과 정신분석 – 딸의 유혹』,
꿈꾼문고, 2021.

34

조르조 아감벤, 정문영 역,
『아우슈비츠의 남은 자들 – 문서고와 증인』,
새물결, 2012.

35

도미니크 라카프라, 김우민 역,
「역사 쓰기, 트라우마 쓰기」, 육영수 편,
『치유의 역사학으로』, 푸른역사, 2008.

36

로버트 이글스턴, 김원기 역,
『포스트모더니즘과 유대인 대학살의 부인』,
이제이북스, 2004.

37

일본신화에서 아마테라스는 태양의
여신, 스사노오는 바다와 폭풍의 신이며
둘은 남매 관계이다. 가와이 하야오는 융
심리학을 바탕으로 일본신화를 해석하고
이를 일본사회의 문화나 정신구조 분석에
적용했다.

다케무라 가즈코(竹村和子) 편

『'포스트' 페미니즘 입문』, 사쿠힌샤, 2003.

후쿠하라 다이헤이(福原泰平)

『라캉 – 거울상 단계』, 고단샤, 1998.

엘리자베스 라이트(Elizabeth Wright) 편

오카자키 히로키(岡崎宏樹)·가시무라 아이코(樫村愛子)·
나카노 마사히로(中野昌宏) 역, 『페미니즘과 정신분석학 사전』, 다가출판, 2002.
박찬부·정정호 역,
『페미니즘과 정신분석학 사전』, 한신문화사, 1997.

다카하시 요이치(高橋洋一) 편

『현대비평이론의 모든 것』, 신쇼칸, 2006.

오코노기 게이고(小此木啓吾)

『프로이트』, 고단샤, 1989.

제10장

젠더·섹슈얼리티와 문학

모로오카 유마
諸岡友真

20세기가 저물 무렵 다변화된 젠더·섹슈얼리티 연구의 원동력이 되어온 것은 페미니즘과 포스트구조주의의 긴장관계이다. 페미니즘은 사회적으로 정의된 '여성성'을 비판하고 여성이 보편적 주체성을 획득하기 위한 이론적 기반을 구축해 왔다. 그러나 포스트구조주의자들에 의해 주체란 권력구조에 따라 사회적으로 구축되고 그와 동시에 권력을 은폐하는 것이라는 주장이 제기되자 페미니즘에서도 젠더와 섹슈얼리티에 대한 재고가 시급해졌다. 왜냐하면 근대 페미니즘 이론의 기반이었던 '여성'으로서의 정체성(identity)이란 이성애주의나 서구백인중심주의에 토대를 둔 것으로 인종, 계급, 섹슈얼리티 등 여성 간의 차이에는 어둡다는 것이 드러났기 때문이다. 그 결과 블랙 페미니즘, 포스트콜로니얼 페미니즘, 퀴어 이론 등의 패러다임이 생겨났고 강제적 이성애(compulsory heterosexuality) 체제에 의해 자연화된 이원적 젠더의 기만성이나 여성이라는 젠더 카테고리의 다층성이 조명되었다.

젠더·섹슈얼리티와 문학

젠더·섹슈얼리티의 배경 사상

실존주의 **페미니즘**
타자로서의 '여성'
시몬 드 보부아르
가부장제 비판
젠더와 섹스
정체성, 주체성
이성애주의

포스트구조주의
주체에 대한 회의

젠더·섹슈얼리티의 재고를
촉진한 주요사상

탈구축

자크 데리다

언설, 생명권력

미셸 푸코

아버지의 법, 팔루스

자크 라캉

개별 이론의 개념

블랙 페미니즘
교차성

**포스트콜로니얼
페미니즘**
서구백인중심주의 비판

바바라 스미스
가야트리 스피박

퀴어이론
수행성
강제적 이성애
이성애 규범성
여성혐오와 동성애 혐오
호모소셜한 욕망

주디스 버틀러
이브 세지윅

프랑스계 페미니즘
남성로고스중심주의
비판
정신분석 비판

뤼스 이리가레

페미니즘 운동과 문학에의 영향

페미니즘의 원류에는 시민혁명을 거치면서 개념화된 기본적 인권사상이 존재한다. 페미니즘은 계몽사상이나 인권개념이 여성을 고려하지 않는 것에 대한 항의를 통해 구현되었기 때문이다. 페미니즘의 선구자인 영국의 여성작가 메리 울스턴크래프트(Mary Wollstonecraft)는 『여성의 권리 옹호(Vindication of the Rights of Woman)』(1792)[1]에서 계몽사상이 표방하는 평등한 권리가 여성에게는 보장되지 않는 불합리를 비판했다. 특히 민주주의(democracy)의 이상과 현실의 괴리는, 가정(家庭)이라는 사적 영역에 얽매인 여성의 권리 박탈로 드러났다. 여성은 정치·경제활동이라는 공적 영역에서 배제되었고 일단 결혼을 하면 가장인 남편에게 재산권을 양도해야 했다.

따라서 19세기 중엽부터 20세기 초까지 대두된 제1물결 페미니즘은 기혼 여성의 재산권 및 참정권 획득을 시도했다. 하지만 문화적으로는 빅토리아 시대로 불리는 이 시기의 페미니스트 대부분은, 가정을 여성 영역으로 규정하는 '진정한 여성스러움'을 내면화한 중산층이었다. 역사학자 바바라 웰터(Barbara Welter)가 '진정한 여성스러움의 숭배'라고 명명한 이 현상은 여성에게 고유한 미덕(경건, 순결, 순종, 가정성)을 강조하며 아내야말로 가정 내 도덕의 수호자라는 통념을 만들어 냈다. 가정적이고 도덕적인 여성상은 예를 들면 미국의 여성 작가 루이자 메이 올콧(Louisa May Alcott)의 소설『작은 아씨들(Little Women)』(1868)[2]에 잘 나타나 있다. 가정을 여성 영역으로 젠더화하는 '진정한 여성스러움'은 성역할 분업의 규범화에 도움을 주었고, 제1물결 페미니스트의 목적은 여성의 승인에 머물렀다.

제1물결 페미니즘은 1920년 미국, 1928년 영국의 여성 참정권 획득으로 결실을 맺은 후 일단 잠잠해진다. 이후 제2차 세계대전이 발발하자 여성도 생산노동에 진출하기 시작했고 전후 호황 역시 여성의 취업을 촉진하였다. 그러나 1963년에 출간되어 일약 베스트셀러가 된 베티 프리던(Betty Friedan)의『여성성의 신화(The Feminine Mystique)』[3]는 물질적 풍요나 공적 권리 획득만으로는 여성의 자아실현이 이루어질 수 없다는 현실을 폭로하였다. 이 책이 주목한 것은 화이트칼라 남편과 결혼하여 교외에서 육아에 힘쓰는 중산층 전업주부의 내면이다. 이 책은 고등교육에서 얻은 지식을 활용하지 못하고 남편에게 경제적으로 의존할 수밖에 없는 이들이 공유하는 막연한 불안감을 전경화함으로써, 이른바 '이름 붙일 수 없는 문제들'이 부권제 사회가 만들어낸 '여성스러움'의 환상에서 비롯된다는 것을 비판하였다. 여성의 개인적 고민이 가부장제 권력 구도의 반영이라는 것을 보여준『여성성의 신화』는 제2물결 페미니즘의 기폭제가 됐다.

여성의 권리 획득에 주력한 제1물결 페미니즘에 대하여 1960년대 후반과 70년대에 융성하였던 제2물결 페미니즘은 공사(公私) 모두에 걸친 권력구조를 쟁점으로 삼았다. 제2물결 페미니즘은 '성과 생식에서의 자기결정권' 획득을 목표로 하는 동시에 사회 제도의 근간에 숨어 있는 남성 중심의 가치관을 문제화했다. 여성이라는 것의 의미를 근원적(radical)으로 질문한 이 조류는 래디컬 페미니즘(radical feminism)으로도 불렸다. 래디컬 페미니스트는 '개인적인 것은 정치적인 것'이라는 슬로건을 내걸고 가정이나 성관계 등 사적 영역에서의 남녀 권력관계 분석에 뛰어들면서 개인적인 고민과 경험을 공유하는 '의식고양운동'을 펼쳤다.

래디컬 페미니즘의 정치적 실천을 문학비평에 응용하여 페미니즘 비평의 초석을 닦은 인물이 미국의 케이트 밀렛(Kate Millett)이다. 『성 정치학(Sexual Politics)』(1970)[4]은 D. H. 로런스(Lawrence), 헨리 밀러(Henry Miller), 노먼 메일러(Norman Mailer)의 작품에 나타난 성 묘사를 분석하고, 그것에 반영된 현실 세계의 부권제와 여성혐오를 비판하였다. 많은 문학작품이 남성 중심적 가치관에 바탕을 두고 있다는 비평적 문제의식은 이 책에서 비롯됐다. 이후 1970년대 중반에 융성한 페미니즘 비평 '여성중심비평(gynocriticism)'은 여성 작가의 독자적인 문학적 요소의 체계화를 꾀했다. 대표적 저작인 샌드라 길버트(Sandra Gilbert)와 수전 구바(Susan Gubar)의 『다락방의 미친 여자(The Madwoman in the Attic)』(1979)[5]는 영국 여성 작가 샬럿 브론테(Charlotte Brontë)의 『제인 에어(Jane Eyre)』(1847)[6]를 분석하였다.

하지만 제2물결 페미니즘이 득세하는 한편 내부에 도사리고 있던 문제 또한 표면화됐다. 동성애자였던 흑인 여성 비평가 바바라 스미스(Barbara Smith)는 페미니즘 운동에서의 백인 중산층 이성애 중심주의를 비판했고, 이후 블랙 페미니즘 단체를 설립했다.[→379쪽 블랙 페미니즘과 흑인문학의 궤적]

포스트구조주의와
젠더 비평 이론의 여명

자크 라캉(Jacques Lacan), 미셸 푸코(Michel Foucault), 자크 데리다(Jacques Derrida)는 1960년대 후반부터 30여 년간 융성했던 포스트구조주의의 핵심 사상가이지만 이들의 견해는 페미니즘과 관련해서도 중요하다. 이들의 사상은, 그동안 여성의 경험을 중시한 나머지 이론적 시각을 충분히 갖추지 못하였던 페미니즘이 주체 형성 과정을 분석할 때 지적 기반이 되었기 때문이다.

정신분석의(精神分析醫) 라캉은 정신분석의 시조인 지그문트 프로이트(Sigmund Freud)의 오이디푸스 콤플렉스를 재해석하였다[→ 333쪽 지그문트 프로이트의 사상]. 프로이트에 따르면 어머니를 사랑의 대상으로 삼는 남자아이는 성적 경쟁자인 아버지에게 증오를 품는다. 하지만 부모에 대해 애증을 가진 남자아이는 아버지로부터 벌을 받지 않을까 하는 거세 불안에 시달린다. 라캉은 남아의 근친상간적 애정과 이를 금지하는 부권적 법이라는 구도로부터 언어 획득을 통한 주체 형성 과정을 읽어냈다. 언어 획득 이전의 유아는 어머니와 미분리 상태이며 충족적인 존재이다. 그러나 근친상간 금기 등 금지(아버지의 법)를 정하는 언어체계(상징계)에 진입할 때 유아는 어머니와의 원시적 결합을 상실하며 충족불가능한 '결핍'을 떠안는다. 결핍을 채우고자 하는 욕망에서 인간은 언어를 획득하고 주체 구축으로 나아간다.

프랑스계 페미니즘을 대표하는 뤼스 이리가레(Luce Irigaray)는 프로이트의 오이디푸스 이론에 있어서 남성 중심주의에 대한 비판으로부터 자신의 이론을 다듬어 나갔다. 그에 반해 줄리아 크리스테바(Julia Kristeva)는 라캉이 시사한 어머니와 아이가 혼연일체가 된 전(前)오이디푸스기에 주목하고, 거기에 존재하는 '원(原)기호계'라는 언어의 영역을 개념화했다[→ 382쪽 프랑스계 페미니즘과 현대 여성문학의 전개].

철학자 푸코는 편재적이고 다양한 언설이 인간의 신체나 섹슈얼리티를 통제하는 '생명권력(biopower)'이라는 법권력 모델을 제시했다. 언설이란 어떤 특정 역사적 맥락에 위치한 사회에서 자명하다고 여겨지는 지식을 적는 언술의 총체이다. 『성의 역사(Histoire de la sexualité)』 제1권(1976)[7]은 19세기 의학, 법률 등의 언설이 섹슈얼리티에 관한 사회적 규제를 행한 결과 '생물학적' 성(sex)의 자명성이 조작되었다고 설명하고, 따라서 성별화된 신체는 언설에 의한 사회 구축물이라고 주장하였다.

푸코의 생명권력과 언설/권력, 나아가 섹슈얼리티의 사회적 구축에 대한 통찰은 본래 다형적(multi-figural)인 섹슈얼리티를 이성애로 고착화하는 권력구조를 폭로한 퀴어 비평, 특히 이 분야의 발전에 기여한 이브 세지윅(Eve K. Sedgwick)과 주디스 버틀러(Judith Butler)에게 지대한 영향을 주고 있다.

철학자 데리다가 내세운 '탈구축'은 여러 페미니스트들에게서 윤리적·정치적 잠재력을 끌어내면서 진전을 이뤘다. 안정된 정의나 의미를 항상 벗어나는 탈구축을 굳이 정의한다면, 그것은 언어체계를 지탱하는 이항 대립의 모순을 드러내고 의미의 결정 불가능성으로 몰아가는 사고, 방법, 문제 등일 것이다.

데리다는 특히 페르디낭 드 소쉬르(Ferdinand de Saussure)의 구조주의 언어학이 의거한 이항 대립을 비판하였다. 소쉬르는 기호가 시니피앙과 시니피에로 구성된다고 하였다. 시니피앙은 예를 들면 '여성'이라고 하는 언어 표기나 소리를 가리키고, 시니피에는 그것이 지시하는 개념이다. 시니피앙과 시니피에의 관계는 사회 안에서 자의적으로 고착화된다. 기호체계는 차이의 시스템으로, 말하자면 '여성'의 의미가 '남성'과의 차이에 의해 결정되는 것이다. 이에 대하여 탈구축은 선험적(a priori)인 신체적 사실로 여겨졌던 남녀의 차이를 해체하고 있다.

남녀의 성차는 생물학적 차이에 의해 규정되어 왔다. 그러나 푸코가 논했듯이 성의 자명성이 의학 언설에 의한 구축물이라면 성차의 참조점인 성이란 무엇인가. 이처럼 차이로 인한 언어의 정의를 시도할 때 다른 정의로 영원히 연결되고 결정적 의미가 지연되는 현상을 데리다는 '차연(差延, différance, 차이 差異+지연 遲延)'이라는 조어로 표현했다. 버틀러는 이 '차연' 이론에 근거하여 젠더를 결정불가능성으로 유동화시키는 '수행성(perfomativity)'이라는 개념을 구축했다[→393쪽 퀴어 비평(2) 주디스 버틀러].

포스트구조주의는 또한 급진적 문학비평의 기반이 되기도 했다. 데리다의 사상을 미국 비평계에 보급시킨 폴 드 만의 지도를 받은 바바라 존슨(Barbara Johnson)의 『차이의 세계(A World of Difference)』(1987)는 흑인 여성 작가 조라 닐 허스턴(Zora Neale Hurston)의 『그들의 눈은 신을 보고 있었다(Their Eyes Were Watching God)』(1937)[8] 등을 독해하면서 탈구축의 맹점이었던 성과 인종의 차이를 분석했다.

블랙 페미니즘과 흑인문학의 궤적

'여성'이라는 카테고리의 다층성을 최초로 가시화시킨 것은 1950년대 후반 미국 민권운동의 성차별과 여성해방(Women Liberation) 운동의 인종차별에 실망한 흑인 여성이었다. 인종, 계층, 젠더, 섹슈얼리티에 의한 복합적 억압에 무지한 백인 페미니즘 운동의 한계를 피부로 느낀 스미스는 1974년 흑인 페미니스트와 레즈비언을 중심으로 한 단체 '콤바히 리버 컬렉티브(Combahee River Collective)'를 조직하였다. 이 단체의 명칭은 남북전쟁 중인 1863년 해리엇 터브먼(Harriet Tubman)이 이끄는 흑인 레지스탕스가 사우스캐롤라이나 주 콤바히 강가에 위치한 농원에서 흑인 노예를 해방시켰다는 사실에 근거하고 있다.

'콤바히 리버 컬렉티브'의 출범 3년 만에 나온 단체 성명은 나중에 법학자 킴벌리 크렌쇼(Kimberlé Crenshaw)가 이름 붙인 '교차성(intersectionality)'이라는 중층적 권력구조 개념을 선취하고 있었다. 그 성명은 인종적, 성적, 이성애적, 그리고 계층적 억압이 교차하는(intersect) 다층적 권력을 분석하고 이와 싸우겠다는 결의를 표명한 것이었다. 이 권력 모델은 남북전쟁 이후 흑인이 투표하지 못하게 하려는 정치적 목적 때문에 백인 남성이 흑인 여성에게 성폭력을 행사한 사건을 비롯하여 당시 흑인 여성이 일상적으로 노출되어 온 억압의 경험으로부터 개념화된 것이었다. 아울러 그 성명은 성차별과 인종차별에 빠진 정치단체와 같은 전철을 밟지 않도록 흑인 여성뿐만 아니라 제3세계와 노동자계층의 여성들이 직면한 다양한 억압에도 함께 투쟁해야 한다는 주장을 내세우면서 초국가적 연대를 시도했다.

작가이기도 했던 스미스와 시인 오드리 로드(Audre Lorde) 등 블랙 페미니즘(Black Feminism) 지도자들은 왕성한 창작활동을 통해 자신의 의견을 사회에 전달했다. 스미스는 에세이 「블랙 페미니스트 비평을 향하여(Toward a Black Feminist Criticism)」(1978)[9]로 세상에 질문하고, 1970년대에 이르기까지 경시되어 온 흑인 여성문학을 재평가하기 위한 원칙을 제시하였다. 노벨상 작가 토니 모리슨(Toni Morrison)의 소설 『술라(Sula)』(1973)[10]의 독해가 그 첫번째 작업이었다. 스미스는 『술라』를 흑인 레즈비언 소설로 읽으며 인종, 젠더, 섹슈얼리티의 얽히고설킨 다층적 권력작용이 흑인 여성 술라 피스(Sula Peace)와 넬 라이트(Nel Wright)의 복잡한 우정에 영향을 미치고 있다는 점을 읽어냄으로써 '교차성'의 시각을 문학비평에 응용하였다. 자신들이 특권적인 백인도 남성도 아니라는 것을 인식한 술라와 넬은 서로를 주체 구축의 참조점으로 삼고 인종차별과 성차별로 가득 찬 사회를 헤쳐 나가기 위해 유대감을 다졌다. 그러나 이 친밀한 관계는 가부장제에 근거한 성 규범의 간섭을 받아 두 사람 사이의 욕망이 이성애로 전환됨으로써 와해된다. 이처럼 블랙 페미니스트 비평은 흑인 여성에게 고유한 억압 형태를 분석할 수 있게 했다.

억압적 상황에서 인종, 젠더, 섹슈얼리티의 교차성을 발견한 블랙 페미니즘은 흑인문학에서 남녀관계 표상의 패러다임 전환을 야기했다. 전통적으로 흑인문학은 젠더 정치를 그리기보다는 인종차별 사회에서 흑인 남성의 곤경에 대한 항의를 그리는 데 역점을 두어 왔다. 그 경향은 분노한 흑인 남성의 백인 여성 살해를 묘사한 『미국의 아들(Native Son)』(1940)[11]의 저자 리처드 라이트(Richard Wright)가 흑인 여성의 성적 주체성을 주제로 한 허스턴의 소설 『그들의 눈은 신을 보고 있었다』를 맹렬히 비판하면서 그녀를 문단에서 추방한 사실에서도 확인된다. 그러나 블랙 페미니즘의 호소가 인구에 회자되자 흑인문학의 주류는 오히려 중층적 억압을 포착한 흑인 여성 작가에게 옮겨갔다.

퓰리처상을 수상한 앨리스 워커(Alice Walker)의 『컬러 퍼플(The Color Purple)』(1982)[12]과 모리슨의 『빌러비드(Beloved)』(1987)[13]는 그러한 경향을 세상에 알린 작품이다. 특히 워커가 라이트의 혹평 이후 세상에서 잊혀져버렸던 허스턴의 무덤을 찾아나서서 마침내 발견하게 된 경위를 자신이 편집장으로 있는 잡지 『미즈(Ms.)』에 연재한 것은 흑인 여성문학의 재발굴을 상징하는 사건이 되었다. 미국 페미니즘을 대표하는 존재가 된 워커는 나아가 흑인의 페미니즘을 올바르게 표현하기 위해 서양 중심의 페미니즘이라는 단어를 버리고 우머니즘(Womanism)이라는 호칭을 사용할 것을 제창했다. 하지만 이런 추세에 불복하여 흑인 남성에 대한 역차별을 고발하는 '블랙 래시(black lash)' 현상이 흑인 남성 지식인들 사이에 뿌리 깊게 남는 상황도 있다.

프랑스계 페미니즘과
현대 여성문학의 전개

프로이트-라캉의 정신분석 이론에서 남성중심주의를 비판한 프랑스계 페미니즘은 프랑스 페미니스트의 선봉 시몬 드 보부아르 (Simone de Beauvoir) 사상으로부터의 결별을 의미하였다. 보부아르는 『제2의 성(Le Deuxième Sexe)』(1949)에서 "사람은 여성으로 태어나지 않는다, 여성이 된다"[14]라고 말하면서, 비록 젠더라는 단어를 사용하지는 않았지만 성이라는 개념을 문화 구축물로서 설명했다. 여기서 말하는 '사람'이란 젠더 이전의 보편적 주체를 말하는데, 보부아르는 남성은 보편성과 일체화 가능한 반면 여성은 신체의 특수성 때문에 타자화되어 왔음을 지적했다. 그러면서 그는 남성과 여성이 그 자연의 분화를 넘어 우호관계를 확실하게 긍정하는 것이 무엇보다 필요하다고 주장했다.

이에 대하여 프랑스계 페미니즘의 기수인 뤼스 이리가레와 줄리아 크리스테바는 선험적 주체성을 표방하는 서양 형이상학이나 정신분석이론이 남성과 여성이라는 두 사람을 주체와 타자, 보편성과 특수성, 정신과 신체라는 전자 우위의 이항대립으로 편입시키는 남성 중심의 의미기구라는 것을 간파하였다. 특히 두 사람은 프로이트-라캉의 오이디푸스 이론에서 무시당한 여성의 중요성을 독자적인 시각에서 논하면서 각자의 입장을 분명히 했다.

이리가레는 프로이트가 이론화한 '페니스 선망'이 남성 시점의 언설이라는 것을 드러냈다. 프로이트에 따르면 발육 초기 단계의 여아는 자신의 신체에는 페니스가 결여된 것을 알아채지만 점차 자신의 성기를 받아들인다. 프로이트는 그 과정을 여아가 클리토리스를 열등한 페니스로 인식하고 남아와 똑같이 행동한다는 논리로 표현하였다. 결국 여아는 스스로를 남자보다 열등한 것으로 인식하게 되는 것이다. 더욱이 이후 여아는 자신에게 완전한 페니스를 주지 않은 어머니를 원망하고 남성의 성기를 주는 아버지, 그리고 남성에게 욕망을 향하여서 결국 페니스를 가진 아들을 출산하려는 욕망을 품은 존재로 구축된다.

이리가레는 프로이트가 여성의 섹슈얼리티를 남성 성기의 결여나 그에 대한 열망으로만 표상하고 있는 것을 비판했다. 이러한 인식에 기반하여 그녀는 프로이트가 여성을 남아의 욕망의 대상인 어머니로서만 간주하고 있다는 점, 나아가 여성의 성적 주체성을 억압해 왔다는 것을 논증하였다. 정신분석이 여성의 섹슈얼리티를 추구하지 못하게 하는 틀이었다는 것은 여성적 쾌락의 억압과도 연동된다. 즉 가부장제 사회에서 여성이 적용되어 온 '어머니'라는 사회적 역할은 여성 고유의 욕망을 비가시화시키고 여성을 재생산자로 단일화시켰다.

이것은 결국 남성 중심의 언설이 여성을 미리 구축된 이야기에 적용하는 권력일 수밖에 없다는 것을 의미한다. 이를 '남근 로고스 중심주의 비판'이라고 부른다. 그러나 이리가레에 있어서는 남성의 언어에 의해서 '결여'로서 표상되어 온 여성의 섹슈얼리티를 재표상하는 것이 두 번째 과제가 된다. 그녀는 남성 중심의 의미기구 외부에 여성적 글쓰기(écriture féminine)를 형성하여 여성적 쾌락의 표상을 지향하였다. 특히 작가로도 알려진 이론가 엘렌 식수(Hélène Cixous)는 타인을 모두 수용하는 어머니의 신체를 여성적 글쓰기의 상징으로 간주하였다. 상징적 '어머니'의 언

어가 남성적 질서에 항거하는 새로운 문학을 창조한다는 사고
방식은 현대 여성 작가들에게 많은 영향을 미쳤다. 일본에서는
오니와 미나코(大庭みな子), 쓰시마 유코(津島裕子) 등이 그 좋은 예
이다.

다른 한편 크리스테바는 어머니와 유아의 관계성을 독자적인 착
안점에서 분석하여 새로운 언어공간의 개념을 이론화하였다. 특
히 그녀는 라캉이 개념화한 상징계와 대립적인 '원기호계'라는
개념을 고안하였다. 상징계란 어머니 신체와의 시원적 결합 상
실 후 유아가 참여하는 언어영역으로, 근친상간 금기(taboo) 등
금지법을 결정한 엄격한 이항 대립에 기초한 언어시스템이다[→
375쪽 포스트구조주의와 젠더 비평 이론의 여명].

이에 대하여 크리스테바가 제창한 원기호계란 어머니와 아이가
혼연일체가 된 전(前)오이디푸스기에 위치한 언어의 영역을 가
리킨다. 이 전(前)언어적 영역은 '코라(chora)'라고 불리는 창조의
원천으로서의 자궁에 비할 수 있다. 크리스테바는 만물 생성의
장으로 플라톤에 의해 정의된 '코라'를 전오이디푸스기 어머니
의 신체와 연결하고 이것이 '시적 언어'를 만들어 낸다고 논하였
다. 상징계에 앞선 원기호계로의 입구인 시적 언어는 단일한 의
미를 벗어나는 신체적 욕동이나 남성 중심의 상징질서를 빠져나
가는 무질서한 힘을 지니고 있다.

포스트콜로니얼 페미니즘과 문학이론의 재구축

포스트콜로니얼 페미니즘은 부권제뿐만 아니라 제국주의 또한 여성 억압을 구조화하고 있다는 점을 비판적으로 검증한다. 이 분야에 지대한 공헌을 한 가야트리 스피박(Gayatri Spivak)은 제3세계 여성들이 현실에 얽혀 있는 차별구조 못지않게 그러한 여성에 대해 말하는 비평적 언설의 서구 중심성을 문제화하였다. 스피박의 비평이 전제하고 있는 것이 에드워드 사이드에 의한 오리엔탈리즘 비판이다. 사이드는 푸코의 '언설/권력'이라는 시각을 서양문학과 여행기 등에서의 동양 표상 분석에 응용하여 서구 백인중심주의에 기초한 동양상(東洋像)으로서의 오리엔탈리즘(orientalism)이 얼마나 식민주의를 정당화하는 언설로 기능하고 있는지 논증하였다. 이러한 사이드의 작업을 바탕으로 스피박은 프랑스계 페미니즘 이론에 숨어 있는 서구 백인 중심주의적 성향을 지적하며 제국주의와 페미니즘 이론의 공범 관계를 파헤쳤다.

포스트콜로니얼 페미니즘의 선구적 논문 「국제적 틀에서 본 프랑스 페미니즘(French Feminism in an International Frame)」(1981)[15]에서 스피박은 크리스테바의 『중국 여성에 대하여(About Chinese Women)』(1977)가 보여주는 '식민주의적 선의의 징후'를 비판하였다. 크리스테바는 고대 중국 모권제 사회의 잔재가 전(前)오이디푸스기의 원기호계로서 현대 중국 부권제 사회와 언어 속에 잔존해 있으며 그 교란적인 힘이 중국 여성을 압제에서 해방시킬 것이라고 예언했다. 그러나 스피박은 크리스테바가 중국 문학에 대한 체계적 지식 없이 중국 여성의 경험을 분석하지 않고 이들을 자신의 신념인 여성적 글쓰기에 일방적으로 적용하고 있다는 점, 나아가 중국의 문화적·언어적·역사적 차이를 비가시화하는 인식론적 폭력을 자행하고 있다는 것을 드러냈다.

스피박에 의한 크리스테바 비판의 요체였던 서양 학문에 의한 타자의 소거는, 「서발턴은 말할 수 있는가(Can the Subaltern Speak?)」(1988)[16]에서 철저하게 검토되었다. 서발턴(subaltern)은 이탈리아 마르크스주의자 안토니오 그람시(Antonio Gramsci)가 사용한 용어로 원래 군대 조직의 하급자로 결코 지목=대표되지 않는 계층에 있는 사람들을 가리킨다[→224쪽 서발턴]. 이들은 일관된 정체성을 가지지 못하고 사회적·정치적 권력기구에 의해 형성된 부차적 존재인 것이다. 서발턴은 영국의 인도 지배(1857~1947) 과정에서 정치 활동을 해 왔음에도 식민지 관료와 인도 중산층 엘리트에 의한 차별적인 기술(記述)의 대상이 될 뿐이었다. 말하자면 말소된 이들의 역사 회복을 시도한 것이 인도의 서발턴 연구집단이었다. 그러나 스피박은 그들이 고전적 마르크스주의에 의한 계급관념에 사로잡혀 있었기 때문에 여성을 사정거리에서 놓친 것을 비판하였다.

이러한 문제의식 아래 스피박은 남편을 태우는 장작에 과부가 몸을 던지는 인도의 관습 사티(Sati)와 그 관습을 정당화하는 종교적 언설이 여성의 주체성을 소거해왔음을 상세히 밝혔다. 즉 여성이 자결이라는 선택을 했음에도 불구하고 사티를 신성한 행위로 정의하는 힌두교 규범에 의해서 그녀의 주체성은 박탈되고 여성의 신체는 남편 재산의 일부로 재정의되었던 것이다.

더욱이 영국인들이 사티를 인도의 야만적 행위로 간주하고 인도의 문명화를 명목으로 제국주의를 정당화함으로써 여성의 주체성은 이중으로 말소되어 왔다. 다층적 언설의 가운데에 위치한 서발턴이 말하려 해도 그의 목소리는 항상 지배적인 정치 표상 시스템에 얽혀 있다. 이런 맥락을 이해해야만 서발턴은 말할 수 없다는 발언의 무게를 이해할 수 있다.

1990년대에 들어서자 찬드라 모한티(Chandra Mohanty), 레이 초우(周蕾, Rey Chow), 사라 술레리 굿이어(Sara Suleri Goodyear) 등 아시아계 비평가가 포스트콜로니얼 페미니즘 비평을 확충하였다.

모한티는 서양 페미니즘이 제3세계 여성을 물상화하는 것을 비판하며 제3세계의 다양성과 역사성을 주장했다. 초우는 '타자'나 '네이티브(native)' 개념의 결함을 지적하며 스피박의 지식인 비판을 확장하였다. 술레리는 제국주의 측 작가들과 함께 식민지 측 작가들 또한 지배구조에 편입돼 있다는 점을 비판하였다. 나아가 포스트콜로니얼 페미니즘은 성 문제를 다루는 데이비드 헨리 황(David Henry Hwang)의 『M. 나비(M. Butterfly)』(1988)[17] 등 1990년대 이후 아시아계 미국 문학을 날카롭게 검토하였다.

퀴어 비평(1) 이브 세지윅

1990년대에 등장한 퀴어 비평의 '퀴어(queer)'는 19세기에는 '변태'를 가리키는 모멸어였다. 그러나 게이 레즈비언 운동가와 비평가들은 퀴어를 자기 규정의 단어로 재전유하고 재정의함으로써, 언어에 내재된 차별의식을 고쳐 쓰고자 했다. 다른 한편 버틀러는 모멸어가 체현하는 언어의 폭력성을 '차연'으로 재문맥화하는 전략으로서의 '수행성'을 개념화했다[→ 393쪽 퀴어 비평(2) 주디스 버틀러]. 따라서 퀴어 비평이란 탈구축적 지(知)의 시도라고 할 수 있는데, 특히 여기서 탈구축의 대상으로 지목된 것은 이성애와 비이성애의 이항 대립이었다. 왜냐하면 권력은 항상 본래 다형적 성애를 규제함으로써 이성애를 규범화해 왔기 때문이다. 퀴어 비평은 이성애를 자연화/규범화하고 비이성애를 주변화하는 이성애 규범성(heteronormativity)의 언설/권력이 어떻게 작용하는지를 자세히 밝혀내었다.

미국의 문학 연구자 세지윅은 퀴어 비평의 발전에 기여한 인물이다. 『남성 간의 유대(Between Men)』(1985)에서 그녀는 이성애와 동성애 사이에 규정되었던 경계선이 이성애 중심주의를 기반으로 한 가부장제에 의해 사회적으로 구축된 것임을 상술하였다. 이러한 사고의 단초가 된 것은 르네 지라르(René Girard)의 '욕망의 삼각형'이며, 세지윅은 그것이 상정하는 관계에 '호모소셜(homosocial)한 욕망'이라는 정치적 요인을 투시했다. 지라르에 따르면 사람이 사랑의 대상을 선택할 때 라이벌이 그 대상을 욕망하는지 여부가 결정적인 요소이기 때문에, 라이벌 간의 유대가 사랑의 대상에 대한 감정을 이기고 견고해진다. 하지만 지라르는 라이벌인 두 사람의 젠더 차이가 낳는 삼각관계의 질적 변화를 고려하지 않았기 때문에 그 변화를 구성하는 역사적 맥락을 사정거리에 포함하지 못하였다.

다른 한편으로 세지윅은 성애의 삼각형 모델에 젠더와 섹슈얼리티를 형성하는 부권제 사회의 이성애주의라는 관점을 추가함으로써, 여성을 매개로 한 남성 간 호모소셜한 욕망을 개념화했다. '호모소셜(homosocial)'이란 동성 간의 사회적 연대의식을 나타낸다. 특히 남성 간의 유대는 자본 증식을 목적으로 한 성역할 분업에 의거한 가부장제와 그 사회구조가 요청하는 강제적 이성애에 의해 구축되고 있다. 왜냐하면 성역할 분업은 남성에게 가장으로서 여성을 지배할 경제적 근거를 제공하고 다른 남성과의 동일화를 가능하게 함으로써 남성 간의 연대를 강화하기 때문이다.

이러한 맥락에 따라 세지윅은 남성 간의 유대를 무너뜨리는 여성이 혐오의 대상이 되면서, 여성혐오(misogyny)가 가부장제에 편입되는 경위를 설명했다. 또한 노동력 재생산에 가치를 두는 자본주의 사회는 생식을 목적으로 하는 이성애를 남성들에게 강제한다. 이들은 강력한 동성애 혐오(호모포비아, homophobia)를 공유함으로써 본래는 구분이 어려운 호모소셜(동성사회적) 관계와 호모섹슈얼(homosexual, 동성애적) 관계를 구별하였다. 그러나 바로 남성이 이 두 관계의 연속성을 끊어내고자 한다는 점으로부터 세지윅은 억압된 동성애에 대한 남성의 욕망을 읽어내고, 분절화된 관계성에 대한 욕망을 호모소셜한 욕망이라고 명명했다.

세지윅은 호모소셜한 욕망을 문학 텍스트에서 분석할 때 계급 문제에도 주의를 기울여 다원적 개념을 구축하였다.『남자 간의 유대』에 실린 찰스 디킨스(Charles Dickens)의『우리 서로의 친구(Our Mutual Friend)』(1865)론은 그 좋은 예이다. 이 소설은 계급에 따라 성질이 다른 복수의 삼각관계를 그렸다. 하나는 최하층 계급인 헥섬(Hexam) 가문의 아들 찰리(Charley)와 딸 리지(Lizzie), 그리고 빈민 출신 교사 브래들리 헤드스턴(Bradley Headstone)이다. 여기에 젠틀맨(Gentleman) 계급의 유진 레이번(Eugene Wrayburn)이 리지의 구애자로 가세하면 두 번째 삼각형이 형성된다. 더욱이 유진은 옛 친구 모티머 라이트우드(Mortimer Lightwood)와의 우정 관계를 중시하는데 리지가 둘 사이에 들어가게 된다. 브래들리는 유진의 살해를 시도하지만 그의 동성애적 관심은 1885년 붙여진 러브쉐어 수정조항(형법개정법 Criminal Law Amendment Act 제11조) 이전 영국 형법 제도 하의 노동자 계급에 대한 사회적 편견 때문에 폭력적으로 묘사된다. 반면 모티머에 대한 동성애를 끊고 유진이 리지와 결혼하는 줄거리는 자본주의 사회에서 주요 위치를 차지한 젠틀맨들의 계급 격차를 정당화하는 이데올로기를 표상하고 있다. 이처럼 세지윅은 호모소셜한 욕망을 문학작품에 담아냄으로써 성애관계가 얼마나 언설/권력과 역사적 맥락에 의해 구축되고 있는지를 상세히 밝혔다.

퀴어 비평(2) 주디스 버틀러

퀴어 비평의 발전에 기여한 버틀러의 『젠더 트러블(Gender Trouble)』(1990)[18]은 페미니즘 정치의 기반을 이루던 '여성'이라는 카테고리의 탈구축으로부터 젠더의 언어구축성을 규명하는 것으로 나아갔다. 페미니즘은 여성의 정체성과 보편적 주체의 승인을 여성 해방의 목표로 추구하였다. 그러나 버틀러는 주체 개념 자체가 권력구조에 내재되어 있기 때문에 통합된 정체성을 정치적 기반으로 삼는 것은 법치(특히 남근 로고스 중심주의와 이성애주의)를 강화하는 자멸행위라고 주장하였다. 남근 로고스란 위계적 이항 대립을 상정하는 남성 중심의 의미 기구이며, 이성애주의란 생식을 목적으로 한 젠더 제도이다. 버틀러에 의하면 그러한 규범적 관념에 의해 산출된 젠더, 섹슈얼리티, 섹스 사이의 거짓 연속성이 통일된 정체성을 보장한다. 그렇다면 '여성'의 정체성 구축은 성규범 정당화에 대한 공범이 된다.

젠더, 섹스, 섹슈얼리티의 통일성이 사회구축물이라는 것을 설명하기 위해 버틀러는 프로이트가 찾아낸 '멜랑콜리(melancholy)'라는 심적 기제에 주목하고 욕망을 이성애로 단일화하는 과정에서는 동성애가 금기에 근거해 단념될 필요가 있다는 것을 논했다. 사랑의 대상 상실을 한탄하는 '애도'에 대해 멜랑콜리는 상실 자체를 인식하지 못하고 대상을 몸속으로 끌어들이지만, 버틀러는 프로이트의 오이디푸스 이론이 이성애를 전제로 하고 있기 때문에 근친상간 터부가 동성애 터부를 포섭하고 있을 가능성을 상정하였다. 그 원초적 경험으로 이성애 사회에서 태어난 유아는 동성 부모에 대한 사랑을 포기할 때 그 욕망을 멜랑콜리 형태로 억제한다. 결국 그들은 사랑의 대상뿐만 아니라 동성애 자체도 금지됨으로써 상실을 인식하지 못하고 동성의 욕망 대상을 자아 속에 만드는 것이다.

이어서 버틀러는 대상의 체내화가 유아의 성기에서 생긴다고 논했다. 성기는 생식에 가치를 두는 생물학적 언설에 따라 성차를 나타내는 표징으로 특권화된 신체 부위이다. 이성애주의적 제도 하에서 유아는 동성 부모와 동일화할 때 성기를 참조점으로 삼는 것이다. 이렇게 성별화된 신체는 섹스와 이성애적 욕망의 통일성을 나타내는 기호로 자연화됨으로써 언설/권력에 의해 구축된 사실이 은폐되는 것이다. 이 점이 버틀러의 퀴어 비평에 있어서 중요한 공헌이다.

그리하여 그녀는 주체나 정체성을 상정하지 않고 이성애를 규범화하는 권력의 작동을 개념화하였다. 주체를 보증하는 젠더가 금기로부터 산출된다면 권력 외부로 나가는 것은 불가능하다. 대신 그녀는 그 내부에서의 질서 교란 가능성을, 푸코가 개념화한 권력의 억압 기능과 산출 기능에 기초해 검증하였다. 푸코에 의하면 법은 일관된 정체성을 구축하는 동시에 거기에 해당하지 않는 '외부'를 산출한다. 그럼에도 법은 그것을 언설에 앞서는 '일탈적 존재(구성적 외부)'로 만듦으로써 법질서의 안정화를 도모하는 것이다. 버틀러는 권력에 의해 기술(記述) 불가능하다고 여겨졌던 것을 재정의함으로써 '안·밖'을 조정하는 법의 경계선을 혼란스럽게 하는 전략을 제시했다.

이때의 핵심 개념이 언어학자 J. L. 오스틴(John Langshaw Austin)의 발화 행위(speech act) 이론을 발전시킨 수행성(performativity)이다. 오스틴은 무엇인가를 말하고 확인하는 발화와 말하는 것이 행위를 움직이도록 하는 수행적(performative)인 발화를 구별했다. 성 규범에 따른 언설로부터 젠더의 일관성이 구축된다는 의미에서 젠더화된 신체는 수행적인 것이다. 결국 신체의 움직임은 수행적이므로 내적이고 조직적인 젠더정체성을 구축하기 위해 작용하는 것이다.

버틀러는 또한 규제적인 언설에 의해 구축된 젠더의 안정성을 교란하는 전략으로서 드랙(drag)을 구상했다. 드랙은 규범적인 젠더와, 금지의 법(taboo)으로부터 역설적으로 산출된 일탈적인 젠더의 경계선을 애매하게 한다. 드랙은 젠더를 결정불가능한 차이의 연속, 즉 '차연'으로 유동화하는 것을 가능하게 한다. 또한 그녀는 수행성을 증오 연설(hate speech) 분석에 응용하고 중상적(中傷的) 발화 행위를 다른 맥락에서 재인용함으로써 화자의 의도를 뛰어넘는 새로운 의미로 변용하는 전략을 제시하였다. 게이나 레즈비언이 '퀴어'라는 멸칭을 받아들여 재문맥화한 것은 수행성의 실례다.

1

메리 울스턴크래프트, 문수현 역,
『여성의 권리 옹호』, 책세상, 2018.

2

루이자 메이 올컷, 유수아 역,
『작은 아씨들』1~2, 펭귄클래식코리아, 2011.

3

베티 프리던, 김현우 역,
『여성성의 신화』, 갈라파고스, 2018.

4

케이트 밀렛, 김유경 역,
『성 정치학』, 쌤앤파커스, 2020.

5

샌드라 길버트·수전 구바 박오복 역,
『다락방의 미친 여자』, 북하우스, 2022.

6

샬럿 브론테, 유종호 역,
『제인 에어』1~2, 민음사, 2004.

7

미셸 푸코, 이규현 역,
『성의 역사 1 - 지식의 의지』, 나남출판, 2020.

8

조라 닐 허스턴, 이미선 역,
『그들의 눈은 신을 보고 있었다』,
문예출판사, 2014.

9

바바라 스미스,
「흑인 페미니스트 비평을 향하여」,
일레인 쇼월터 편, 신경숙 외 역,
『페미니즘과 여성문학』,
이화여대출판부, 2004.

10

토니 모리슨, 송은주 역,
『술라』, 문학동네, 2015.

11

리처드 라이트, 김영희 역,
『미국의 아들』, 창비, 2012.

12

앨리스 워커, 고정아 역,
『컬러 퍼플』, 문학동네, 2020.

13

토니 모리슨, 최인자 역,
『빌러비드』, 문학동네, 2014.

14

시몬 드 보부아르, 이정순 역,
『제2의 성』, 을유문화사, 2021, 389쪽.

15

가야트리 스피박, 태혜숙 역,
「국제적 틀에서 본 프랑스 페미니즘」,
『다른 세상에서』, 여성문화이론연구소, 2008.

16

가야트리 스피박, 태혜숙 역,
「서발턴은 말할 수 있는가?」,
로절린드 C. 모리스 편,
『서발턴은 말할 수 있는가?』, 그린비, 2013.

17

데이비드 헨리 황, 이희원 역,
『M. 나비』, 동인, 1998.

18

주디스 버틀러, 조현준 역,
『젠더 트러블』, 문학동네, 2008.

에하라 유미코(江原由美子)·가나이 요시코(金井淑子) 편

『페미니즘』, 신요샤, 1997.

오하시 요이치(大橋洋一) 편

『현대비평이론의 모든 것』, 신쇼칸, 2006.

다케다 미호코(武田美保子)·오노 미쓰코(大野光子) 외

『읽기의 폴리포니 – 페미니즘 비평의 현재』, 유니테, 1992.

다케무라 가즈코(竹村和子) 편

『'포스트' 페미니즘』, 사쿠힌샤, 2003.

Nitta, Keiko.

"Lessons in Difference in the American Feminist Criticism of the 1980s."
 Ex-position, no. 40, 2018, pp.109~120

세계문학
(뒷)길 안내

"추천 문학작품을 가르쳐 주세요"라고 한다면 취미로
하는 목록을 얼마든지 적어갈 수 있겠지만, '북 가이드'나
'참고도서'라고 하면 뭔가 객관성이나 공평성 같은 것을
담보해야 할 것만 같다. 상당히 한정적인 조건을 붙이지
않는다면 결국 선택자의 가치관이나 취향에 따른 것일 수밖에
없기에, 여기서는 그 자의성을 자각하면서 추천 작품에 이르는
(뒷)길을 소개하고 싶다.

처음부터 개인적인 이야기지만 학창 시절 "『보바리 부인』이라면
대략적인 줄거리도, 작자에 대해서도 설명하지 않아도
되지만, 당신이 연구하고 있는 작가의 경우는 상당히 자세히
설명하지 않으면 안 된다"라고 논문 지도 과정에서 들은
적이 있다. 어떤 시대와 지역에 있어서 교양주의적 맥락에서
'상식'으로 여겨지는 문학지식이 (쇠미해졌다고는 하지만) 존재하는
것도 분명할 것이다. '멋을 부린다'라고 생각할 수도 있지만
어느 정도 지식이 없으면 곤란할 수도 있기 때문에 '고전적
명작'의 기초지식을 습득해두는 것도 나쁘지 않다. 추천은
『이와나미문고 해설 목록』. 판매 중인 이와나미문고의 내용을
다섯 줄로 해설해 주는 훌륭한 목록이다. 큰 서점에서 무료
배포되고 있으며, 이와나미서점 사이트에서도 열람할 수 있다.
일단 어떤 작가가 있으며 어떤 작품을 쓰고 있는지, 약간의
문학 지도를 머리에 그리면서 읽고 싶은 책을 찾아보는 것은
어떨까. '외국 문학'은 친절하게도 '그리스·라틴', '영국', '미국',
'독일', '프랑스', '러시아', '남북 유럽 · 기타'의 '전통적'인 분류에

따르고 있다. '기타'에서 몰나르(Molnár)의『릴리옴(Liliom)』이나
넴초바(Němcoevá)의『할머니(Babička)』는 정말 따뜻한 이야기로
추천하고 싶다. 또한 중국과 조선의 문학, 인도 고전, 심지어
『아이누 신요집(神謠集)』[1]까지도 동양문학에 묶여 있는 것도
특징적이다.

서구 및 남성주의적 '세계문학전집'류를 업데이트한『이케자와
나쓰키(池澤夏樹) 개인편집 세계문학전집』(가와데서방신사)은
워낙 유명한데 중부 및 동부 유럽, 중남미의 작품이 다소
늘었더라도 역시나 서구 중심이 될 수밖에 없는 것은 '세계'를
내건 숙명일지도 모른다. 추천은 두 권의『단편 컬렉션』쪽인데,
예컨대 장편이 수록되지 않은 아랍 문학에서 이드리스(Idris)의
「고기의 집」이나 삼만(Samman)의「고양이의 목을 베다」의
충격을 맛보길 바란다(또한 시에 대해서는 이와나미문고만을 읽어가는
이케자와 나쓰키의『시의 위로』를 받아 보시기 바란다). 마찬가지로 세계
각지의 단편소설과 시를 모아 '독서안내'와 칼럼을 배포한
『세계문학 앤솔로지 – 이제부터 시작한다』(산세이도)는 공부
거리로 가득 찬 책 한 권. 또한 짧은 장편소설(掌篇小說)과 키워드
해설로 구성된『세계의 문학, 문학의 세계』(쇼라이샤)도, 권위적인
'필독서'에서 완전히 벗어난 작은 작품들을 모으면서 끝없는
문학의 즐거움을 선사한다.

한편『포켓 마스터피스』(슈에이샤)는 카프카로부터 시작해서
세르반테스로 끝나는 전 13권 문고라는 '보수 반동'의

모양을 하고 있지만, 고전 작가에게 쉽게 접근할 수 있는 편리함 덕분에 저항하기 어려운 매력이 있어서, 가르치는 사람으로서도 무심결에 교과서로 쓰고 싶어진다. 물론 『고전신역문고』(고분샤)의 성공도 잊을 수 없다(치누아 아체베(Chinua Achebe)의 『모든 것이 산산이 부서지다(Things Fall Apart)』[2] 같은 '아프리카 문학'의 고전도 담고 있다). 해외 현대소설을 적극 소개하고 있는 것은 널리 알려진 '엑스리브리스'(하쿠수이샤)나 '신초 크레스트 북'(신초샤). 읽기 쉽고 재미있는 작품들만 모은 것이 옥에 티라지만, 시리아의 핫한 작가 자카리아 타메르(Zakaria Tamer)의 『신 포도(Sour Grapes)』 등이 섞여 있기 때문에 방심할 수 없다.

대형 출판사로부터 시선을 옮겨 주목하고 싶은 것은 러시아 동유럽의 문학을 꾸준히 소개해 온 미치타니 등의 출판사. 『폴란드문학 고전총서』가 8권이나 나온 것이 놀랍다. 개인적으로는 20세기 초반에 활약했던 헝가리 작가 코스톨라니 데죄(Kosztolányi Dezső)의 기발한 생각으로 가득찬 소설이 두 권이나 번역된 것에 기뻐하지만, 일단 『문학의 선물 – 동유럽 문학 앤솔로지』부터 시작하면 어떨까. 『카렐 차페크 소설 선집』으로 알려진 세이분샤도 『주머니 속 동유럽 문학』을 내놓았다. 더 자세한 이야기는 꼭 쇼라이샤의 가이드북 『동유럽의 상상력 – 현대 동유럽 문학 가이드』를 참조하시길.

소라이샤의 『동유럽의 상상력』 시리즈에는 걸작이 즐비하지만 보스니아 무슬림 작가 메샤 셸리모비치(Meša Selimović)의

『수도사와 죽음(Death and the Dervish)』등은 유럽과 이슬람 세계 사이에서 짜여진 독자적인 언어 세계를 엿볼 수 있다. 같은 출판사의『창조하는 라틴아메리카』시리즈는 스페인어권에 치우친 라틴아메리카 문학 소개와는 선을 긋고 브라질 문학도 담고 있으며, 인디오 동화에서 착상을 얻은 마리우 지 안드라지(Mário de Andrade)의『마쿠나이마 – 종잡을 수 없는 영웅(Macunaíma: The Hero Without Any Character)』은 소설이라는 것에 대한 믿음을 파괴해 줄 것이다.

프랑스 문학계의 수이세이샤도『브라질 현대문학 컬렉션』을 발간 중인데, 첫 추천은 레바논계 브라질 작가 밀튼 하툼(Milton Hatoum)의『엘도라도의 고아(Orphans of Eldorado)』. 아마존 강 유역을 무대로 한 아랍과 인디오의 신화적 사랑 이야기이다. 이 회사의『엘 아틀라스』시리즈는 일본 최초의 북아프리카 문학 총서. 졸역이라 송구스럽지만 카멜 다우드(Kamel Daoud)의 『뫼르소, 살인 사건(The Meursault Investigation)』[3]은 카뮈의 『이방인』을 아랍 쪽에서 다시 쓰면서 알제리 사회의 병리를 날카롭게 고발하는 문제작이다.

오래전부터『브라질 라틴아메리카 문학』을 소개해 온 사이류샤는『포르투갈 문학 총서』,『스페인 문학』,『캐나다 문학』같은 컬렉션도 있고『퀘벡 시선집』이나 페르난두 페소아(Fernando Pessoa)의『포르투갈 바다』같은 시를 읽을 수 있다는 것도 반갑기만 하다. 시하면 빼놓을 수 없는 것이『현대

이란 시집』(도요비주쓰샤)인데, 이 선집에서는 오마르 하이얌(Omar Kháyám)의 『루바이야트(Rubáiyát)』[4]를 비롯하여 고전 시의 전통으로 더욱 알려진 이란의 현대시를 한눈에 볼 수 있다(또한 세련된 에세이가 눈길을 끄는 오카다 에미코(岡田恵美子) 역 『루바이야트』를 포함하여 헤이본샤 라이브러리에서 R.A. 니콜슨(R.A. Nicholson)의 『이슬람의 신비주의(The Mystics of Islam)』도 신비주의 시를 음미할 수 있기에 추천한다). 잘 드러나지 않는 사람의 미묘한 정(情)을 섬세하게 그린 이란 영화들이 많이 소개되고 있는데, 『천공의 집 - 이란 여성작가선』(단단샤)에 실린 소설을 읽는 것은 어떨까. 페르시아 고전의 지역적 확산은 현재의 이란 국경을 훨씬 뛰어넘는 것인데, 예를 들어 터키 노벨상 작가 오르한 파묵(Orhan Pamuk)의 『빨강 머리 여인(The Red-Haired Woman)』(하야카와서방)[5]에서 페르시아 민족 서사시인 피르다우시(Ferdowsi)의 『왕의 책(Shahnameh)』(이와나미문고)이 여러 번 이야기되는 것을 읽으면 그 사실을 실감할 수 있다(넓게 동양 고전문학에 대해서는 헤이본샤의 동양문고 가이드북을 보라).

이란 아르메니아계 여성작가 조야 피르자드(Zoya Pirzad)의 단편집 『부활제 전야』는 최근 다이도(大同)생명 국제문화기금의 『아시아의 현대문예』 73권으로 번역된 것인데 이 시리즈의 특징은 문예를 통해 아시아 국가들의 이해를 돕기 위한 비매품이라는 점. 전국 공공도서관에 기증되며 일부 작품은 전자책으로 무료 공개된다. 이 시리즈의 첫 권은 파키스탄의 아마드 나딤 카스미(Ahmad Nadeem Qasmi)의 『파르메셜 싱』.

가난에 허덕이는 시정 사람들을 꾸밈없는 문체로 진지하게
그린 단편집으로 인간의 존엄성에 대해 깊이 생각하게 한다.
비슷한 시도로 도요타재단의 '이웃을 잘 알자' 프로그램 번역
출판 촉진 지원(1978~2003)이 있어 상호 번역 출판에 큰 족적을
남겼다. 3권에 이르는 『타이 총서』, 『현대인도문학선집』 등
이무라(井村)문화사업사와 메콩 출판사에서 출간된 번역서들은
일본어 화자들에게 막대한 재산이다. 동남아시아 문학의 물길
안내에는 『동남아시아 문학으로의 초대』(단단샤)가 있는데,
최신 태국 소설이라면 우티스 하에마물(Uthis Haemamool)의
『프라타나(Pratthana)』(가와데서방신사)를 찾아보시길.

한편 민간기업의 문화지원과 다르게 지식인의 운동으로
기획된 것이 노마 히로시(野間宏) 책임편집의 『현대 아랍
문학선』(소쥬샤)과 『현대 아랍 소설 전집』(가와데서방신사)이다.
국제 아시아아프리카작가회의 교류의 성과로 엮인
컬렉션으로, 후자에는 각 권말에 오에 겐자부로(大江健三郎)나
김석범(金石範) 등 일본어 작가들의 평론도 곁들여져 있다.
후에 노벨상을 받는 나기브 마푸즈(Nagib Mahfūz)의 『궁전
걷기(Palace Walk)』와 아랍소설 사상 최고 걸작으로도 꼽히는
타예브 살레(Tayeb Salih)의 『북으로 이주하는 시절(Season of
Migration to the North)』이 수록되어 있다. 암살당한 팔레스타인
작가 가산 카나파니(Ghassan Kanafani)의 『하이파로 돌아가
/ 태양의 남자들(Returning to Haifa / Men in the Sun)』이
가와데문고로 출판되어 있지만, 알제리전쟁을 무대로 한 물루드

마므리(Mouloud Mammeri)의 『아편과 채찍(L'opium et le bâton)』도
추천한다.

한국과 타이완이라는 가까운 이웃의 문학은 이제 여기서
소개할 필요도 없을 것이다. 각각 복수의 번역 컬렉션이
매력적인 작품을 속속 소개하고 있다. 중국만 해도 『콜렉션
중국동시대소설』(벤세이출판)도 있는가 하면 모옌(莫言),
옌롄커(閻連科), 위화(余华) 등 현대 작가들이 대거 번역됐고,
이제는 고전이 된 장아이링(張愛玲)의 단편집 『중국이
사랑을 알았을 무렵(五四遺事)』(이와나미서점)도 간행됐다. 굳이
여기서 언급하고 싶은 것은 『타이완 섹슈얼 마이너리티
문학』(사쿠힌샤)과 『타이완 원주민 문학선』(소푸칸) 등
마이너리티와 진지하게 마주하기 위한 컬렉션. 그리고
『한국문학 쇼트쇼트』(쿠온)는 문고보다 한층 큰 판형이면서도 백
페이지가 채 안 되는 이름 그대로 작은 책의 컬렉션이다. 이것은
다양한 색상의 두꺼운 종이로 만든 작은 책이지만, 오른쪽에서
읽으면 일본어, 왼쪽에서 읽으면 한국어인 이중언어 편집으로
권말 QR코드를 통해 한국어 낭독을 들을 수 있는 유튜브
사이트로 넘어가도록 되어 있다. 한국어 학습자가 많아서
가능하겠지만 외국어 문학을 독자에게 전달하기 위한 새로운
형식이라 할 수 있다.

이제 외국 문학은 팔리지 않는 장르로 출판사들은 각국
정부의 출판보조금을 신청하여, '거저'나 다름없거나 '번역료

없음'으로 연구자들이 번역하는 경우도 적지 않다. 일본
최초의 타이완어 문학의 번역이 된『타이완어로 불러라
일본 노래』(국서간행회)는 타이완 정부의 출판 조성과 더불어
타이완어 문학계 인사들의 지원금을 모금하여 간행되고 있다는
점에서도 독특하지만 문학에 대한 열정을 북돋아 줄 것이라
생각한다. 문학 연구자들의 자주적인 번역 활동에도 눈을
돌리면 도쿄외국어대학 관계자들에 의한 '동남아시아문학회'가
발행하는 잡지『동남아시아문학』, '중동현대문학연구회'가
내는『중동 현대 문학선』이 있고, '티베트문학연구회'가 내는
『세르냐 - 티베트 문학과 영화 제작의 현재』는 작품 번역도
있고 에세이도 있고 책머리는 컬러로 제6호는 200쪽이 넘는
호화판이다. 아쉽게도 비매품이지만 도서관에서 읽으면 좋겠다.
페마 체덴(Pema Tseden)의『티베트 문학의 현재 - 티메 쿤덴을
찾아서』를 비롯하여 벤세이출판 등에서 출판되고 있는 티베트
소설도 여럿 있고(가장 먼저 추천하는 것은 라샴걀(Lhashamgyal)의
『눈을 기다리며(Waiting for Snow)』), 이웃 몽골 연구의 성과도
『몽골 문학으로의 초대』(아카시서점)로 결실을 맺고 있다. 결국,
외국 문학을 읽는 행위는 실로 많은 사람들의 열정(수난일지도
모르지만)에 의해 뒷받침되고 있으며, 작가나 번역가나 책을
만드는 데 관련된 모든 사람들이 서로에게 선물을 주고받는
행위이다.

우도 사토시

408

1

지리 유키에 편, 이용준·홍진희 역,

『아이누 신요집』, 지식을만드는지식, 2020.

2

치누아 아체베, 조규형 역,

『모든 것이 산산이 부서지다』, 민음사, 2008.

3

카멜 다우드, 조현실 역,

『뫼르소, 살인 사건 – 카뮈의 『이방인』,

살아남은 자의 이야기』, 문예출판사, 2017.

4

오마르 하이얌·에드워드 피츠제럴드, 윤준 역,

『루바이야트』, 지식을만드는지식, 2020.

5

오르한 파묵, 이난아 역,

『빨강 머리 여인』, 민음사, 2018.

Book Guide -
문학이론
입문서 가이드

문학이론의 진수에 도달하려면 이론가나 사상가의 저작을
읽는 것이 최고이다. 말할 것도 없이 입문서나 개설서만으로
이론의 전부를 알 수 없다. 무엇보다 지금도 여행을 이어가고
있는 이론의 다채로운 현재 모습을 입문서나 개설서가 모두
팔로우하고 업데이트한다는 것은 어렵다. 하지만 좋은 물길
안내인을 얻어서 이론의 여행에 발을 내딛기가 쉬워지거나 그
여행 자체를 알차게 만들 수 있는 경우도 적지 않을 것이다.
아래에서는 일본어 환경에서 비교적 입수하기 쉬운 것을
중심으로, 이론의 여행으로 초대하는 입문서를 소개한다.
이 소개는 이 책을 통해서 좀 더 이론을 배워 보고 싶다 라고
생각하거나, '종합'이나 '체계'를 목표로 하지 않은 이 책 본문이
다루지 못한 항목이나 여러 이론을 접해 보고 싶다고 생각한
독자를 위한 책 소개의 의미도 가진다. 이 책과 함께 꼭 활용해
주었으면 한다.

1985년 문학이론서 두 권이 일본어로 번역 및 출판되었다.
하나는 조너선 컬러(Jonathan Culler)의 『디컨스트럭션(On
Deconstruction)』(1983)[1], 또 하나는 테리 이글턴(Terry Eagleton)의
『문학이란 무엇인가(Literary Theory: An Introduction)』(1983)[2]이다.
모두 이와나미서점에서 출판되었다. 각각 탈구축 비평과
마르크스주의 비평을 대표하는 영미문학이론가의 책 두 권은
일본에서 새로운 문학이론 시대의 시작을 열었다. 새롭다는
것은 "현대 사상'으로서의'라는 의미이다. 구조주의로부터
포스트구조주의에 이르는 사상·철학·문학 등 영역을 초월한

지식의 조류는 일본에서 '전후사상(戰後思想)'으로부터의
도약으로 체험되었다. 이 두 권을 효시로 그 후 일본에서
현대문학이론 입문서가 지속적으로 간행되어 간다.

테리 이글턴의『문학이란 무엇인가』(오하시 요이치(大橋洋一) 역,
이와나미서점, 1985; 이와나미문고, 2014)는 그 후 오랫동안 일본에서
문학이론의 단골 입문서 중 하나가 되었다. 문학이론을
배우려는 초심자들이 가장 먼저 손에 쥐는 한 권의 책이다.
역자 오하시 요이치가 쓴『새로운 문학 입문 – 테리 이글턴의
『문학이란 무엇인가』를 읽다』(이와나미세미나북스, 1995년)는
이 책에 대한 '안내서'로 쓰인 것이지만, 문학이론 그 자체의
재미를 전하는 명저이다. 두 권을 상호 참조하면서 읽어간다면
보다 깊은 이해에 도달할 수 있다.『문학이란 무엇인가』를
토대으로 했다는 쓰쓰이 야스타카(筒井康隆)의『문학부 다다노
교수』(이와나미서점, 1992; 이와나미현대문고, 2000)는 소설이다. 다다노
교수의 나날을 그리는 허구 속에서 문학이론 강의가 전개된다.
작중 강의는 소설 내 메타텍스트이기도 하며, 읽는 사람에게
문학이론의 지식을 제공하는 동시에『문학부 다다노 교수』라는
소설 자체를 읽는 법을 스스로 발언한다.

이글턴과 오하시의 두 책과 함께 일본어로 가장 널리
읽히는 표준 입문서는 신요샤 워드맵 시리즈의 2권, 쓰치다
도모노리(土田知則)·아오야나기 에쓰코(青柳悦子)·이토
나오야(伊藤直哉)의『워드맵 시리즈 현대문학이론 – 텍스트·

읽기・세계』(신요샤, 1996) 및 쓰치다 도모노리・아오야나기
에쓰코의『워드맵 시리즈 문학이론의 프랙티스』(신요샤,
2001)이다. 제목에도 나와 있듯이 두 책은 각각 이론 편과 실천
편에 해당한다.『현대문학이론』은 '현대 문학비평을 둘러싼
'이론'적 조감도'를 제시하고,『문학이론의 프랙티스』는
'문학 기술을 무대로 구체적인 분석(읽기)'을 실천한다. 모두
지금도 현실성(actuality)을 가지는 다양한 주제들이 독자에게
보다 깊은 사유를 촉진하는 방식으로 쓰인 양서들이다. 같은
시리즈의 다치카와 겐지(立川健二)・야마다 히로아키(山田広昭)의
『현대언어론 – 소쉬르・프로이트・비트겐슈타인』(신요샤, 1990)은
특정 언어학자의 사상을 통해 그리는 현대언어론의 충실한
입문서이다. 문학이론의 두 책과 함께 읽음으로써 문학에서
언어란 무엇인가 하는 문제를 심화시킬 수 있다.

문학이론이 서구 대학에서 커리큘럼화되면서 교과서적 위치에
있는 뛰어난 입문서도 번역되고 있다. 우선 조너선 컬러의
『문학이론』(아라키 에이코(荒木映子)・도야마 다카오(富山太佳夫) 역,
이와나미서점, 2003)[3]은 옥스퍼드대학교출판부의 '정말 짧은
입문서(Very Short Introductions)' 중 한 권이다. 프랑스 문학
연구자로부터 미국 탈구축 비평의 선구자가 된 저자는 이
책에서 여러 이론에 대하여 '해석을 둘러싸고 경합하는 접근'을
그리지 않고, 이론의 도전과 의미의 창조를 보여주고자 한다.
권말 부록에는 주요한 비평 운동과 유파의 스케치도 나온다.
컬러의 책은 앞에서 서술한『디컨스트럭션』(도야마 다카오・오리시마

마사시(折島正司) 역, 1985, 이와나미현대선서; 이와나미현대문고, 2009)과 함께 널리 읽히고 있다. 피터 배리(Peter Barry)의 『문학이론 강의 – 새로운 스탠더드(Beginning Theory: An Introduction to Literary and Cultural Theory)』(타카하시 카즈히사(高橋和久) 감수 및 번역, 미네르바서방, 2014)⁴는 구미 대학에서 학부 과정의 교과서나 참고서로서 많이 사용하기에 판을 거듭해 증보 확대가 이루어져 온 입문서이다. 제목 그대로 실제 수업을 바탕으로 만들어졌으며 과제 도전 코너 '생각해보자'에서 구체적인 '실천'을 체험할 수 있다. 요즈음 융성하는 '에코 비평'이나 구미에서 이론의 새로운 동향에도 주의를 기울이고 있어서, 「문학이론의 역사」를 '중대 사건'에서 이야기하는 1장은 특히 눈길을 끈다.

프랭크 렌트리치아(Frank Lentricchia)와 토마스 맥로린(Thomas McLaughlin)이 편집한 『현대비평이론 – 22가지 기본개념(Critical terms for literary study)』(오하시 요이치·마사오카 카즈에(正岡和恵)·시노자키 미노루(篠崎実)·도네가와 마키(利根川真紀)·호소야 히토시(細谷等)·이시즈카 히사로(石塚久郎) 역, 헤이본샤, 1994년) 및 『속 현대비평이론 – 추가 6가지 기본개념(Critical terms for literary study 2nd edition, 발췌번역)』(오하시 요이치·마사오카 카즈에·시노자키 미노루·도네가와 마키·호소야 히토시·시미즈 아키코(清水晶子) 역, 헤이본샤, 2001)은 입문서의 틀에 머물지 않는 방대한 책으로 호화로운 집필진이 즐비하다. 바바라 존슨(Barbara Johnson), 스탠리 피시(Stanley Fish), 스티븐 그린블랫(Stephen Greenblatt), 주디스 버틀러(Judith Buthler) 등

당대 일류 문학이론가들이 펼치는 이론을 둘러싼 개성적 서사는
읽을 만하다.

프랑스의 개설서로는 장 이브 타디에(Jean-Yves Tadié)의
『20세기 문학비평(La Critique littéraire au XXe siècle)』(니시나가
요시나리(西永良成)·야마모토 신이치(山本伸一)·아사쿠라 후미히로
(朝倉史博) 역, 오슈칸서점, 1993)이 번역되었다. 레비-스트로스(Lévi-
Strauss)의 신화 연구에 대한 주목이 높아지는 가운데 구조주의의
조상으로서 발견된 러시아 형식주의(formalism)에서 시작하여
프랑스, 미국·영국, 독일, 러시아에 전개된 문학비평의
방법론으로서의 이론이 개략적으로 설명되어 있다.
앙투안 콩파뇽(Antoine Compagnon)의『문학에 대한 이론과
상식(Le démon de la théorie: littérature et sens commun)』(나카지
요시카즈(中地義和)·요시카와 가즈요시(吉川一義) 역, 이와나미서점, 2007)은
제1장에서도 언급한 바와 같이 이론의 제 유파나 그 사상의
해설을 시도하는 책은 아니다. 오히려 교과서적 이론을 거부감
없이 받아들이고 이론을 양식(mode)으로 소비하는 경향에 대해
도발하고 있는 이론서라고 할 수 있다. '작가'를 비롯하여 이론이
해체하고 쫓아 버리려다가 뜻을 이루지 못하고 '상식'으로
살아남은 통념은 적지 않다. 저자는 이러한 이론과 상식의
'마성적인 것'을 검토하여 이론 자체의 자명성도 따지며
그 본연의 모습을 살피려 한다.

이론 해설과 그 실천을 한 권으로 체험할 수 있는 입문서도 다수

나와 있다. 난바에 가즈히데(難波江和英)·우치다 다츠루(內田樹)의
『현대사상의 퍼포먼스』(고분샤신서, 2004)는 철학자들의 이론
해설서이다. '현대사상을 도구(tool)로서 능숙하게 다루는
기법을 시연(perfomance)한다'는 것을 목표로 소쉬르(Saussure),
바르트(Barthes), 푸코(Foucault), 레비-스트로스, 라캉(Lacan),
사이드(Said) 등 6명의 사상·이론을 해설한 후, 구체적인
텍스트의 분석을 '실연'한다. 단지 아이(丹治愛)가 편집한 『지식의
교과서 비평이론』(고단샤메치에, 2003)은 영미문학·독문학·불문학
등을 전문으로 하는 저자들이 각 장에서 이론의 개략과
구체적인 작품 비평 실천을 수행하는 이론의 매력을 전달한다.
다케다 유이치(武田悠一)의 『읽기의 가능성 - 문학이론에의
초대』(사이류샤, 2017)와 『차이를 읽는 현대 비평 이론의
전개』(사이류샤, 2018)는 저자 한 명이 쓴 이론편과 실천편
2권이다. 전자에서는 문학이론 '스테디셀러'에 대한 해설이
시도되고 후자에서는 이론의 사회적 '전개'와 그 실천적 '전개'를
그린다. 후자의 에필로그는 '각색(adaptation) 비평'을 다루고
있으며, 포스트미디어 시대의 이론에 대한 전망도 이루어진다.

히로노 유미코(廣野由美子)의 『비평이론 입문 - 『프랑켄슈타인』
해부 강의』(주코신서, 2005)는 한 권 통째로 메리 셸리(Mary
Shelley)의 『프랑켄슈타인(Frankenstein)』[5]이라는 구체적인 대상
텍스트를 바탕으로 여러 이론을 부각시킨다. 일반적인 문학이론
입문서와는 반대로 접근하는 이 책은 1부에서 소설기법을
핵심으로 다루고 2부에서 프랑켄슈타인 비평사를 그리면서,

416

하나의 텍스트가 이론에 따라 얼마나 다양하게 읽을 수 있는지
그 가능성을 제시한다.

오하시 요이치가 편집한 『현대비평이론의 모든 것』(신쇼칸,
2006)은 주제편, 인명편, 용어편과 칼럼으로 구성되어 각각
독자적인 서사를 배치한 읽기 사전이자 생각을 자극하는 사전의
모습을 가진다. 특히 인명 항목에서는 이런 종류의 책에서
찾아보기 어려운 사진도 충실히 싣고 있어서 이론가의 옆얼굴을
볼 수 있다.

대학 학부 등의 강의에서 사용하는 것을 전제로 엮은 교과서도
여럿 출판되어 있다. 단지 아이·야마다 히로아키가 편집한
『문학비평의 초대』(방송대교육진흥회, 2018)는 방송대 강의용으로
엮은 교과서이다. 영문학과 불문학 연구자인 편집자 두 명과
비교문학·일본문학을 포함한 저자 세 명이 옴니버스 형식으로
이론적 지평에 기초를 둔 비평적 실천을 제시한다. 기타니
쓰요시(木谷嚴)의 편저 『문학이론을 열다』(호쿠주샤, 2014)는
영미문학 연구자들의 대학 강의를 위한 교과서로 쓰인
입문서이다. 강의와 칼럼으로 엮여 그 근저에는 인문학 위기의
시대에 비평의 부흥과 이론의 교육적 가치 발굴을 목표로 하는
오늘날의 문제의식이 자리 잡고 있다.

이시하라 치아키(石原千秋)·기마타 사토시(木股知史)·고모리
요이치(小森陽一)·시마무라 데루(島村輝)·다카하시

오사무(高橋修)·다카하시 세오리(高橋世織)가 지은『읽기 위한 이론』(세오리서방, 1991)에서는 일본 문학 연구에 문학이론을 '도입'해 온 '선구자'들이 이론의 기초를 소개한다. 이 책은 일본 문학 연구가 문학이론이라는 문제 영역을 만나는 과정 자체의 역사적 증언이기도 하다. 이 책의 편자 중에서도 '선구자'라 할 수 있는 마에다 아이(前田愛)의『문학 텍스트 입문』(증보판, 지쿠마학예문고, 1993)[6]이나『도시공간의 문학』(지쿠마학예문고, 1992)이 보여주는 일본 근대문학에 있어서 이론적 실천의 궤적에는 지금도 유효한 문제제기가 있다.
이치야나기 히로타카(一柳廣孝)·구메 요리코(久米依子)·나이토 지즈코(内藤千珠子)·요시다 모리오(吉田司雄)의『문화 속의 텍스트 - 컬처럴 리딩으로의 초대』(소분샤출판, 2005)는 일본 문학 연구자가 엮은 대학 및 전문대 강의 연습용 교과서이다. 현대 일본문학을 문화=역사적인 컨텍스트 속에서 읽는 실천을 통해 문화 연구(cultural studies)를 중심으로 하는 이론의 기본 개념을 개략적으로 설명하고 있다. 가메이 히데오(亀井秀雄)가 감수하고 히시누마 마사미(菱沼正美)가 지은『초(超) 입문! 현대문학이론 강좌』(지쿠마프리머신서, 2015)도 일본문학 연구에 기반한 입문서이다. 고교생용으로 쓰인 것이지만 문학이론의 첫 걸음을 친숙한 일본문학의 텍스트를 대상으로 알기 쉽게 풀이하고 있다.

여러 이론·각론의 입문서·개설서에 대해서는 앞에서 든 책 가운데 책 소개 등에서 살펴볼 수 있는데, 이외에 특히 문학에 기반한 것 몇 가지를 들어두겠다. 우선 도야마 다카오가 편집한 『현대비평의 프랙티스』시리즈(연구사,『뉴 히스토리즘』(1995), 『페미니즘』(1995),『문학의 경계선』(1996),『디컨스트럭션』(1997),『비평의 비전』(2001))는 총 5권의 실천적 비평을 통해 다양한 이론과 여러 이론의 다면성을 접할 수 있다. 페미니즘 문학비평사는 다케다 미호코(武田美保子)가 편집한『읽기의 폴리포니』(유니테, 1992)에서 정교한 개관과 전망을 하고 있다. 포스트콜로니얼 이론에 특화된 입문서로는『포스트콜로니얼리즘』(이와나미신서, 2005)이 있다. 파농(Fanon), 사이드, 스피박(Spivak)의 사상에서부터 일본의 상황까지 컴팩트하게 요체를 전하는 좋은 책이다.

와타나베 에리

1

조너선 컬러, 이만식 역,『해체비평』, 현대미학사, 1998.

2

테리 이글턴, 정남영 · 정명환 · 장남수 역, 『문학이론입문』, 창작과비평사, 1989.

3

조너선 컬러, 조규형 역,『문학이론』, 교유서가, 2016.

4

피터 베리, 한만수 외 역, 『현대문학이론입문』, 시유시, 2001.

5

메리 셸리, 김선형 역,『프랑켄슈타인』, 문학동네, 2012.

6

마에다 아이, 신지숙 역,『문학 텍스트 입문』, 제이앤씨, 2010.

마치며

문학을 생각하다는 것은 무엇일까요. 문학이론은 이 물음을
둘러싸고 쌓여 온 '사색'의 연속입니다. 문학이론은 종래의
문학 연구의 상식에 도전하고, 또 기존의 권위적인 문학비평에
도전해 왔는데, 그것은 바로 이 물음을 둘러싼 '사색'의 갱신을
통해서 이루어진 것입니다. 문학을 생각한다는 것은 어떤
것인가 라는 물음 자체에 도전함으로써 문학이론은 연구와
비평의 방식을 바꾸어 왔다고 할 수 있습니다. 그것은 또한
우리에게 문학을 생각한다는 것이 무엇인가 라고 물어서
문학이론이 우리의 문학과의 접촉 방식이나 대화 방식을
바꾸었다는 것을 의미합니다. 그렇다면 문학이론은 문학과
접촉하고 대화하려는 사람들의 지성과 감성을 느낄 수 있도록
만드는 것이고, 때로는 사상의 '변혁'을 가져오는 것이라고 할 수
있습니다.

이론에 따라 감수성과 신체성이 재조합되어 새로운 감성을

얻는다. 조금씩 지금까지와는 다르게 읽는 법, 보는 법이나 생각하는 법을 가질 수 있게 된다. 혹은 자신의 존재 기반 자체가 뒤바뀌어 버릴 정도로 사상이나 지식 본연의 모습이 근본적으로 바뀌는 경우도 있을지도 모릅니다. 이 모든 것은 스스로에게 새로운 가치가 창조되는 순간입니다. 문학이론은 우리에게 지금도 이런 새로운 가치의 창조를 가져다 줄 것임에 틀림없다 라는 확신에서 시작하여 이 책을 엮게 되었습니다.

이 책에 수록된 글을 통해 이 책을 손에 들어주신 당신에게 아무리 작더라도 그러한 가치의 창조가 찾아온다면 기쁠 것입니다.

이 책은 필름아트사의 야마모토 준야(山本純也) 씨가 말 걸어 주신 것으로부터 시작되었습니다. 개인적인 일입니다만, 때마침 오랜 시간을 들여가며 생각하고 써 온 작가 한 명에 관한 저작의 목적지가 드디어 보이기 시작한 즈음이었습니다. 평소에는 현대 일본어 문학/'전후 문학'에 대해 생각하거나 쓰고 있는, 더욱이 일반적으로는 이론과는 거리가 있는 일본어 문학 연구자, 말하자면 아마추어 '문학이론가'인 내가 과연 적임이라고 할 수 있을까……. 그런 망설임은 있었지만 새로운 문학이론 입문서가 필요하지 않을까 라는 야마모토 씨의 제안은 매력적이었고, 이 '매듭'으로부터 나 자신이 서 있는 등뼈(backbone)로서 문학이론을 마주해 보고 싶은 동기 역시 억누르기 어려웠습니다. 또한 친구들과 현재의 연구나 비평의 맥락에 '이론적 개입'(같은 것)을 시도할 수 있다면 좋겠다는 마음도 생겨서 책 만들기에 참여하기로 결정했습니다.

대학원생 시절 '식민지/근대의 초극 연구회'에서 함께 공부하였던 문학이론을 전공으로 하시는 미하라 요시아키 씨에게 우선 상담했더니, 미하라 씨는 이 책을 재미있게 기획해주시고 편자가 되어 주셨습니다. 또한 마찬가지로 대학원생 시절 '포스트콜로니얼리즘 문학 연구회'에서 함께 했던 '동향(同鄕)'의 동료이자 미하라 씨의 동료이기도 한 우도 사토시 씨에게 말을 걸었더니 역시나 수락해 주셔서 이 책을 3명이서 엮게 되었습니다.

이 책에 있어서 행운인 것은 블랑쇼와 데리다의 연구자로 문학이론(의 사상)사 탐구도 수행하고 있는 고하라 가이 씨, 비판인종론이나 페니미즘·젠더 이론을 중심으로 하는 문화 이론가이자 미국문학 연구자인 닛타 게이코 씨 등 이론의 도전이나 현재형을 보여주기에 적합한 중량급의 저자들이 참여했다는 사실입니다. 더욱이 '토픽 편'의 저자로서 문학 연구에 뜻을 둔 5명의 대학원생, 하시모토 도모히로 씨, 이누마 가오리 씨, 이소베 사토미 씨, 모리타 가즈마 씨, 모로오카 유마 씨가 함께해 주셨습니다.

「시작하며」에서도 언급되었듯이 이 책 전체의 컨셉이나 방향성은 전반부 '기초강의 편'의 저자 5명과 편집자 야마모토 씨가 함께 논의하면서 모은 것으로, 문자 그대로의 의미에서 대화성에 근거하는 공동 작업의 산물입니다. 또한 같은 언어권의 문학 연구자들이 엮는 경우가 다수인 이론 입문서 사이에서, 이 책은 영미 문학, 프랑스어권 문학, 일본어 문학 등 다른 '전문적 지식'을 가진 복수의 연구자 사이의 공동 작업을 의식적으로 시도했습니다. 그것이 이 책의 이론을 다성적인 것으로 만든 것은 아닐까 라고 아주 조금 자부하고 있습니다.

이 공동 작업의 성과가 당신이 문학과 접촉하거나 대화하는 데에 일조하기를. 바라건대 이 책의 여백을 당신의 손이 메워 주시고 이 책을 계속 혹은 다시 쓰는 일을 당신께서 맡아주시기를 바랍니다.

와타나베 에리

번역자의 말

장문석
張紋碩

경희대학교 국어국문학과 조교수. 한국현대문학. 논저에 「두보나 연암같이: 김윤식의 고전비평」(『관악어문연구』 43집, 2018), 「수이성(水生)의 청포도: 동아시아의 근대와 「고향」의 별자리」(『상허학보』 56집, 2019) 등.

조은애
曺恩愛

동국대학교 서사문화연구소 연구교수. 한국현대문학. 논저에『디아스포라의 위도: 남북일 냉전 구조와 월경하는 재일조선인 문학』(소명출판, 2021), 「각색된 동아시아, 식민지/제국과 냉전의 버전들 사이에서: 해방 전후 김성민의 소설과 영화」(『민족문학사연구』 81집, 2023) 등.

송민호
宋敏昊

홍익대학교 국어국문학과 부교수. 한국현대문학. 논저에 『'이상'이라는 현상: 작가 이상이 경험한 동시대의 예술과 과학』(예옥, 2014), 『언어 문명의 변동: 근대 초기 한국의 소리, 문자, 제도』(알에이치코리아, 2016) 등.

『문학 '읽기'의 방법들』, 기획과 편성

『문학 '읽기'의 방법들 – 문학이론 도구상자』는 2020년 일본에서 출판된 『문학이론 – 읽는 방법을 배워 문학과 다시 만나다』를 한국어로 번역한 책이다. 이 책의 편집 및 집필의 과정에는 지금 문학이론의 입문서가 어떤 형식으로 어떤 내용을 담아야 하는가 라는 질문이 놓여 있다. 여기에서 지금이란 1980년대 이후 문학이론을 제목으로 한 입문서가 다수 출판되고 일부 대학에서 정규 과목으로 개설되면서 대학 교과과정이라는 '제도'에 편입되기도 했지만 어느 시점을 고비로 문학이론에 대한 관심과 이해가 사그라드는 동시에 정형화되고, 나아가 2010년대 이후 이론의 시대는 끝났다는 선언이 제시되는 상황을 가리킨다. 또한 스마트폰을 통해서 각종 이론의 개략 및 대표적인 논자와 논지에 대한 검색이 가능해진 인문학의 조건 및 환경 변화 역시 염두에 두고 있다.

이 책은 '이론의 종언'이라는 선언과 일본에서 문학이론의 '제도화'라는 문제를 겹쳐둔다. 이 책은 사반세기 동안 일본에서 문학이론이 많은 비평계와 학계로부터 많은 주목을 받았지만, 결국 연구자의 '개인플레이'와 '번역 대행진'만 남은 것은 아닌가 라는 질문을 마주하고 있다. 그러한 질문을 앞에 두고 이 책은 문학이론을 '제도'라는 명사로 이해하기보다는 '제도화'라는 동사로 이해하면서, 문학이론의 근원과 최전선을 함께 검토하고 있다.

「마치며」에서 볼 수 있듯 이 책은 연대와 상호신뢰에 기반한 협동이라는 인문학적 실천의 결과로 편집 및 집필되었다. 이 책의 편자들은 「시작하며」가 묘사한 것처럼 1990년대 중반 여전히 일본에서 낯설었던 '문학이론'에 입문하였던 경험을 가진 이들이다. 편자 미하라 요시아키와 와타나베 에리는 대학원 시절부터 함께 공부한 동료이며, 또 다른 편자 우도 사토시 또한 이들과 긴 시간 우정을 나눈 사이이다. 편자들의 우정은 다음 세대 연구자들과 공동 작업으로 확장된다. 편자들이 전체 기획을 마친 후 담당 필자가 각 장을 자율적으로 구상하고 완결성을 갖추어 집필하였다.

이 책은 1부 「기초강의(Fundamentals) 편 – 문학이론의 에센스」와 2부 「토픽(Topics) 편 – 문학이론의 현재를 생각하기 위하여」로 편성되어 있다. 1부의 저자 고하라 가이, 미하라 요시아키, 와타나베 에리, 닛타 게이코, 우도 사토시 등은 문학이론이 영미로부터 일본으로 소개되고 확산되는 과정을 지켜보면서 문학 연구의 길에 들어선 이들이다. 1부는 '문학을 이론적으로 사색한다'라는 것이 무엇인가라는 문제의식 아래에서 '텍스트', '읽다', '언어', '욕망', '세계' 등 문학이론 최심부(最深部)의 다섯 주제에 주목하여 문학이론이라는 나무의 '뿌리'를 살핀다. 1부의 글들은 문학이론 수용의 현장에서 공부를 시작했기에 체계적인 커리큘럼을 통해 그것을 배운 것은 아니지만, 역설적으로 '나만의 문학이론'을 갖추었던 저자들의 깊이 있으면서도 개성적인 논술을 담고 있다. 2부의 저자 하시모토 도모히로,

이누마 가오리, 이소베 사토미, 모리타 가즈마, 모로오카 유마 등은 제도로서 문학이론이 일본의 대학 교과과정에 편성된 이후 공부를 시작한 이들로 글을 집필하고 책을 출판하던 때에는 대학원생이었으며, 현재는 대학의 신진 교원으로 교육과 연구의 첫걸음을 내딛거나 학위과정을 마무리하고 있다. 2부의 글들은 '이런 것을 가지고 싶었다'를 표어로 문학이론의 새로운 쟁점을 보여주고 있다. '네이션/제국/글로벌화와 문학', '포스트휴먼/이즘과 문학', '환경과 문학', '정신분석과 문학', '젠더·섹슈얼리티와 문학' 등 일본에서, 나아가 지구적으로 주목받고 있는 이론의 시각과 쟁점을 체계적으로 정리하면서, 새로운 논거를 발견하여 문학이론이라는 나무의 무성하게 뻗어나가는 가지 끝에서 지금 막 피어나는 꽃의 형상을 포착하고 있다.

이 책의 1부와 2부 각 장은 독립성과 완결성을 갖추고 있으면서도, 동시에 다른 장과 자유롭게 연결된다. 1부에서 다루어진 이론가가 2부에서 다시 등장하기도 하며, 재등장 시에는 같은 맥락에서 혹은 다른 맥락에서 등장한다. 이러한 연결을 통해 이 책은 문학이론의 근본과 현재를 교차하여 공명하도록 하는 동시에 문학이론의 체계가 가진 입체성을 드러낸다. 동시에 여러 장에 등장하는 이론가를 찾아 읽는 즐거움을 독자에게 제시하고 있다.

『문학 '읽기'의 방법들』은 1990년대 이후 일본의 문학이론 수용

및 그 유산 위에 서 있는 동시에 그 유산에 운동성을 부여한다. 이 책은 이론의 시대가 끝났다는 단언에 거스르면서 문학이론의 근원적 쟁점을 새롭게 점화하는 동시에, 현재 가장 첨예하게 진화 중인 도전적 시도를 포착하여 문학이론의 가능성을 새롭게 심문하고 있다.

『문학 '읽기'의 방법들』, 뿌리와 꽃

1부 「기초강의(Fundamentals) 편 – 문학이론의 에센스」는 다섯 개의 장으로 구성된다. 첫 번째 장은 프랑스문학 연구자 고하라 가이의 '텍스트'이다. 문학이란 무엇보다 '쓰인 것'이라는 점에서 '텍스트'에 대한 논의는 문학이론의 기초라 할 수 있다. 이 장은 20세기 후반 데리다와 바르트의 이론을 경유하여 작품이 텍스트로 재발견되고 그 과정에서 읽기의 가능성과 즐거움이 문학이론의 중심에 위치하는 과정을 제시한다. 이 논의를 받아서 영문학 연구자인 미하라 요시아키의 '읽다'가 이어진다. 이 장은 문학이론이 무엇보다 '읽는 것의 이론'이라는 점을 환기한다. '쓰다=작가성'를 강조했던 프랑스의 현대사상이 대서양을 건너 미국의 문학이론으로 재편되면서 '독자=비평가성'을 강조하는 차이가 발생한다. 저자는 태평양을 건너 동아시아에 도착한 '읽다'에 대한 이론적 쟁점을, 강한 읽기와 약한 읽기, 발견하는 읽기와 회피하는 읽기 등의 틀로 뚜렷이 보여주고 있다. 서구의 문학이론과 일본의 고전비평을 교차하면서, 일본의 세속세계성(worldliness)을 기반으로 '읽다'라는 쟁점을 전면화한 것 역시 눈에 띈다. 세 번째 장은 근현대 일본어문학 연구자 와타나베 에리의 '언어'이다. 역시 문학 텍스트의 기본적인 구성 요소인 '언어'를 벤야민의 '번역'과 들뢰즈·가타리가 말하는 '소수 문학'의 관점에서부터 파악하는 것이 이 글의 가장 큰 특징이다. 언어를 읽는 행위는 결국 다양한 언어의 영토를 오가는 '언어의 탈영토화'에 동참하는 것이며, 오키나와문학이나 재일조선인문학처럼 '국가'나 '국민' 단위의 문학으로 회수되지 않는 일본'어'문학의 지평 또한 열린다. 네 번째 장은 영문학 연구자 닛타 게이코의 '욕망'이다. 앞서 '언어'를 다룬 장이 국가/국민, 계급, 젠더 등의 고정된 영토로부터 벗어난 문학 언어의 '소수적인 사용법'에 주목한 것과 유사하게, 이 장이 주목하는 것은 '승인'의 서사로 해소되지 않는 욕망의 또 다른 차원들이다. 특히 '동일성'의 허구성을 드러내는 욕망의 불규칙성과 다성성을 젠더, 인종, 섹슈얼리티에 관한 이론들로 엮어낸다. 다섯 번째 장은 아랍과 마그레브 문학 연구자인 우도 사토시의 '세계'이다. 이 장은 '해외문학을 읽는다는 것은 어떤 것인가' 하는 질문 아래 인도네시아의 국민작가인 프라무댜 아난타 투르의 『인간의 대지』를 다루면서 제국적인 시선으로 포착되지 않는 로컬리티에 대해 다룬다. 알제리와 아랍 문학을 하나의 시야에 넣고 있는 저자는 출판, 유통, 번역을 중심으로 해외문학의 정체성을 재질문한다. 그 과정에서 근대문학과 언어, 검열, 파라텍스트 등의 문제를 중심으로 세계와 세계문학에 대한 사유로까지 나아간다.

2부 「토픽(Topics) 편 - 문학이론의 현재를 생각하기 위하여」
역시 다섯 편의 장으로 구성된다. 첫 번째 장은 영문학 연구자인
하시모토 도모히로가 집필한 '네이션/제국/글로벌화와
문학'이다. 이 글은 네그리튀드와 식민지 해방이론에서
발아하여 오리엔탈리즘을 거치며 이론화된 포스트콜로니얼적
관점을 바탕으로, 19세기부터 대두되기 시작한 내셔널리즘의
이론적 토대를 해체한다. 전 지구적인 글로벌화의 흐름
속에서 세계문학론은 내셔널리즘의 해체에 어떻게 기여하여,
포스트내셔널리즘 혹은 포스트콜로니얼 에코크리티시즘으로
이어지고 있는가 하는 문제를 심도 깊게 다루고 있다.
심령주의와 영국의 문학·문화를 연구하는 이누마 가오리가
집필한 '포스트휴먼/이즘과 문학'은 동물론, 신유물론, 행위자-
네트워크 이론, 객체지향 존재론, 사변적 실재론, 사이보그
등 '포스트휴먼/이즘'의 이론적 쟁점을 폭넓게 검토하고
있다. 이 과정에서 두드러지는 것은 인류학의 전면화이다.
인류학의 '존재론적 전회'는 인간과 비인간, 문화와 자연,
주체와 객체의 구분을 상대화하면서 새로운 이론/인문학의
가능성을 탐색하고 있다. '포스트휴먼/이즘' 논의는 이론이
겨냥하고 있는 범위와 쟁점이 넓은 만큼, 주로 미국의
이론가가 주도한 포스트콜로니얼리즘이나 문화연구와 달리,
유럽과 라틴아메리카 등 전 지구적으로 다양한 이론가들이
논의에 개입하고 있다. 영국 아동문학을 연구하는 이소베

사토미가 집필한 '환경과 문학'은 최근 급속히 발전하고 있는 '환경인문학'의 관점에서 환경을 다룬 문학비평의 역사를 개관한다. 영문학의 에코크리티시즘에 관한 두 가지 물결에서 '포스트 에코사이드' 시대의 일본문학까지, 환경과 문학에 관한 논의가 포스트모더니즘, 공간/장소 이론, 페미니즘 이론, 진화론 등의 문화/과학이론과 다양하게 상호작용해 온 과정을 제시한다. 영미문학 연구자 모리타 가즈마가 집필한 '정신분석과 문학'은 문학비평이 정신분석을 통해 어떻게 프로이트 이후 텍스트 '읽기'의 의미를 질문하는 비평으로 심화하였는지 살펴볼 수 있는 장이다. 이 장은 프로이트와 라캉의 핵심적인 사상을 알기 쉽게 개관하는 한편, 정신분석이 쉬르레알리슴, 마르크스주의, 페미니즘과 같은 비평적 실천의 계승, 비판, 분화 등에 중요한 계기를 제공해 왔음을 새삼 확인하도록 한다. 트라우마 이론이나 '증언' 문학에 관한 최근의 이론적 경향을 엿볼 수 있는 것도 흥미롭다. 미국문학 연구자 모로오카 유마가 집필한 '젠더·섹슈얼리티와 문학'은 페미니즘을 그 '원류'에서부터 검토하면서 그 다기한 양상을 짚어가고 있다. 특히 20세기 중후반 페미니즘이 포스트구조주의와 긴장을 형성하며 인종, 계급, 섹슈얼리티 등의 차이에 유의하면서, 블랙 페미니즘, 포스트콜로니얼 페미니즘, 퀴어이론으로 진화하는 과정을 서술한다.

본문 뒤에는 일본의 세계문학 및 문학이론서의 지형을 김토하는 글이 실려 있다. 우도 사토시가 집필한 「세계문학

(뒷)길 안내」는 독자에게 일본어로 번역된 세계문학의 분포를 제시하고 있다. 20세기 초중반 일본에서는 여러 출판사가 『일리아스』, 혹은『신곡』을 제1권으로 하는 '세계문학전집'을 기획하여서 일본 독자의 '교양주의'를 충족시켰다면, 현재 일본에서 출판되는 세계문학은 기존의 서구중심 세계문학에 거리를 두면서 그 시간 및 공간을 확장하고 있다. 물론 그 확장의 이면에는 대형 출판사의 출판 기획이 존재하며, 여전히 '남성 작가 중심'이라는 측면도 있다. 와타나베 에리가 집필한「Book Guide - 문학이론 입문서 가이드」는 1985년 조너선 컬러와 테리 이글턴의 저작이 일본어로 번역되면서 시작된 일본의 문학이론 입문서 출판의 작은 역사를 기술하고 있다. 영미를 중심으로 한 서구 문학이론이 번역되는 가운데, 그와 연동하면서 일본의 이론가가 집필한 문학이론 입문서 역시 집필된다. 이 장이 서술한 문학이론의 번역 및 집필의 전통에 기반하여, 혹은 그 성과와 나란히 이 책『문학 '읽기'의 방법들』이 놓여 있다. 이론의 종언 이후 한동안 숨을 가다듬고 있던 일본의 문학이론 입문서는 2020년 이 책의 출판을 기화로 다시금 기획 및 출판이 시도되고 있다.

『문학 '읽기'의 방법들』, 현해탄과 팬데믹

『문학 '읽기'의 방법들』은 '문학 연구에 뜻과 관심을 둔 학생',

특히 학부 고학년 및 석사과정 학생을 독자로 상정하고 기획 및 집필되었다. 난해하고 복잡한 여러 문학이론을 섬세히 다루면서도 명쾌하고 단정한 서술을 갖춘 것이 이 책의 미덕이다. 이 책은 외국어에 익숙하지 않은 독자 역시 즐겁게 문학이론에 입문할 수 있도록 일본어로 번역 및 출판된 문헌을 인용한다는 원칙 아래 집필되었다. 각 장 말미에는 해당 주제를 보다 깊고 넓게 이해하기 위한 일본어 저역서 10권 및 참고문헌의 목록을 제시하고 있다.

동시에 이 책은 일본에서 일본어로 문학이론을 사유하고 논술한다는 자의식을 뚜렷하게 반영한 것이다. 이 책은 다양한 영역의 서구의 이론적 저작을 이미 자국어로 번역 및 출판한 일본 인문학의 토대와 축적에 바탕을 두고 있으며, 일본어를 통해 문학이론을 사유하고 일본문학이라는 매개를 경유하여 문학이론을 재구성하면서, 문학이론의 일본적 전회라는 문제의식 또한 조심스럽지만 도전적으로 가늠하고 있다. 『문학 '읽기'의 방법들』의 뿌리는 한편으로는 서구 문학이론에 대한 정확하면서도 풍요로운 이해와 유연하면서도 정확한 독해에 닿아 있는 동시에, 다른 한편으로는 일본 문학, 학술, 번역의 전통이라는 주체성의 영역에 닿아 있다.

따라서 『문학 '읽기'의 방법들』을 일본어에서 한국어로 번역한다는 것은 한국어와 일본어의 사이를 횡단하는 작업인 동시에, 일본의 인문학과 한국의 인문학 사이를 가늠하는

작업이었다. 번역의 과정에서 한국어와 일본어의 거리를 염두에
두고 두 가지 시험적 시도를 수행하였다. 한 가지 시도는 이
책에서 제시하는 서구 이론가의 문헌을 일본어 번역에서 다시금
번역한 것이다. 이는『문학 '읽기'의 방법들』에서 제시하는 서구
이론가의 문헌과 본문 서술이 동일한 언어인 일본어로 쓰였다는
것에 유의한 결과이다. 해당 이론가의 저술이 한국어로 번역
출판되었더라도, 원서가 인용한 일본어 번역서를 한국어로
옮기기로 했다. 또 한 가지 시도는 이 책에서 논의하거나 언급한
이론서 중 한국어 번역본이 있는 경우 그 서지를 주석으로
제시한 것이다. 이는 앞서 첫 번째 시도를 보완하는 동시에,
한국의 인문학과 일본의 인문학 사이의 거리를 가시화하면서
그것의 공명을 시도하기 위해서이다. 다만 어떤 이론서에는
한국어 번역본 서지를 붙일 수 있었고 어떤 이론서에는 붙일 수
없었다. 「세계문학 (뒷)길 안내」와 「Book Guide - 문학이론의
입문서 가이드」에서는 일본과 한국의 상당한 거리를 확인할 수
있었다. 하지만 한국에서 포스트휴먼/이즘, 환경, 페미니즘과
섹슈얼리티를 주제로 한 이론서 다수가 번역되었다는 점에서는
한국에서 진행 중인 문학이론의 구조변동을 가늠할 수 있었다.

『문학 '읽기'의 방법들』은 밀도 있는 편집으로 46판(130 ×
188mm), 266면, 소담한 크기의 도서로 일본에서 출판되었다.
이 책이 출판된 것은 2020년 3월 25일 팬데믹 직후였다.
「시작하며」에서 〈현대비평/문학〉 강의를 개설한 교원은
일본에 테리 이글턴과 프레드릭 제임슨을 소개하였던 오하시

요이치이다. 그는 이 책이 간행된 이후 자신의 블로그에 "읽기 쉬우면서도 많은 정보를 담은 입문서로 21세기에 있어 현시점 최고의 책"이라 평가하면서, 이 책이 "초보자로부터 전문가에게까지, 이 책은 열려 있다. 아니, 초보자도 전문가도 빈손으로 돌려보내지 않는 자극으로 가득 차 있다."라는 감상을 붙였다. 연구자만이 이 책에 긍정적으로 반응한 것이 아니었다. 일본의 일반 독자 역시 저자와 출판사의 예상을 뛰어넘는 정도로 이 책에 호응하였다. 출판 이후 그해 6월에 바로 2쇄에 들어갔으며 이어서 전자책이 출판되었다. 2023년 6월에는 5쇄 간행에 이르렀다. 이 책을 번역하는 사이 팬데믹으로 인해 동아시아와 세계의 국경이 닫혔다가 엔데믹 전환과 함께 국경이 다시금 열리고 시민의 이동이 재개되고 있다. 팬데믹을 전후하여 한국 인문학의 쟁점과 조건에도 신중한 변동이 감지된다. 한국 인문학 의제의 변화 양상을 염두에 둘 때, 이 책 2부에 실린 '포스트휴먼/이즘'과 '환경'에 대한 장이 새롭게 읽히기도 한다.

언어와 시간의 거리를 두고 『문학 '읽기'의 방법들』이 번역 및 출판되는 과정은 많은 분들의 관심과 배려, 그리고 개입을 통해 가능했다. 문학평론가 김동식 선생님은 이론이 종언한 시대를 거스르는 문학이론서인 이 책의 번역을 적극적으로 제안하고 이끌어주셨고, 『문학 '읽기'의 방법들』의 저자들은 이 책의 번역에 흔쾌히 동의해주셨다. 특히 편집을 주도하였던 미하라 요시아키 선생님은 번역과 관련된 제도적 어려움을 넘어갈 수 있도록 배려해주셨고 이 책의 기획, 집필, 편집 과정에 대하여,

그리고 그것의 맥락을 형성하는 일본의 이론 및 비평의 지형에 대해 여러 번 가르침을 베풀어주셨다. 이론과 번역을 잇는 비평 정신 넘치는 한국어 번역본을 위한 새로운 서문 역시 감사할 따름이다. 한국의 출판사 이음의 주일우 대표님은 번역서의 출판을 흔쾌히 수락해주셨고, 편집자 배노필 선생님은 원고를 거듭 읽어주시면서 검토하고 정돈해주셨다. 임세화 선생님은 번역원고 전체를 읽으면서 글숨을 가다듬어 주셨다.

1985년 테리 이글턴의 책과 조너선 컬러의 책이 동시에 번역되면서 일본에서 새로운 문학이론의 시대를 열었다. 한국에서 테리 이클턴의 책이 번역된 것은 1989년이며, 조너선 컬러의 책이 번역된 것은 1998년이었다. 이제 2020년에 일본에서 출판된 『문학 '읽기'의 방법들』을 한국어로 번역하여 출판하면서 한국에서 문학이론이란 무엇인가 묻는다. 일본의 편자들이 처음 『문학 '읽기'의 방법들』을 기획할 때는 하나의 장이 더 있었다고 한다. 하지만 집필자의 사정으로 그 장은 결국 쓰이지 못한 장으로 남게 되었다. 이제 『문학 '읽기'의 방법들』은 현해탄과 팬데믹을 넘어서 한국에서 출판된다. 한국의 독자들이 한국의 세속세계성에 근거하여 쓰이지 못한 하나의 장을 '한국의 문학이론'이라는 새로운 장으로 쓸 수 있을까. 질문을 새긴다.

2024년 봄
번역자 일동

인명 색인

442

사항 색인

447

문학 '읽기'의 방법들
문학이론 도구상자

지은이   미하라 요시아키, 와타나베 에리, 우도 사토시,
           고하라 가이, 닛타 게이코, 하시모토 도모히로,
           이누마 가오리, 이소베 사토미, 모리타 가즈마,
           모로오카 유마
옮긴이   장문석, 조은애, 송민호

펴낸이   주일우
편집   배노필
본문 디자인   PL13
표지 디자인   cement

처음 펴낸 날
2024년 3월 13일

펴낸곳   이음
출판등록   제2005-000137호 (2005년 6월 27일)
주소   서울시 마포구 월드컵북로1길 52, 운복빌딩 3층
전화   02-3141-6126
팩스   02-6455-4207

전자우편
editor@eumbooks.com
홈페이지
www.eumbooks.com
인스타그램
@eum_books

ISBN 979-11-90944-75-5 (03800)
값 28,000원